民国武侠小说典藏文库

文公直卷

民国武侠小说典藏文库

文公直卷

碧血丹心

于公传

文公直 著

中国文史出版社

序

于右任

有死君，有死国。弘演纳肝，王蠋绝脰，死君者也。死国之事，含义较广。稽之往史，宋明之季，死国者众而且烈。斯盖民族存亡所系，与所谓君臣之义，易姓改朔，稍稍殊矣。宋之岳忠武、文信国，明之于忠肃、史阁部，皆于民族垂烬、神州陆沉之际，奋起努力，以与异族抗。岳公于公，皆不死于前绥，而死于冤狱，悲惨壮烈，尤同为后世所悼痛。近顷文君公直编《碧血丹心》一书，叙述忠肃故事，体虽演义，而文则详于正史，姜君侠魂从而为之评，以旧史料为新小说，相得益彰，其两君之谓乎？昔褚人获作《精忠传》，抒写岳公忠义，至今妇孺贩竖，鼓书弹词，演者听者，不自知其歌泣之何从，信夫扬先烈之光，作民族之气，小说之力，较正史为大。忠肃死，而其沦浃血气，耿耿忠烈之精神则不死，然则两君之力亦伟矣哉！

民国十九年五月，三原于右任叙于沪寓，时则我东方天竺民族之领导者甘地就捕之后五日也。

写在卷头的几句话

文公直

二十年元旦，我在南京，接得姜侠魂先生的信说："您的《碧血丹心大侠传》第二集出版了，您可以说几句话吧。"我就"谨遵台命"，把我想说的话，拉拉杂杂写了出来。

第一，是《大侠传》第一集出版后，这整整的一年中，我接到许多不曾会过面的朋友的信、诗、序和批评讨论……种种的文件，真是使我出乎意外，受宠若惊。同时，因为我又做"下车冯妇"，在南京服务，不能一一奉答，实在是抱歉得很。现在借这第二集出版的机会，来总说一说。同时，向厚爱的读者普遍报告一下：

我接到的许多文件中（也许还有遗失没收到的），归纳起来，是下列的几类：

一、奖励和嘉许；

二、校雠商榷；

三、提出研究；

四、关于著者个人的询问。

我对于这四项中的第一项，唯有感谢和惭愧。除照以前的声明办理外，谨以十二分敬礼的致谢。同时更当特别刻励研究，或许能够因此而有比较好些的作品贡献给读者，便是我报答许多奖励我、嘉许我的读者们厚意的万分之一。

第二，校雠上的商榷，我在《大侠传》付印时，不在上海，不但不能亲自校读，而且连分几次出版都不能断定，完全托姜侠魂先生代办的。姜侠魂先生是个忙极了的人，家庭间固然是有许多特别忙而又忙的事，社会上更加是有无数的事待他去办，他又经营了许多著作出版事业。这么一来，他简直是忙得不可开交。要是因为《大侠传》的校雠，而使他事业受影响，固然是不当；若再妨害到他的家庭乐利幸福，更不尽人情。他也因为这个缘故，有许多是委托旁人代校的。于是"徐斗"变成"徐钦"了，"于谦"变成"干谦"了，甚至连我交给的"修改注意点"也没瞅一瞅，许多已修改的地方，竟照原底稿印了出来，而没修改。便闹成"牛头不对马嘴"很多可笑的处所。这一点是我万分抱歉，对不起读者。承诸位惠爱者对于《大侠传》特别热爱，来函指正错误，除就可能范围内改正（有些处所，只能待改排时纠正）外，谨表示无限的敬谢。

第三，承各界对《大侠传》提出许多研究问题，今就最重要的，分答于下：

"参加《大侠传》第一集以后的意见"，这是江阴胡观泰先生提出的。《大侠传》是整个地撰成了才付印的，虽然分集出版，却是全稿早成。诸位所参加的意思，也有后文原是如此的，其余却是不大容易遵命修参。这是为事实所限，要请原谅的。这里我还要声明几句话：一个作小说的人，大概必需的条件，是要认明白所作的小说。作历史小说，或是所作小说中的事料和历史有关系的，尤其是要特别认识清楚这一点。如果是硬照史事直录，便是译成白话史，而不是作小说。关于这一点，我们有个极好的例证：《三国演义》不是自来公认的历史小说吗？然而它最精彩的"火烧赤壁""七擒孟获"两段，却是只借史题，而全部是穿插描写。还有其余的地方，也可以看出凡是作者臆描的处所，便很有精彩，直录史事的处所，便近于呆板。这就可见作小说而全录历史是不行的了。所以，要《大侠传》完全照《明史》所载的事料写成一部小说，是不可能的。

"请多写几个剑仙奇绩"，这是湖南湘阴龙希尧先生提出的。这一点因为全部已成而不能羼入的理由，是和前条一样的。除这个理由外，还有一点，就是我根本不想效法时髦的武侠作家，掇拾民间故事，写成《封神榜》式的神怪小说。神怪小说是可以作的，但是不应该戴上"武侠小说"的招牌。"武侠"两个字的意义，在我国文字上的解释极其明了确定，绝不是祖师腾云弟子飞剑，可以算是"武侠"的。按照"克定祸乱"曰"武"，"急公好义"曰"侠"的意义，充分表现出来，才是发扬中华民族的优美特性，才是发扬"武侠"二字的精义。现在一般人已经被错误观念作弄误入"迷团"之中，以为武侠就是神仙，就是练成神仙的途径。所以才有江苏某地方两个米店学徒当去行李，逃走出外，寻师访道，想学剑仙，而致游落太湖边上，几乎陷入匪巢的危险事项发生（这种事不止一件，报纸上常看见）。由此更可见我们要是拿真正的武侠美德在小说中表现出来，必定能够引起国民的趋向。反之，尽着宣扬荒谬神怪之说，其危害也就不堪设想。——再说两个证据：《水浒》风行，数百年来强盗没有脱离了《水浒》的范围，不受《水浒》的影响的。只看一切江湖组织、江湖口号，里面不知包含着几多《水浒》中精神。还有庚子的义和团祸乱，一查那团内所供的神，都是《西游记》《封神榜》等书里所有的神仙，更可证明，神怪小说迷害民智、流毒社会的厉害。我们今日说武侠固然是不可少（其理见第一集序文中），说神怪却大可不必。何况武侠与神怪截然不同：武侠是人生的性情行为，哪里能够和非人的神怪并为一谈？我们且再退一百步说，为求小说情节热闹起见，不妨写几个口中飞出宝剑的剑仙，作为渲染材料，不知小说是写情理的（神怪小说除外），武侠的精义尤其是"情理"二字的结晶。那么，武侠小说能够离情理吗？譬如书中有了"飞剑杀人"的剑仙，那么，什么事办不了？无论如何强横的人，只须飞剑去杀了他就完结了，更用不着一切情节了。所以除却把武侠写成"偏存私见，各立门户，专事私斗的两方面，齐有无数神怪，成为神怪私争门户之见"以外，实没法子写上几个剑仙，更没法子使剑仙得参加在情理结晶的武侠小说中间。

第四，"关于著者个人的询问"，这是南海康慕节先生提出的。这一封信很长，所问的几项都是讨论作小说的方法。简捷地说，就是要我把作小说的过程和如何作法说出来，好使人知道而仿效。这可使我惭愧极了。我原不是什么南北闻名的大小说家，只这么闹着玩儿罢了。要我说出些什么"我作小说的经过"等类的东西，我实在是说不出。只好待第三集出版时，再提出几点小说中应注意点，向大家叨教。这时一因时间关系（我有特别

4

私事），二因篇幅关系，只好暂时搁下。

末了，我向爱本书读者致最敬礼。向此书而因篇幅不能尽量刊出者，泥首谢罪！

二十，一，一，于首都

目　　录

第一章

抱雄心头陀谋卧底
睹奇技藩邸网英雄

　　话说汉王朱高煦，虽是行为奸恶万状，却是天生神力，武勇绝伦。明成祖朱棣备藩燕北，起靖难之师，谋夺大位，也多亏朱高煦冲锋陷阵，出死入生，迭挽大败之局，数救父王之难，才得破京焚宫。因此朱棣弑君灭伦篡夺大位，实亏了有朱高煦这般一个勇冠三军的儿子。所以朱高煦虽是胡作乱为，私练近军数千，僭用天子銮仪，收养死士，擅杀命官，劫民占地，聚盗召匪，奸淫掳杀，纵属殃民，闹得京城里乌烟瘴气，路人侧目，提起"汉王"两个字，不是愁眉苦脸，就是胆落魂飞，朱棣明明知道，却因念其功劳，终要带过三分。徐皇后更是最疼爱这个儿子，一心护短，不但不肯约束他，反要给他张些势子。有人说着汉王，只是有一两句不大好听的，徐皇后就得严办这说话的，说是"存心挑拨，蓄意诽谤"。因此宫中人率性不提汉王，竟把这两个字儿视同禁讳。朱高煦的哥哥朱高炽虽正位东宫，身为皇储，却是生性仁厚，说得难听点儿，竟是懦弱无用罢了。朱高煦越闹得凶，他越怕得厉害。即使听得朱高煦的恶迹罪案，不但是不肯据实奏请惩罚，还怕人家说他萁豆相煎，手足潜残。要图好名儿，便代朱高煦包瞒得严丝合缝。所以朱棣北征，朱高炽监国时，朱高煦闹得更凶而且明。自从鼓楼行刺之后，朱高炽得施威反戈相救，得保性命，却不许人说是朱高煦谋刺，只推在太孙身上。至于朱高煦的兄弟朱高燧，自知皇帝是自己没份儿的，便学曹植诗酒自娱。文章虽比不上七步成章的曹子建，明哲保身、潇洒自全的想头却不让陈留王。那时天下是他朱家的天

1

下，朱高煦在宫中有这许多爱他、护他、畏他、让他的靠山，还有什么不敢做、做不来的事？内外文武王公大臣谁敢得罪他？不肖官儿反以得趋门上为最大荣幸。江湖、绿林、教匪、莠民，也乐得投托门下，倚势横行。由此种种缘故，就把个汉王朱高煦弄成天下第一魔王，所以才闯下滔天大祸，闹得寰宇骚然、生灵涂炭。

永乐十五年，丁酉，朱棣御驾亲征瓦剌，得胜班师，回到南京，听得朱高煦诸般不法，一来因初回京来百端待理，二来恐皇后护短，无端淘气，因此只责令朱高煦就藩云南。云南是边瘴之地，况且有沐王后裔、世袭黔国公在滇镇守。朱高煦正在一片雄心，企图大业之际，怎肯万里备边，寄食他人之手，便道："我有什么罪？要将我充发万里边疆？"朱棣虽是枭雄之主，遇着这些家人父子间的纠葛，也只好且作痴聋，转令朱高煦就藩青州。朱高煦仍不肯去，朱棣正待发作，徐后早不高兴道："我只得这个儿还孝顺我，人家瞧着胀眼儿哪，一定要将他发配充边，离开我，好让我孤零零地待着。我全知道这些人的坏心眼儿，必容不得咱们娘儿们，我带了他一道走吧。离了这京城，让人家眼前清静。"朱棣正忙着边情国事，便将这事暂时搁下。朱高煦以为有恃无恐，心中坦然无所忌惮，益加猖獗横行。

自从武当、五台众侠义好汉大破汉王府之后，朱高煦铩羽还宫，一面仗着徐后的庇荫，优游宫中；一面和长史钱巽等密谋篡位，计谋愈益离奇，简直预备做那床前斧影的赵匡义。徐后却是一无所闻，只将朱高煦当个小孩儿一般宝贝着。只是朱高煦心中有愧，知道武当、五台众侠义好汉绝不肯就此甘休，一时向徐季藩讨取善法术的勇士没来，自己便加倍地小心防备。

朱高煦不是个安分度日的人，怎肯撇在皇宫里安然度日？在徐后身边鬼混了几天，身上创伤也好了，便觉得闷得慌，周身不是劲儿，得出去溜达溜达，舒舒筋骨才成。便叫陈刚扮作个帮忙，自己打扮得像个贵公子一般，悄悄地出了皇城，向城外走来。

金陵城外的莫愁湖原是历来名胜之地。太祖朱元璋在世时，也常和中山王徐达到湖边楼上敲棋赌酒，传为一时佳话。朱高煦原不是什么雅人，自无雅兴。他到这湖上来，也不过想着天气正当春日融和，莫愁湖上一定有不少的士女游春，想着去瞧瞧，解解胸中的闷气。和陈刚二人雇了两头牲口，直奔湖上。城里只有商肆栉比，行人拥挤，没什么可瞧。朱高煦更觉得厌烦，只抽着驴子急急出城。

到了湖上，向湖边莫愁山上走来。哪知春光初透，游屐依稀，湖上并没多少游春士女，那酸不可耐的方巾名士、蓝裰秀才倒是摇摇摆摆，三五一群。朱高煦素来不喜这班人腐气逼人，一见这种人走来，便老远地避开。

信步走了一会儿，也无心观看那一湖绿水，无精打采地向山后走来。刚翻过山来，便听得田里插秧的农夫打着山歌，悠悠扬扬地彼此互答。再一瞧，万亩平畴，棋盘似的一方一方划着，每方里面都齐齐整整地种着绿秧。远望处，满眼全是绿的，大地就如一方大碧茵毡一般。翠色参天，青气逼人。朱高煦精神一爽，不觉脱口赞一声："好啊！"

一声未了，山下有千百人的声音，接着是雷也似的喝一声："好啊！"朱高煦大疑，回头叫陈刚跟着，向那声音来处，急步下山，要去瞧个究竟。才走下山坡，便见山麓大树荫里，团团圆圆，围了一大圈子人，你挤我望的不知在瞧什么东西。乡下人任什么都当稀稀哈儿，朱高煦便料定他们又在瞧变戏法，或是瞧木头人戏。心中高兴顿时消了一大半，只是既已来此，总得瞧个究竟。便和陈刚二人，一直闯进人丛去瞧瞧到底是什么玩意儿。近京的乡下人知道贵公子是可怕的，见朱高煦身份打扮不同，就让开一条人缝，让他进去瞧。

朱高煦只是想瞅瞅这许多人哄些什么，并无一定要瞧个饱的心思。不料一进人丛，身子一定，两眼一瞅，顿时眉开眼笑，脚跟一定，就不肯走了。原来那人堆里，并不是耍戏法儿，也不是唱木头人戏，却是一个粗眉暴眼的头陀，领着一对黑小子：一个生得大脑袋，突眼睛，狮子鼻，大虫口，一个生得扁面孔，凸额角，扫帚眉，雷公嘴。两孩子一般矮胖，一般漆黑，约莫都只十三四岁。大傻子似的，东西对站着，每人鼓捣一只大石狮子，颠来倒去，抛倒接落，赛是搬弄大锦球一般。朱高煦见了，也不由得喝一声彩道："好气力！"

3

那头陀见朱高煦喝彩，将眼向朱高煦上下打量一番，便移步到朱高煦跟前稽首道："大贵人，怎简从到这山野地里来的？贫僧失迎，该死，该死！"朱高煦暗吃一惊，想着：他怎么认识我的？正待答言，陈刚在旁早已认识这头陀是黄山自然师，绰号怪头陀。幼年在太行学剑时，常见他来和师父黄荣叙话。那时就是这般个样儿、这般个打扮。如今相遇，一毫没改，一见就认准了。便迈前一步，叫声："师伯，你老人家什么时候进京来的？"自然已瞧见是陈刚，一面随口答道："来了没几时。"一面回头叫那俩黑小子甭弄了。俩黑小子各将石狮子朝当前地上一顿，将地面顿陷了足有四寸。一扭头，一齐奔到自然跟前来。陈刚向朱高煦说了自然的名号，朱高煦正要收揽天下英雄好汉，便改容相待，问："那俩黑小子是大师什么人？"自然答道："这个大嘴的姓范名广，同道中叫他作黑飞虎。那个尖嘴的姓聊名昂，大伙儿给他个外号叫小铁汉。全是没家的孩子，跟我学点儿武艺。"陈刚揣知朱高煦的意思，想着：给王爷收留他师徒三个，也显得我太行剑士的脸面。便邀自然师徒三人到下处去。哪知朱高煦存心要瞧瞧他三个的武艺，向陈刚道："你不要吵散了人家场子，咱们反正没事，且待一会儿，待他爷儿三个完了事再回去不好吗？"自然听了，已知朱高煦的意思是要瞧瞧武艺，便也不推辞道："谨遵爷的吩咐。老衲献丑，爷得恕罪。"朱高煦只答了一声："甭客气。"

　　自然领着黑飞虎范广、小铁汉聊昂两弟子一同重再下场。自然便叫两弟子："耍一趟家伙，不许失手！"范广、聊昂齐声答应，分奔刀枪架前。范广取一柄三尖两刃四窍八环刀，聊昂取一柄镔铁大叶青龙偃月刀，各占一角，当地一站，一齐嘿一声，使了个门面，便舞起来。

　　初时，两面嗖嗖飒飒，旋风飘飘。只见两团霍霍白光，上下飘翻。渐渐地就只见白光浮动，着地乱卷，也瞅不清哪是范广、聊昂，哪是三尖刀、偃月刀。一会儿，两团白光一并，便听得铿啷哐锵一片响声，两团白光裹成了一团，更不知道两个人、两柄刀到哪里去了。不多时，嚓啷一声大响，那一大团白光欻地分开，仍旧裂作两团，欻地一齐飞起，离地约莫五六尺，两下里一分，突见范广执着三尖两刃刀，聊昂仗着青龙偃月刀，各立原处，屹然不动，相对傻笑。四面围着瞧热闹的人，不论懂不懂，全都高声狂叫。朱高煦也连连赞好，连陈刚也忘了是在他主公朱高煦身旁，只顾顿喉喝彩。

朱高煦也不待自然师徒近前，便迎上去，向自然拱手道："奉拜大师和两位小英雄进城叙叙，还望大师不要嫌弃。"自然坦然答道："贫僧原想进谒……"朱高煦不待他说完，便回头向陈刚道："你去找几辆车子来。"自然道："却不必费事，咱们自家有牲口。"说着，向聊昂道："去，备好牲口牵了来。"聊昂应声拔步飞奔而去。朱高煦料知他三个的牲口脚力一定不弱，便叫陈刚去拣雇两骑快步长行牲口。

四面围着瞧热闹的人，见他们一讲交情，都猜是贵公子瞧中了他们的武艺，请他们保镖护院，见自然不向看客讨钱，乐得白瞧稀稀哈儿，一哄而散。自然也无心去理会这些，只领着范广收拾场子，将刀枪、长剑拾掇起来，零星东西也都包裹了。师徒二人各背了一份兵器扭了一个包裹，留下一份在地下。

一霎时，遥见聊昂骑着一匹枣色长颈马，两脚钩住两条丝缰，左边牵着一骑白马，右边牵着一骑黑马，泼啦啦跑得尘灰飞扬，烟沙乱涌。将到山麓，老远地便高声大叫："师父，俺来了！您瞧，手脚可利落？"自然微笑，遥对着他点头。转眼间，聊昂已到跟前，就马上向前一扑，怒龙出洞一般，欻地冲过马头，两腿似蛤蟆般一伸一缩，甩落了两条丝缰，就那么趁势翻个筋斗。刹那间，只见他两手叉腰，嘻着张大嘴，立在他师父跟前呆笑。那三骑马却仍奔了半个圈子，才停蹄立住。朱高煦暗想：这孩子手脚真干脆！

这时陈刚已雇了两骑牲口来到，朱高煦便让自然上马。自然也不客气，和范广、聊昂各挽一匹牲口，待朱高煦一齐上马，陈刚随即也上马追随。只见丝鞭齐起，马蹄乱响，呼啦啦，人斗春风，马嘘白气，直向城里奔来。到得城根，守城兵将认得是汉王，连忙起身侍立，一面叫兵卒撵开城洞闲人。朱高煦在前，自然领着范广、聊昂随着，最后是陈刚，五骑马一直冲进城门。守城官儿头也不敢抬，低头拱立，待马过完了才罢。

朱高煦进了城，忽然想起：别庄已被武当诸人毁了，这头陀须不能带他进宫去，却怎么好？正在为难，猛然想起陈刚家中离此不远，曾经去过的，只好先到他家去再说。想着便扭身向后，将鞭梢向陈刚一招。陈刚知道是叫唤他有话说，一抖丝缰，马头一偏，沿街赶到前面。朱高煦待他近身时，没等他开口，便将要到他家里去的话向陈刚说了。陈刚诺诺连声，躬身承应，便打马向前领道，转弯抹角，穿过两条小巷，便到了陈家门首。

陈刚抢先下马敲门。里面陈刚的娘子听得敲门声响，是自己丈夫回来了，连忙三步并作两脚，赶到门前，拔闩开门。陈刚连忙伺候朱高煦下马，又招呼自然师徒三个勒马停缰，一齐下了马。朱高煦让自然先行，自然也不谦让，手中甩着铁柄拂尘，昂然直入。范广、聊昂紧随师父身后进屋。朱高煦和陈刚随后来到中堂。陈刚亲自安座沏茶，朱高煦陪自然坐着。范、聊二人侍立在他师父身后。陈刚又去整好牲口，才回身走来在下面陪坐。

朱高煦正待开言，自然头陀先说道："贫僧从黄山到京，原想进谒王爷，因闻得王爷的别庄被焚，料想正烦着，便没敢打扰。这两天，带来的银钱使完了，没奈何，领着俩小徒开个场子，寻钱度日，却不料遇着王驾，这也是贫僧有幸。"朱高煦道："久闻黄山多圣僧，大师肯下顾，总算孤家有缘。只要大师长远帮扶孤家，将来相待断不在今上待姚国师之下。"自然拈着那嘴上乱糟糟的胡须，微微点头答道："承王爷过许，贫僧怎敢比姚国师？但望王爷克绍祖武，得承父业，便是天下蒸民之福，贫僧也就受恩匪浅了。"朱高煦大喜，连忙问："大师是用荤用素？"自然道："随便。只是戒酒，两小徒也从不喝酒。"

一时，陈刚亲自去街上叫酒店送了许多饭菜来。朱高煦便请自然师徒用饭，自然也不客气，领着范、聊二人就座，只让朱高煦上坐了。陈刚虽是下面设了个座儿，却上菜盛饭，奔来跋往，竟没空落座。席间，朱高煦和自然愈说愈投机，渐渐将自己的心事吐露了许多。自然只顺着他的话奉承一两句，却又称颂得体，绝不是瞎巴结，把个朱高煦弄得心痒难搔，欢喜不尽。却是一想到董安、卫颖、王济无故变心，便也防备点儿，没敢尽情说出心中事。

一时饭罢，朱高煦想着：这两天父亲刚回銮，好似对我有些不高兴，得早些儿回宫去才行。便叫陈刚："你引大师到钟山寺去暂时驻锡，向钟山寺方丈悦禅说，叫他好生伺候，我明天还要到钟山寺随喜拜佛啦。"陈刚一一答应。自然起身拦道："王爷不必费心，贫僧找下处很容易的。只因一点微忧，想要随王爷做一番事业，所以不远千里，赶来投奔。如果王爷不嫌弃，贫僧愿得常侍左右。如果还有不便之处，贫僧正想到五台拜佛。待回京时，再来伺候王爷。寺院挂单，不着紧的繁文缛节太多了，贫僧疏散已惯，尤其两个小徒，野性没驯，受不了那些拘束，望王爷宽恕贫僧，让贫僧自寻下处吧。"朱高煦哪肯放他师徒走，尤其是怕他们到五台山去，被五台山好汉结纳成党，便竭力留住，直引自然师徒到汉王内邸居住。只暗地嘱咐陈刚小心招呼，暗中视察他三人的究竟。

后来自然如何对朱高煦，下文再叙。

第二章

入宫闹众好汉告密
探大内莽师徒失机

话说醉比丘大通尼命镇华山钱迈率领铁狮子魏光、黄虎魏明、怒龙徐奎、恶虎徐斗、玉狮子文义、金戈种元、红孩儿火济、一朵云岳文、飞将军柳溥、八哥儿王济等十一人，直入大内寝宫。金刀茅能率领牛儿丑赫、铁臂施威、螭虎雷通、震天雷卫颖、没毛虎董安、混天霓章怡、玉麒麟凌波、分水犀李松、云中龙龙飞、千里驹武全等十一人，随后前往，四面防备。大通尼在后亲自动身。大伙儿一共二十三人，鱼贯出屋，踏瓦而去。

钱迈为人素来精细，处事机警。这回进宫告密，虽是丹心为国，却因举动奇突，宫中不知就里，难免不生纠葛。钱迈身边揣好了告密的奏折和破汉王府时震天雷卫颖归附时带来的朱高煦盟书秘册等项。魏光、文义等分左右护持着，茅能紧随接应。丑赫、凌波等雁翅般排开两旁防护，大通尼独任断后。大伙儿全都异常慎重。将到东华门，众好汉彼此打个暗号，齐展陆地飞行法，嗖嗖嗖，连珠箭一般飘过侍卫班房，直入大内。

这时，建文朝的忠臣、义士，已被朱棣杀戮放逐，京中早经绝迹。如今北征凯旋，近几日益升平巩固，宫门便没设严防。加之那些侍卫都是虚有其表的大汉，平时吃粮不管事，只会站班摆看样。他们料着没人有这般大胆，夜入皇宫。不该班的，早就回家去哄老婆、孩子去了。该班的，不是在班房里喝酒谈天，闹着玩儿，就是窝在蟠龙凳上打瞌睡。谁也没想着是在该班值宿，要是有人问他在干什么，他只知道是做官，旁的就一概不知道了。

难道大内除却这班侍卫以外，一无防守吗？却又不然。朱棣奸雄不让曹瞒，所结冤仇也不知多少。他在燕备藩时，就收掳了五百多口边地兵灾的逃难灾儿，一齐阉割了充作宫内太监。聘了著名的武师辽东铁槊哥舒成、剑客大宁长虹李希用和道衍和尚（姚广孝）教导这些阉割了的孩子。其中有八个最出色的，姓名是久已无查考了，御赐的名儿，叫荣儿、华儿、富儿、贵儿、平儿、安儿、清儿、吉儿。这八个各使一条铁槊，各负一口长剑。长短两件家伙使起来时，真是风雨不透。虽只八个人，却都有万夫不当之勇，千军万马不要想近着他们。朱棣将五百多个小太监练成一队大内禁卫御林军，由荣儿等八个分统。另派一个老太监，是传授朱棣枪法的，名叫向丰波，做这一队太监的总兵。向丰波虽是武艺不及荣儿等八个来得，却是自朱棣弱冠时就随身侍候，朱棣很相信他，所以将这护卫大内的重任交给了他。这一队太监兵都是哥舒成、李希用、姚广孝三人用心教成，且全都自幼锻炼，都阉割了，保得童身，因此个个如狼似虎，武艺精通，一个人能当几百个人用。后来宫中新征的小太监都由荣儿等教导，虽不是个个勇猛，却是人人都会几手拳脚，使得动家伙。皇宫内苑都是太监护卫，也不怕什么刺客、剑士贪夜进宫谋杀朱棣。近来，朱高煦也学着样儿，拣选了四百名太监，正在练着，宫里益发巩固了。朱棣虽做了许多恶毒事，杀害不少的忠良，却有恃无恐，毫不畏怯慎防，也就是因为宫里有了这些武艺出众的太监，又因为这个缘故，便格外地宠信太监。甚至内而参知政事，外而参军督粮，都时常派太监承应当差。后来便闹到几乎每一重任有一太监，寺人开府，阉竖当政，才致王振、魏忠贤等害民亡国，酿成千古未有的奇变，蒙千古所无的奇耻。

除此以外，宫中还有一样可怕的东西，就是"西狗"。这东西是四川朝西的西番采办进贡的。这种狗身高有三尺五六寸，长有四五尺。脑袋赛过一只大瓜，两眼睛有酒盅儿大小，夜里放绿光。牙骨比刀剑还要厉害。周身黑毛，五六寸长，全都卷成圆筒儿，垂垂挂挂，臃臃肿肿，瞧去好似裹着一身破脏棉絮，那模样儿委实难瞅，比狗熊的样儿还要凶狠。要是有生人撞着了它，它也不叫唤，也不奔跑，只欱地蹿过来，竖起身子，俩后腿一撑，前面两条腿朝人脑袋上一按，或是肩头上一按，张牙一口咬去，不是将人天灵盖咬了去，就是将喉嗓脖子拉掉大半个。要是没有千儿八百斤的气力和闪电般快捷身手，遇着这西狗，就不要想逃得性命。先时，西番只进贡了四头西狗。后来，这四只狗里面有俩雌的，一连传了几传，就有了百来头了。因为种性相同，全是一般的犷悍，分在各宫防守，没人不怕，倒成了宫中最中用的宿卫。

钱迈等虽是知道宫中有勇猛的太监、犷悍的西狗，却是艺高人胆大，全没半点儿惧怯。过了侍卫班房，蹿过太和殿，进了内宸宫。钱迈、魏光二人当先，伏在瓦面上静听。宫中更鼓镗鞳，数了数，正传三更。便叫种元、火济守在内宸宫屋上望风接应，众好汉再向里走，便是颐寿宫。留下岳文、王济守着。钱迈独自领头，向颐寿宫后永巷墙上走来。

刚踏上墙头，忽见远远地有一碗明灯，时明时灭，从东头闪闪地向近前来。钱迈便映着暗淡的月光，向后面打了个手势。魏光、茅能便约住众人，一齐伏在瓦后，各露一只眼在瓦脊上偷觑着。一会儿，那碗灯走近了。月光下见是一个紫衣太监，手里提着一碗"气死风"明角宫灯，和一个蓝衣太监，一面走，一面说着话儿。

近前时，只听得蓝衣的接着说道："不是吗，大前天就发作了。咱们苑里伴儿就全知道有得饥荒闹啦。"紫衣的道："差不离得阴消了。您可知道这主儿是谁？"蓝衣的道："不是说三小爷那里的马巴巴吗？"紫衣的呵地一笑道："要真是他，三小爷可是吃不了兜着走，又怎么会阴消呢？"蓝衣的急问道："那么，到底这主儿是谁呢？这几天实在闹得够受了，大伙全都提心吊胆，没有日子过。昨儿夜里传杖，尚衣局李爷的老命就给拾掇了。要再闹不明白，还不知道得冤坏多少人啦！好大叔，您差事当得高，准能知道个准信儿，说给我，也好让我放下心来睡一觉安稳的。"紫衣的道："您放下心去安稳睡觉好啦，反正拉不到您身上便了。您这般鬼提防，难道您也有一份儿吗？要不，您急些什么？"蓝衣的忙道："爷爷，那还了得！要有半份儿也早要了吃饭家伙啦，还能伺候着大叔您跑一趟吗？"紫衣的笑道："你既没相干，就甭干着急啦。"蓝衣的道："不是那么说。要是知道这主儿准是谁，不是大伙全甭瞎操心了吗？要不疑神疑鬼，今日传杖，明日发厂，自己不着急，也得给要好的伴儿着急呀。"紫衣的脱口答道："这主儿不是咱们伴儿，却是个膀圆胳膊粗，担当得起……"以下便走远了，听不清楚了。

钱迈起身向众好汉打个手势，便双脚轻轻一点，欻地飘到地下，顺着永巷，甩开两腿，赶上那俩太监。却因他俩一先一后，不能一并掳住，想着：要是掳住一个，那一个一跑，一吆喝，事儿可就闹大了，今夜为什么来的咧？断乎不能这般莽撞。要是不掳住他俩，可向哪里去打听永乐爷今夜住在哪一宫？虽说是徐怒龙齐小儿就在宫里走动，宫里路径全都熟识，知道寝宫在哪里，要是永乐爷今夜恰巧投宿在寝宫，咱们将这些东西摞在寝宫里，可就保不定没有皇后的人，或是和高煦那厮要好的见着拿了藏灭了。那么，不是白费这么个大劲吗？

一面走着，一面思量，不觉已走尽了三百多步的永巷，也没听得俩太监说话。刚巧走尽内花苑月宫门儿，转过一座小石山，便要过一道小小的卍字四搭桥儿。那俩太监走到桥上，怕掉下水去，才互搀着手，就着灯光，俩人并肩而行，一同举步。钱迈暗喜：这是个好机会！身子一轻，脚下一紧，紧追上桥去，急赶到俩太监身后，正待伸手分掳那俩人，蓦地瞅见前面卍回栏凹角里，闯出一团黑影，猛然向俩太监扑去，接着俩太监便不动了。钱迈再细瞅时，原来那黑影是个矮胖子，已将俩太监劈胸揪住。俩太监陡然被人一把掳住，吓得忘了嚷叫，更记不起可以挣扎，两条腿做了乐工，直弹琵琶。身上却开了瓷坊，尽着筛糠。牙齿便如结了世仇一般，老是捉对儿打个不停。两手不争气，偏赶这要紧时候，僵了不会动。

钱迈料想那矮胖子必也是有所为而来，或竟是同道也未可知，便一闪身，藏在后桥栏凹角里，瞪眼耸耳瞅听着。那矮胖子冲着俩太监喝一声："快说，娘娘宿在哪里？快说！快说！慢点儿爷爷就要你俩脑袋使唤！"俩太监这时只剩一丝儿气没吓走，听说要脑袋使唤，吓跑了的气重又吓回来了。紫衣的拼命挣扎了一会儿，才挣出一句："在万年宫。"那矮胖子将俩人一提，提木头人儿一般，提过桥去，转到玲珑石山岩里。钱迈连忙闪身伏行，到石山上面蹲着。只听得矮胖子喝问道："你两个有什么事，这时还在这里跑？"紫衣的抖着嗓子答道："爷爷，这不干咱事，只怪成国公不好。"钱迈听得"成国公"三字，想着，成国公是徐斗的嫡堂兄弟呀，他

11

家上一辈子就因为哥哥尽忠保国，兄弟却暗引燕藩，闹了个手足背驰。如今成国公又有了甚事啦？待我来听他个仔细。想着，便爬前了一步。

这时矮胖子已逼着那太监细说，那紫衣太监只得说道："圣驾回銮时，宫里忽然抄出一百多册春景儿，外带着在王贵妃宫中抄出一包红药丸儿。传太医院一瞧，说是什么红铅，是姐儿们头一次月经里带出来的，什么春药都没这东西好。万岁爷当下追问这些东西是哪里来的，就有人说，是太子带进宫来的。这一来，就满宫追问。尚衣局监李宽和太子顶要好，昨儿夜里传去拷问，李宽抵死不招，立毙杖下，送了老命。今儿正在追究，还要传太子问话。先抄各宫，不料在万年宫抄出一包一样的药来。万岁爷这才传杖拷问张选侍，问出是娘娘特地叫成国公办了来的。再一追问，却不知办来干吗用。这大概只有万岁爷自家儿心里明白，咱可不知道了。现在是万岁爷叫咱传华田儿问话。"说着便指着穿蓝衣的道："他就是华田儿，东宫近侍。"矮胖子说声："知道了，且委屈你俩一会儿。"钱迈伸脖子偷瞧，只见矮胖子掏出两条绳索，将俩太监捆缚了。又取两个篾撑儿，将俩太监的口撑住，不让他出声叫唤。这才提起来，扔在石山洞里。

钱迈暗想：这小子的胆真不小！他竟把皇宫内苑当乡庄山寨办，这可了不得！要是永乐爷许久不见传人的回奏，跟着一查问，咱们今夜的事还得坏在他手里。我得赶快查着永乐爷在哪里，赶急去办完了事才行。

钱迈正想着，那矮胖子蓦地腾身一跳，就这一跳的眨眼之间，反手拔出背上的单刀，欻地朝钱迈当顶砍下。钱迈不知已被他瞅破了，更不料他不言不语，猛然就是一刀，急切里没处闪躲，只得反朝前一冲，打矮胖子胁下闯了过去。那矮胖子一刀砍在石上，掣回来掉转身躯，一声不响，照定钱迈头上又是一刀。钱迈方待抽剑抵架，忽听得铿锵一声，矮胖汉子的刀已被架住了。钱迈急拔剑在手，闪眼瞧时，原来是茅能挥动金刀，和矮胖汉子斗在一处。

钱迈暗想：不好，这事闹穿了。我再不去干好我的事，便没时候可干了。今夜这一闹，往后只有加紧严防的，更没法下手了。白辛苦还不算什么，高煦那厮不是就要做出来吗？百姓可糟透了。如今说不得，只好明干了。想着，不敢怠慢，掣身来到山洞里，掏了紫衣太监口里的篾撑子，扬剑问道："万岁爷这时在哪里？"紫衣太监说："在映波楼胡妃屋子里。"钱迈重将篾撑子塞入他口中，急忙回身来觅徐奎。

恰巧徐奎正上前来助茅能，钱迈没让他奔进圈子，拉了他就跑，一面问他："您可知映波楼在哪里？"徐奎答道："知道。这儿朝东过那桃林，不满三十步就到了。"钱迈一面跑，一面说了声："快领我去！"徐奎便和钱迈挽手一同穿过桃林，果然瞅见迎面一座楼台，一半儿搁在水池面上。

钱迈、徐奎扑到楼侧，腾身跳上了楼面瓦上。急到檐前，一同垂身使了个蝙蝠挂檐。钱迈这时已将裹着奏章和朱高煦的盟书秘册等项的小布包儿取在手中，闪眼一瞧，楼窗正开着，对面胡床上斜着一个彩眉朗目、身披杏黄衫子的大汉，凝神定睛，像似在静听什么事一般，谅来就是当今皇帝。窗前当地立着一个宫装女子，手中正在调着一碗热气腾腾的东西，约莫是羹汤。一面眼望外面，胡床下头站着个内侍。

忽见朱棣竖起身来，叫内侍："快传点……"钱迈没待他话完，便高声说道："草莽微臣，武当山民，访得逆王叛迹，谨奏陛下。"一面说着，一面便将布包照准屋里地下砸去。朱棣听得有人在檐前说话，并不惊慌。方待发话，忽见砸进一物，便不动声色，叫内侍拾起。同时，闪眼向窗外一瞧。钱迈已翻身上屋，只瞧得徐奎，认得是自己内侄。

徐奎也没理会，只和钱迈一同离了映波楼，仍旧穿过桃林，来到花园中。只见茅能、徐斗双战那矮胖汉子。文义、丑赫也裹住了一个雷公模样的人在厮杀。魏光、魏明敌住两个太监平儿、清儿，拦在桥上，纠作一团。施威、柳溥、雷通、卫颖四人和一个头陀拼斗。董安、章怡、凌波、李松、龙飞、武全都被些太监兵围住了混战。就中要算那头陀顶厉害，手舞镔铁殳，将施、柳、雷、卫四人的兵器逼得没处下手。钱迈便叫徐奎去帮魏家兄妹抢夺桥路，自己挥动长剑，直取那头陀。

头陀呵呵大笑，手中殳指东打西，指南打北，钱迈闯进圈子，留心捉他破绽。哪知那头陀神出鬼没，不可捉摸。战不到三五个回合，便也不知从哪里下手了，只得和施威等五人你挡一殳，我架一殳，颠倒不能还他一手。钱迈等从来不曾经这般怪事，大伙儿全疑心那头陀有妖法，心下都不免有些惊慌。这一来，更加不济了。

正混战间，大通尼从桥那边踏着桥栏飘了过来。那头陀一眼瞧见大通尼，高声道："好嘛，你也在这里呀，怨不得奸王有那么大胆。"大通尼方要答话，那头陀忽然纵出圈子，大叫："走吧，回头再和他们算账。"一连两闪，那头陀已踏水过去，就此不见了。

这事结果如何，下章再说。

第三章

笃友于贤弟救枭兄
闲游戏力士骇书生

话说众好汉一面抵敌宫中内相，一面和自然头陀、范广、聊昂等拼斗。自然头陀一眼瞥见大通尼，恨喝一声，便向范、聊二人喝叫："走吧！"自己一闪身先蹿出御苑去了。

范广这时正和龙飞斗到酣处，忽听得师父叫走，虚晃一剑，腾身便起。魏光瞥眼瞅见，急掏一支金镖，照定范广，嗖的一镖。范广没提防暗器，身子朝上跳起时，陡觉股上一痛，知道中了暗器了，心中大怒，顺手拔出镖来，便向众人打去，也没瞧准打谁。恰在这时，聊昂将身跳出圈子。雷通随后就追，忽见范广打镖，急喝叫："小子，不许暗箭伤人！"这句话不打紧，引得众好汉全都记起身边的暗器来。霎时间，袖箭、石子、金镖、铁弹满空乱飞。聊昂中了两支袖箭、一颗石子；范广又中了两颗弹子。二人各自身带数伤，且是师父已去，不敢恋战，只夺路而走，飞蹿出去。

大通尼忙约住众好汉不能穷追，知道钱迈已递过了奏章、密件，事情已完，无所留恋，便招呼众好汉出宫。众好汉仍使暗器打散内相宫监们，冲开一条路，依旧从颐寿宫等处熟路出宫。种元、火济、岳文、王济四人箭镖齐发，抵挡了一阵，宫中内相受伤的不少，不敢再追，众好汉方得平安回去。

再说朱棣见有人掷进一只长方布包儿，连忙叫内侍拾起。抬头见窗外已无人影，便向窗前长案边一靠，双手捧定布包，解开结儿瞅时，原来是一大卷字纸儿，这时胡妃也赶过来瞧着。

朱棣将字纸儿逐件翻开，见外面是一封奏章，便先摘下来，一瞧，却是举发汉王朱高煦五十大罪案的。将朱高煦自从封高葛阳王时，太祖升遐，高煦晋京起，一直到现在。分条别类，将一案一案地列出，莫不首尾毕具，证信全备。计共五十案，人命四十余条。朱棣越瞧越冒火，越冒火越要瞧。一直瞧完这封奏章，见文字简练，事况翔实，一无藻饰，必非虚构，顿时满心火发，一迭连声叫："传汉王进宫问话！"

一霎时，掌宫司礼监中官海寿和大内御林禁卫军总兵向丰波一同来回话道："贼子们都已打走了！"朱棣这时已知方才闹宫的人是有所为而来，断断不是无聊鼓捣的，便吩咐海寿："不许张扬出去，如有人进宫请安，只说没事。"海寿连忙领旨下去传话，顿时传遍全宫。大家都不知万岁爷是什么意思，却是知道永乐爷的性情刚毅，违了旨没好处。果然是皇帝威风，一霎时，全个大内传话已遍，上下照行。真果鸦雀无声，庭台尽涤。内相们忙个不停，却是好似并没昨夜那回事一般。

朱棣正想着所见奏章中陈闻的事件，桩桩有据，又瞅见朱高煦的盟书秘册，想到此子如此不肖，满心发怒，忽见汉王朱高煦朝衣朝靴昂头直入。一见朱棣，便请安叩头，行过大礼。朱棣也没待他立起，便拍案大骂道："你这东西，竟敢谋反叛逆吗？似你这般枭獍豺狼，也是皇家不幸。我再要放纵你时，连我的老命也要断送了！"说着，便将盟书、奏章等项掷下道："你自己去瞧，这是些什么东西？"朱高煦坦然答道："这不必瞧得，一定是东宫和赵王陷害我的。"朱棣盛怒，大喝一声："你没干这些没法没天的事，怎能有这般实证！事到今日，你还敢硬推他人，足见你不法已极，居心更不堪问。"回头唤近侍，"将这逆子捆起来！"

朱高煦听得要捆他，谅来凶多吉少，心中怒发，暴跳如雷。那把无明孽火一烧，竟烧出他"一不做，二不休"的心思来。当下，也不再辩，更不迟疑，便想乘此下手，一撩袍角，掣出长剑，挺剑直奔向朱棣来。朱棣大惊，近侍更吓得呆了。

这一霎眼之间，朱高煦就要成其弑父之功了，他心中一喜，口里竟高喝："为建文皇帝讨逆，本藩不得不大义灭亲！"正待挺剑直刺朱棣胸际，

16

朱棣也正待拔剑没来得及时，忽听得锵啷一声，朱高煦手中的长剑已掉在地下。接着，便见朱高煦蹲身在地，内侍才敢扑上去，将朱高煦捉住。朱棣怒喝："褫去衣冠！"朱高煦竟似毫无气力的一般，赛是缚小鸡儿，被内侍们剥去衣冠，将他缚了个结实。朱棣便叫："把这孽畜推出宫去斩首示众！"内侍们押着朱高煦，足不沾地地直出皇宫，到西华门系在柱上候旨。

宫中这般人伦大变，不消一刻工夫，已传遍各宫。皇后妃嫔、宫监局司，都来请圣安。太子朱高炽更是惊急非常，听得报说"汉王谋弑陛下"，吓得踉踉跄跄，三步并作两脚，急忙奔到映波楼来。沿路遇见内侍们亮刀挺剑，押着朱高煦向宫外急走。朱高炽便高声叫道："宫外候旨，不得擅自行刑！"一面急奔映波楼，见了朱棣，也不暇行礼细说，只向当地双膝一屈，跪在地下，两手向他父亲双膝一抱，摇抖着哭道："高煦无礼，到底是父皇陛下的亲骨肉、亲儿子，陛下怎忍不教而诛？务求陛下饶恕，臣儿愿保高煦洗心革面。"朱棣仰面说道："不干你事，你甭管！"朱高炽不待朱棣言毕，撼着他两腿，哭诉道："陛下！独不记高煦瓦剌退兵靖难杀敌、几番救驾之功吗？到底是陛下的儿子，才能舍命事陛下啊！臣儿愿退出东宫，只求保得高煦性命，得永禁高煦，也是陛下的深恩！"

朱棣这时怒气已消了一半，见朱高炽哭得个泪人儿一般，想着他的话也不为无理，便道："你起来。"朱高炽却抵死不肯起身，一直得朱棣说了声"我饶高煦的性命便了"，朱高炽才磕响头，谢了恩，爬了起来，便向内侍说："陛下开恩，赦汉王死罪！可传旨叫汉王自缚谢恩待罪。"内侍应声，待了一会儿，见皇帝没言语，便转身照言传旨去了。

一时，朱高煦果然自缚进宫谢恩，朱棣也不见他，便命："汉王高煦，就藩乐安，着即日离京，不许逗留！"接着又传旨："汉王府师保辅导乖方，助恶有据，即着锦衣卫捕拿，枭首示儆！"这两道谕旨一下，满京欢腾。锦衣卫捕杀汉王府师保时，更是欢声雷动。只便宜了钱巽、陈刚、侯海等一班人逍遥法外，仍得随朱高煦就藩。

朱高煦得了性命归邸，愤怒不息。一霎时，锦衣卫堂官带了缇骑来将师保数人捕去。朱高煦大叫："完了，做不成人了！"长史钱巽悄然进见朱高煦道："恭喜殿下，大业指日可成，因甚烦恼？"朱高煦怒道："完了！

都是你们要等什么机会，闹得如今丢尽了脸，还要说这些风凉话！"钱巽忙赔笑道："微臣怎敢说风凉话？殿下如今不是奉旨就藩乐安吗？那乐安民强国富，城固池深。这正是天以沃野天府资殿下为大业之基，殿下怎么反说完了呢？"朱高煦听了这篇话，心中一爽，忙道："乐安真有这么好吗？你不要骗我。"钱巽道："殿下到了乐安，北联河间，南结洞庭。仗着乐安州钱粮实足，人马强壮，民风强悍，地势险要，当今天下谁能敌得过？"

朱高煦被钱巽一番言语说动了，不仅是火气全消，反而满心欢喜，连忙吩咐内外人等尽快今日拾掇出城，遵旨就藩。"快，快，快，马上就要动身！"钱巽也帮着催促侯海、陈刚等赶快拾掇。面子上说是遵旨，实在是恐怕今上反念过来有变卦。乘这时，朱高煦练的三千新兵，不归兵部管的，还没被今上想到，便急忙忙先带了这三千兵营，即刻出城渡江，扎在京江驿。汉王府里的事，都由钱巽、侯海内外收拾，随后起行。陈刚、韦兴等有家眷在京的，恐朱高煦离京失势，被人报仇，便都忙忙收拾了，随军往乐安州去。

朱高煦这天照例陛辞，进宫别母别兄弟，便离了京城，好似烈马脱了笼缰，鸷鸟脱了羁绊，陡然觉得耳目一新。心中一喜，不肯坐车，只骑着九点桃花马，和钱巽、陈刚并辔而行。一路上见田畴满野，大地春光，不觉精神爽朗，向钱巽道："这趟果然如您所说，因祸而得福。要不是这一来，怎么得见这般好景致！"钱巽笑道："殿下，这算什么！这大好河山，怕不都是殿下的！"

朱高煦大喜道："您话虽不错，只是也还得费一番大劲啦。"钱巽答道："殿下可还记得靖难兴师之时？要拿来和如今比拟：一来，朝中恐怕没一个能似当年魏国公的；二来，那时哪有许多教友、好汉相助？何况乐安州不亚似北平，离京还比北平近得多，殿下何必担心？"朱高煦呵呵大笑道："人家说您是宋濂，我瞧您简直是我的诚意伯。"钱巽连忙马上躬身道："臣敢不竭忠尽能以报殿下知遇之恩。"

朱高煦一路上打着奉旨就藩的旗儿，向地方官征役索贿讨供应，勒办差；对百姓更是掳民充夫，刮粮搜银，无所不为。一时间，这条路上如同平添了几千只猛虎一般，闹得沿途百姓逃难远避，如同遭了大兵一般。地方上一班痞徒、强盗，却都纷纷夤缘投托。好在朱高煦兼容并蓄，无所不包，来者不拒。待到将近乐安城外时，已裹成了七千多人马。

这日到了乐安州，地方文武官员早就接了京文，准备办差。又接得汉王沿途发来的滚牌，便传集地方绅耆，按街派户出丁，离城二十里拈香跪接。朱高煦离城三十里，便命摆开队伍，亮开仪仗，弓上弦，刀出鞘，戈矛耀目，斧戟障天，夹着旌旗旄纛，漫空蔽野，好不威武。地方百姓吓得不敢仰望，只随着耆老拼命磕头。

一霎时，朱高煦金冠衮衣，骑着九点桃花马，马前列开内相、护卫、材官、猛士、马上、步下，一对对，紫衣花帽，顶盔贯甲，排队而过。乐安满城官儿早一齐伏地。武官儿带着兵丁两行抢跪，口报职衔。陈刚策马当先，高唱一声："免!"朱高煦一抖丝缰，昂然直入。众官儿连忙爬起，飞也似绕小路赶到王府门前依样跪接。

朱高煦进了府，府中早有前差会同地方官办差，拾掇完好。朱高煦进府便升殿传见文武各官，照例说了几句慰勉的言语。众官儿谢了恩，朱高煦便退归私室，立时叫钱巽来商量应当如何摆布。钱巽向靴筒中掏出一个白折子，双手捧着给朱高煦道："殿下且瞧这个。"朱高煦接过来，也没展看，便向桌上一摆，使手按住，向钱巽道："您且说该怎么办?"钱巽道："殿下初到，地方上还没收服得，只得且通知霞明观非非真人暂时缓动，且待招兵屯粮，到秋高马肥时再动不迟。"朱高煦听了才取折子展开来一瞧，里面写的却是些怎样筹划收乐安为己有，怎样屯兵备用种种策划，便向钱巽道："我这趟离京虽是没甚紧要，反而得益，却是有许多和我不对的人一定要说得天花乱坠，要我的好看。这种谣言，传来传去，传到北边，还不知道要成怎个样儿。非非真人是神仙，自然不会被谣言蛊惑。却是教友们不一定都是有根基的，若没个能说会道的人去抚慰一番，说明缘故，难保不被人挑拨离间，坏了我许多年的培植。我沿路想着：这事非您代我辛苦一趟不可。如今只好请您不要辞劳苦，到河间走一趟，将来我决不负您。功成之日，论勋称首。"钱巽起身答道："主公有命，赴汤蹈火所不敢辞。这事委实要紧，只恐微臣袜线之才，不能当这大任。如果主公说是犬马也有可用之处，微臣准定明天就到河间走一遭。要再有暇日，也许就此出塞到青草山去宣扬盛德。只是南方似乎也得个人走走才好。"朱高煦道："南边不必过虑，我早收服了他们的真心了。田伏桑无论如何不会变心的。"钱巽欣然道："那么就好极了！"说着，便辞了朱高煦出来，回房拾掇行李等件，预备起程。

次日，钱巽辞了朱高煦，打扮作学究模样，带了许多银两、行李，备了牲口，出汉王府，悄地离了乐安城。这日只走了半站路就落了店。第二天起了个绝早，打马飞奔，恨不得一日就赶到河间。原来钱巽这般热肠性急，自有他的心事。这趟朱高煦仓促离京，钱巽在外面哄吓诈骗，托情说项，做了许多事，这一来，匆促间，全不曾收得一文，急想要设法捞回一笔钱来填阙。恰巧朱高煦要他到河间去，便想着：徐季藩正仗着朱高煦做护符，怎肯变心？且是就藩乐安，正是放虎归山，难道徐季藩那么个聪明人会想不到吗？白莲教徒都入他的圈子，是他一手管死了的，岂有个不听他的话变了心的道理？如果他们要变心，甭说我小宋濂钱巽，就是朱高煦亲自去磕头也是白忙。到河间走一趟，不过是为着徐季藩要倚仗朱高煦，就不能不拉拢我，就得给银子。我再推托朱高煦才到乐安，处处要用钱，和徐季藩借几万银子，他不能不肯，这里头，我捞摸一点儿，就不差什么啦。再一高兴，到塞外走一趟，仗着我这长史身份，这么远亲自前去，还怕他们不各自送个百儿八十的程仪吗？这趟辛苦，准不白吃。想着，一团高兴，精神陡涨，打马飞奔，也不记得天光已晚。

钱巽一心赶程，走了多时，忽觉着四面暮云齐起，西方斜日将沉，便想寻店歇宿。可是茫茫绿野，一望无涯，更不见个村庄影儿，心中未免有些着慌。急将马缰勒得挺直，泼啦啦一味闷跑。心中暗想：我只为怕有旁人识破，小厮也不曾带得个。这时落得孤身独马，又带着这些银子，真觉有些尴尬。哪里寻得个破窑歇一夜，也是好的。

正在越走越冷静，越想越害怕之际，忽听得哇的一声，有人打着山歌，锐声刺耳。钱巽心中一宽，自言自语道："好了，有了人就不怕了。"连忙刷上两鞭，打着马，顺着歌声寻去。抹过两丛枣林，便见一泓碧水周围砌着石塘堤。堤朝东有一座不高的土山，山上有个十三四岁的孩子，头绾双丫纂，身穿一件蓝布夹衣，散着两只单裤管，赤脚背笠，正挽着一头水牛的两只大角，跳跳跃跃的口中乱唱。说也奇怪，那只水牛竟像是面做的，只将斗大的牛脑袋随着那孩子的手上下颠动，好似没力别扭一般。钱巽见这情况，暗自惊奇，连目前最紧要的投宿都一时忘了，停马塘边，呆呆瞅着那孩子。

那孩子却似没瞅见钱巽，一心一意，两手握着两只牛角，口里唱着：

"云儿，月儿，甭闹啊……山儿，水儿，甭焦呀……哥儿，姐儿，甭造小桥吧……年纪大了才知没下梢唉……怨什么路迢迢……"

钱巽不觉脱口赞一声："妙呀！"那孩子听得有人吆喝，左手一松，右手单挽着左牛角，右臂一伸，向身旁枣树上，就那么一筑，瞧他没费什么大气力，那牛角突地钩进大树去了。钱巽大惊，想着这孩子大劲儿，要没千百斤臂力就能办得了吗？再瞧那牛角忽在树身内动也不能动，就那么偏着个大牛角，挨着树狂吼。那孩子也不顾那牛怎样，两手一张，扑风一般，扑过塘这边来。

这孩子是谁，下章中再说。

第四章

宿荒郊有心饵豪杰
走浅滩无意遇英雄

话说那孩子顺手将牛角插入枣树中，使那水牛逃不了。两手一张，便向水塘这面扑来。钱巽已见他那般神力，又见他这般凶猛扑来，不觉大惊，叫声："不好！这孩子要发傻劲，可受不了！"急忙抖动丝缰，双脚乱拐，鞭子乱抽，打得那马掉头飞奔。

只听得那孩子呵呵大笑，两只脚噼啪噼啪随后追了来。又听得他高声嚷道："大小子，不要逃呀！您上天，俺得赶到天尖儿；你下地，我得赶到地渣儿。瞧你往哪里逃？"听他那声音越嚷越近，语音未了，已到马后。钱巽急得拼命使两脚向马腰乱拐，不料那马脑袋一甩，前蹄一趄蹶，后蹄左右一分，吧嗒嚓一声响，就不走了。同时，屁股向下一矬，几乎把钱巽掀下马来。钱巽心慌意乱，不敢回头瞧看，只尽平生气力高高地扬起藤鞭，急急地向后面抽刷。一连抽刷了五六下，不知怎样那马如同爬陡坳一般，低头伸颈，直朝前挣，却又前蹄乱踏乱蹶，寸步难移。钱巽大惊，料知不好，麻着胆扭颈撇头，朝后一望：原来是那孩子一手挽住马尾，向下撸着，瞪着眼，闷声屹立，好似一只矮黄铜桶儿矗在地上。

钱巽只得翻身下马，想要逃走。那孩子顺手撸住马尾，向道旁地里一捋，那马便倒退丈来远倒在地里乱滚，四蹄朝天乱蹬。钱巽也没暇去瞧那马，拔步便跑。那孩子两条短腿一动，不知怎样，就赶上钱巽了。钱巽情知打也打不过他，跑也跑不过他，只得闪身一让，避开那孩子追来的猛劲，站在道旁，作揖哀告道："我和小爷没仇没怨，小爷何必一定要和我

22

过不去？"那孩子见钱巽软求，倒不好打他，便喝道："谁叫你鸟作声笑话俺，俺们拼一拼！你强，任你笑去；俺强，以后不许你鸟笑。"

钱巽这才知道那孩子是个浑人，错会了意思了，忙赔笑道："小爷，您闹错了！我怎敢笑您？先时是见您气力能制伏那么大一头水牛，佩服极了，才叫了一声妙，是说您英雄无敌啊！"那孩子听了，侧着个扁脑袋，使手抹了抹嘴唇上的鼻涕，翻白眼望着天，待了一会儿，才嗓子放低了些，说道："那么，你跑些什么鸟？"钱巽冷不防他问这个，顿时一愣，呆住了，那孩子重又愤怒起来，向钱巽跟前一冲，喝道："大小子，说话呀！再要挨，可不要吃喝痛！"钱巽大急，给那孩子这般一逼，愈加没了主意。要说"逃跑是怕你发傻"，固然是不行；就说是"瞧着你形象可怕，所以逃跑"，也准不对劲。这一来，竟把个机灵了一辈子的钱巽给憋住了，再也插不出半句话来。

那孩子大怒，右胳膊一抬，那五个指头弯着如五只钢钩一般，突地抓住钱巽的左胳膊。钱巽顿时觉得左胳膊好似上了铁梭子一般，痛得气儿都没了，也不能叫唤。霎时间，这只胳膊竟像是折了，又像是没了。眼里金星乱冒，心里滚油煎炸，说不出的难受，比死还甚千倍。身子朝后一倒，就那么全身悬在那条左胳膊上，自己再也把握不住了，逼得腔子里怪叫了一声。

正在这万分危急的当儿，道旁土堆后面，忽闪出一个六十多岁的老太太来。一见那孩子在磋磨钱巽，便怒喝道："好，你又闯祸了！"不料那孩子经一喝竟如猛虎遇着伏虎尊者，立时威猛全消，噤声答应，接着说声："不敢！"便放了钱巽的胳膊，钱巽就此一跤，摔在当路。

那老太太连忙过来，挽起钱巽，喝令那孩子给钱巽揉擦。那孩子真果绵羊一般垂头丧气，走过来轻轻地给钱巽摩着揉着。好半晌，钱巽才回过气儿来，哼着向那老太太道谢。老太太一面安慰他，一面叫那孩子驮着钱巽到屋里去。那孩子一点儿不别扭，赛过换了个人一般，服服帖帖，轻轻地驮着钱巽，随着那老太太打田塍上穿过垄亩，又转过一座泥冈，来到冈下坳里一所茅屋中来。

老太太在前拿钥匙开了门上锁着的锁，推开门。那孩子驮着钱巽，随着老太太进了茅屋，跨过外间，来到里面一间，还老驮着钱巽不放下来，直待老太太叫他"好好地扶学究坐着"，那孩子才将钱巽轻轻地放在一张大竹圈围椅上，又转身望了望钱巽，见钱巽张眼坐着，便又回头望了望老太太，才退到门旁，使手擦鼻涕去了。

老太太也坐在竹床上，一面叫那孩子沏茶，一面动问钱巽的姓名。钱巽只答了名姓，没说是干什么的，转问老太太尊姓。老太太答道："老身姓薛，原住在乐安。先夫早已故世，只剩下这孩子。他排行第六，人都叫他薛六。极小就爱闯祸，天生一身蛮力，又带着一副傻性子，老身看牛一般看守着他，有时还要闯下滔天大祸来，因此搬到这四无居邻的地方来。前天东庄上王大户瞧这小子坐吃不是事，一番好意要他到庄上去看牛。去了两天，就打伤了两个同伴。今天老身正担着心事，便出去瞧瞧，不料他又得罪了学究。似这般淘气，老身这条老命迟早总得送在他手里。"钱巽正待答话，薛六已沏了茶来，突然接声嚷着道："妈，您不知道，他先笑俺。"薛妈妈一声断喝，不许他说，薛六才咕嘟着嘴，送上两碗茶，咕嘟着嘴，依旧退立在门旁呆站着。

薛妈妈见天色已晚，便向钱巽道："这儿过去二十里地没客店，东头王大户庄上，因借宿被人抢劫过，发誓不留宿客。学究不嫌弃，不如就在俺这茅屋里窝一夜吧。"钱巽道："谢妈妈盛意，我还有行李牲口在那地里啦。"薛妈妈便叫薛六："快去把学究的牲口行李取了来，不许在外面惹事！"薛六应声出门去了。

薛妈妈便取了火镰石，打火引草，向小瓦灶里烧起火来，整治夜饭，一面嘴里和钱巽谈些家常。钱巽才知薛六的父亲虽是个农夫，却是个爱打不平的好汉。就是薛六也天生爱管闲事，生性虽有点儿浑，却是很能分辨曲直。在乐安时，因为街坊上使小秤的多，薛六瞧着不顺眼，揍伤三个盐号里伙计，母子二人便逃到荒郊僻地来住着。就靠着刨荒土种薯度日。有时东庄西村的念佛奶奶、吃斋姥姥瞧着他娘儿俩可怜，送他三斤五斤面，就那么过日子。

说着话，忽听得轰隆一声，连那茅屋也震动了。接着，便听薛六的声音，直着嗓子叫了一声："妈！"钱巽心中又是一惊，连忙欠身斜倚在炕上，伸着脖子打茅篾编成的草壁缝儿里定睛朝外面一瞧，果然是薛六负了一匹死马，胁下夹着一大包行李。进门时，将死马向地下一摔，因此轰隆了一声。那马尸一半倒在门阈里面，一半倒在门阈外面。四蹄直挺朝天，鞍辔散了一地。接着又见薛六向胁下掏行李包儿，一手举起来，向房门角里抛去。啵哩、咕嘟嘟接连两响，行李包儿砸在壁上，太使大了劲，布包儿砸破了，银锞儿滚满一地。钱巽不禁脱口叫声"哎哟"，便硬撑起身来，要去拾掇地下的银子。

才立起来，忽见外面走进一个黑孩子，身材和薛六差不多，却是比薛六肥胖许多。浑身武士打扮，大踏步直到堂前坐下。薛六也不过去招呼，只高声嚷叫："妈呀，真来了客了。"薛妈一面答应，一面扯布裙揩了揩手，便走出外间来，却不认识那黑孩子是谁。正待要问那黑孩子的姓名，薛六早蹦蹦跳跳蹦到他母亲跟前，嘻着大嘴，大声大气说道："妈，他是俺的好朋友，俺要和他拜兄弟。咱俩真对劲儿，也真够交情。"薛妈妈给他这一大套闹得更加不得明白。

那孩子早抢前拜见薛妈妈，自通姓名道："小子姓范名广，自幼随师父自然头陀学艺。这趟师父到京来，有点儿小事还没干完，叫俺到北方走一趟。方才打这东头大道上走着，忽见田地里倒着一匹死牲口，还带着个包裹，便想着：此地一定有了剪径的了，只不知谁吃了亏去。正想着，恰巧薛大哥来了，跑到田地里扛起死牲口，夹了行李包儿就跑。俺不合疑心薛大哥是打边仗的，跳下马来，绕到薛大哥前面一拦，假说东西是俺的，你拿到哪里去？薛大哥大叫：'反了！反了！'也不和俺答话，提着两条马腿，甩起死马，向俺当顶砸盖下来。俺急了，一抬腿，将死马踢回去。薛大哥这才问俺姓名，一定要拉俺来家里叙叙，俺只得随着薛大哥来了。"

薛妈妈听了，才知薛六在这一霎眼间，又惹了一桩事了，便安慰范广一番。哪知范广和薛六性情相投，不但是没一点儿嫌隙，反而彼此争着认错。薛妈妈见二人性情说话竟是一般无二，好似同胞孪生的弟兄一般，心中不觉异样欢欣，便叫薛六："陪着你范大哥说话儿。"自己仍旧到里间来整治饭菜。薛六一面和范广攀谈，一面帮着拾掇碗筷。

钱巽在里面听了半晌，暗想：这两小子倒是一对，要能全收了来倒能中些用。一霎时，薛妈妈弄好了饭，便叫薛六陪着范广到里间来吃饭。钱巽和范广见过了，范广瞧着钱巽不像个爽快人儿，满不痛快。

薛妈妈正和薛六陪着钱巽、范广吃饭，忽听得一声嘈杂，一会儿，便有人踢门，一面大叫："薛婆子，你的儿子逃到哪里去了？快开门！"薛六跳下座位，奔过去，拔开篾闩，只见王大户家中小管事罗二恶狠狠地当门立着，正待问他为什么打门，罗二早圆瞪怪眼大喝道："好，六小子，真有你的，你还在家里乐着啦，快跟我去偿命去！"薛妈妈不知儿子又闯下什么滔天大祸，吓得手脚冰冷，连忙来到门口，柔声说道："罗二爷，劳您驾啦，屋子里坐一会儿吧。小子不好，得请二爷甭客气给教训才好，干吗生这么大气呢？"罗二凶气腾腾地大喝道："谁和你客气！牛都给弄死了，难道说不去偿命吗？"薛妈妈大惊道："怎么，牛给弄死了？你老怎么说？"罗二冷笑道："你瞧，你颠倒来问我，你只问你儿子，为什么牛角给弄折了，牛也弄坏了，树也弄折了？"薛妈妈急得脑袋豆大的汗往外直冒，正待问薛六时，薛六早蹦起来嚷道："这怎好怪俺！那瘟牛惯会跑会斗，俺没法，才将它缚住点儿，哪知它会坏了呢？"罗二狞笑道："好，说的好风凉话儿。人家把饱饭给你吃，要你干吗的？你缚牛怎会把牛缚得快断气儿呢？我不管，你只跟我去见庄主去。"薛妈妈这时虽没弄明白到底是怎么一回事，却情知是薛六弄坏了主人家的牛了，便连忙央求罗二。罗二却听也不听，只一迭连声叫："走走走，不要装傻呀？"薛六大怒，将破袖子一揎，两只小黑瘦拳头一紧，青筋乱冒，就待举起来。薛妈妈见了，大喝一声："还不快快哀求罗爷！"薛六真果不敢动，却仍不肯求告罗二。薛妈妈一把眼泪一把鼻涕向罗二求告道："孩子不好，二爷您打也打得，骂也骂得，要是事情不大，就求罗爷不要告诉庄主，俺母子总得粉身碎骨报您的大恩。"罗二双睛一闪，顿喉大嚷道："不要尽着麻烦，值价点儿，走吧！你儿子闯了祸，你也应当去瞧瞧。走！庄主开恩不开恩我不管，你只给我快走！"

薛妈妈方要下礼求告，忽听得有人大吼一声，眼前一闪，那罗二早翻了个蛤翻白出阃。接着又听得一声："揍死你这恶强盗！"薛妈妈当是薛六行凶，连忙喝叫："六儿不得无礼！"言未毕，只听得罗二"爷呀""祖宗呀"乱嚷，乱求饶。薛妈妈忙奔出门去，才见有个人骑在罗二身上，提起拳头擂鼓一般。一面打得罗二，一面恨声喝作"搂死你值个鸟"。再定睛细瞅时，却是范广，不是薛六，顿时没做理会处，却一扭头扑去，抓住薛六号啕大哭道："俺不要这老命了！你瞧你这祸闯得多大！谁不知道得罪王大户，不死脱层皮？你还当是在乐安吗？俺终究要被你这畜生累杀的，倒不如早死早干净！"一面哭着，一面抓住薛六直揉。薛六恨怒交并，也哇的一声哭了。接着又扑通一声，跪在地下，抱着他母亲直哭叫着："妈呀！妈呀！"

钱巽这时也到了门口，见范广将罗二打得差不多了，心中暗想：让他搂死这豪奴，才好收服这两匹烈马。便不去劝解，只过来将薛妈妈拉起，又扶着她到屋子里。一面劝薛六："甭哭，这不是哭得了事的。且停一停，咱们商量商量。"说着，便将自己是汉王府长史的话告诉了薛妈妈，又将腰牌给她瞧了。并说："你甭急，这事包在我身上。死这么三五个也算不了什么。万事有我，你娘儿俩只管放心。"薛妈妈满心感激，薛六却高声说道："俺们搂死人偿命，再搂死一百个也不过是偿命，怕他什么？"

正说着，只听得范广一人的声音喝道："叫唤呀，小子，怎不作声呢？"接着又是一阵拳头声，薛妈妈、钱巽都赶过来瞅望，薛六也随后过来瞧时，只见罗二直挺挺躺在地下，颈上身旁淌着一大堆红血，眼见是不会动了。钱巽想着：够了，是时候了。便上前拉着范广道："得啦，够了，您且歇一会儿。"范广睁眼嚷道："不成，这小子还活。"薛六脱口答一声"再搂呀"，被薛妈妈一声断喝，才不敢声响了。

钱巽乘此劝住范广，挽住他和薛六两人的手，并劝薛妈妈一同进门，到草房坐下，便问薛六："到底是怎么一回事？"薛六才将先时和水牛斗力玩儿，遇着钱巽一喝彩，错认作是笑他，要赶去寻事，恐怕牛跑了吃罪，便将牛角插入枣树里，使那牛跑不掉。后来就去赶钱巽去了，一直被母亲喝骂回来了，竟忘了这回事。不知怎样那牛将角也弄折了，树也弄倒了，还说连牛也伤了。薛妈妈这才明白这事的始末，便向钱巽求告，怎样给做个主。钱巽拍胸当担着道："您甭着急，任他是谁，我管保他大屁也不敢放一个。"薛妈妈感谢道："天可怜，但愿得没事，就托了大爷的福荫了。"又将薛六着实埋怨一番，范广在旁，叫道："妈妈，您甭怕，俺去寻那王大户算账去。"

薛妈妈重新将蔬菜下锅烧热了，再请范广、钱巽吃饭。范广听得钱巽是汉王府长史，虽不知长史是干什么的，却是心中老大地不高兴。钱巽一面吃饭，一面将言语逗他二人。薛六不知就里，只两眼瞅着娘。范广却斩钉截铁说："俺不能帮着高煦去害百姓。"钱巽渐渐说到方才的事，便道："我写封书子给地方官去，任他什么大户只好当只狗，揍死一两个人算什么。我在京里，高兴时，随便也弄死三五个。"薛妈妈听了，真当他天神般看待。

一时饭罢散坐，薛妈妈便求告钱巽，修封书子给知县相公。范广却和薛六唧唧哝哝，不知在商量些什么。钱巽便在行李中掏出笔墨纸封来，写了一张字帖儿，交给薛妈妈。正待说明白如何送去，忽听得一声呐喊，如千军万马奔腾而来，又似翻江决堤波涛滚至。薛妈妈吓得大叫一声："天呀！"范广早夺门而出，薛六随后赶来。

要知是什么声音，阅下章便知。

第五章

深谋密计巧言饵士
开诚布公议语醉痴

话说薛家母子正和钱巽、范广说着话儿，钱巽刚修好书子，忽听得门外喊声如雷。范广、薛六拔门便出，只见火把耀空，灯笼纷舞，遍地是人，一个个都手持刀枪铁尺。范、薛二人便想迎上去打他个落花流水，哪知那一大伙人却不扑奔这屋子，只朝北飞奔而去。落尾一大堆人，不知簇拥着什么，欻地闪过，没瞅得明白。

范广拔腿便追，没几十步便赶上了。急闪眼瞧去，原来是一大阵人绑着一条大汉，前后簇拥着，向南头树林子走去。范广方要抓住一个人打听打听，薛六已随后赶到，向范广道："范大哥，这伙人都是王大户庄上的。"范广便道："咱们去揍他去。"薛六回头向后面望了一望，才说道："俺妈要骂的。"范广道："如今只好一不做，二不休，不干也不行了。走，干去！"薛六心中一高兴，什么都忘了，答道："走呀，让俺打头，俺认识他们。"

二人就此一齐大叫一声，两只发疯的狮子一般，大脑袋直摇，四只脚雨点般，一直向那大丛人中奔去。到了那大伙人跟前，两人一齐顿喉大叫："呔，俺来了！"那些人正在耀武扬威地走着，万不料有两个这般猛人扑打将来。急切里，没提防，没法招架，顿时你挤我，我推你，扰作一团。

范广当先闯入人丛，顺手一撕，接着向后一捋，一条长枪已经到手。薛六见了，便朝一个扛着大刀的大汉扑去，两臂一张，近前时，两手一钩，便将大汉抱住了。底下抬腿一脚向大汉下身踢去。只见大汉白眼一翻，薛六一松手，大汉便倒地无声了。薛六便俯身拾起大刀来，举眼一瞅，范广早已杀入人丛，那些人如围场中的狼兔一般四面乱窜。薛六心想："完了，已全被范大哥宰光了。"连忙将手中刀一横，着地一卷，旋风一般，见人便砍。

范广虽是先杀入人丛，无奈那些人虽不曾对敌，却是会跑。枪尖起处，只见四面都是人奔跑，要想扎着一个可不容易。好得范广腿快，突赶上去，挺枪刺翻了好几个。薛六来时，只斩得一个绊着树根跌倒的胖子。

二人赶了一阵，没赶着一个人，便都回身来。范广拾起那些人扔在地下还没熄灭的火把，迎风甩了几甩，火光重又熊然照彻。二人借着光才瞧见地下有个人捆着，料得就是那些人扔下的。薛六便上前使刀将那人身上的绳索挑断，范广扶他坐起。那人谢道："承您俩救我，感激不浅。甭挽，我虽受了些伤，还不打紧。"说着，只见他使了个鲤鱼打挺，蹦了起来。薛六便说："俺家离这不远，您到俺家去歇一会儿可好？"那人也不推辞，掸了掸身上灰尘，便和范广、薛六移步向茅屋来。

这时，薛妈妈满眼望着钱巽能够保得平安，心中宽了许多，胆也就大了许多。这一阵喧闹，薛六随着范广夺门而去，急要赶上去拉住他俩，钱巽却存着一个他们的祸越闯得大，越跳不出他手掌心的念头，反将薛妈妈劝住了。正在心中着急，忽听得薛六老远地叫着："妈！"接着，便见他和范广引着个汉子进来。

那汉子见了薛妈妈，见薛六一劲儿叫着"妈"，知道是薛六的母亲，便上前施礼，回头又和钱巽见过了，彼此问姓通名。那汉子先说："姓黄名礼，山东德州人氏。"薛六、范广说过姓名，薛妈妈便将钱巽的姓名和他现在汉王府做长史的话告诉了黄礼。黄礼听了，心中一动，且不说什么，只和钱巽敷衍了几句。

钱巽动问黄礼的来踪去迹，黄礼只说："经商回家，打此地路过，向离此地十多里的一个市集上挡子店里投宿，因掌柜的不讲理，和他打了起来。不料他们人多，使绊马索绊倒俺，给捉到此地来，恰遇两位救了俺。"钱巽微笑道："这算不了一回事，明天我叫地方官封了那家挡子店给黄兄出气。"

黄礼一时捉摸不定范广、薛六是怎么样个人，便且不吐真言，也不肯说出自己是武当门下弟子。信口答话谈了一会儿，听他三人说话，似乎不是一路。再听得谈到王大户的事，才知钱巽、范广都是路过此地，今日才和薛六相遇的。瞧过去，范广、薛六都是硬汉子，要和王大户硬拼。钱巽只不过是要倚仗着汉王府的势压人。再一听，钱巽口口声声称颂汉王的圣德神功，句句是打动他三人，有收服三人给汉王出力的意思。范广却铁铮铮地时常顶回他，说许多朱高煦的恶事。薛六只傻听着不作声。薛妈妈却只想免祸息事，一心巴结着钱巽。就那么说了半夜，也没说到一处。

黄礼渐渐地明白了，暗想：这事不好，瞧薛家这孩子实心眼儿，又十分听他妈的话。他妈已经着了姓钱的迷了，这孩子难免不被他骗了去。刚才他俩救俺时，瞧他真猛勇，气力也真不错，要是给朱高煦添上这么一个人可又得多费许多事。就是这姓范的孩子，心直口快，断不是姓钱的对手，处长久了，保不定不被他掀动。俺如今眼瞧着这两个诚朴刚强的好孩子，何况他俩还救了俺的危难，怎能袖手旁观，瞪着眼，白瞧着他俩掉下浑水潭去？

想了好一会儿，忽然得了个计较。乘众人不留意时，悄地伸一只指头向贴身边腰袋里，摸着方才撂进去不久的一个小纸包儿，指头一着劲，挖了个小窟窿，就那么使指甲挑了一点儿药面儿，再拔出来，紧紧地窝在手心中。这才借着给钱巽斟茶，起身拿过钱巽跟前的茶杯，倾了冷茶，反身提起地下瓦茶壶，给斟上一杯茶。又装作剔出茶杯中小虫儿，使那只暗藏着药面儿的指甲向茶中一剔，那药面儿全透到茶里去了。黄礼便将这杯茶双手捧着献到钱巽跟前，恭恭敬敬，说了一声："钱爷喝茶。"钱巽正在讲得十分高兴，唾沫四溅之际，一心只在想自己的心事，绝没留心黄礼在暗中做手脚，见黄礼送过一杯茶来，正说话说得口中渴极，还当黄礼到底年纪大些，心乖识趣，便接过来，一口喝了个干净。黄礼危坐一旁，神色自若。

钱巽正满嘴胡诌，说得天花乱坠，满指望喝下这碗去，解渴提神，好着力再来一阵，便可掀动薛六、范广。却不料喝下这碗茶时，顿时上气不接下气，心中无缘无故会荡起来，想要说话，气力不接，疲乏异常。暗想：这是我这两天赶路太辛苦了，闹成个精神不继。如今正是紧要关头，怎能放松一点儿？上了钩的鱼儿绝不能再让他逃了去。且撑起精神，再来一会儿，便大功告成了。想着，便又张嘴想要接着说下去。哪知一张嘴，话没说出，却来了一个呵欠。接着脑袋一昏，心头一乱，再也撑持不住，就那么顺着桌子一溜，躺在地下了。

薛妈妈忙叫："钱爷怎么了？可是有些不舒服？"薛六也着了慌，当他是黄昏时被自己捏伤，这时伤势发作，不觉满心大慌，恐怕埋怨，急得口角流涎，两眼呆直。范广久在江湖，在一旁瞧钱巽那模样儿，似是中了蒙汗药，却是想着：这人是朱高煦的走狗，不值得救他。再又想着：是谁下手的呢？不知不觉，两只眼睛直射着薛六。黄礼见众人都面现着惊疑颜色，觉得这事十分诧异，便也且装糊涂，说道："这大概是中了瘟疫了，要不然，就是太辛苦啦。且让他到炕上去躺一会儿瞧，待会儿，打近处觅个大夫给他瞧瞧。要是真个中了瘟，再送他到镇集上调治去。"薛妈妈想了想，也只好如此。这时乡僻处所，甭说没处去请大夫，就是要觅点儿救急的丸散也没处觅去。便叫薛六扶着钱巽躺到炕上去。薛六俯身搀扶他时，好似搀着个面人儿一般，歪东倒西，老是扶不起来。薛六便两手向着钱巽肩腰两处下面一抄，便将他平托了起来，托到草炕上撂下。薛妈妈给他拉过一床破被盖上。瞧他时，竟沉沉酣睡，如死了一般。

薛妈妈和薛六母子二人，见钱巽一个有说有笑活泼泼的汉子，霎时间成了这般形象，都忧形于色。黄礼故意向范广道："瞧钱爷这样儿，一时还不会醒转来，咱们且到外面商量个处置方法去。"范广便邀薛家母子一同到外间来从长计议。薛妈妈初时不肯离开钱巽，后来经黄礼说是"大伙儿想法子要紧，光是守着瞧着有什么用"，薛妈妈才和薛六一齐跟着黄礼、范广到外间来。

黄礼待薛妈妈等坐定，突然问道："你们是要丢脑袋，还是想活命？"薛妈妈骤然间听了这一句话，摸不着头脑，两只眼睛翻了几翻，呆瞅黄礼不言语。薛六更是莫名其妙，无从答话。范广却坦然答道："只要值得，丢脑袋又有什么紧要？要是不要良心，不顾廉耻，白活着也和死了差不多。"黄礼道："俺说这话不是这意思。只因当今永乐爷的二皇子赛霸王汉王高煦，蓄意造反，弑父刺兄，谋夺大位，这原是他朱家的家风，上一辈子就是这般办的。不过朱高煦这小子太坏了，靖难起兵时，他随父亲南下，杀戮最多，这大道上的百姓因为他几趟南来北往亡身破家的也不知多少。如今他又勾通番部，私养白莲教。要让他起兵时，又不知要糟蹋几多百姓。俺们江湖好汉讲究的是行侠仗义，怎许他一人要夺天下，来害这无数的生民？况且他这弑父刺兄、禽兽枭獍的行为，也不是俺们瞧得过、放得下不管的。白莲妖教，更不能听他猖獗。番部鞑子，尤其不能任他再进中原。俺们武当弟子和江湖侠士正为着这事南北奔驰，舍死忘生，和这班贼子暗斗。这钱巽就是高煦手下的谋士，他如今往北，不是到塞外去和鞑虏商量，引他来扰中原；就一定是到河间霞明观白莲教大寨子里去商议造反，断乎干不出好事来。俺方才见他甜言蜜语，想骗您俩投奔高煦，俺恐您俩一时被他所蒙，上他们的当，才略施小计，将他弄翻了，再将他们的诡计戳穿。俺如今便是奉了敝师父武当祖师张三丰之命，跟随丈身师叔到京里去邀请众同道的。您俩要不相信，咱们不妨抄一抄钱巽的行囊，一定可以得着他是去勾结番部或通同妖教的真凭实据。"

范广不待他言毕，便霾言道："且慢！高煦的罪恶，俺都知道。并且俺才在京里干他没干着。却是知道你们武当同宗的五台一派正和高煦结纳着。因此俺才奉师父之命，到北方去寻友鹿道人讲理，您说武当师徒们如何如何……"

黄礼大惊，忙抢着说道："您这话怎讲？咱们五台一派有谁帮着高煦？除开师兄弟们先时有一两个在汉王府卧底的，敢说断没这样离宗叛道的人！"接着便将卧牛立寨和有人南下破汉王府的事说给范广听。

范广冷笑道："您没到京里，怎知详细？俺是亲眼得见的，待俺说个真凭实据给您听。俺师父是黄山自然头陀，自听得姚少师死了，知道朝中更没人能制得住高煦，对付白莲教，便带领着俺和师弟聊昂一同进京，想假意投托汉王府，好入穴除奸。不料一到京城，就听得有人说：姚少师是五台侠客刺杀的，这不是五台师徒们帮高煦是什么？"

黄礼一扬手，方要抢答几句，范广一摆头，接说道："您甭拦俺，往下还有实实在在的事情啦。后来，俺师徒在莫愁湖边借着卖武，遇着高煦。高煦便邀俺们到他王邸里去。俺师父只和他敷衍着，在王邸里住了几天，夜里出去，探皇宫路径，将高煦的奸谋想要奏明万岁。不料那夜进宫去，俺打头到内苑。刚捂住俩老公公，问他路径时，便有人藏在俺身后，要暗下毒手害俺。亏俺机灵识破了，和他打起来。霎时间屋上东西南北四面跳下来十多口子，全朝着俺动粗，俺师弟赶来帮助俺，也没得胜。俺师父才出面打退了好几个。瞧着正要宰他几个时，忽地闯出个红面老尼，俺师徒敌不住他们人多，俺师父认识那老尼就是五台一派的什么醉比丘大通，想着五台的人怎么帮着高煦去？心中一气，便招呼俺和俺师弟俩走了。俺师父不甘心白费这一趟劲，便领着俺俩到万岁爷的屋子里去。哪知朱高煦那厮这时正和他闹别扭，拔剑要杀他老子，俺师父一着急，打了他一针。那厮才站不住脚，倒地被绑。俺们便出了宫。俺师父料着保不住，也没再回汉王邸去。后来听说高煦那厮贬到乐安来了，俺师父说：这一来，他有了地方，更好屯粮练兵，谋反叛逆了。便和师弟到乐安去，却叫俺奔潼关去寻友鹿道人，问他掌管些什么，怎么让大通带着人进京帮高煦和俺们为难？俺问路上了当，走到这里，才遇着俺这位薛六哥。"

黄礼道："这话不对！您一定闹错了。要不，就是大家没通名姓，没约会，错会了意思，才打起来的。就照您说的，您想，如果大通师叔是帮着高煦那厮，您师徒在汉王邸时可曾会着五台的人？可曾听得说过有五台的人和汉王来往？再说，您师徒三个虽说是假意投托在汉王邸，却是五台一派的全不知道呀。这就难保五台一派的人只当你们是真心实意帮着高煦，径和你们为难了。您想，俺这话可有道理？"

范广听了一愣，再低头一想：是呀！他们怎知咱们爷儿三个是假投高煦呢？再说，动手时，也没彼此问过为什么来的，就大家混打起了，谁能准知道自己不是弄错呢。只是俺师父怎么想不到这一层咧？且不要被他花言巧语哄了去，俺师父一定有一番道理在里面的，俺只照着师父说的干去，准错不了！想虽是如此想，却是人家的话委实有道理，不能驳回，便只好堵着嘴不言语。

薛六在旁听了半晌，插不下嘴去。这时见他俩都不说话了，想着他俩说的那什么高煦要杀老子，勃然大怒，再也憋不住了，攥着干筋拳头，猛然举起，向那白木桌上一擂，咬牙恨道：“什么混账小子，这么不像人，那还了得！俺瞧您俩甭尽着抬杠啦，咱们马上就去揍死那兔蛋，不就结了吗！走，咱们去！”薛妈妈这半天也没闹得清他们说些什么，更没听明白他儿子说些什么，只听得一句“马上就去揍死那兔蛋”，只当薛六又要闯祸了，伸手一把撵住他喝道：“你还不改你那牛性，你又要揍死谁？俺先得揍死你！”薛六叫道：“妈，您不知道，那兔蛋要杀他老子啦。”

黄礼知道他母子“大闺女裹脚，缠到三四层里去了”，连忙劝薛妈妈放手，又将朱高煦谋逆的事仔细告诉了她。连薛六也才听明白，朱高煦是要夺江山。薛妈妈却仍然只懂得一小半儿，总算是娘儿俩不再急闹了。

黄礼又向范广道：“您师父是江湖上有名的前辈莽英雄，遇着事儿说一不二，解说不开。只有丈身师叔说的话，他还能相信。这事儿您师父闹别扭了，这一时不要想他明白过来。好在如今丈身师叔也南来进京去了。俺是和丈身师叔同一日离卧牛山的，因为有点儿小事儿不愿走德州，丈身师叔又叫俺顺便到乐安瞧瞧，便独自向这条道上来了。丈身师叔和俺约定在韩家庄相会。咱们如今便赶到韩家庄去见了丈身师叔，再一同到乐安，您师父一定能明白过来了，您瞧这么办可好？”

范广听得黄礼说丈身和尚到韩家庄，惊喜道：“您说的可是荆州金蝉寺的笑菩提丈身和尚？”黄礼点头道：“正是。”范广喜得直跳起来道：“俺真想不到今日会得着俺师父的讯息！”黄礼诧道：“您师父不是在乐安吗？又有什么信息关着丈身师叔呢？”范广喜笑颜开道：“您哪里知道，笑菩提长老才真是俺的恩师啊！”

要知范广毕竟如何，接读下章便知。

第六章

再离家黑夜走长途
初遇难绿林悲远别

话说黄礼听得范广说"笑菩提长老才真是俺的恩师啊",却诧异道:"您是丈身师叔的弟子吗?怎么从来没听得师叔提起呢?"

范广道:"这话说起来很长,俺不说明白您也不会相信。俺自幼没了父母,独自一个,不知怎样会到一家织布机行里的厨房中去做小厮。有一天,厨子叫俺去他家里捉两只鸡来。俺在路上稍许捏重了点儿,那两只鸡断了气儿了。俺想这两只鸡,反正要杀的,捏死了也没紧要,就那么拿去交给厨子。那厨子真狠透了,一见两只鸡是死的,就照定俺背上砍了一菜刀背,逼着俺要将两只鸡弄得活转来,说是要不能弄活两只鸡,就得将俺弄得和那两只鸡一样。俺急了,便和他对打,他没气力,打不过俺,却叫那些下手挑水的将俺捆绑起来,吊在后苑树上,使皮鞭猛抽。俺受不住了,叫唤起来。

"那后苑围墙矮,笑菩提师父人长,这时他老人家恰巧打墙外走过,听得了,回头一瞅,便叫住那厨子问:'是怎么一事?'那厨子将俺捏死两只鸡的事说了。师父劝他甭尽着打了。他说:'反正二两银子买来的,揍死了也不过扔了二两银子,算什么?不干你和尚鸟事,你甭问。'师父一听,便和他商量,是给四两银子,买这孩子去做徒弟。厨子初时不肯,后来见师父真果掏出一锭银子来,便说:'你将这一锭银全给我,便将这孩子卖给你。'师父就答应了。就那么将俺解下,到厨房中写一张字儿,师父就领俺回南。打京城对江江东驿路过时,瞅朱高煦盗了他母舅徐家的马，姓徐的赶来，给揍了一顿。那揍翻朱高煦的就是飞霞道人王师叔，师父和他一招呼，就带了俺和王师叔一同到徐家住了多时。俺从此就知道朱高煦那厮不是个好东西，想着得便就得除掉他。师父许俺长大时，一准帮俺了这志向，这事俺真刻刻在念。后来随师父回荆州，住了些时，师父见俺孩子家就能揍翻一个厨子，说俺臂力好，便教俺练拳脚。才练会三十六路拳和一柄剑，师父就教给俺三尖刀。学会了长家伙，师父带俺出来闯江湖。先到徽州游玩，师父便顺路到大觉寺，拜会俺现在的师父自然头陀。俺随师父去的，便也在大觉寺住下。

"住了没两天，俩师父说话时，丈身师父谈起收徒弟的事，便说：大徒弟茅能不争气，不听话，成心撺了他，想再寻个了。如今收了这孩子（就是说俺），瞧那气性儿很像茅能，将又是个别扭种，想着要趁早给他寻个安身之处，送了他去过一辈子。要是再教他武艺，恐怕将来闯的祸比茅能还要大。那时自然师父还没弟子，听了这话，便向丈身师父讨俺做弟子。丈身师父一口答应了。俺当时急得不得了，暗地里求丈身师父：'带了俺走，不要留俺在黄山。俺瞧着自然长老那样凶相就害怕，师父救人救彻，俺决不敢学大师兄。'哪知丈身师父终不答应。却是和自然师父说明白，不要揍俺。自然师父一口应允，丈身师父就叫俺拜自然师父为师。俺没法，只好依言拜了。心中却想也待丈身师父离黄山时，俺便悄地里溜着跟去。不料丈身师父早料到了，也没和俺说半句话，就那夜里暗中走了。次日天亮，俺起身时，到处寻了一遍，也没见着丈身师父影儿。小孩儿哭了一场也就没事了，不过心中老是记挂着想要见见丈身师父。

"后来，俺就在黄山大觉寺住下。却不道自然师父脾气儿和俺差不多，爷儿俩真对劲，越过越亲密，比在金蝉寺的日子还要过得顺遂。自然师父格外疼爱俺。吃的穿的甭说，就是玩儿乐，听个戏儿，逛个庙，也老是爷儿俩一道儿去，一道儿回。师父的一身本领也全教给俺，一点儿没剩下。直到近来师父离山游玩，也有时叫俺跑过腿送一两封书子，爷儿俩才有时分手。俺每想着丈身师父救俺性命，齐小儿将俺领到十来岁，那种恩情三辈子也忘不了，甭说这一身世，怎丢得下？每回离山，老是打听他老人家的下落，一劲儿没得着个准信。如今听您说，他老人家竟到了韩家庄，有地处可找，准可以见一面，满足俺这五六年的心愿，您瞧这不是俺的大喜事、大乐子吗？怎不叫俺喜得直蹦起来呢？好大哥，您能教给俺，韩家庄在哪儿？怎走的吗？兄弟俺给您磕一个头可好？"

黄礼听了，点头答道："怨不得您这般惊喜，原来有这一段因缘。可惜俺不曾听得丈身师叔提起过，要不然，咱们见面就大家明白了，不至于费却许多唇舌。如今您到底怎样呢？须知道丈身师叔就是南来北去领着俺们和朱高煦、徐鸿儒作对的。您能信得过您的恩师，就能知道俺不是哄您的。"范广连忙答道："俺信得过，一定信得过。"

黄礼正要邀范广同到韩家庄去，还没开口，薛六嚷道："您俩全有人可投奔，俺如今知道朱高煦不是好东西，不能投奔他，却又憋不住那鸟大户的气，叫俺怎么好？"薛妈妈也羼言道："再要逃也没法子逃了。不挺着死，就得要饭。"

黄礼忙答道："您娘儿俩不要着急。这地方自然不是安身立命之所，就是王大户不寻来，薛家兄弟也不值得憋在这里埋没了。依俺说，咱们如今把那钱巽给宰了，除却朱高煦一个爪牙，就连夜奔韩家庄，寻丈身师叔讨个计较。要找个安置您娘儿俩的地方还不难。且是薛家兄弟有这般天生神力，也正好乘此投拜一位名师，学些武艺。一来可以保身家，二来可以做些行侠施仁的事业，三来边境有事时，也好一刀一枪给国家出些气力，保全疆土。只此便决，用不着犹疑。"

薛六大喜，回头向薛妈妈道："妈，咱们准定这么办吧！"薛妈妈连连点头道："俺只要能有个蹲身的处所，你再有个人管束着，不再瞎闯大祸，俺就心满意足了，旁的俺也不望。"黄礼、范广听了，一齐道："既是这般，咱们就干吧。"说着，两人一齐起身，返手向背上嗖地拔出长剑来，便扑奔里间去杀钱巽。薛妈妈不曾听清他们要杀钱巽，这时，拦也来不及了，连吓带急，浑身乱抖。

黄、范二人方才拔出剑来，正待去砍钱巽，忽见正中檐前轰的一声，火光乱射，不觉齐吃一惊。连忙按剑定睛瞧时，忽见左檐角的茅草也燃起来了。眨眼间，又瞧见一支火箭直奔屋脊去了，这才明白是有人在外面放火箭烧屋。这茅屋上盖的是枯草，见火就燃，比什么引火之物全要快，一霎时，已满屋顶全着了火。

黄礼略定一定神，便向薛六道："快走吧，再迟就没命了！"薛六应声，一脚踢开白木桌，扑过去，背向薛妈妈，身子一蹲，两手向后一挽，就将薛妈妈驮起来了。范广见前面火球直滚，不能夺门而出，便奔左壁，嘣地一腿将壁柱踢折，再来一个连环鸳鸯腿，哧地踢倒一大方篾夹泥壁，身子向后一矬，耍动长剑盘顶护身，乘势蹿了出外。薛六负着母亲，随后奔出。黄礼仗剑断后，紧跟着薛六，蹿出屋来。突地闯出一个大汉，正举着一条铁槊，斜向薛六右腰刺来。薛六手无寸铁，身负老娘，没法架闪。黄礼一眼瞥见，大喝一声："恶贼狗胆！"同时，将手中剑向右一刷，接着一腿踢去，锵嗒一声，那条铁槊已飞落在一丈开外的泥地里。黄礼向右一偏身，迈过一步，长剑起处，那大汉斗大的脑袋，也和铁槊一般飞起远落土中，身子向后栽倒，溅了一地的鲜血。

这时，范广如摇头狮子一般，和一个瘦长汉子扭在一处。黄礼顿喉大叫："不要恋战，快走呀！"声未了，忽见范广腾身跃起。火光之中，反映着范广手中的长剑，白光如练，如流星坠地一般，剑光自上直冲下来。接着便见那瘦长汉的脑袋反冲上去，没头腔子里鲜血向上冲洒，范广没待那尸身倒地，便转身向右，扑奔屋前人丛中，寻人厮杀。只见他夭矫迅捷，如怒龙舞空一般，挨着他的便倒。黄礼因为要保着薛妈妈逃命要紧，赶过去，一把掤住范广道："黑飞虎，不要追了，咱们赶到韩家庄去要紧。"范广猛然想起才停脚转身，向黄礼道："走呀，打哪方走呢？"

黄礼带领着范广，转身飞步追上薛六，沿路拾起两个火把，一直向东落荒而走。急匆匆也不分大路小路，也不管泥路石路，只要有路就走。走了不到二三十步，火把灭了，三人便暗地里急奔。好在他三个都是有臂力的，脚步沉着，虽是地面高低不平，却还撑得住，没摔倒。黄礼便叫薛六驮着老娘，紧跟着范广，只照他脚迹走，自己断后。

走了约莫三四百步远近，范广在前猛然见田稻丛中，闯出一个大黑东西，鼠一般急蹿过田塍。范广手快，左手一掤，顺手一揪，早将那黑物揪住了。薛六正拄着铁槊当拐杖走着，见范广掤着一个黑东西，顺手提起铁槊，突地扎去，只听得哎哟一声，原来那黑东西竟是个人。三人全停了脚。范广将那人捺住，向腰间百宝囊中掏一条绳索，将他手脚一拧一齐绑了，就像那渔夫用的鱼罾一般模样。黄礼向范、薛二人道："咱们且歇一歇，瞧瞧这厮是哪里来的。"

范广将那人提起来，复向地下一掼，那人连哼了两声，鸭儿氽水般，肚皮贴地，手脚朝天。薛六蹲身待老娘双脚踏地，黄礼上前挽着，薛六才转身扶着薛妈妈向道旁田塍上坐下。黄礼这才迈到前面，喝问那人道："你是干什么的？快说！"那人哼着答道："小人是过路的。"黄礼又喝道："胡说！这偏僻小路，三更已过，有什么过路的？你实说便罢，要有半点儿含糊，得要你的脑袋瓜子使唤。"那人哀告道："小人实在是赶路的。"薛六在旁一听这说话的声音很熟，便上前攀着那人的肩头，将他翻过身来。黄礼知薛六是要瞧他面貌，便向百宝囊中掏出火光纸来映在那人面前。薛六借着那一丝光儿，定睛一瞅，大喝道："嘿，好小子！你敢在俺跟前捣鬼？你是过路的吗？"那人也瞅见了薛六，只吓得魂不附体，牙儿厮打起来。薛六向黄礼、范广说道："这小子叫汪从龙，是王大户中当差的。黑夜躲在这地方，准不做好事，搋死他吧！"黄礼道："您不要着急，俺还有话问他啦。"说着，便到汪从龙跟前，使左脚踏在他背心，喝道："你在这里干什么？快说出来，饶你不死。要再不说，可不要后悔！"说着，左脚尖儿略动了两动，汪从龙早痛得杀猪也似的叫将起来。黄礼等三人一齐大喝一声："说呀！"

汪从龙只得说道："俺是王大户庄子上吃闲饭的。这事和俺满不相干，不能怪俺。昨儿王大户家巡庄的小黑子回来报说：大水牯倒在枣林塘里面，塘里枣树也折了，看牛的薛六也不见了。王大户便叫他去寻薛六。小黑子去了半晌没回来。后来又有人报说黑小子死在薛家门前。王大户就叫人来会薛家娘儿俩。正在传人，忽又有人报说，黑云镇上鸿盛店给人砸了。大伙儿费多大的事，才拿着一个闹事的人，解到庄子上来。不料路上遇着薛六，还有一个和薛六差不多的人，给劫走了。还杀死了好几个人，受伤的也不少。王大户便忙着安置受伤，派人掩埋杀死的。闹完了，才大伙儿到薛家。俺本不肯来的，后来总管说：薛家新来了两个很厉害的人，咱们能去的全得去。大伙儿带着硝磺火箭，只管放火烧，甭和他们蛮打。就派了俺伏在这地里传信，要是得胜，就不必说；要打败了，俺们伏着的就给庄子上送信去。"

黄礼心中一动，喝问道："就只叫你们传信吗？还干些什么事？快说。"一面将手中剑一拧，直指着汪从龙的胸膛。汪从龙吓得魂不附体，飒飒地抖起来，一句话也说不出来了。薛六不耐烦，走上前，张开左手，啪啪打了汪从龙两个大耳刮子。汪从龙脸上顿时开了染坊，一会儿红，一会儿青，一会儿又紫了，一连变了好几样颜色。牙根一痛，满嘴里都是掉下的牙齿。那痛是不消说了，真比一刀杀了还要难受，直痛得眼泪如瀑布一般地冲下，喉间如筑坝一般塞住。

薛六见他老不开口，左手一抬又想打下。汪从龙骇得哇的一声，接连叫道："爷爷！爷爷！俺的亲爷爷！不要打您小孙子！让小孙子俺来说吧！总管原是派俺们五个一班四方沿路埋伏。一个先伏在前面望着，四个伏在后面，安好绊马索。要是遇着爷爷们，前面的一个待爷爷们一过去，就向后面的打手势，绊马索齐起就可拿人了。"薛六听了，怒道："拿住你时还要说谎，不是黄爷察破，险些被你瞒过，还要上你的大当。你这东西到死还要使坏心眼儿，可见你平日做不出好事来。爷爷今日给你了罪孽吧，也免得尽只留你在世上害人。"说着，手起一槊，猛然向汪从龙前心刺去。黄礼连忙挥剑托地架住铁槊，向薛六道："不要杀他，俺有用他处。"薛六只得罢了。

黄礼向汪从龙身边一搜，有些散碎银子、两柄小刀、一条绳索、一副取灯儿。便使那条绳索，将汪从龙绑了，只留着两腿，回头招呼薛六、范广依旧起行。范广当先开路，薛六负母在中，黄礼牵着汪从龙在后。一路上，黄礼一手搦住绳头，一手将剑扁着向汪从龙背上拍打着，一声声，问他王大户的事。汪从龙知道逃走不了，恐怕绊马索起，绊倒了前面的人，后面的必先将他杀了。便沿路指出埋伏来，果然一路不曾着得道儿。

走了约莫二里多路，黄礼已将王大户家中情形问明白了。原来王大户名叫志高，本来并不是坏人，素来也很安分。几年前，徐季藩在山东传教，来到此地打听得王志高是本地大户，故意在他庄子上炫奇示怪，将一条痛得将要死去的牛救活过来。又将王志高家中一个得了三十年疯病的姑娘给治好了，王志高便信服徐季藩如活神仙一般，接到家中供养着，又拉扯许多人入教，便在王家开讲经会，设坛聚众，轰动远近。

徐季藩说是"白莲当兴，朱明当灭"，劝王志高结纳天下英豪，将来好做个佐命元勋。王志高果然相信了他，暗地里召养许多闲汉，终日在庄上擂鼓呐喊，不知闹些什么。闹得太厉害时，地方官也叫典史、主簿来查问。好在王志高有的是钱，拿银子一塞，只说"练团练，防倭寇"，地方官一来图省事，二来图银子，便模糊下去了。就是不时派人来，也只要银子，更不问他们干些什么。

如此成年累月，王志高越来越胆大，竟在黑云镇上开张一家客店，牌名"鸿盛"，专一接待江湖好汉、绿林魁首。又在家中暗地打造许多兵器，囤积许多粮食。又请徐季藩教他本领，画符念咒，哄骗愚民。借名经会收钱粮，借端向人民讹索。只要能弄得钱的事，没个不干的。近来徐季藩来信说，快要动手了，叫他赶紧预备，王志高这才想起自己不会枪棒，将来怎么到阵前去立功讨封咧？便出重金聘得一位教师，姓吉名喆，拳棒功夫十分了得，也是徐季藩举荐的。——迎在家中，昼夜教习武艺。

吉喆原是个老粗，任什么不懂。听说徐季藩要做皇帝，想着皇帝原是人做的，怎见得徐季藩不能做呢，便相信准可做到。到了王志高家中，尽心教授，实心眼儿，绝不藏奸，因此讨得王家一家人欢喜。

有一天，吉喆瞧见薛六打樵，连树根倒拔起来拖着，打山上飞跑下来，瞅那劲儿不小，便和王志高说了，劝他收了这孩子，将来做个护卫。王志高满心相信吉喆，便将薛六收了去。后来见薛六这孩子有点儿傻气，便假说叫他看牛，原想磨磨他性子。王家的总管却恨薛六不曾孝敬得他，便将些最烈性的大水牛指给他放牧。吉喆十分爱惜薛六，逐日传给他拳脚。后来又向王志高说了，才只叫他牧放本庄上拖磨的一头牛。薛六反正不知道，只叫他干什么他就干什么。

出事的那一天，黑云镇鸿盛店里忽然来了一个客人。掌柜的王志高的叔叔王清福向那客人一打量，见他头戴范阳笠，身穿青绢袷衣，下面青绵绸甩裆裤，足踏一双多耳麻鞋，胸前扎着斜十字丝绦，腰束阔丝硬武士带，背上斜插着一柄单刀。生得尖尖眉儿，小小眼儿，瓶子鼻，盒子嘴。

身材不高不矮，体态不瘦不肥。手脚利落，精神抖擞。瞧过去，不是镖局里达官，就是赶武场的士子。

王清福估量他是来投奔王志高的，便照例亲自上前接待，通名问姓。那人顿了一顿，才说："姓彭名燕，长安人氏。"王清福便叫伙计们开饭。伙计是懂得规矩的，连忙将份例酒菜端上来：一大碗肉汤、一大盘白切肉、一碟儿炒肉丝、一碟儿溜腰片、大笼肉馒头。一条盘托出来，向桌上摆下。王清福便请彭燕随意用些。彭燕一瞧，双眉一皱，说道："咱没要这个呀！"王清福道："这是俺们小店敝东家接待江湖好汉们的规矩，回头再整治酒宴奉请。"彭燕脑袋一摆道："咱不吃这个。"王清福莫名其妙，只得问道："那么，客官要什么，听凭尊意叫吧！"彭燕道："你只给咱来一盘熟牛肉、一笼白馍馍就得啦。"王清福忙道："俺这小地方，近来禁私宰，没处找牛肉去，委实对不起，求客官委屈点儿，吃点儿旁的吧。"彭燕露着不耐烦的样儿，皱眉说道："好吧，你就给咱弄煎豆腐吧。"王清福连忙答应叫灶上："快煎豆腐，多摅麻油，重下料。"

彭燕坐在店堂中闲瞧，忽见一个汉子背上负着一大块东西。仔细一瞧，不觉愤火陡烧，勃然大怒，厉声喝道："掌柜的！你怎么存心欺负人，过来，咱和你评评！"说着，向桌上一拳，打得啪一声，桌上一双竹筷子跳起来二尺多高，掉下地去，桌面儿顿时现一个大窟窿。

彭燕是个怎样的人，这时因甚发怒，都在下章叙明。

第七章

捣贼店孤客助孤客
憩空祠奇侠遇奇侠

话说彭燕陡然瞧见有个店伙计模样的人，肩头负一大块牛肉，肉上盖着一方灰色湿布，急匆匆奔进里面去，触起刚才店里掌柜的说"此地禁宰，没处觅牛肉"的话，怒火从心里爆炸开来，猛地向桌上一拳，震得筷飞桌破，吓得掌柜的王清福神魂出窍，店伙计抓起抹布就逃。

王清福听得彭燕顿喉大骂，才知他是为着牛肉生气，连忙上前想要下气和声去说明白，这牛肉是后面关王会上祭关王杀得的牛肉，不卖给旁人的。不料彭燕待他近前时，不等他开口，一伸胳膊抓住王清福的左手腕，接着啪啪啪一连几个耳刮子，打得王清福脑袋发昏，眼睛冒火，嘴里满口血，耳中雷鸣，要叫唤也叫唤不出来。那些伙计们早吓得四处乱闯，不知闯到哪里去了。

彭燕怒气不息，就手一摔，将王清福摔得踉踉跄跄，直到店门边才啪的一声，顿在地下。彭燕立起身来，两手朝腰里一叉，两眼睁得圆彪彪的，直瞅着王清福，似有两道神光盯着王清福一般，精闪刺人。王清福这一来也恼羞成怒，心中恨发，一骨碌爬起来，也顾不得痛，脑袋一低，向柜房里一闯，慌忙向抽屉中掏出一只牛角，急转身向后面飞跑，一面口中呜呜呜乱吹牛角。

霎时间，四面人声杂乱，刀枪交响，鸿盛店里立时聚集了二百来人。一齐高声喊着："捉强盗呀！""不要放走了强盗呀！"眨眼之间，将鸿盛店团团围住。其中有几个胆大好胜的，挺着刀枪，扑进鸿盛店堂里，寻人厮打。这小小镇市上的居民都不知是什么天大的祸事来了，顿时风声鹤唳，人声鼎沸，行人纷乱，商家闭门。

鸿盛店里原来住着个军官，姓孙名安，人称黑大郎，原是边塞军功出身，本身现充御林军中铁槊教头，兼宫门护卫金槊班领班。这时，正因随驾北征，凯旋回来，请了个省亲假，打算探望几个至好朋友。打乐安路过时，遇着汉王府前站侍卫李智，留住了几天，才动身往太行山去。走到黑云镇，恰巧有点儿不舒服。好在原没十分紧要事，想着恐怕日里走路辛苦了，歇一歇吧。便在镇上觅了一家大车店，就是鸿盛店，住了下来。王志高素来不喜文武官，王清福自然是和他意思相同的。孙安住在店里，王清福很瞧不起他。却是孙安并不刁难，也不赊欠，没眼儿可挑，只得听他住下。孙安久历行伍，又在御林军当差，脾气儿自然是经过一番磨炼的了。虽觉着王清福狗眼向人，却想着：我又不和他攀朋友，只不过歇两天脚，不值得和他较量。只是孙安究竟是铁铮铮的汉子，虽是耐着性儿，那肚腹中却是装满了闷气；且是瞧着王清福的所作所为很不顺眼，便疑心这店是黑店，准做不出好事来，索性再待两天瞧探个究竟。

这日午时，孙安正在店堂中喝酒，忽见彭燕走进来，形状英挺，料着不是个等闲人。又见他长行打扮，却没包裹行李，也不骑牲口，便有点儿诧异，更加暗地里留神瞅着他。彭燕却觉着，只眼角里刮着有个军官在那里吃饭，桌上撂着个小布袋儿，事不相干，也没暇问他那布袋干吗用的。

王清福殷勤接待彭燕时，孙安还当他们是一路的。及见彭燕闹了起来，王清福吹角打号，顿时来了许多人，围住了鸿盛店，孙安心下大白：这一定不是一家好店，有这许多埋伏救应，不是绿林黑店，就一定是豪棍的眼线。何况几百人打一个人，这种不平，怎能瞧得过，便存心要打这个抱不平，暗地里在一旁预备着。彭燕打得赢了，便用不着动手；打输了时，便出头帮他一场。

王清福既不是彭燕的对手，那招来的打手，更不是彭燕的对手。却是人多成王，彭燕就是长着三头六臂，也来不及招架。何况这店堂虽说很宽阔，究属有限，不过比平常客店宽些罢了。屋子里，横七竖八摆许多桌子、凳子，极碍手脚。那些人攻彭燕时，用不着四面照顾，便跳桌立案地远刺近砍。彭燕却是要面面顾到，不能松懈一点儿。和众人战了些时，脚下绊着倒翻的长凳，打了下踉跄。那立在桌上的教头吉喆见了大喜，尽力刷一槊过来，直朝彭燕头顶刺下。

彭燕身子还没立得牢，正在撑持挣扎之际，怎能招架？看看那铁槊已捣到顶上，差不满二尺了。忽地半空中飞来一张凳子，风车儿般转着，横打过来。恰巧打在铁槊杆上，那凳子飞来的力量沉而且猛，赛过是一方大石头。就这一刹那间，吉喆虎口一震，两手把握不住，铁槊脱手横飞，直打在墙上，吧嗒一响，碰下一大方泥尘碎砖，顿时灰舞漫空，许多人睁不开眼睛来。

彭燕正在危急万分，没法解救闪躲之际，突见凳击槊飞，转危为安，怎肯怠慢，忙定了一定身子，趁灰尘弥漫时，扑地一跳，右脚踏上吉喆立身的桌子边上，接着左脚一起，噌的一腿，向吉喆腿弯踢去。吉喆才被打落铁槊，虎口生痛，心中着慌，一时没提防彭燕有这般矫捷的身手，心里一急，手脚略缓，便被彭燕一腿踢个正着，腿弯一软，倒栽下桌子来，仆在地下。

这时，旁边许多壮汉见彭燕扑向吉喆，连忙刀把乱拥，挠钩纷起。彭燕才踢倒吉喆，左脚还没收回，右腿已被三四把挠钩搭住，并力一拖，彭燕独立失势，身子一仰，朝后一倒，也倒翻在地。那伙人见了大喜，一窝蜂向前拥来，恨不得立刻将彭燕打成肉酱，顿时围成了个大圈子。

就在这一霎时，猛地半空中狂吼一声，便见一个顶盔贯甲天神般的大汉突然劈空跳落入圈子中，将手中铁槊四面一激，只听得咔、吧、咔、嗒一阵乱响，四面许多兵器都被激开。接着铁槊起处，众人纷纷后退。彭燕这时才认出这大汉就是方才进店瞧见那面桌上坐着喝酒的人，也就是黑大郎孙安。

原来黑大郎孙安见众人围打彭燕，决计要打这个抱不平。接着便见彭燕一腿踢倒吉喆，身手十分矫健，不觉脱口叫一声"好"。再见众人使挠钩乱搭，接着彭燕倒地。孙安再也忍不住了，大喝一声，就地拾起铁槊突地跳起直向人丛中落下，尽力四面一绞，将众人兵器绕开，一面大嚷道："你们许多人欺负单身客，非得重重地警诫一番不可！甭逃，我来了！"将

46

手中槊横七竖八要开来，如万树梨花。许多人全只敢抱头逃走，没一个敢回身迎敌的。

彭燕帮着孙安撺散了众人，孙安还要出店追赶，彭燕拉住他的甲带道："大哥，穷寇勿追，咱们回头清他的窠子去。"孙安才止步回头，向彭燕道："您贵姓啦？"彭燕答道："咱就是关西长安乌鹕子彭燕。"又问过孙安姓名，才一同回身进店，四面搜抄。店中没多银钱，也不是黑店，前后翻了一遍，没见一点儿什么，二人只得向受伤没死的说了姓名道："冤有头，债有主，你们用不着冤拉旁人，有本领的只寻咱俩便了。"店中财物，一丝没取，只收拾了些干粮。孙安备好了自己乘来的黑马，拾掇了行李。因喜欢那条铁槊称手，自己原本是使槊的，便随手带用。彭燕向店后刀枪架上拣了一条朴刀，槽头上选了一骑白马，便一同出门，徜徉上路。

二人走后，王清福才在隔壁肉店里闯出来，那些被彭、孙二人撺散的庄汉也渐渐围了拢来。王清福便出五吊京钱的重赏，差两个人先进店去，窥探一番。二人麻着胆进去，一步挨一步，挨到里面店堂里。那些受了伤躺在当地的见了，便惨声呼救。二人问得彭燕和军汉都走了，大喜，连忙抢先奔出报信。顿时意气昂然，好像彭燕和那军汉是他俩赶跑的，得了无限大功一般。

王清福准知冤家走了，便挺身进店。恰好吉喆又纠集了二三十人各带弹弓赶了来。王清福便迎进店里，大家一商量，料着这俩人是约定了，先后来此，特地寻事的。如今定是乘没提防，到庄子捣扰去了。王清福要讨好，便自回庄去报信，却托吉喆暂时代守店门。吉喆想待彭燕等回头报那一腿之仇，便一口答应，率领众人，弓上弦手拈弹地待着。

恰巧万里虹黄礼这时走到黑云镇，见一条长街上大清白日里，家家关门闭户，路上没个行人，心中十分诧异。要寻个人问，也没处问去。直到鸿盛店门前时，见店里坐了许多凶神恶煞的人，像在等待什么一般。黄礼心中估量：一定是这镇口闹强盗，要不就是械斗，所以民家闭门，壮健都在店里待着。便顺脚进店来，向吉喆抱拳说道："在下路过贵地，想在宝店打午尖，不知可行吗？"吉喆向他上下一打量，瞧他那打扮，和彭燕一般，就猜定他必是彭燕一道的，连忙答应可以，一面向店伙使眼色。

黄礼落座后，正要打听为什么事这么严紧防备，店伙计送上一大碗茶来。黄礼口中正渴得慌，便先啜起茶来，咕噜咕噜喝了个干净。没提防这茶里会下蒙药，刚喝下去就头脑昏涨，心中一模糊，就躺下了。

吉喆见他着了道儿，连忙叫庄汉们："捆着他解到庄子上去。"庄汉们将黄礼绑了个结实，簇拥着，直奔王大户庄。行到半路上，黄礼被凉风一吹，且是茶里下药，性子不长久，醒了转来。见自己被许多人绑着扛着，知道中了计了，便尽力挣扎。众人一齐吆喝着，又使棍棒打着。这才惊动了范广、薛六冲来，救了黄礼的性命。

黄礼和薛六、范广，保着薛妈妈逃出性命，牵着汪从龙，沿途问明了王大户的情形。也无从择路，有路就走。走了也不知多少路程，瞧东方已现鱼肚白色。战了半夜，又奔跑了许久，身子都有些疲乏了，想要觅个所在歇一会儿。便乘着曙色青矇，四面乱瞅。又走了两三里路，遥见晓烟笼罩的淡蓝色中，隐隐约约露着一方粉墙，料着是个庄子，便想急赶去，讨口水喝，歇一歇脚。

三人加紧了脚步，急忙忙向那粉墙趱行，渐渐走近。细瞅时，屋上竖着个瓦鼎，便知道是一所庙宇，想着：十方所在更好，暂时屯住。薛妈妈伏在薛六背上，念了一声佛道："好了，走到佛地来了。天可怜，得到佛天庇佑，婆子情愿吃斋终身。"霎时已近粉墙，仔细瞧时，才知是一座大祠，门前两支大旗杆，当门正中有"王氏家庙"四字直匾。两旁悬列着许多官衔、科第的匾额。却是大门关闭着，墙门匾栏上面都布满了蛛网雀粪。薛妈妈大失所望，长叹一声，两点热泪直滴到薛六额头上。

薛六心如刀绞，咬牙闷吼。黄礼忙解劝道："原要他是没人的荒庙，咱们才好暂时安身。急什么？这时遇得这荒祠再好也没有了，待俺先进去瞧瞧。"说着正待翻踏进去，范广早已抢先，托地一跳，上了门楼，只见他嘿的一声，蹦了下去。黄礼便转头安慰薛六，要他且不要动，待他先瞧瞧情景再说。薛六点头答应，便负着母亲到祠门左侧上马石旁，放母亲在石上坐下。

这时，黄礼已上了墙头，向下一瞅，只见范广正和两个不认识的人闷声狠斗，只有兵器相撞的声音，便连忙耸身跳下，反手拔剑，欻地从中一拦，接着左右一挡，问道："您三位因甚斗了起来？"范广急道："您不要管，待俺做了这两小子再说。"黄礼拦道："不行！得先说明白了再拼。"范广道："你不知道。俺才上墙头，那厮就向俺打一石子。俺让过，那厮又一石子。俺恼了，才跳下来和他拼斗。"

黄礼回问那二人，那二人在旁听了黄、范二人说话的声口，知道不是自己的对头。黄礼回问时，便将真姓名说了。原来二人就是黑大郎孙安、乌鹞子彭燕。二人出了鸿盛店，便寻得这荒祠藏身，想待夜里去杀王清福。不料三更天再到鸿盛店时，连个人影儿也没有，只得回到这荒祠来商议。忽见范广跳上墙头，当他是王大户庄上的人，特来探寻的。孙安也没打话，便向腰间布袋里取了两颗石子打去，没中得范广。待范广下来时，三人都没开口，就斗了起来。这时彼此言明，都不是王大户家人，一笑而罢。

黄礼叫范广开了祠门，招呼薛六搀他母亲进来，和孙、彭二人相见了，彭燕问黄礼等因何到此。黄礼便将上项事约略说了一遍，孙安、彭燕都大为抱不平。黄礼问孙、彭二人如今可是同行，孙安道："俺本是请假遨游，瞧瞧朋友，原没一定的处所。"彭燕道："俺本是回教，这趟是到各地访问同教。到处打住，也就到处为家。逛了一年多了，到一处便寻一处的教友，因此行李衣服都不曾携带。"薛六羼言道："这倒好，和俺一般，原来就没一点儿东西，多么利落。"众人转问范广："朝哪一方走？"范广答道："如今大家都不是汉王府的人，说也无妨。"便将随同师父进京，和朱高煦作对，后来奉师命改扮武生模样步行北上，如今要和黄礼同到韩家庄去见业师丈身和尚的话说了。

众好汉相逢，越说越投机，彼此倾心吐胆，谈得异常高兴。一会儿说到王大户，黄礼道："那么是白莲教徒，要不灭了他，将来总是个大患。"彭燕便要立时就去捣他庄子，薛六、范广齐立起来，叫："走呀！"黄礼拦住道："咱们如今只商量如何去揍他，并不是马上就要去。"孙安道："依我之见，凡属白莲教的巢子都要赶快捣了才好。您众位不知，汉王在京时，白莲教在京里耀武扬威，多么凶狠。要不赶快想法子，将来怕不做出来，扰得天下不安。"黄礼便约定夜间去探庄，要是可以下手，便下手揍了他，大家都道好。彭燕、孙安便取出干粮来给众人充饥，彭燕又去后面寻着些祭器，悄自出祠去，到涧旁弄了些水来。薛六将枯柴烧着热水。孙安便取些凉水去饮马，又放了两匹马在祠坪中啃草。

众人都辛苦了许久，只孙安、范广带着包裹，黄礼的包裹在鸿盛店丢了，薛六母子本无长物，彭燕是素来不带行李的。便将孙、范两人的包裹打开来，摊在正中祭堂里，另取一条毡毯，铺在祭案上安置了薛妈妈。众人便在祭堂地下，坐的坐，躺的躺。不一时，大家精神疲惫极了，都渐渐地呼呼睡去。

挨到傍晚时，众人醒了，又各嚼了些干粮，商量好了，留范广在祠里顾护薛妈妈，看守行李马匹，却要薛六领路。到了初更过后，僻乡野村已无行人。黄礼、孙安、彭燕、薛六各带短家伙，一齐出祠。薛六当先领道，直奔王大户庄来。到了离庄不远的田亩中，远远瞅去，庄中黑沉沉的没一点儿动静。黄礼便上前和薛六二人并肩先行，直向庄侧走来。才到墙外，陡见一条大汉持耙蠹立，和一方石碑一般。黄礼乘他没提防，打他个措手不及，一个箭步，扑到大汉跟前，一手夺住枪杆，一手将长剑一挥，那大汉就没了脑袋了。

众人都赶近前，见大汉已杀，墙外无人，便各打个暗号，蹿上墙头。只薛六功夫浅，围墙虽不十分高，却是跳上去，也得费个大劲。自己不肯落人后，拼全身气力一挣，身躯一矬，尽力向上蹿，才跳上墙头。这时众人早已打过问路石，跳下去了。薛六连忙睁眼向下一瞧，却是不见一个人影，黄礼等不知哪里去了，不觉大吃一惊。

黄礼等究竟到哪里去了，请看下章。

第八章

一语惊心悬崖勒马
片言排难碧海乘舟

话说薛六既上墙头一瞅，先跳进去的黄礼、彭燕、孙安等三人都不见，大吃一惊，连忙站定脚，却寻思不出个道理来。正在慌急时，忽见前面空坪中豆棚下有个黑影向自己招手，心中一爽，暗道：好了，原来他们到那里商量去了。便跳下墙来，直奔豆棚之下。

近前看时，那人哪里是黄礼等，却正是教薛六拳脚的吉喆。他一见薛六便笑道："俺瞧那模样儿就准知道是您来了，果然没错。您来干什么？"薛六毅然说道："俺来宰王大户来了。"吉喆惊道："俺道您是寻俺说情来的，原来您正是干这个来了。王大户没待错您呀，您要来行刺，不估量着敌得过俺？甭发傻吧，您又听了谁的唆使了？"

薛六道："俺一点儿也没听唆使。俺知道朱高煦当杀，白莲教当灭。王大户不是白莲教吗？他虽是给了两天饭给俺吃，那是教头您的面子呀，他何尝是真爱俺好待俺呢！再说，不宰了他，地方上得受他的害，天下也得受他的害。他就算待俺好，俺也不能为着私恩留着他害天下呀！俺敌不过教头，却是教头您比俺明白百十倍。难道情愿帮着他害人吗？"吉喆道："您还说没受人唆使，这番话，不是您能忽然间说出来的，一定有人教导您这般说可是？"薛六道："委实是俺心里的话。教头知道俺素来不会说谎的。"

吉喆沉吟了一会儿，突地问薛六道："俺俩可够交情？"薛六道："教头待俺再要好也没有了。"吉喆道："那么您且说还有谁和您一同来的？"

薛六正待答说实话，吉喆忽听得有人答话道："俺们三个和他一路来的。"吉喆大惊，忙向左侧避开一步，扭头瞅时，却见三个武士打扮的汉子正在那豆栅后面一排并立着。薛六早认出是黄礼、彭燕、孙安三个，心中一喜，也不顾吉喆，便直奔过去叫道："俺一来就没瞧见，您三个上哪里去了？"黄礼摇手道："不要嚷，待会儿告诉您。"

吉喆这时心中揣摸着：那两个都交过手的，不见得打得过他，何况又加上一个呢？正想拔步遁走，薛六已奔过来，搦住吉喆道："教头甭走，这全是好朋友，咱们大伙儿见见。"黄礼等三人却并不和吉喆为难，黄礼反拱手道："教头请了！俺们只和白莲教作对，和教头无干，教头甭多心。"彭燕也说道："教头，借一步说话可好？"吉喆这时走也走不掉了，只得点头道："可以，这边来吧。"说着便向那墙根前碓屋里来。

众人瞧那屋子里面，只窨着两只石臼，堆着些磨麦砻米的东西，阒无一人。黄礼等凝神静气仔细察看没甚机括，薛六却坦然和吉喆二人当先昂然直入。到了屋里，黄礼便将自己的来处，和彭、孙二人砸鸿盛店的原委，以及薛六的事，如今特来剪灭白莲教徒的缘故，约略说了个大概。吉喆听了，低头不语。薛六道："教头，咱们一道儿走可好？您在这里，也不过和俺一般。俺看牛您看屋子，有什么好处呢？"吉喆摇头道："好处不好处且不说他。俺原知道这里不是我的安身立命之所，只不过为着拿了人家的身俸，总不作兴扔下就走，终想挨过这一年，我再干我的去。如今你们一定要捣他的窠子，我也拦阻不了。要我帮着你们，我心里又过不去。这事好叫我为难。"黄礼道："如今天下武师、剑客谁不要灭却白莲教？前辈大侠友鹿道人、三丰道人、铁冠道人、丈身大师全是为这事南北奔驰，您只要不是闽广派出身，也犯不着投身异类，埋没自己，和天下英雄好汉作对呀！"吉喆抬头问道："您说的这几位大侠我全知道的，只是怎见得他们都要灭白莲教呢？"

黄礼接言道："丈身大师现在这里，您不相信，只管问去。"吉喆急问："在哪里？"

言未毕，半空中答一声："在这里。"接着便见一个胖大和尚从屋角里飘然而下，吉喆定睛一瞧，果然是丈身和尚，便上前来拜见。丈身和尚一手搀住道:"多年不见你了,却不道在这里相会。你怎么到这里来的?"吉喆惨然道:"伯父,一言难尽。伯父且待一会儿,我耽搁的时候太久了,且待我到前面转一转,再来和伯父细谈。"丈身和尚道:"你只管说吧,前面我已经收拾好了,甭顾虑了。"吉喆听了,心中一动,却不好问得,只得将自己的事,告诉了丈身和尚。

原来吉喆自幼不知父亲是谁,只知道自己是济宁州一个闺女的私生子,送在地方上育婴堂。送他进堂时,篮子里有个字条儿,写着生辰八字,父亲姓吉,母亲姓陈。也不知名字,更不知住在哪里。后来,济宁州有个行商也姓吉名叫吉禄生,原籍荆州人。在济宁赚了些银钱,老年无子,便和老妻两个到育婴堂去,想领个孩子来聊娱晚景。恰巧见吉喆也姓吉,动了个五百年前是一家的念头,便领了来家。因为他本姓吉,如今又承继吉家,便和他取了个"喆"字为名。

吉禄生花甲以后,实在做不动了,便带着老妻和吉喆回荆州原籍去,置了些田地,在金蝉寺侧典了一间房屋,过清闲日子。丈身和尚时常和吉禄生来往,吉喆从小就跟着丈身和尚练两手拳脚。丈身和尚见他人虽不聪明,却是实心眼儿好心肠,说一不二,很喜欢他,暇时也教他念书习字。

吉喆八岁上,吉禄生一病身亡,家族人等觊觎财产,都说吉喆不是亲骨血,要撵掉他,吉妈妈拼命争吵,挡不住他们人多嘴杂,强抢硬夺。恰巧这年丈身和尚不在荆州,到北方去了,吉妈妈生生地气死了。吉家的家族大家将钱财田产明分了,便将吉喆撵了。吉禄生夫妇的棺材都没人理会,直到丈身和尚回来,在城门口瞧见吉喆跟着一群小花子要饭,便将他收留到寺里,竟将他当徒弟一般看待,只没给他落发受戒。

过了一年,凌云子到荆州金蝉寺来瞧丈身和尚,住了几天,见吉喆异常诚实,便和丈身和尚讨来做弟子,领着他云游各处。过了两年,凌云子是个无家的,便将吉喆寄住在匡庐,托周癫子照顾他,自己一年一度来瞧瞧。吉喆跟着周癫子过了多时,本领也学得过得去了,便向周癫子说,要到荆州葬义父义母,到济宁去寻生身父母。这时凌云子到蛮中传道去了,吉喆等不及她回来,周癫子因他一片孝心,不好拦阻他,便答应了他。吉喆叩别了周癫子一直下山,走义宁、平江一路到荆州。

奔到金蝉寺时，只见着丈身和尚的佛门大弟子不迷和尚。一打听，丈身和尚已将吉禄生夫妇的灵柩葬在城外本寺的荒山里。便到坟上，痛哭了一场。想要寻吉家人报仇，却又因被撺时年幼，不曾记得仇家的名字住处。想要问丈身和尚，又到北方去了，不知什么时候回来。便辞了不迷和尚，一径北上，一来到济宁去觅生身父母，二来顺便探寻丈身和尚。

到了济宁没法打听，只得先拾掇些零钱，做些泥人儿卖来度日。一面四处察访，渐渐有人知道他会拳脚，许多闲汉来寻他比拼，吉喆终是一口谢绝。那些闲汉便故意欺负他，不是将他捏的泥人儿踏碎，就是将他的头巾抢去。扰得没法了，才搿住几个揍了几下。从此传扬开了，济宁城里的痞棍流氓破落户，都来寻他厮斗。打了几十场，没一个打得过吉喆的。吉喆却也手下留情，不揍伤他们。这班人斗不过吉喆，便反过来和吉喆攀交情。吉喆也是不即不离地和他们厮混，一面要他们打听父母的下落。

吉喆的声名传开了。那地方捕厅衙门说他是地痞头儿，要提拿去枷号示众。吉喆不肯花小钱，硬到捕厅衙里去，和那巡检官儿当面驳理。那官儿不讲道理，只一迭连声喝叫"拿下！"吉喆被逼得无路可走了，才给他一打，打伤了几个捕快，砸了那官儿一签筒，就此打出衙门，直冲出城外。

从此吉喆不能在济宁州存身。好得到济宁多时，声名闹大了。王志高听得这信，便托熟识吉喆的人聘他去充教头。吉喆正苦没处安身，且恐官府捉拿，好得王大户是个不怕官府的，投托在王大户庄，官府也不敢奈何。常言道得好：忙不择路，贫不择妻。何况吉喆这时所遇的正是能够保住自己不被官府凌辱的主儿呢？当下一口答应，便起身到黑云镇王大户这儿来，自此就在王大户家中教拳棒。

王大户庄上上下人等都不喜吉喆耿直碍事，有了他不好舞弊弄错，便专门和吉喆闹别扭。却是因为王大户敬重他，且是众人打不过他，只暗中阴损他，却不敢明和他敌对。后来吉喆遇见薛六，起了个惺惺相惜、同病相怜之情，时常将自己的束脩周济他母子俩，又荐薛六到王大户家做随身护卫。原是想使母子安身，好传给薛六本领，免得埋没人才的意思。不料庄上因薛六是吉喆荐的，奈何不得，便迁怒于薛六，分外挤踩他。直挤到薛六看牛，还不肯放手，时时捉他的错处。薛六也不知挨了多少冤枉责罚，终是吉喆劝他忍耐。薛六想学本领，不愿离开吉喆，也强自忍抑着。

那天寻庄的寻到枣林塘边，见塘边枣树倒了一株，牛角折了半段，牛在地下哼，心中大喜想着：这是要薛六小子好看的题目来了。立刻便来寻薛六，说了一大篇威吓话。不料竟被薛六揍坏了。王大户听了一面之词动了气，叫人去捉薛六。众人知道通知吉喆，便弄不翻薛六，不通知吉喆，便敌不过薛六，才想出那条火箭烧屋的毒计来。本来屋外布有绊马索，不料薛六陡然多了两个帮手，且都凶猛异常，一毫也没有搭着，倒死伤许多人。

这时，吉喆见了丈身和尚。丈身和尚将武当、五台两宗派发愿要灭白莲教，除朱高煦，杜绝番部再入中原的话大略告诉了吉喆，叫他及早回头。吉喆听了，心想：我先前虽知白莲教不好，却只道朱高煦夺哥哥的天下，也不过学老子夺侄儿天下一般的要紧，才帮着王志高。想得便劝他不要横行，专图大事，如今看起竟大大地不妥。这里头还夹着要引鞑子进关的事儿啦，那怎么能行？便毅然决然，向丈身和尚道："伯父，我遵从你老人家便了。只是王大户怎么办呢？"

丈身和尚笑道："好叫你得知，今夜是我最先来。我原是见万里虹久没回音，不放心，从小路上迎来探听。沿路上听得些人说王大户的话，我便来瞧瞧。老早我已瞧见你了，觉得你会在这里，很为诧异，我便想设法问问你的仔细。后来我到西上房，见有个瘦汉子，捬住一问，才知你是教头，更觉稀奇。我不合不杀那瘦汉子王清福，只捆了他。待我到后院子找了一遍回来，王清福早被人解救去了。大概那厮因为我向他打听你，知道我和你是有瓜葛的，所以王志高也不通知你，就带了家小，打通左墙，逃走了。我四处搜了搜，只捬住些不中用脓包，还有几个王志高的通房丫头，我全给了些银子遣他们打后面走了。我刚到前面来寻你，忽见万里虹等三个打墙下跳了来，便先招呼他们到这里。大家略叙了叙，我就关照他三个不要伤你。"说着又指着薛六道："再去来寻你时，却见你正在和他说话，我便没现面，瞧瞧你的心到底怎么样了。如今你的事我全知道了，你在这儿也是不得已，我很知道你的苦处。王志高也跑了，这巢子就得毁

55

啦。你也甭再飘荡江湖了，竟和我同到南京走一趟就出塞去吧。"

吉喆听了，绝不迟疑，喜现于面，说道："伯父，就走吧！"丈身和尚道："你可有什么东西要拿的？"吉喆道："只一条铁槊，在鸿盛店丢了。"孙安抢答道："在我那里，回头就可奉还。"吉喆接说道："还有一头牲口，就在那里槽上；屋子里几件衣几两银子，甭瞧了，他们走时一定全拿去了，余外没东西。"丈身和尚道："正是。你刚才说牲口，我们进京，要用陆地飞行法。一来还有不会的，二来太惹人眼了。要是此地有好牲口，咱们就拣几匹做脚力岂不是好？"吉喆道："王志高买马、打刀，闹了许久了。他自己的一头乌骓，是北口野马，一天跑不了一千也有八百好跑。还有三头都是辽东牲口小蹄儿，脚劲儿都是一等一。余外也就没好的了。今日黄昏时，王志高就叫我守住这前面，从没见他们人出来上马房去，大概牲口都还在槽上，只不知鞍辔全不全。"

说着便领丈身和尚、黄礼、彭燕、孙安、薛六等五人，来到墙东马房里。一瞧四个马夫都睡在外间地下，鞍辔全搁在架子上。众人大喜，连忙取了几副。吉喆先取了自己的鞍辔，一齐进槽头房里，将马备好。丈身和尚命薛六骑那乌骓；彭燕已得了牲口，孙安原有牲口，都不要。丈身和尚和黄礼各备了一匹白马。吉喆备了自己的卷毛斑骓，又叫薛六牵了一头骡子，一同出来。

马夫们惊醒了，道是来了盗马贼，各抓家伙。吉喆大喝道："庄主都逃了，你们还不快走，更待何时？"马夫们方再醒了醒，抢向槽头，乱拉牲口。丈身和尚等五人也不再理会他们，大家牵了牲口，出门向王氏宗祠来。

一霎时，到了王氏宗祠，约莫已是五更将尽。范广正等得不耐烦，忽见彭燕、孙安跳进来，大喜，连忙赶着问道："怎么样了？"孙安只答了一句："全妥了。"便去开了大门，让丈身和尚等牵了马进来，重复将门关上。薛妈妈忙生起火来，彼此才落座。范广一见丈身和尚，连忙上前见礼。丈身忙搀起他来，问他："怎么在这里？师父可好？"又引他和吉喆见过。范广便将已往之事说了一遍，丈身和尚便将武当、五台诸好汉的志愿细细说了，范广方才相信。

这时，薛妈妈已和薛六叙了一会儿了，便起身向吉喆问行止。吉喆道："我如今要出塞去，却得先进京走一趟。您娘儿俩反正到处可为家，便同进京去吧。我已给您找了一匹骡子来了。"薛妈妈沉吟不语，面带愁容。丈身和尚笑着向她摇手道："您甭着急。我知道您一定是为到京里去身边无一文钱着急，可是？我带了王大户几包金条和宝钞在此，您且拿些去。"说着，一掀大僧袍，解下个大褡裢袋来。向袋里一连掏了十来包金条、三十叠宝钞，便取了十叠宝钞、两包金条递给薛妈妈道："这只算是我经手王大户给您儿子的工钱和赔您屋子的。"薛妈妈可怜，自有生以来，不曾见过这成大条的金子、成千贯的宝钞，直把她喜得不敢相信，先揉了揉眼睛，又拍了拍脑袋，知道准不是做梦，才颤巍巍地欠身爬过来接了。却又没收放处，只捧在手里，两眼瞅着它发呆。还是吉喆叫她将身上围巾解下来，包裹了，扎在腰里。薛妈妈依言拾掇了，坐下来只是傻笑。薛六却毫不动容，竟不知道是怎么一回事。

　　丈身和尚见薛六十分率真可爱，便向薛妈妈道："您如今已有了养老盘缠了，可肯叫您儿子跟我当徒弟去？"薛妈妈猛然听了这句话，心中暗想：他是和尚呀，六儿跟他当徒弟，不也是做和尚吗？可怜，俺就只六儿一个哟，要不答应，又拿了他许多金子宝钞，这叫俺怎么好？众人都瞅着薛妈妈，瞧她如何说。吉喆早猜透了她的意思，一面拉薛六过来叫他给丈身和尚磕头道："您还不快磕头认师待怎的？"薛六一面磕头，一面两只眼睛瞅着他妈。吉喆早向薛妈妈笑道："您甭瞎担心，我这师伯父是要传给您儿子本领，不是要他出家当和尚。我就是我这伯父的徒弟，可曾做和尚？"薛妈妈这才放下心来，嘻着老瘪嘴道："那还有什么不好？六儿，多磕俩响头呀，人家是咱娘儿俩救命活佛爷呀！"薛六果真死心塌地崩了几个响头。众人听薛妈妈说的话都笑了。

　　后来众人干些什么，下章再叙。

第九章

逞神力荒祠扛巨鼎
冲头阵险谷掷金枪

话说丈身和尚搀了薛六起来道："您从我为师，我得先将戒条传给您。好在您拳脚功夫已有了些根底，不比茫无头绪的，练起来终容易许多。只是如今第一要事是咱们终得出塞，您母子俩走这条长道，非得有个伴儿不可。如今孙大郎是公身，彭鹞子大概不能就出塞，万里虹还得和我上京城走一趟，黑飞虎也得回他师父的信，就只吉铁槊和您娘儿俩人不一定要上哪里去。却是您既跟我做弟子就得跟我走。那么，就让吉铁槊护送您妈先出塞去。可是边关不容易过去。吉铁槊还不打紧，可以打小路爬山越岭绕过去。您妈是老太太，来不了那个粗活，非得打关过去不可。要过关口，没有符牒可不成，不是终究过不去吗？这怎么办呢？"黄礼道："还是薛老太太找个地方待一待，咱们事了了，伙同出塞，不就没有许多为难了吗？"吉喆接说道："现下马上给找一个待得住的地方也不容易。依我说，还是大伙儿奔京城。临完大伙儿再一同往回里走出塞去。"薛妈妈听说儿子要跟和尚到京城去，早就想要跟着同去，又怕人家笑话他撺着和尚走，便没说出来。如今听说让她同去，欢喜得了不得，连忙答应："俺去！俺去！"

当下商议停当，孙安是要回京的，自然同去。彭燕也没事，一来想多结识几位好汉，外带着个得便就进武当派或是五台派的意思；二来也舍不得别了这班好朋友，独个儿孤军上路，因此也就要同进京去。

丈身和尚听说大家全去，哈哈笑道："听说醉比丘在京里招揽许多同门同道，连汉王府的尖子角色也给她拉了出来，蜂聚了二三十口子。她这脸露得可不小！我正愁着就只我和万里虹去会她，要吃她奚落。如今我也拉了一大阵子人，也甭让她说嘴，这却真是我一桩痛快事！"大家听了，又哄然大笑起来。

大伙儿商量停当，丈身和尚取出疗饥散来，一份份分给众人吃。众人吃时，只觉香喷喷的，也不知是什么东西。吃下去，顿时不单是不觉得饿，反觉得精神陡振。丈身和尚便和薛六改了名儿叫薛禄，众人齐声道好。薛六自己和他母亲却都不知道是改了名儿，觉得仍是一般的。吉喆和他仔细说明白，他娘儿俩才懂了。黄礼等众人便公送他一个绰号，叫莽男儿。

丈身和尚便叫薛禄拿那堂中祭器去涧边舀水。薛禄四面一瞧，那些祭器都嫌小了，人太多，怕不济用。便走到丹墀中，将那铁香炉摇了摇，觉着不十分重，便攀翻将炉中香灰倾在地下，两手掇着两只炉沿旁的兽头，便朝门口抱，众人见了，齐喝一声彩。吉喆连忙起身，待他开了大门，让他一口气奔出祠外涧边，将香炉洗了洗，便舀了一满炉水，依然两手擎着，回祠里来。却是水太满了，走得也太急，荡荡漾漾，淋淋漓漓，薛禄的衣裤都溅湿了。到了坪中，将香炉朝原处一顿，那炉中水激溅起有二尺来高，又溅了薛禄一脸。众人都赞他神力，他却似不知道这东西只有他拿得动，并没半点儿矜夸之色，只在一旁微喘着，扯起里衣襟擦脸上的水。丈身和尚暗想：我收茅能时，只道他的臂力能断铁棒，可称无双，不道这孩子力气比茅能还胜几倍，我总算收得几个出类拔萃的弟子了。想着，心中十分欣快。众人都啧啧赞叹薛禄天生神勇，实不多见。吉喆也觉得面上有光彩。薛妈妈只瘪着嘴微笑。

丈身和尚见众人都瞅着水赞薛禄，忘了喝水，更不记得要饮马，便叫道："喂，不要尽瞅着呀！大伙儿喝些，得让牲口喝点儿，才好上路呀。"众人方才觉着，想起都要失笑。范广、薛禄便到祭堂中，将祭器搬出来，给大家舀水喝。大众喝了些，更觉肚中闷饱，不思吃饭。接着各人将牲口骠马牵来，就香炉中让它喝了个足。反正祠坪里有的是嫩绿春草，牲口早就嚼饱了的。待饮过了，便将鞍辔鞘镫备上，扣紧了肚带。

各人都是自备，只薛禄先要代丈身和尚备扣，吉喆抢过来道："您给您妈去弄好那头骡子吧，这让我来。"薛禄果真丢下给吉喆，过去将一马一骡扣好，先递了缰给他妈，挽上鞍鞒，坐稳了，自己才上马，随着众人直出王氏宗祠。

男女老少一行人，蹄声嘚嘚，笑语唲唲，迎着春风，从那碧水翠山、野野青苗之中直穿而过，觉着另有一种说不出的奇趣，全不感行旅之苦。一连行了几日，将到临城县了。那日因贪赶路程错过了宿头。次日打过早尖，便急忙忙趱赶站头。时才巳正，已到抱犊崮下。

那抱犊崮，山形极其怪异。全山整个儿就像一朵大喇叭花，一地周围。再到山脚，就如一只菌子梗一般。着地处虽稍大些儿，却是再上点儿，就是个杆儿一般，细颈似的挺拄着这一个大伞顶模样的山顶。上山的路，只有一条路。这条路只好一个人走过，若是两人上下，就必得要有一个倒退百十步，才有让处。要不，就得掉下山坳涧里去。要是有个人防守住上山路口，万人千马也冲不上山来。真是一夫当关，万夫莫开，天生就这般形势，真是给强盗留下的好窠巢，真比那《水浒》上说的蓼儿洼、梁山泊还要险巇十倍。自来山上就是另外一个世界。山民、住户虽也有种粮的、做买卖的，却都是强盗底子，不服官府管，也不纳田赋钱粮。官府也当这山是化外蛮荒，从不过问。

丈身和尚素来知道这山有绿林朋友占着，近来更是听得说是和白莲教有些来往。那山上寨主头儿名叫撑破天汤荷馨，手下小头目，名叫地理鬼张绍枬、赛张飞赵金尚、闹天雀徐述、开山太保褚雄。四人都是闽广派嫡传弟子。丈身和尚往常打这山下路过时，都不愿惊动他们，无端讨烦，终想设个方法一总剪灭他。这一趟，人多马众，自不能悄然过去，也就不肯悄然而过，给那些强盗笑话。丈身和尚心想：这班强盗今天要下山来找咱们的岔子，就给他个一不做，二不休，只是这薛妈妈得先安顿才好，便回头叫薛禄。薛禄见师父叫他，便骤马上前，挨近丈身和尚，差半个马头行着。丈身和尚便将这山上的强盗是咱们的对头，少时少不得厮杀的话，告诉了薛禄。薛禄听得有厮杀，两脚向镫里一蹬，双掌一拍，咧开大嘴嚷道："好了！今儿可让俺盼着了！"丈身和尚道："老太太是吃不起惊吓的，先得将你妈安顿好才行呀！"薛禄听了这句话，一团高兴顿时冰消，马上

60

满腹踌躇，不得主意。丈身和尚便道："这山下过去二里地，有一座庙，叫项王庙。庙里住持，名叫普照，是我佛门宗派的侄曾孙。我路过此地时，也常去和他谈谈。待会儿，如有响动，大概也就只在项王庙左近的大路卡口子上。您一听得响动，就送您母亲到项王庙去，和普照说明是我叫您送去，暂寄屯庙内，他必竭诚招抚。你交代了，火速回来，还赶得上厮杀，你妈也就万无一失，不致受惊吓了。"薛禄沉吟道："倘或人们不相信俺这穷小子，又怎么办呢？"丈身和尚想了一想，便道："也罢。"取下脖子上一挂佛珠道："您把这东西带去给他瞧，他准能相信的了。"薛禄大喜，双手接了佛珠。

师徒二人正在马上说着话，忽听得噗的一声，只见一支响箭冲天而起（这是北地绿林暗号，所以北地人民叫绿林为响马。这支响箭，一来，是关照自己人，说是有了生意了；二来，是关照来人，说是有人拦路了。要是镖局达官、江湖朋友，见了响箭，将车驮牲口拢住，向路旁一带，说几句行话，是有交情的，就可平安无事地过去。就是没交情或是强盗不讲交情，至少也得给你留下盘缠。要是你拦路停住，或是不理直撞，那么，强盗就要冲着你杀来，和你拼斗了。这规矩，一直到有铁路交通以前，还差不多是一样的）。彭燕先笑道："啊，那话儿来了！"说着，便和众人都瞧着丈身怎么调派。丈身和尚回头瞅时，薛禄早已挽着了骡缰，母子并辔，回身飞驰而去。范广也瞅见了，大叫道："莽男儿，怎么临阵脱逃，不害臊吗？"薛禄也不回答，只打马如飞而去。丈身和尚忙向范广摇头道："是我叫他安顿他妈去的，您不要激他。"

正说着，便见一群恶马，从山坳里奔腾而出。丈身和尚便招呼众人："不要让道。"这就是要和他拼斗的意思。众人多是初会，各想显些能耐，露个脸，听了这话，全是一喜。那些响马当路一字儿摆开，丈身和尚认得当头一个就是抱犊崮四头目闯天雀徐述，便昂然说道："喂，你们是抱犊崮的朋友吗？咱们都是过路的，你们拦住卡子干什么？"徐述大喝道："不要瞎说！你想瞒俺吗？瞧你们马蹄就知道你们是掮了黄货来的。大家财，大家发；江湖饭，江湖吃。你们是值价的，全给留下来，饶你们个不死。也许还赏你们几两盘缠。要是投托本寨，俺和大寨主去讨个情，也许开恩赏给你们一半。要再不识趣，可不要怪俺刀下无情！"

丈身和尚方待答话，忽听得背后有人叫一声："伯父，犯不着和那厮拌嘴，待我来斩他。"声未了，只见吉喆连人带马直向徐述滚去。徐述连忙将座下马一骤，横手中金背大砍刀，迎上前来。吉喆更不打话，挺槊直刺徐述的前胸，徐述将大砍刀一竖，撇开槊，顺手一刀，向吉喆当顶砍来。吉喆两腿一夹，将马夹得向左一偏，让过了刀锋，身子一偏，双手一送，突槊向徐述右肋刺来。徐述连忙让避时，战袍已被槊上倒刺拉下一大块来。这边众好汉见吉喆一连几槊都占着上风，恐拦了吉喆的高兴，便都不上前夹攻，只立马遥望，准备救应。那边喽啰见对面来人全是雄赳赳气昂昂的，料来都不是好相与，徐述一人恐怕抵敌不住，早有人飞报上山去了。

吉喆正和徐述斗到酣处，槊如闪电盘空，不离徐述前左右上下五面。徐述按住心神，左拦右觑，架空也还一刀。看看将要抵敌不住了，忽听得山上有人大喊大叫，呼啦啦一马飞来，正是开山太保褚雄。徐述见救应来到，精神抖擞，刀光霍霍，反向吉喆横七竖八猛砍过来。褚雄一见吉喆铁槊要开来，如一座莲台，竖翻过来，只见白荷花瓣一般的白光四面飞绕，将个徐述笼罩在中间，十分厉害，料知徐述取不了胜，急忙一摆摆动金枪，勒马冲入，乘吉喆双手一抬，挺槊前刺时，捉个破绽，耍得一枪向吉喆左肩刺来。

这边丈身和尚见抱犊崮上添了帮手，正要叫人迎敌，忽见斜刺里荡起一团乌云，滚滚滔滔，径向褚雄扑去。当褚雄的金枪方刺出时，这一团乌云已荡到褚雄跟前，突地刹住，便见一柄长剑将金枪架开，那剑顺着势就直奔褚雄咽喉。褚雄忙回枪招架时，不料那剑来势沉重，竟招架不住，唰的一声，溜划下去，褚雄的左手早裂了一条大口子。

这时，丈身和尚等才瞧明白那团乌云就是莽男儿薛禄。大伙齐喝一声彩，薛禄更加高兴，精神陡涨，豪气飞扬。当褚雄带伤、心惊失措之际，伸左手一把捋住金枪，往怀里一掳，那褚雄怎敌得住他这千斤臂力，不知不觉，金枪已经脱手，吓得哇的一声，回马抱头便向山上奔去。薛禄大喝一声："恶贼，逃到哪里去？"一手扬剑，一手挺枪，骤马直向山上追来。

褚雄跑不多远，薛禄马快，看看赶上。褚雄大急，连忙翻身落马，拣山坳里马不通行处没命地飞逃。薛禄大怒，骂道："不要脸的鸟毛贼，逃些什么？有能耐的回来斗三百合，没能耐便磕头叫声祖爷爷，你祖爷爷便饶了你！"褚雄也没心听进耳去，只顾拣山坳樵径乱爬乱跑，薛禄斗又不得斗，赶又赶不过去，心中火爆烟熏，大唱一声，独臂托起了金枪，觑准了褚雄道："还给你！"唰的一声，将枪掷去。只听得吧嗒、喳嗒两声响亮。

要知什么响声，请阅下章。

63

第十章

越山涧猛将施神威
破匪巢大侠传飞檄

话说薛禄将褚雄的金枪夺过手来，褚雄跳下马来，向山坳里逃走。薛禄大怒，将手中枪猛然挥去，只听得吧嗒一声，褚雄已爬在石岩之上，接着喳嗒一声，那金枪反激过来，崩在倒头石岩上，再碰下山涧去了。

薛禄看见褚雄扑在石上，背心上冒血，知道扎透了个窟窿，谅来是活不了了，便回身要来助吉喆。待回头一望时，只见山下路上烟尘蔽荫，砂石纷飞，但见裹作一团，也分不出谁和谁厮杀，谁和谁捉对。薛禄一想：完了！给他们揍完了，快去吧。便一抖马绳，奔下山来。

原来吉喆和徐述拼斗时，褚雄斜刺里逃去，赵金尚、张绍枬领着许多喽啰，拥着汤荷馨从山上直冲而下，也没留意旁边坳里有薛禄和褚雄在赶斗。一大伙人冲到山下时，丈身和尚将拂尘一挥，众好汉一齐一声呐喊，各催座下马，也一拥而上。丈身和尚亲自敌住汤荷馨；黄礼、范广接住赵金尚；孙安、彭燕抵住张绍枬；吉喆还是独战徐述。薛禄便大吼一声，来助吉喆。

抱犊崮几个头领，要算张绍枬的本领最高。他原是太行剑士出身，后来又远走闽广，学得一身功夫。孙安、彭燕二人两柄长剑，扑上扑下地向张绍枬猛攻，尽力鏖战，一连战了二三十回合，也没得着便宜。这边，赵金尚手使一对狼牙棒，拦开黄礼的剑，架住范广的刀，拨格盘旋，使尽平生本领，才勉强招架得住。只有汤荷馨，不是丈身和尚的对手，没几合就杀得汗流浃背，手忙脚乱。那边徐述和吉喆猛战，论徐述的能耐，比吉喆是要差一点儿。再加上薛禄这员猛将，徐述便有些架招不住了。

汤荷馨等接报下山时，只知道有一伙人很是扎手，却没明白是什么人。到了山前，见了丈身和尚，知道今天遇着劲敌了，这才一齐出马，指挥喽啰四面围住，想以多取胜。战了多时，不能取胜，汤荷馨便叫喽啰放箭。却是大伙儿正在捉对厮杀，喽啰们恐误伤自己的人，不敢乱射。就是觑空射出几箭，也都被众好汉打落。却是这一来，众好汉加上要防冷箭，手脚自然要慢些，汤荷馨等才能撑持着，没大败下去。

吉喆心想：我独战这脓包半天了，也没宰得他，叫伯父瞧着，不要说我许多年没一点儿长进吗，想着，心中一急，紧一紧手中铁槊，没头没脑，直向徐述刺扎。这当儿，薛禄也在加紧夹攻。忽见山腰里，走出三个人来。细瞅去，为头的一个正是王大户王志高。随后两个，一个是王志高的叔父王清福，一个是道装打扮，不认识。

原来王清福被丈身和尚绑了之后，恰遇王志高差人来唤他，一见他被捆在地下，连忙解救了他，一同来见王志高。王志高听说如何如何一个和尚，又听说是和吉喆有瓜葛的，他原只仗着吉喆，听了这话，吓得魂不附体，连忙带着家小，细软也来不及收拾，只带了些金珠宝钞，悄地逃走，投奔道士张鹤观。这张鹤观住持的道观，离抱犊崮不远，只有二十里，名叫黄云观，原是白莲教一个小窠巢，接待过往教友，通风报信的。王志高投奔了去，将前后事情告诉了张鹤观。张鹤观留他住了一日，安置了他的家小，便送他和王清福到抱犊崮来躲住些时。打山后小路上山时，遇着巡山喽啰，听说大伙在山前拾掇生意，便转到前山来。

转到山麓，正遇大战。王志高一眼瞅见吉喆、薛禄都在里面，顿时满心火发，却又手无缚鸡之力，不敢上前送死，只得哀求张鹤观替他报仇。张鹤观与汤荷馨狼狈为奸已久，性情很是相投，如今见他危急，原本要上前相助，再有王志高这一求乐得顺水推舟，做个人情。便向王志高叔侄二人道："您俩且到山坳里躲避些时，待我去擒他们几个给你报仇便了。"王志高连忙谢了，便和王清福躲向泥洼里去。

张鹤观脱下道袍，拧成个条儿围在腰里，拔出一双刀，大喊一声，直奔吉喆。吉喆闻声回头，见是张鹤观，心想：这贼道怎么赶来的？想着，也不和他打话，待他近时，掉转槊头，耍得一槊直向张鹤观前胸刺去。张鹤观连忙将双刀一叉，护住胸前，架住铁槊，乘势身子一低，闯近吉喆马前，左胳膊一伸，挺刀直刺马前胸。吉喆连忙将槊一竖挡开戒刀。两人一马一步，一上一下，杀作一团。

这边丈身和尚和汤荷馨斗了多时，暗想，擒贼必擒王，若不将汤荷馨打翻怎能取胜？便将手中剑一紧，使个叶底偷桃，剑尖斜上，从汤荷馨刀叶之下穿出来，直刺他咽喉。汤荷馨急将刀向下一压，想压伤丈身和尚的手腕，不料丈身和尚早提防了这一招，没待他大刀压下时，便将剑一掣，一翻腕斜划过去，喝声"去吧"，只见汤荷馨右腕上鲜血直冒，捏不住大刀，当地掉在地下。丈身和尚乘此一横长剑，便向汤荷馨脖子上抹去。汤荷馨忍痛定神，拼命带转马头就跑。孙安正斗处，瞥见汤荷馨败逃，乘空勒马向后退了一步，顺手拔一支小铁槊，只二尺来长，纯钢铸成，一扭，抖手一掷，遥向汤荷馨后背心扎去。汤荷馨万不料斜刺里有这一手，一个不留心，早被那小铁槊扎入背脊，"哎"一声，仰身栽下马来，恰倒在黄礼马前，被黄礼顺手一枪，向他背上补扎了个通透的窟窿。

抱犊崮一伙儿见头儿死了，顿时大乱起来。张绍枰虚晃一钺，落荒而走。彭燕挺枪骤马，直追下去，霎时间已不知去向，彭燕只得回来。赵金尚急于想逃，飞一戟，向黄礼迎面刺去。黄礼头一偏，赵金尚便乘这空儿，拦开范广的剑，猛然向前一冲，从黄礼身边冲过，直向大路上去了。张鹤观见来势不好，掉头就跑，向泥洼中招呼王志高叔侄舍身奔跑。吉喆勒马不赶，回头来赶散喽啰。

徐述和薛禄战了多时，薛禄腿上一连中了两枪，背上又带着一支冷箭，只咬牙切齿狮鸣虎吼地猛战，绝不顾伤创，好似没受伤一般，越杀越勇，徐述也暗暗吃惊。待汤荷馨身死，赵、张二人逃走时，徐述暗想：我就此退到山上，断路死守，他们其奈我何？这山岂不是唯我独尊？想着便架住薛禄的长剑，想要带马斜刺里冲回山去。不料薛禄戆性发作，以为大伙儿全得胜了，就只俺杀这一个毛贼都没杀得下，这人丢得不小，心中一急，见徐述使枪架剑，略停一停之时，不待他回马，便身子向前一探，探出自己马头之上，左手尽势一伸，一把揪住徐述座马的嚼环，狠命向怀里尽力一拉。这一来两只马头碰撞，徐述的马吃不住他这一拉，前蹄直竖起来，徐述猛不防被掀翻在地。薛禄大喜。

徐述从来不曾闻见这种不相厮拼，反忽地拉马的杀法，摔在地下。恐怕薛禄又有什么奇怪招儿使出来，不敢怠慢，连忙使个鲤鱼打挺，头脚一蹦，身子一甩，立起身来，顺手抓起掉在身旁的长枪，头也不回，撒腿就跑。薛禄怎肯放手？大叫："小子不许跑，爷爷来了！"一抖丝缰，将马颈勒得笔一般挺直，泼啦啦随后赶来。

徐述是熟路，又是步下。这山腰都是笋一般的石头，嶙峋直竖。徐述专向那崎岖处狂跳狂跑。薛禄怕他逃得不见了，满心火急。双脚就镫上一蹬，身子向上一耸，托地离鞍望马头前面一蹦，就那么从马背上越过马头，跳落地下。也不顾那马怎样，只拔腿就跑，两脚擂鼓一般，直向徐述追去。

徐述见薛禄腿上流血，也似没事一般，只盯着随后紧赶。你投东，他又投东，你投西，他也投西。就在那乱石丛中，荒岩陡壁之间，蝴蝶穿花似的乱穿。徐述跑了一阵，转过了几个弯，见薛禄仍是紧紧盯住不舍，心想：这憨小子不和他闹个障眼法儿，是脱不了身的。想着便向山左涧边奔来。

徐述见薛禄沿路拾石子，心中大急，料他那股蛮劲，打出石子来，一定不轻，益发尽力飞跑。薛禄紧握了两手石子，直追涧边。徐述一面跑，一面将衣纽解开，束带松了。到涧边时，急向岸滩上天生的一条竖石后面一躲。薛禄大叫："小子，小兔蛋！你躲到哪里去？有本领闯进王八洞，俺也要把你抠出来！"正骂着，忽见徐述破空飞起，打那竖石顶上飞过，欻地向涧那边滩上飘然飞去。薛禄大叫一声，抱着剑双脚一跺，猛然也向涧那边岸上蹦去。

那涧虽只二丈多阔，薛禄却因忘了腿上着了伤，猛然一使大劲，顿时觉着剧痛起来。蹦起时，硬挣扎着，却是劲一松没到那边岸滩，就落下来了。好得涧水不深，滩边更只浅到一尺多些。薛禄两腿落在水中，也顾不得旁的，先闪眼一瞅，四面都没徐述的影儿。满心狐疑着，这厮一定有妖法。瞅了一回，只得将两腿一提，拔出沙来。却是两只鞋已被沙陷没了，裤腿管儿也全湿透了，便向滩上走来。到了滩边，解了腿上的缠腿布，瞅了瞧腿肚上有两个红窟窿，觉着有些疼，便弯腰将缠腿拧干，想再拧干裤腿臂，再缚扎起来。

哪知刚一弯腰，陡见对岸那竖石后面有一团黑物闯出来，沿涧飞跑。再一细瞧，正是徐述。不觉怒火横烧，大喝一声："奸贼，俺死也不放过你！"将手中巾一掷，拔腿就跑，沿着这边涧，直追下去。徐述一面跑，一面哈哈大笑，薛禄直气得眼内冒火。跑了十几步，才见沙滩上摊着徐述的一件箭衣，裹着一块石头。

两人一个在涧这边，一个在涧那边，追逐着跑了多时。偏偏徐述这边只有山崖边一条小路，在陡壁之下，并没分路，直跑了一里多地，才到一条岔道口。徐述转身便向岔道奔去，薛禄一见大急，想着：他这一转弯，只要跑二三十步，就瞅不见他了，怎能放过他？想着，无暇细思，瞅眼前涧面比来处窄了许多。急和怒交逼，早逼出舍死忘生的猛劲儿来，将剑向背上一插，脖子一直，胸膛一挺，胳膊一弯，向后退了几步，一矬腰，复急骤向前一冲，到了涧边，猛然一跺脚，突然一纵，欻地飞起，从涧上呼呼地直飞过涧这边来。

那时，徐述刚掉转身躯，还没踏上岔道。薛禄使大了劲，蹦得太猛了，一直蹦过了涧滩，啪地向徐述头上压下来。徐述猛不防头顶上直坠下一个人来，一时被砸得撑不住脚跟，一个跟跄，栽倒在岔道口。薛禄不偏不歪，正摔在他身上。徐述面向地，跌了个狗吃屎。薛禄面向天，屁股压在徐述脊梁上。徐述受了这一砸，已经是头昏眼花，骨痛筋麻，浑身不是味儿。薛禄却是跌在徐述身上，肉当垫了，一点儿没受伤，心中大喜，哈哈大笑道："小子，跑呀！逃呀！干吗趴下呢？"一面骂着，一面身子一磨，翻过来，伏在徐述背上，压住他，提起两只小铁锤一般的拳头，向他两肋直筑，筑得徐述杀猪也似的叫唤起来。

薛禄不声不响只狠命地筑，筑了二三十拳，徐述渐渐只有哼声了，再筑了十来拳，连哼声也不听见了。薛禄一把卡住他脖子，喝道："不值价的脓包，叫唤呀，怎样不吆喝啦？不要装死呀！"右手顺手刮了他一个耳刮子，陡觉着手上有些两样，好似打在冷肉上一般。便扳起徐述的脑袋来瞧时，地下一大摊鲜血，徐述眼睛也呆了，嘴唇也灰了。再摸一摸，竟是冷了。薛禄估量着：这小子就算死了吗？便放松了他，起身来，使脚踢一踢，徐述便随着脚踢去，滚了个翻身，直僵着，动也不动。

薛禄这才知徐述真果死透了。却是打死了他，一时，反觉没了事做。只将背上的剑拔下，解下束腰巾扎缚紧了，回身立着呆呆地瞅定那死尸。瞅了一会儿，正没做理会处，忽觉着肩头上有个东西拍击一下。连忙纵身从死尸上面跳过去，站住脚就势使个大旋风，回身立定，一瞅才见是黄礼，喜道："俺道是谁，还当是来救那小子的啦！原来是您，怎么了？前面全结了吗？要是还没完事，咱们再去呀！"黄礼点头道："全完事了。这小子死了吗？您且同我去见您师父去！"

薛禄这时忽然觉着腿上伤痛，便顺手拾起徐述掷下的枪，挂着，回头望了望徐述的死尸，便随着黄礼抄路到前山山巅来。到了山巅，见丈身和尚正在厅上和几个老头儿在说话。黄礼领薛禄上前，将打死徐述的事说了，众人都欣赞他勇猛。丈身便取伤药给了薛禄，又叫黄礼领他去换鞋袜衣服。薛禄便到后面，寻了袜鞋换了。黄礼寻了些短些的箭衣包巾等物来，叫薛禄换，薛禄不肯说："这些全是纳的，俺妈没有，俺不要。"黄礼笑劝他道："呆子，甭傻。您疼您妈，这儿不知多少纳绫女衣，您不会拿去给您妈穿吗？您再不换衣，回头上路，再和先时一般就这么个样，破破烂烂的，骑上那匹雕鞍银鞯的高头骏马，不要说不成个样子，要给关津上见了还当您是个盗马贼啦！您师父原打算到了大城市时给您制衣的。如今有现成的，还不换上，一定要您师父化钱才行吗？"薛禄被说得没话说了，只得一一换上。

一霎时，薛禄盥漱了，洗过脚，裹了伤，打扮好了，便到前厅来，果真人要衣装，神要金装，薛禄这一打扮，顿时显得威风凛凛。只见他头上戴着紫缎绣大牡丹三叠软巾，扎着串珠卍字儿银抹额；身穿紫缎阔镶圆领紧袖闪花箭衣，披一件紫纳大枝花大氅，腰束波纹夹金丝垂绦阔带，下穿紫缎甩裆扎腿裤，缠着暗红缠腿，足蹬软紫纳薄底挖云靴，衬着他那剑眉星眼，直鼻大口，紫黑脸膛，矮胖身材，活脱一员大将。丈身和尚脱口赞声好。众人也都称赞说："好一条汉子，不愧称作莽男儿！"

这时，丈身和尚已将山上事情排布停当，叮嘱本山耆老，将寨里钱粮分掇穷民和喽啰，使他们各安生业，一面叫范广等衣服弄破了的一一寻衣更换，并在刀枪库上各自寻取自己合手的家伙和镖弹暗器等。又给薛妈妈拣选了些女衣裙，打成包裹，交给薛禄。丈身和尚又叫薛禄收掇一套夜行衣和百宝囊。山上百姓受了好处，没处报答，便拾掇了许多酒饭。甚至有因没处购办，杀猪宰羊做菜送来的。众好汉闹了一日，也着实饿了，便也不客气饱餐了一顿。丈身和尚也随便吃了几个馍馍，便吩咐众好汉火速收拾赶路要紧。

众好汉依旧各自收拾了下山。山上百姓扶老携幼送下山来，还有拈香拜送的。到了山下，早有山下百姓将丈身和尚等寄顿好的牲口都喂饱了，备好牵来。丈身和尚谢过了众百姓，便和众好汉扳鞍上马，各自扬鞭，泼啦啦，顺大路向西绝尘而去。

众好汉直到南京吗？下文再详说。

第十一章

巧相逢师兄劝师弟
急大难奇侠探奇山

话说丈身和尚率领万里虹黄礼、乌鹢子彭燕、黑大郎孙安、急三枪吉喆、黑飞虎范广、莽男儿薛禄，一齐下了抱犊崮，别过众百姓。薛禄要迎他母亲薛妈妈到红藤庄相会，丈身和尚并叫吉喆随去，寄言普照和尚："此时事忙，不及会晤，回来有暇时再来寺里。"薛禄自去了。

丈身和尚等投红藤庄投宿。这红藤庄本是个小地方，没大店，众好汉只好寻了一家挡子店，就大炕上，各自占一块地方。吃过晚饭，便纳头睡觉。众人辛苦了一整日，上炕便睡熟了。只有丈身和尚盘膝趺坐，吐纳养神。

二更过后，万籁俱寂，忽听得窗外如飘下一片落叶一般，微微地有些声响。丈身和尚心中一动，暗想：难道是抱犊崮的跟踪来探吗？便不再做禅功，拔剑在手，悄地起身，轻轻地到窗前伺听。听了一会儿，没一丝动静，便转身闪到窗旁墙角里，再将窗棂纸舔湿了一小块，向窗外张望。月光被云遮了，黯然不见一物。丈身和尚老江湖，料着这声音不是无端的声响，且是不打问路石就下来了，这人一定是到过这里的，熟人熟路，才敢如此。想着：不问他是不是来找我们，找旁人，也不管他是好意恶意，这事非追求个究竟不可。

想着，便鹤步悄行到房门前，先将门闩缓缓投下，才轻轻地开了门，将剑一挥，盘头护身，突地跃到苑里，定睛一瞧，不见有什么。闯江湖的原有练夜眼的，丈身和尚久惯夜行，夜眼功夫，更比旁人高明。先时窟窿

71

太小，月色无光，瞧不明白。这时天上现出一弯眉月，便借着这暗暗月光，四下里细瞅，便没有影迹。

丈身和尚很纳闷，想着：我的耳朵不至于这般不济呀，且上房去瞧瞧。脚尖微微一点，轻轻跳上檐口，才闪眼瞅时，忽听得有人哈哈一笑道："俺道是谁，原来是您。"丈身和尚急向那声音来处觑去，一个披发头陀，脑袋露在屋脊上，便赶近去，才认得是大觉寺自然头陀，便也笑道："我道是谁，原来是您。"

丈身和尚便邀自然头陀到下面屋子里去说话。自然头陀道："此地是挡子店，屋子里睡的人多不方便。您先随俺来，俺有话问您。"丈身和尚坦然答应，随他越过后屋，来到一块荒地里，中间有一株大槐柳。自然头陀先耸身一跳，抓住树枝，使个倒转珠帘，便翻身跨骑在一枝大丫枝上，向丈身和尚招手儿道："来，来，这儿好说话儿。"丈身和尚便觑定头陀身旁那大枝，飞身冲上，反落下来，才骑在那树枝上。

自然头陀开口便道："俺不料大通那秃货会变到那般模样，竟会帮着朱高煦去！"丈身和尚连忙截住孱言道："悄声点儿，不要惊动旁人。您甭说，我全知道了。您那高徒黑飞虎，现在和我同住在这儿，您的心事我全知道了。您师徒全错怪了醉比丘了。"说着便将自己和张三丰所作所为和那听得的京城讯息，一一向自然头陀说了，并道："您想，醉比丘如果是帮着朱高煦那厮，当今老早就死了。就是您那夜在宫里助擒朱高煦时，要是醉比丘有意助朱高煦，怎么不救他？再说，为什么不帮着马上就行弑逆呢？那时您师徒只得三个，醉比丘可是领着十多口人，硬和您作对，您准能胜得了、拿得住朱高煦吗？您当时，曾经问过醉比丘真是给汉王府当走狗吗？再望这头说，您假意投托朱高煦去卧底，这是咱们同道全相信得过的，却是醉比丘不曾知道呀！怎知她不是错当您师徒真是去帮朱高煦咧？您俩徒弟听说全是莽孩子，您如今年纪也够了，怎么仍旧和孩子们一样莽撞呢？"自然头陀听了，沉吟了一会儿道："俺嘴钝，说不过您。大通那秃货既不是反道助妖，为什么和朱高煦、白莲教打堆儿，半路里把俺的徒弟截了去？"

丈身和尚诧道："怎么醉比丘会把您的徒弟半路里截了去，您且说说是怎么一回事。"自然头陀道："您大概不能不知道。"丈身和尚笑道："您说话真奇怪。我刚从塞外进口没多时，怎能知道呢?"自然头陀道："你们什么事都通气，就只和俺疏阔。大通干的事怎肯瞒您! 您说您刚进口不知道，这倒许是真的，她的讯息您还没得着。如今俺要寻大通去拼命去，俺也不瞒您，也不怕您告诉她，帮着她。"丈身和尚笑道："您且说说是怎样的事。不要尽说废话，反正您要明白的。"

自然头陀道："俺告诉您吧，俺知道大通那秃厮叛道了，便叫俺大徒弟范广到北方去找友鹿道人和三丰道人去。后来俺不大放心，怕他路上吃亏，又叫二徒弟聊昂赶上范广和他同去，俺独在京中看着朱高煦。范广没回信，俺当他已经去了。如今听说和您在一处，又是没有去。聊昂动身后第三天，俺到京江驿朱高煦的耳目陈子尧家里探探讯息，听得那屋子里正在说话，说的也正是聊昂被大通捉了送给他们的话。"

丈身和尚截住他的话攂言道："您听清楚了吗? 他们怎么说的?"自然头陀道："怎么没听明白呢! 那屋子里先有个少年人说：'给您送到白龙山去吧。'就有个中年人说：'就在这里做了不就结了吗?'少年人又说：'不是那么说的，还有许多话要问啦。瞧那小子倔强模样儿，不动家伙揍他一阵，准没实话说。要是在此地揍他，他一吆喝，这儿近着大路，不是让人家知道了吗，以后的事怎办呢? 要算白龙山离此地最近了，那儿又有许多揍人的家伙，任怎么闹外面也听不着，一夜工夫就解了去了，不比这儿强吗?'接着那中年人就说：'好，就这么办。我就解他去吧。'少年人说：'不对。那小子手脚十分了得，不是大通师父就能擒住他吗? 如今还是请大通师父解他去，才能万无一失。'您瞧，这不是说大通那秃厮吗? 俺当下听了这话，就估量是俺俩徒弟着了他们的道儿，就想窥个究竟。待了一夜，没待着什么。第二天，俺守一天，也没见什么。到黑夜里再去，可就见着了。他们十几口子，亮着刀枪，打扮作解差兵卒模样，把聊昂绑在一张大木凳上，四个人扛着，就上路。俺一见，气昏了，跟在后头，去了不到半里地，就动手拦劫。说起来真丢人，俺竟会吃个爬下! 赶上去，和那厮们拼斗，那厮们也不和俺交手，不知放了个什么，噼啪一声，赛过平地起了个大霹雳，俺定住神，吃不了惊吓，却不知怎样，好像地下会跳动一般，就那么将俺掀翻了。俺再爬起来，那厮们影儿也不见了。俺是怕人的吗？当下就朝白龙山赶。赶到山上，不知那厮们的寨子在哪里，在山上寻了一整天，也没寻着。林子里过了半夜，又去找探，瞧见半山里有个瘦矮小子朝山坳里走，瞅那模样儿，就不是个好人。撺住他一吓，才知道那厮们早一天，就使着汉王府的牌单，把聊昂上了囚笼，解到乐安去了。俺便随后连夜撺来，黄昏时才到了此地。四下一打听，听说这挡子店有几个军官模样的人，却没囚人，还有个出家人。俺却没问明白是和尚是姑子，也没弄清是往南的往北的。想着大概是囚笼不便当，去不快，仗人多，白押着聊昂撒手儿走着，再一打听，真有个武童打扮十多岁的黑孩子，益发当是不错的了，便乘夜来探，不料却是您。据您说，那黑小子不是聊昂，竟是范广，那些军官又是谁呢？"

丈身和尚初听得说大通捉聊昂，心下狐疑，后来又疑聊昂错了事，再一想大通绝不会和朱高煦结纳，更加越听越不似了，恍然知道这莽头陀又在闹别扭心肠了。待他说完，便道："我的事您就可明白的，且不必急问。您所说的这番事，我瞧您又莽撞了，待我一件件说给您听。您说听得那陈子尧家里人说是大通捉了聊昂，送给朱高煦，您可知大通在哪儿捉他？怎样和姓陈的来往？聊昂动身，大通怎么会知道？您能断定那姓陈的人们嘴里说的准能是五台宗派的普陀大通吗？再说，他们原来解聊昂到白龙山去，是为问话。现在朱高煦还没做天子，用不着按逆犯解京的例，定须将聊昂解到乐安去。只在白龙山问过就得啦，为什么一定要解往汉王府呢？您既在白龙山撺住一个贼党，为什么不先问明他山上的寨子，给扫荡了，探个究竟呢？就凭他一句话，您就舍却白龙山，一直朝北道上撺下来，您也太直心眼儿了。您想，您是使陆地飞行法的，奔了这远有个撺不上的吗？依我看，聊昂还是在白龙山没动，这时保得住性命保不住性命可不能定，人准没起解。您朝北道上撺一辈子不要想撺着。"

自然头陀一愣，双手一拍道："您这话有道理！俺真笨，那时疼徒弟的心急，就没想到先把白龙山翻一翻。"丈身和尚拦他，道："您不要岔，我话还没完啦。您仔细想想，您在陈家听得说，只有大通师父才制住聊昂，那么，大通能扔下聊昂在陈家，自己不监着，让他好逃走吗？第二天您瞧见聊昂解到白龙山去，可曾见大通跟着？"自然头陀岔说道："您这话就是维护那秃厮了！俺亲耳听得的还会错吗？如今且不管他，反正俺终有寻那秃厮算账的日子。目前您只说，聊昂准在白龙山吗？"丈身和尚决然道："猜情度理，聊昂一定在白龙山。您搿住的那人所说的话，一定是他们料着一定有人探山，预先捏好一篇谎话，好打发来人的。这事儿也很平常，江湖绿林常用的老套子，不料您这老手也会着这道儿！"

自然听了，抱头不语。好半晌，忽然睁眼咬牙道："嘿，俺如今便去捣白龙山的窠子。寻着聊昂便罢，不然，这一趟准可得个实在信儿，再往下追寻。这事完了，再去寻大通那秃货。"丈身和尚道："您不要着急，我告诉您，咱们如今去白龙山是不错的。救了聊昂，一问不就明白了，是不是大通捉他的吗？问过了再到京里寻着大通，仔细问明探宫的事。只要大通实在是反道，她是无故捉同道弟子送给朱高煦，您不要我维护，甭您动手，我宰了您瞧！"自然头陀身子一挺，双掌一拍，再竖起左手大拇指来道："这才是汉子说的话，不枉您称荆南大侠！俺如今就去了。"说着，便要跳下树去。丈身和尚急摇手止住他道："甭急！我方才不是说，咱们同去白龙山吗？您宿在哪里？我叫醒他们来和您一同走。"自然头陀道："俺宿在东头崔家挡子店里，俺没行李，就此可走。你们得拾掇行李，不知闹到什么时候才能动身，俺先走吧，准在白龙山下候着你们。"丈身和尚笑道："您真是猴急得不成个样儿了。您大徒弟在这里，您也不要见见他吗？怎这般偏心，只记得小徒弟咧？您瞧，天都亮了，怎不大大方方地走，要那么惊世骇俗，悄地一跑呢？"自然头陀顺着丈身和尚手指处一瞧，果然老远的天地相连处，露着一线微微的白光，便又笑道："大徒弟这时有他老师父疼顾，甭俺操心了。"说着，身子一偏，飘下了树枝。丈身和尚也笑着，随后落地。自然头陀说道："俺回店一趟，路口等您，您得快来才行！"丈身和尚点头笑道："慢不了，您放心吧。"说着，彼此分手。自然头陀跺脚一跳，过墙去了。丈身和尚仍翻屋回房。

丈身和尚推门进房，反手掩上门，忽见黄礼将长剑安在背后，瞪着双眼立在当地。丈身和尚朝他一笑，黄礼问道："师叔上哪里去的？"丈身和尚道："您叫他们起身，免得我一番话说几遍。"黄礼便挨个儿叫醒孙安、范广等。丈身和尚将会见自然头陀的话告诉了众人。黄礼很为大通尼抱不平。范广却心中觉着有许多结解不开。丈身和尚叫众人快拾掇，就要动身了。薛禄便出去备牲口。薛妈妈将包裹打好。大伙儿收拾好了，各提兵器出房。挡子店是先给店钱的，用不着到柜算账。洗盥过了，便出店门。薛禄拉住牲口待着，各人接过丝缰，薛禄伺候薛妈妈上了骡，自己才翻身上马，一路出了红藤庄街口。

到了大路上，丈身和尚和范广已见自然头陀在前面缓行，便紧一紧手中缰，赶上了他。范广首先下马拜见，丈身和尚给吉喆等都引见了。自然头陀笑道："怨不得人家说是一伙军官，你们这打扮真像营伍里出来的。在哪里寻来这许多齐整巾袍？"丈身和尚笑道："咱们走吧，话长啦，走着告诉您。"范广便将坐骑让给自然头陀乘骑，自己随在马后。

一路上，丈身和尚将众人遇合和破抱犊崮的事，一一向自然头陀说了。自然头陀道："抱犊崮那伙人俺全知道。就只地理鬼张绍枌是个有能耐的汉子，十八般无不精，还射得一手好箭，真是百不失一！另外还有个白雪王玉，是邯郸王周正的儿子，祖传善走，一日能跑五百多里，还使得一条好戟，打得一手好镖，朱高煦一见就爱上了。你们这回没见个粉白的胖子，八成儿是到乐安去了。"黄礼接说道："不错，有这么个人，俺知道的。俺学跑腿就是和王春正，就是他的伯父，许久没得信息了，却不知道他在抱犊崮。"

说话间，因为自然头陀性急，打马急奔，已是几十里到了徐州府城了，便寻了一家伙店打早尖。又买了一骑长行牲口，给自然头陀。众好汉吃过饭，齐上马。范广的牲口仍是范广骑着，直向白龙山趱程。急行了两整日，还乘月光带赶了一程夜路，才赶到白龙山下。

众好汉到了白龙山，就山脚下四面一望，全是荒野，没个可以歇脚的村集。再瞅那山上，树木葱茏，黑压压，一丛丛，也不知有多大的林子。丛绿之中，间或露出一两点茅屋尖儿。打山麓到山巅瞧去，只一百多步光景，却是后面屏风般还有一道高嶂，矗冲云表，不知有多么高大。丈身和尚要寻个寄顿牲口处所，再使一两个人上山去探探光景。自然头陀一听不肯，坚持着要立刻冲上山去，并说："俺是熟路，你们只随俺来便了。"丈身和尚没法，只得叫黄礼和薛禄两人拿些银子，将牲口寄往山腰樵户人家去。薛妈妈也同去暂时寄住。二人再随后赶来。自然头陀早不耐烦了，倒提铁叉，撒开两腿，向山上猛跑上去，众人只得随后齐上。

白龙山上情况如何，详载下章。

第十二章

荡窟穴双侠逞神威
奔长途弟兄赴大义

话说自然头陀直上白龙山，丈身和尚和黄礼等随后赶上去。越过那前面的小土坡，只见些茅屋草棚，都是一眼到底，瞅得清澈，藏不住什么浅屋。顺着山坡下去，便是一条涧涧。只余干沙，一滴水也没了，也不知干了若干年了。自然头陀当先过涧，便到了前面峰麓。

丈身和尚等随后赶到。抬头瞅那山峰时，只见层峦叠翠，遍山都是树林，葱郁如烟，铺在那重重的巨峰之上，如大雨将来时的乌云一般，蒙蒙涌涌，堆堆挤挤，拥起一大片。峰腰里，蜿蜒如带，曲曲折折，隐隐约约，露着一道白光。整个儿瞅去，就如黑云堆里一条白龙正在夭矫盘旋着一般。丈身和尚不觉长啸一声，接说道："好个所在！怨不得唤作白龙山，真像极啦！这般好处所偏是一班坏东西占了，天下已无干净土，九重何地慰苍生？"说罢，不觉长叹一声。

自然头陀在前面听得，回头道："喂，救人如救火，您不要尽着闹酸劲儿，快走呀！这会儿，正想厮杀了，您叹什么鸟气？倒的什么霉！"丈身和尚笑道："瞧您这急猴子，早到哪里去了？怎不跑到北平去？省得这时到这儿来干着急的，早就该弄好了呀！"自然头陀两眼一瞪道："您不要激俺！瞧俺今儿可弄得好？"众好汉在后听了都笑了。

正走着，忽听得后面有人高声大叫："师父慢走！"丈身和尚回望时，正是薛禄和黄礼，还和一个人，不大看得清楚。便放缓走步，待他俩赶来。自然头陀却没听得，一纳头，仍朝峰巅直闯。又听得薛禄、黄礼一齐

78

大叫："师叔，不要朝那边去了，走错了！贼窠儿在这边，拐过去就到啦！"自然头陀才停步高声回问："您俩怎么知道的？"薛禄放喉应道："俺俩掷住一个了。"自然头陀这才回身到丈身和尚等一处待着。

黄礼、薛禄等二人近前，众人才瞧见他俩绑着一个长瘦汉子，牵牛一般牵了来。走到跟前，才停脚，向丈身和尚将自己安置薛妈妈、寄顿牲口的事说了，自然头陀早急了，说道："嘻，您俩真烦透了！这没要紧的事尽说干吗？把那小子带过，俺要问他。"黄礼便将那人牵到自然头陀跟前。

自然头陀喝问道："您是干什么的？"那人道："俺是做木匠的。"自然头陀摇头道："俺不问你这个。你怎么到山上来的？"那人答道："这两位爷把俺捉了来的。"自然头陀大怒，伸手就是一个耳刮子，大骂道："浑蛋！谁问你这个？"打得那人掉了一嘴的牙齿，口中流血，更是连话也说不出来。自然头陀兀自怒气不息，举脚便踢。

丈身和尚拦住道："他听不懂您的话，待我来问他吧。"便转向那人道："你姓什么？叫什么？这山上可有寨子？你在寨子里干什么？寨子在哪一方？你全实说了就饶你。"那人嘴脸肿得说不出话来，一手捧着腮，一手还向黄礼指着。自然头陀又要打，却被丈身和尚拦在前面，挡劝住了，丈身和尚便转向黄礼道："您知道怎不说？"黄礼笑道："我还没来得及说，自然师叔要问这厮，我只好先带了过去。"丈身和尚笑道："您说吧。"

黄礼道："我和薛兄弟俩向这峰头来，抄近打草丛里穿过来。不料这厮兔儿般打草里猛地闯出，吓了我一跳。薛兄弟在前，一回身，就将这厮掷住。先问他，不肯说实话。后来薛兄弟揍了他两下，才说出姓田，名澍霖，是这山里的箭子，专在山前山后望风，家里就在山下。这山里，大寨主名叫野兔子陈攀桂，原是学里秀才，会些拳棒，落草为寇。二寨主名叫夜游神林太平，是海南黑驴儿黎大宛的大弟子，都入了教。前几日，确实有个大通师父拿住一个十多岁的黑孩子，送到寨里。"

自然头陀听到这里，两眼一瞪，转头向着丈身和尚，抢说："如何？您听明白了！这须不是俺叫他诬陷那秃货的！"丈身和尚只当没听见，觑定黄礼听他说下去。

黄礼接说道："问了两次，没问出什么。这两天不知那黑少年还活不活。那山寨，只朝这涧涧朝东，转过山脚，再打一片松树林子里穿过去。翻过一个小山头，迎面有一块大石头。石头背后，是个山坳。那坳正中有个石崖空门洞，像人家大门一般。过了那石门，顺着山嘴，一抹角，那石崖根下便是。我问明白了，便和薛兄弟牵他来了。"

丈身和尚听毕，正要和自然头陀商量如何进去，谁打先锋，一回头，已不见自然头陀了。再向前一瞅，只见他甩开脚步，连纵连跑，已斜过涧涧东对岸去了。便招呼黄礼带着田澍霖，和众人一齐随后加紧撵来。

原来自然头陀耐着性子听了半晌，早已满心厌烦，只碍着丈身和尚在细听着，不好截问催说得。及至黄礼说到山寨方向路径，才耐住怒焰，听清楚了。便旁的什么都不管了，欻地绕过丈身和尚背后，拔腿就走，朝东直奔。待丈身和尚瞅他时，已奔过涧涧了。

依着黄礼所说的路径走去，一点儿没错。不多时，便到了那石门跟前。自然头陀首先跨进石门去，顺着山嘴，抹角拐弯，便到了石崖上面。闪眼向下一望，以为石崖底下必有许多高房草寨。哪知就只几间黄土墙的矮屋。便沿崖飞步而下，两手握定铁叉，振起精神，直向矮屋中扑去。

那矮屋门外没个人影，那屋里也不听见有甚动静。自然头陀离矮屋门前七八步，便舞动铁叉耍开像朵荷花一般，护住全身，猛然和身向门里滚闯进屋。没见人迎敌，便将叉一收，定睛一瞅，屋里没一个人，只横七竖八倒着一地的死尸，壁角里堆着几个脑袋。自然头陀顿时一愣，虽不害怕，却也火气全消，满心诧异，呆立在门口，没做理会处。

丈身和尚在后，陡见自然头陀猛勇异常地冲进去，一脚踏上门阈，忽然如泥塑木雕一般屹立不动了，大伙都觉奇怪。赶到自然头陀身后，正要问他，却都一眼瞅见屋里横了许多死尸，遍地淌的是血，都不约而同地和自然头陀一般呆住了。

丈身和尚拉住自然头陀的右手道："不要发呆，进去呀！"自然头陀道："您瞧，这是怎么一回事？"丈身和尚道："甭管是怎么一回事，咱们终得进去呀！终不成就这么回头去？"

自然头陀才进了屋门，打死尸中间过去，便到了二道门。进门又是一个院落，也倒了两个缺手少脚的死尸。院子里是三明两暗的房屋，自然头陀打西头进去，丈身和尚便打东头进去，并叫众好汉分途察着。大伙儿前前后后抄了一遍，只有些衣服零物乱掉在地，夹着割断了的几条绳索，还有些大锭银子也敞在桌上地下，却没个人影，更不见聊昂。

大伙儿来到正屋里，自然头陀十分纳闷，愤然道："这不是见鬼吗？也不知什么时候谁来砸了的，咱们却来给他收尸！"丈身和尚笑道："谁叫您一定要那么急奔来啦？"自然头陀急道："您还有心肠怄着玩儿，这是怎么弄的？不就够死人了吗？您还来加点儿油儿酱儿！"丈身和尚呵呵笑道："这有什么难解？更用不着怄！这不明摆着是比咱们来得早的好汉们给砸了吗？如今只问问田澍霖，就许能知道点儿线索，是谁来砸了的？"

自然头陀猛然想起还有个田澍霖可追问，便走到柱上将他解下，牵过来问道："这窠子是谁砸的？你实说出来，俺放了你。要说谎，便送你和你的伙计们结伴去！"田澍霖挣了一挣，才哼出一句话来道："俺在前山，不知道。"自然头陀便待拷问，丈身和尚止住道："我想起来了，他真是不知道。如果知道时，他老早就跑了，还藏在前山干什么？再说，他见有人上山也只有避过的，再闯出来报信儿给谁咧？可见他没得信儿。"

正说着，忽听得黄礼叫道："有了，这不是人家留下的字儿吗？"丈身和尚忙回头望去，见黄礼手指着正梁上，众人顺着他的手一瞧，果然梁上粘着字条儿，被风吹得飘飘的。彭燕不待丈身、自然开口，便耸身向上跳去，头顶屋瓦，便伸左手扳住正梁，右手轻轻地将字条儿揭下，一松左手，飘然落地，双手将字条递给丈身和尚。丈身和尚接过，和自然头陀同瞧，只见上面写着：

奉大通师命：荡此贼窠，解救同道。如有追寻我者，请循大
道北行。

南阳玉狮子、寿州铁狮子

丈身、自然都知道玉狮子是五台了了和尚的弟子文义，铁狮子是匡庐周癫子的弟子魏光。自然头陀这一来真闹糊涂了，心里不知乱到怎样，自

己也不知该怎样思忖才得明白。丈身和尚却转头向自然头陀道："如何？您瞧明白了。这须不是我叫他维护醉比丘的。"自然头陀只急得跺脚，一言不发。

黄礼羼言道："依俺看来，这两人走得还不远。一来，田澍霖既是箭子，总是挨班轮值的，当时他还没回山，不曾知道这事，足见只是他上值以后一会儿的事。二来，瞧这些死尸，都是刚死不久的样儿，更可断定就是今儿的事。咱们如今随后撵去，准能撵得上。"丈身和尚听了点头不语，自然头陀便叫："走呀！快撵去！"彭燕道："有人知道这两个人是哪里来的吗？何妨再想想这死人的可有咱们认识的人？"丈身和尚便将文义、魏光二人的来历约略说了，自然头陀担心聊昂，便和范广、黄礼查看死尸，查了个遍，只查出那死在大门边的瘦矮汉子，就是自然头陀掫住问过讯的那人，其余都不认识。再牵着田澍霖去认看，才知道都是寨里的小伙计，内中也没陈攀桂、林太平二人。

丈身和尚因田澍霖不曾知道寨子砸了，料想陈攀桂、林太平一定是打后山或是旁侧小路逃走的，文义、魏光也一定是同一条道上探撵去了，便将这意思告诉自然头陀。自然头陀深以为然，便和众人说，并叫黄礼、薛禄去迎取薛妈妈并带牲口。一面便在寨里搜寻些粮米、蔬菜、油盐，整治些饭菜。又寻了两坛酒，待薛禄等回来，大伙吃了个饱，这才收拾兵器马匹，将寨子烧了。

大家一齐离寨，牵着牲口，叫田澍霖领路打后山下山。后山却是阔石路，平平坦坦，曲斜下去，很好骑马，不比前山那般崎岖狭窄。众人便上牲口、骤马，下了山，到了大路口，丈身和尚便叫黄礼将田澍霖放了，并给他十两银子，叫他从此做些小买卖度日，不许再给山贼当箭子。田澍霖保得性命，还有银子，真是喜出望外，连忙唯唯答应，磕了几个响头，才爬起来依旧上山翻过峰头，回家去了。

众人转头向北，一路行着，一路议论白龙山的事。自然头陀满心狐疑，想着，不知真是大通投了朱高煦，还是俺瞎疑心？俺几次亲见亲闻，难道都靠不住吗？聊昂是他们救去了吗？终揣摩不出个究竟来。丈身和尚等却是异常高兴，有说有笑。骤马追了一下午，还没上大路，便寻了个小村庄宿了。

次日又走了一日，也没撵上哪个。丈身和尚料想：醉比丘许是离了京城了，要不就差文义等到塞外，或是到五台去请虎面沙弥去。如今先撵上他俩就能明白，如果真是他们全离了京城，也省得跑冤路。就是没离京，也得先追上他俩，寻问着聊昂的下落，解了自然的疑惑，才能收复得他这师徒三条毒龙，帮咱们去灭白莲教。要不，任你说破嘴他也是不相信的。便决计撵上俩狮子，再看事行事。

如此又行了两日。那日，黄沙滚滚，连太阳都遮得暗淡无光。丈身和尚等一行人在风沙之中勒马疾驰。行了一程，遥见前面有四骑马不快不慢地走着。黄礼眼尖，早瞧出前面两骑马上是怒龙徐奎、恶虎徐斗哥儿两个，便和丈身和尚说了。丈身和尚仔细一望，果然不错，只后面两个瞧不准是谁，估量着总是同道子弟，便和自然头陀说明徐奎是大通尼的弟子，见面先问明白，不要先破口伤人，又招呼众人打马急追。最高兴的要算是自然头陀，他想着：遇着这两个五台宗派大通尼的弟子，准能知道聊昂的下落了。心头一爽快，两腿分外得劲，那马便和离弦羽箭一般向前射去。丈身和尚和他并辔而驰，众好汉在后继进。

前面四骑马走得原不快，后面一阵急赶，不多时便赶上了。徐奎、徐斗在马上忽听得后面无数銮铃乱响，一阵牲口奔腾而来，心疑路上有甚岔子，忙回头瞅望。这时后面众好汉已赶近了，徐家兄弟回头瞅见当先一个胖大和尚和一个肥黑头陀二人并马飞驰，后面随着许多军官武士打扮的汉子直向自己追来，心中一动，忙按佩剑凝神细瞅，才看出当头的是丈身和尚和那探宫时遇见的头陀，后面一伙人中有万里虹黄礼在内，顿时心头放下一块大石，却又疑着：师伯几时南来的？怎么反在我俩后面？又怎样和这头陀同行呢？徐斗嘴快，瞅明白了，便叫道："师伯，你老什么时分到南边来的？"一面便和徐奎勒马回头，迎上前去，马头将要相近，便翻身下马，就道旁参拜了师伯。丈身便叫他俩和自然头陀行了礼，便和黄礼相见，又和薛妈妈及彭燕等一一相见，通名道姓，彼此互相行礼。这时大家都下了马了，徐奎便叫两个跟随的家人牵着牲口，大伙儿立在道旁叙着。

丈身和尚道："咱们要说的话多着啦。这大路上不是叙话之所，咱们到前面寻个幽静地方坐下再细说吧。"众人都道好，便各拉牲口，纷纷上鞍趁大路直趲。自然头陀急于要问讯，被丈身和尚一拦，又要寻着地方再说，心中甚是懊急，却又没法遂意，只得也上了马，随众人前走。

一口气奔了五里路，才到一家茶亭门口，丈身和尚道："就在这里吧。"众人齐应了，下了马，将马牵到门前水槽上，茶亭子里面的小伙子、小姐儿见了这许多军官、公子等打扮的人，又夹着一位老太太、两个出家人，疑心是哪里的武官接眷，不敢怠慢，连忙赶出来，一面嚷着："爷们里头坐。"一面接牲口，忙了个十足。丈身和尚问道："可有干净屋子，借给我们坐一坐，说说话儿？"小伙子连忙答说："有，有！请爷们上里面去。"

丈身和尚等便跟着那小伙子向屋里走。那小伙子常在大路旁伺候惯来往官商的，知道是要话密话了，便直引众人到后面大竹棚底下。连忙掇凳子，泡新茶，忙个不停。丈身和尚等瞧这竹棚搭在一所菜园中，旁靠水塘。四面匝地菜花，黄绿综错，映着水上微波，鹅鸭浮游，倒觉比那大家花园反多真趣。众人长途辛苦，到此精神一爽。

大伙儿在棚下坐定。丈身和尚方要探问徐奎、徐斗京城里的事，徐奎、徐斗也正要问丈身和尚南来的缘故和擎天寨的情形。不料自然头陀再也憋不住了，早高声向两徐道："俺可耐不住了，请问您俩：打京城里来的，可知醉比丘可在京里？她到底在京里干些什么？为什么要帮着朱高煦呀？"徐奎听了，两手一拍，唉了一声，说道："这才是一言难尽！"丈身和尚急跟问道："怎样了？"徐斗皱着眉头道："嘻，事算糟透了！"丈身和尚急问道："怎么糟的？"

大通尼在京里出了甚岔子，下章再叙明。

第十三章

释误会纵谈诛草寇
解前嫌陷阵救同人

话说丈身和尚听得徐斗说京城里的事糟透了，连着追问怎糟的。徐斗长叹一声，摇头不语，徐奎见徐斗不肯说，便接言道："这事真是话长。我们在京里捣汉王府、闹皇宫，这些事，大概师伯和众位都知道吧？"丈身和尚点头道："全都知道了，您只说往后的事吧。"

徐奎说道："自从我们夜入皇宫，上奏告密以后，朱高煦的罪恶是彰明较著了，永乐爷也知道他那儿子实在不是东西了。满朝文武瞧着窍儿了，大伙儿丛棍打死狗，你一疏，我一折，全是参劾朱高煦的。黄非、尹昌隆两个，更是上殿面奏，求万岁爷严办。眼见得朱高煦有打入高墙的分儿了，不料太子高炽竭力保奏，将父子之情说动了永乐爷，朱高煦只就藩乐安，反倒给他弄了个地方做根本，这事不是已经糟了吗？我们在京里得了这个信，知道朱高煦一定要在乐安大张旗鼓地招兵买马、聚将屯粮的。我师父醉比丘便决定离京，京城里既没什么事了，也用不着留人在京里，就想要大伙到乐安闹他一闹，扰得朱高煦暂时立不起基业，再大家出塞，同去破霞明观去。恰好于廷益接着他父亲的信，要他请假回乡祭扫，大伙便都拾掇预备动身。不料就是那夜里，突然间来了许多锦衣卫缇骑和侍卫武士，约莫二百多人，还有几百兵丁，向我们住的那屋子包了两匝。一声呐喊，便突门攻打。我师父不许我们动手，只吩咐保着吴先生父子，挈着那个粗使丫头，越屋出去。哪知丑牛儿、施铁臂、茅金刀、雷螭虎和分水犀五个，也不知是存心不听我师父吩咐呀，还是真没听见，齐吼一声，拔开门闩，便打了出去。这一来，可糟透了！我们原是一片好心，和朱高煦作对，这一下就变成抗拒官府，叛逆不法了。我们要不救应，还成个同道吗？要是一打救应，这事便越闹越大了。我师父忙迫中，没法想，只得说：'既已闹明了，就大伙儿打出去吧！'当下约定燕子矶会齐，叫我和文狮子、千里驹、镇华山我兄弟五个人护了吴先生父子和于廷益三人，打屋上跳过隔壁豆腐店，翻到后街，暗地走了。我师父挈着丫头，领着浪里龙、魏狮子、魏黄虎、种金戈、红孩儿、一朵云、飞将军、八哥儿、震天雷、没毛虎、混天霓、分水犀、玉麒麟，一齐打前门冲出。茅金刀等五个已砍伤了许多了，加上这一阵人，也不知杀死杀伤多少。

"我们五个和吴家父子于廷益寻僻静巷子下到地下，悄地转小路到我家里。一会儿，我师父也来了，说大伙儿已分散了，不知有没有失散人。现在有藏在北极阁下面山里的，也有藏在台城的，也有躲到仪凤门一带田家的，大概都出不了城，快给想个法子！我急得没法想，便和家母商量。家母说：'人少一点儿还可设法。如今正是三月里，都改扮了，随我出城，只说去祭扫先王爷、先国公的墓，谅没人敢阻挡。'我出来一说，吴先生也说这法子最好。我师父便四处约众同道夜里到我家来会齐。那夜里，同道们纷纷来到，查来查去，只少了茅金刀、丑牛儿、施铁臂、混天霓四个，待到三更还没来。有人说早就失陷了；也有人说先没失陷，准是这会儿一露面，给锦衣卫捞去了，却又想不出一个寻找的法子来。一直急到五更将近天快亮了，丑牛儿三个才提了几个人头跳了进来。大伙儿一问，才知道他们三个藏在田地里，黄昏时有个锦衣卫官儿，独自到仪凤门去，被他三个瞧见了，就那么扑出来，捞住那官儿，拖到田地中间禾荫下，捺在水地里就捶，捶着还不许人家吆喝。弄得差不多了，才提起来。问他为什么要和咱们作对，围咱们屋子？那官儿情知是这一案，便说：'是都御史邱福密奏圣上，请拿妖民，严宫禁；说你们擅入宫禁，罪该腰斩，非严厉拿办不可，万岁爷才有这道谕旨，着锦衣卫拿人。'丑牛儿又问明了邱福的公馆方向，便将那官儿宰了。赶晚上，他三个到邱福公馆里，宰了几个人才来，也不知邱福在内不在内。

"一会儿，混天霓也同来了。她却是到宫中诉冤去了。将咱们捣汉王府和告密的始末原因写了一大篇，给永乐爷送了去。他将这篇东西摺在万寿宫里，出来时，猛不防被西狗咬住了肩头，几乎被那狗撕开了。好得她身子利落，向后一踢，将狗踢死，才跳出高墙，遇着向丰波，大战了一阵。人越来越多，又被狗伤了肩膀不得力，觑空便上屋飞走。向丰波赶她，被她一镖打倒，才逃了出来。当时，家母取衣给她更换，我师父给她调治了伤痕。

　　"给他四个这一闹，可更不得了了！次日清晨得信儿，各城门只许官眷女人出城，任什么官儿不论有没随从，全得盘查得一个周到。我们只得改变计策，再想法子。后来还是吴先生想得一法：几位女同道除我师父出家人不便，都改扮了，随家母出城。余下的都打水门走。于廷益没进宫，没人认识，和吴先生暂在我家屯住听信儿。好在我兄弟全走，外面知道家母有个干儿子，吴先生只说是新聘西宾，吴春林兄算是随侍陪读，谅来没人疑心。女使丫头也藏在我家。我兄弟俩入宫时有分的，怕当时有人识破，尤其是我，太监里面认识我的很多，家里万不能住，便和众同道同走。商议定了：魏黄虎、分水犀、玉麒麟、混天霓都改扮了，随家母乘轿出城，便暗地转到水门边救应。水西门是有人防守的，只在台城下水瓮前会齐。到了夜里，好得吴先生想起，叫于廷益将蛟龙剑借给我师父。到了水瓮下，使蛟龙剑斩开大闸铁柱。浪里龙先氽水出去探望，会着分水犀、玉麒麟三人一同氽水到湖边劫了三只鱼筏子，划进水瓮，才将众人接出来。

　　"出下城，胆就大了。大伙儿渡江住下，买了牲口，便分作几起，向北走来。家母回城。官没三日紧，家母不放心，才叫这两个家人跟来探信回报。咱们京城秦淮河那屋子里的东西，甭说是全没了，那些牲口都是各人拣得骑熟了的，好得锦衣卫的人只贪财，嫌他蹄口不一，不好分赃，拿来发卖，家母便叫先国公部下一个旧将一总花了五百两去买了来，现在全在我家里。"

　　自然头陀又忍不住了，截问道："您师父如今在哪里？您说的那个文狮子、魏狮子走在您前还是在后？"徐斗抢答道："师叔问这话，俺明白了，可是为白龙山的事？"自然头陀双掌一拍，跳起来道："可不是！俺就为这个憋得受不了了！"

徐斗道："这事怨不得师叔不明白，俺们跟着师父也闹糊涂了。在京里时，俺师父常说：莽行者转到螺蛳壳里去了。俺们请问是怎么一回事，师父就将在宫里遇着师叔，料定师叔一定是假意投托朱高煦那厮的。师叔却反当俺们是帮助朱高煦，这事够多么冤苦！俺师父过江后，到牲口行里买牲口，那掌柜的请教法号上下，俺师父也没瞒他，反正京里也没知俺们姓名指名查拿，何必改名？识破倒觉不好。他听说，便问：'可是明光浮屠寺里大通师父差来的？'师父答说不是，却很诧异，怎么也会有个大通师父？便到处仔细查访，竟没敢说好歹。俺师父就料那个大通一定不是个好东西。在京江驿动身时，虽分作四人走，却是前后照应的。俺师父和俺哥儿俩一路走，便不说名讳了，专向乡民打听浮屠寺。那天，合该要破这闷葫芦！俺们在路上听得过客行人纷纷说的普陀大通将人家娘儿们抢了，送到乐安去了。俺们大为惊怪，再一询问，竟是将浮屠大通和普陀大通弄成一个人了，便决计到明光去寻那个大通。

"那天黄昏时，俺们落店，哪知文狮子等前面走的，都待在那里等俺师父，说是这儿有人冒着普陀大通的名儿瞎闹，咱们非得给弄清楚不可！一会儿，有个和尚投宿，镇华山听得掌柜的说他是浮屠寺来的。俺们待夜深时，到那和尚房里去，茅金刀将那和尚一把挟住，弄到野地里去拷问他。据那和尚说，浮屠寺的住持是个和尚，不是尼姑，不叫大通，法号达通。原是汉王的出家替身，近来奉汉王谕旨探听京师讯息，并访拿武当、五台的人。达通和尚能使一柄月牙铲，等闲三两百人不要想近他身。还有一种功夫，能做一种花炮，点燃时，啪的一声，烟雾一冲，任谁都要迷倒。又说近日拿得一个五台弟子，亲自解到白龙山去了。再问白龙山，那和尚说，也是汉王的人。俺们又问明了白龙山的方向路径，才将那和尚绑了，堵了嘴，扔在林子里，任凭第二天采樵的去救他。

"第二天，俺们吃过饭，不往明光去了，大伙儿齐往白龙山来。进了白龙山，镇华山领着俺们十几个走先，文狮子、魏狮子和师父在后。不料俺们走先的人，一直没见有人。到那石崖门时，忽听得啪的一声，大伙儿全被迷倒了。俺师父瞧见，急取出解迷药，自己和文、魏二人各用了些。又将鼻孔堵了，急赶来相救，和那俩强盗陈攀桂、林太平大杀起来。达通那贼也来助战，俺师父便亲自敌住他。那贼认识俺师父，战了数个回合，掉转头就跑，被俺师父一弹子打倒，捉住了。俩强盗敌不过俩狮子，也转身就跑。俺师父见达通已伤，便叫俩狮子不要撵了，快取凉水来救人。那山涧里没水，俩狮子直入寨内，杀散众喽啰，才取得凉水，救俺们许多人醒转来，便大伙儿将达通押到寨子里。

　　"俺们追问明白，便在里面石洞里救了师叔的弟子聊昂。震天雷在达通身上搜个药方儿，拷问他，才知是做迷弹的。震天雷问明了做法，又将达通那厮身边搜得的两迷弹拆开仔细瞧了，果是那样做的。震天雷得了这秘方，从此真是名副其实的震天雷，不仅是嗓子吓人了。俺师父和聊昂谈了半天，她才得明白，便一定要到南京去寻师叔说明原委。后来拷得达通亲说曾使迷弹迷师叔，因顾着解人，没暇加害，这才知师叔北来了。俺师父和聊师弟商量朝北跟寻，聊师弟听说师叔离了京城，便没一定的主见了，便杀了达通那厮，叫文狮子、魏狮子留下姓字，便大家下山。俺师父干了这事说：'这一来，我和莽头陀容易弄明白了。要不然，他这一辈子也和我闹不清楚。'聊昂师弟要回京去，说是给俺师父解说明白。俺师父不让他去，说：您师父不在京里了，这时也许到了明光浮屠寺去了，咱们就回到明光去吧，凑巧还能会着他。这才带了聊昂师弟一同回到明光，却叫俺哥儿俩先按站缓走，顺便探探沿路可有什么不规矩的寨子和朱高煦联结的，或是有什么教匪。俺俩便先走着，按站缓行，今儿才到此地。"

　　丈身和尚听毕，笑向自然头陀道："这您可明白啦？"自然头陀蹙额，使右手捶着脑袋道："嗜，俺就是没问明白那闯祸的秃厮是和尚是姑子。"丈身和尚又笑道："您仗着有几茎卷毛，秃厮也骂够了，回头会着醉比丘时，非叫她和您算账不可。"自然头陀跳起来，嚷道："可了不得了！被这秃厮占尽上风头了！俺就走吧，回头和那个秃货再一碰头，俺还得被你们吃下去啦！"丈身和尚笑道："您多骂些，反正咱们再一总算！"自然头陀大叫："完了！完了！"丈身和尚还要逼他，不料他这一大嗓子，茶亭里小伙子当是爷们怪他没来伺候，闹脾气了，惊得慌张跑来，嘴里连说："对不起爷！对不住众位爷！"众好汉哄然大笑起来，连自然头陀也忍不住呵呵大笑。

丈身和尚将自己南来的缘故，和众位好汉的来历，以及破抱犊崮、探白龙山等事详细告诉他俩，并说："现在京城里既然没事了，咱们都出塞吧！"又向彭燕、孙安等道："你们几位如果有事，咱们就此分手，后会有期，免得耽搁事务。要是没事，咱们就不妨大伙出塞去。"彭燕原没甚大事，这几日和丈身和尚同行已深知底细，且见丈身和尚开诚布公，十分欣羡，满想借此认识诸位大侠，学些深湛武艺，便一口答应准定出塞。孙安也道："我久已恨不过白莲教的横行霸道，且是在京里做了这芝麻官儿，满肚子胀满了的是气，满眼瞧见的都是不顺眼的事儿，老早就不愿干了，才请假出来闲逛消消闷气。如今得遇尊师，正好跟随出塞去，干一番痛痛快快的事业，也不枉老天生我这条汉子！"吉喆正没处去，自必是跟着他伯父丈身和尚走。

只有薛禄瞪着两眼，不言不语。丈身诧异，问道："您不去吗？"薛禄急道："俺哪有不跟师父走的道理！俺心里也恨不得立刻就去，只是俺妈怎么样呢？"薛妈妈抢说道："孩子，你去吧！前程要紧，俺哪里不好住，你急什么？要不俺还跟你一道去。"丈身和尚接说道："如今咱们出塞有好几千里路，老太太怎能走这长道子？就是路上也不方便，且是我们都走得紧急，要破站赶路，老太太这两天已经太辛苦了，长这么下去，怎受得了？就是薛禄心下也不安呀！依我说，且找个地方住下，待有人进关接眷时，再一道同去，您瞧可好？"黄礼听了屡言道："那么，就到单家庄去吧。那儿庄子大，食用好，千年松伍大哥家眷都在那处，待人极好，再没可担心的了。"徐奎道："曹州离此地很远，咱们又得绕道儿耽搁日子。依我说，就请师伯给封书子，叫我这两个从人护送薛老伯母进京到舍下暂住。家母素来钦敬师伯，断没个不竭诚相待的。就是薛老伯母要另立人家，舍下左近有的是房屋，搬些用动家伙，再置些衣被，拨两个奴仆伺候，也容易，不比单家庄是乡下。说到日常用度，薛老伯母一人能用几何？舍下虽寒，也还不在乎这一点儿。就是薛禄兄弟出塞，塞外有人有信进京，终须到舍下的，薛老伯母问个信儿也便当，薛禄兄弟也能常知道老伯母的起居，不是便当极了吗？"

薛妈妈先时舍不得离孩子，后来想着孩子上进要紧，便不言语，反催薛禄出塞去。及至听黄礼说送他到单家庄，心里又害怕和王大户庄一般地难伺候。又听得徐奎这一篇话，心下暗想：刚才不说他家是王爷家吗？怪怯的，俺不去！再听得能够独立门户，有穿有住甭着急吃饭，还有人用，便想：且去一头吧，哪里找这神仙日子过去？落后，听得说母子讯息方便，更是决计前去，连王爷也忘了是可怕的了。当下议定，徐奎便叫两家人来吩咐，要他们护送薛妈妈回京去。那两家人虽心中不愿出塞，极想回京，却是因为徐夫人嘱咐严厉，不敢半路折回。后来听说有丈身大师的书子，知道可脱干系，乐得少辛苦几千里路，当下便连说了几个是。徐奎又吩咐："沿路须尽力伺候，和伺候夫人一般，不许稍微违拗怠慢。倘若不遵吩咐，得罪了薛老太太，准叫总管一顿鞭子，要你们的狗命！"两家人唯唯答应。

薛妈妈如何动身往京，众好汉北上做些什么事，都详下文。

第十四章

拔刀相助契合同心
倾臆共商谋诛乡蠹

话说丈身和尚修了书子，叫薛禄给他母亲。又叫薛禄将包裹打好，所有银两衣服等物，俱拾掇停当。丈身、自然二人各将身边和包裹里的银两宝钞共三百余两，一总给了薛妈妈。薛妈妈想着：前后得了这许多银子，真是一辈子想不到的事。就让再活五十几年，也穿吃不了。再说到京还有穿有吃用不着花银子，这一辈子除儿子不在跟前，再没可着急的事了。又想着：人家给这许多银子，就是要请六儿给他做一辈子工，也得答应。如今只做徒弟，怎能不让他去呢？想着，心中一爽，倒没什么留恋的。

薛禄拾掇好了，将自己身边的银钞只留下十两，其余都塞在母亲衣袋里备用，并说道："妈路上尽管雇车缓走，甭急。要使的钱，吃的喝的，全不要省，当花总得花。徐府两位管家，是见过大世面的，妈得多给他们吃喝些好的，不要让人家抱怨，对不住他主人。"薛妈妈点头道："俺全知道，你甭着急。你能这般懂事识势，俺也放心了。"母子二人虽不是惨别，都是赴安身立命之所，却是天性所关，也免不了掉了一场离别泪，母子互相安慰了一阵。

薛禄出外，将留下的十两银子给徐府两家人。两家人见薛禄母子衣服华美，当他也是将门，不敢怠慢，趴下磕头谢赏。薛禄不料有这一下，没来得及搀扶，更忙中不及回礼，只得拱了拱手，说声："一总拜托！"两家人一同低头垂手，回了一声："小的们不敢，理当伺候老太太！"徐奎听得家人和薛禄说话，当是家人讨赏，忙赶出来，没瞧见薛禄给银子，也就罢了。只叫两家人："去叩见薛老太太！"两家人应了声是，侧着身子到里面豆棚下，向薛妈妈磕头。薛妈妈欠身拂了拂，徐奎将二人名儿告诉了薛妈妈。薛妈妈向衣袋里掏出几颗碎银子，想想，递给两家人道："送你俩喝一壶儿。"徐奎拦住，一定不许家人收，却仍叫磕头谢赏，薛妈妈只得罢了。

两家人又叩拜了丈身和尚等老少众好汉，回头叩辞俩公子。徐奎、徐斗将禀安家信交给二人，赏了二两银子盘费，另备五两银子做车马脚钱和薛妈妈的店饭钱，吩咐："沿路不许花薛老太太的钱，不许讨赏。"两家人垂手敬应，才去雇车。徐斗便叫茶亭里小伙子做饭，买酒菜。一会儿，两家人雇了一辆双套轿车来。徐斗叫将带的路菜都取来，便让众人吃饭。自然头陀知道大通尼和聊昂在后面，也不着急了，慢慢地待小伙子做了饭和酒菜掇来，和大众饱餐一顿。

这时天色已是未牌时分，饭后，便拾掇起程。薛妈妈朝南，众老少、众好汉朝北。薛氏母子互相叮咛，众人劝慰一番，才洒泪而别。薛妈妈上了车，徐府两家人前后护车，迤逦南行。到京时只说是徐府接来的亲戚，平安入城。徐夫人接着，看了丈身和尚的书子和俩儿子的禀帖，一定要薛妈妈住在府中，待薛妈妈如姊妹一般，不在话下。

徐奎、徐斗拾掇了马匹，跟着丈身、自然二人和众好汉骤辔北行。这时，倭贼寇辽东，瓦剌犯燕北，北地用兵，迁都之议又起。南北大道沿近的百姓惊慌不宁，盗贼蜂起。众好汉便专寻小村集投宿，探听白莲教的消息。行了三日，越过抱犊崗，沿途查问。大通尼一班人还没过去。自然头陀便要住下来，待一天。丈身和尚知他心挂聊昂，不肯和他争执，就住下了。

事有凑巧，那天众好汉在山东边境周南集待着。午饭后，大家闲着没事，都到集上和附近闲逛散步。范广、薛禄跟随吉喆，顺着大路朝北缓步，口说着话儿，很为高兴。正得趣处，忽听得脑后銮铃声喧，好像不止一两匹马。吉喆先回身一望，薛、范二人跟着转身向后，只见当先一骑银白马上一个包头扎袖的娘儿们，浑身上下银白色绸袄绸裙，鞍上悬一对金鞭、一条金槊。后边随三骑马，也都是女子。一个黄衣黄马，两个黑衣黑马。鞍鞒旁都挂着长短兵器。古喆心想：这几个女子很尴尬，没有一个男子同行，又没带一个从人，且各人都有兵器。这条路上不大安静，绿林朋友都是彰明着干，瞧这样儿，不知是哪个寨子里出来的旗子。范、薛瞧着却毫不介意。

当头那女子见古喆站在路旁目不转睛滴溜溜地瞅着，便将手向下一探，绰起一条金鞭在手，待马过吉喆跟前时，故意将缰一揸，飞冲过来。那马陡然经这一揸，后股一翘，将那长尾呼地一甩，直向吉喆脸上刷来。吉喆没提防，急忙中，将胳膊一拂。不料马毛虽拂开了，手背却被尾条勒破了许多皮，鲜血直淌。

薛禄不待吉喆上前，便扑奔上去，一手揪住马笼头，大喝道："咄，你怎么瞎了眼不认识人，敢叫畜生来欺负人！俺揍你！"那女子腿一抬，正踢在薛禄肘上，薛禄陡觉异常疼痛，不得不松手。那女子打马径去了。吉喆瞧这情形，知道薛禄没阅历，中了那女子的鞋头凤尖刀，勃然大怒，喝道："暗地伤人，不算好汉。小蹄子！不要逃，回来咱们拼一拼。"

范广见薛禄扑奔当先穿白的那女子，便掉转身躯，向那穿黄的女子扑去。近她身边时，先一手揪住鞍旁的剑把，就那马向前冲的势子，便将一柄长剑抽离剑鞘，握在手中。那穿黄的女子大怒，右手向下一探，捞起长矛，甩过来，向范广一矛扎去。范广便挥手中剑架还，二人一个马上，一个步下，一个长家伙，一个短家伙，拼斗起来。

就这时，俩穿黑的女子一齐前来助战，穿白的女子也回头来了。吉喆叫薛禄："快去寻咱们的人来！"一面拾起路旁田中一柄农夫撂下的耙，大叫一声，闯入场中，助范广厮杀。范广接住两个穿黑的女子，一个使双戟，一个使双剑，四件兵器不离范广头颈。范广腾挪闪躲，将一柄剑使得风车儿也似，四件兵器总是砍刺在她剑上，没一丝缝可攻。使戟的女子急了，两腿向两旁一蹬，身子向前一耸，肚腹一挺，就那么丢镫离鞍悬空飞起，手举双戟，向范广头上直筑下来。范广不慌不忙，乘她跳起的那一刹那间，先斜劈一剑，将那一女子的双剑刷开，右脚一提，左手往下一蹾，就地一甩，磨盘似的甩了个大旋风，打两匹马头下忽地转了过去。那使戟女子身体悬空扑下，劲势太猛，双戟没筑着范广，落了空，嗵的一声，直插入泥中，反筑得两肘生痛。范广刹住脚，急回头一望，连忙乘那女子双戟没拔出身躯没站定时，急将后脚一挺，穿过去，右臂一伸，向那女子后胯刺去。这边使剑的女子见了，急忙冲马横拦，将双剑一叉，架住了范广的剑。俩女子便一马一步，裹住范广厮杀。

这边吉喆敌住那穿白、穿黄俩女子。那穿黄女子一条长矛使得神出鬼没，如飞龙奔蟒一般，不可捉摸。穿白的女子先时使两条鞭，直上直下，打得吉喆左挡右架，一丝没空。那穿白女子见吉喆竟能抵住，急切胜不了他，心想道：我在马上，短兵器不容易打步将。便乘空将双鞭向鞍旁金钩上一挂，将丝扣扣住，顺手绰起一条丈六铁槊，喝一声"着"，唰地一槊向吉喆咽喉刺去。吉喆也是使槊的，怎肯中这独探骊珠的招儿，急翻身向左一转，让过槊头。却不料蛇矛恰在这时向左刺来，只得连忙将把一格，铁槊又向胸膛来了。同时，蛇矛也欻地一转，直刺肩膀。吉喆没法招架，大叫一声将把一抡，使得如圆月一般遮护身躯，即时向后猛跳，跃出圈子。那矛、槊两般兵器，长虫般跟着进刺。

吉喆正待回战，猛听得有人大叫："快不要斗了，全是自家人，快收家伙！"两边男女六人听得，齐刷眼一望，除那个穿黄的女子外，都识得来人是笑菩提丈身和尚，便都停了家伙。那穿黄的，也只得握矛立马，瞅同伴怎样。那三个女子早都下马上前拜见。穿白女子又招呼穿黄的女子来见过，丈身和尚便和他们两面引见了。原来这四个女子，便是玉麒麟凌波、黄虎魏明、混天霓章怡、分水犀李松。彼此行礼，一笑。

随后，薛禄又叫彭燕、黄礼等来到，也都相见过，凌波见薛禄肘上用布裹着，十分歉疚，便向薛禄施礼告罪道："委实对不起兄弟！只怪我糊涂，伤了兄弟，还望兄弟担当我，我给兄弟赔礼！"薛禄忙还礼答道："承阿姐的情，痛点儿没甚要紧，倒教了俺一个乖，知道小脚儿是藏着尖刀儿。"说得众人大笑。

丈身和尚便邀凌波等四人到店里叙话。章怡道："俺师父和同道们都在后面来了。俺在这里待着吧，不要错过去。"丈身和尚道："我自有道理。"便向黄礼道："您在路口待着吧，大概同道们您都认识。就有新朋友，您精细点儿，不致闯祸。"黄礼答应了，便到道口待着。

丈身和尚领着男女众人都到了周南集店里，凌波等四人到里面，内掌柜伺候洗盥了，出来彼此叙话。不多一会儿，黄礼果然领了醉比丘大通尼和文义、魏光、龙飞、钱迈、茅能、柳溥、丑赫、施威、雷通、卫颖、董安、武全、种元、火济、岳文、王济、聊昂等一大伙人齐进店来。丈身和尚忙率众人相迎。大家都到店坐定。店伙计料这伙人不是等闲人，连忙伺候泡茶倒水，忙个不停。当时，聊昂拜见了师父，约略说了几句话，众好汉彼此相会。认识的问好叙旧，不认识的通名问姓，闹了好一会儿，才闹明白。

大通尼和自然头陀说起了前事，彼此大笑。丈身和尚笑向自然头陀道："如今醉比丘来了，咱们该算账了吧？"自然头陀猛向大通尼道："正是，俺忘了一句要紧的话，没向您说。笑菩提恨透了俺了，奈何俺不得，便要向您跟前挑拨是非，让咱俩打给他瞧。您千万不要听他的，咱们几十年好道友，不要上旁人的当，让他白挑唆去。"大通尼笑道："他为什么要恨透了您呢？"自然头陀急答道："俺骂他秃厮，他就恨透俺了。"丈身和尚点头微笑道："出家人戒诳语，谁骂谁秃厮，您且说说实话。"自然头陀大笑道："任您说吧，反正俺和醉比丘有言在先，不怕您播弄。"丈身和尚笑道："我倒不播弄。您这会儿怕得鬼一般，不打自招，醉比丘不是傻子。您瞧，您那尴尬样儿，下一次可还这样骂人？"大通尼笑道："任他谁骂谁，我全不问，咱们伙儿里这个全差不多，虽不秃不远矣！不是和骂自己一般吗？"说得众人都笑起来。

自然头陀问大通尼："到浮屠寺去怎么样了？"大通道："那浮屠寺在一个小镇市上，那镇市名叫明光，原来这寺就叫明光寺，浮屠寺只是俗称。我们到了明光，大伙儿也没寻落脚处，便直奔浮屠寺。那寺里原有百多众僧人，如今都散了。另有二三百人却都是没度牒的。我们进寺时，寺里正在做佛事，瞧那排场儿既不像是水陆道场，又不像罗天大醮。我们一进大殿，那伙东西就知道不好了。大家掼了乐器，朝殿后一奔，各抄家伙，反身出来，就说我们是强盗。我也没工夫和他们辩说，领着众同道给他一打。后院里立了个把式场子，是那达通和尚教徒弟的。咱们就在这场子里大打起来。那班饭桶真不济事，一会儿叫我们捣了个干净。四下里一搜倒没什么东西，只里面香积厨后面关着俩娘儿们。一问，都是达通花钱买来，预备给朱高煦送去的。外面说他抢娘儿们，这话竟是不确。却是会武艺僧人干这样的事也就够杀脑袋的了。抄过了便找了地方来，将事儿和他们说明白，娘儿们送了回去，又将银钱等物分散了，嘱咐他们另招好僧人守寺。大大小小的事儿都给了明白了，地方上死拉活拉，拉住不让走。我们只得住下，待到夜里，才悄悄地拾掇了，给他个悠然而去。"

自然头陀道："好嘛，您去受地方供奉，却叫俺好急好赶。"丈身和尚大笑道："您不听她说吗？就为受不了供奉，够不上享那福，所以半夜里爬起来，贼一般地悄地跑了。"大通尼也笑道："我不和您斗贫嘴，且说要紧的话。你们如今一大伙人怎么样呀？"丈身和尚便将自己和黄礼以及一路所经及孙安、彭燕、吉喆、薛禄的事，一一说了。这时，聚首的老少众好汉是：笑菩提丈身和尚、醉比丘大通尼、莽行者自然头陀、镇华山钱迈、金刀茅能、牛儿丑赫、铁臂施威、玉狮子文义、铁狮子魏光、浪里龙龙飞、怒龙徐奎、恶虎徐斗、金戈种元、红孩儿火济、一朵云岳文、千里驹武全、八哥儿王济、飞将军柳溥、震天雷卫颖、螭虎雷通、没毛虎董安、混天霓章怡、分水犀李松、玉麒麟凌波、黄虎魏明、黑大郎孙安、乌鹞子彭燕、急三枪吉喆、莽男儿薛禄、黑飞虎范广、小铁汉聊昂、万里虹黄礼。共三十二人。

众好汉在周南集住了一夜，畅叙一番。丈身、大通、自然三人尽夜商妥，就此兼程出塞，先攻青草山，后打霞明观，再南来攻洞庭。估量着到那时朱高煦也该露了叛迹了。即使他没露叛迹，白莲教的根儿灭了，谅他也没这般声势，敢如此横行了。咱们如今在塞外有了根基，不怕捣不翻那些妖孽。

次日清晨，大通尼将这些话向众好汉说了。众好汉都欣喜遵从。就此动身，一齐北上。丈身和尚便叫众好汉拾掇好行李兵器，有衣物不够的或是兵器缺坏的，就此添补。大伙儿作一处走，要是路上遇着什么，满给他一打。并说："如今闽广派的剑士也正纷纷出塞。这时，路上难免不遇着。要是大家碰在一路，咱们不可先露行藏，大家全看我眼色行事。在路上，不宜多说话，免得被他们箭子探了讯息去。"众好汉齐声应了。

丈身和尚便叫钱迈、黄礼、徐奎、徐斗前行数里或数十里。文义、孙安、武全、柳溥随后行走，往来于前后两班之间。龙飞、魏光、茅能、施威、丑赫、吉喆、雷通、彭燕、董安、卫颖随同丈身和尚、自然头陀，押着行李在中间行走。随后便是火济、岳文、王济、种元、范广、聊昂、薛禄等一班孩子家跟在后面。最后是大通尼率魏明、章怡、凌波、李松等女英雄合后。孩子们并在合后与行李之间前后往来，连成一串连环一般，前后通气，三十二人一条线似的走着。

众好汉离了周南集，一路上，只见些惊慌景象，幸得没甚事故。黄礼因为塞外事急，也没暇去探问金条案。一路只顺大路直过德州，沿着运河堤岸急急趱行。行路时虽是马上谈心，鞭丝指景，尽情乐笑，浑忘长途之苦，却是人人心中都挂着打白莲教的心事，恨不得一口气就奔到卧牛山擎天寨里。

行了多时，将近王家店，只有十多里路程了。钱迈和徐奎二人走在最先。钱迈心想着：今儿和在王家店歇着吧，再过去可没这么大地方，没处找个歇得下许多人的店。便向徐奎说了，回头扬着鞭子招黄礼和徐斗，想要急赶一步，早到王家店，趁按站走的客人没到之先，好占下店房，叫店里拾掇饭菜。黄礼、徐斗策马追近，彼此都是这个意思，便一同抖缰飞驰，直奔王家店。

四骑马奔了一程，刚从大路转弯，朝西北斜拐过去，没多路便是王家店了。马头才转去土坡，忽见前面尘头大起，喊声震天。四人一齐将马缰勒在手中，绰起兵器。

要知王家店有甚事故，请阅下章。

第十五章

单骑突阵一将成功
群英聚会万流归海

话说钱迈、黄礼、徐奎、徐斗四人正向王家店趱程，转过山坡，忽见前面烟尘乱滚，喊杀连天，连忙绰起兵器，勒住丝缰，谨慎提防着，向前觑探。

走近时，便见前面有四个镖局达官打扮的人，正和几个顶盔贯甲的军官鏖战，再望过去，田野里，有千百人马布着阵势。门旗之下，有许多偏裨将士，簇拥一员螃蟹面庞、黑盔黑甲、手执长柄大锤的将官，立马正中，口中不知在喝叫些什么。背后一方大纛，只见当中一个斗来大的"王"字，旁边小字儿瞧不清是些什么。阵前两旁还列着二三十个挺枪持刀、悬弓挂箭的马步军校。

四人勒马停蹄。钱迈回头向三人道："这又不知是怎么一回事了，难道官军还能拦劫镖车吗？"徐斗道："那有什么难，那班狗奴什么事做不出来！比强盗不如多了。"徐奎却笑而不答。黄礼凝眸觑了一会儿，忽然叫道："不好，是咱们自家人。"钱迈和徐家弟兄一齐急问："谁是咱们自家人？"黄礼将枪尖指着前面说道："那门旗下，是防倭总兵官曹州卫都指挥司指挥使王忠皓。和官军相杀的，是单家庄四位教头，都是千年松伍庄主的人，俺们不能不救！快去！快去！"钱迈忙道："您既是知道他们详细，就请您朝后报信儿，我和他哥儿俩上前去救应。"黄礼嗻应一声，拨转马头泼啦啦向后去了。

钱迈招呼徐家兄弟分作左右中三路，一齐杀去。当下，三骑马，各择方向，如飞杀出。三人在马上齐声大喝，向官军中冲去。钱迈马快，先从正中跑到。忽见阵前持令麾的正是汉王府逃走的丁威。那四个达官已被兵将围住了，冲到东，丁威便将手中令旗朝东指；四个达官转朝西冲，丁威便挥旗指西。层层密密，将四人裹围住。

钱迈知道不将丁威去掉，不能救出四人。便骤马扑奔丁威，将近时，将左手一扬，咻咻咻，一连射出三颗铁弹，向丁威打去。丁威瞥见，偏马低头，让了过去。钱迈大怒，挺长戈直取丁威。丁威连忙缩马回阵，钱迈驰马跟追。不提防，地下钩镰枪如帘波一般地钩来。钱迈火急，连忙跃身离鞍，翻筋斗，向后一跳，那马早被钩倒了。钱迈脚才着地，只听得嗡的一声。接着股上大痛，中了一支羽箭。再瞧丁威，方在弯弓在射第二支箭。钱迈震怒，喝一声："贼渣子，爷来取你的狗命！"反手拔出股上箭，也顾不得痛，撒开两腿，如燕子掠水一般，直扑丁威，钩镰枪休想钩着他那不沾尘的飞脚。霎那间，钱迈已到丁威跟前。丁威仍不接战，只大喝一声，将手中令旗挥了几下，只见每旁卷上一队人马和十几个军校，一声呐喊，将钱迈也围了起来。

那边徐斗手舞龙角锐，骋马从东面冲围去救那四个被围的人。才冲近兵圈，忽见一大行兵欻地翻身，顿时箭如骤雨。徐斗连忙舞锐架拨，护住全身和坐马，仍拼命朝兵圈里滚进去。却是身无盔甲，不敢十分冒进，只乘箭飞得稀时，突杀一阵；箭飞得密时，只得退一退。如此相持许久，没得冲进。

徐奎一般由西面杀去。马近兵圈时，一般有一行兵丁转身射住。徐奎一面使锐将箭打落，一面勒马转头从南面杀去。到了南边也是一般突不进围，只得再转西边，恰好和徐斗会在一处。

徐斗喜道："二哥，来得正好。咱俩一个挡箭，一个杀人，准能冲进去。"徐奎欣然答道："三弟，我给你挡箭。"徐斗答应一声，便拍马直杀入兵圈。徐奎便和他兄弟并辔齐行，耍开长柄鳌鳍锐，打得乱箭纷落。果然弟兄拼力，那些官儿见箭不退，越射反越近了，便呐一声喊，排山倒海般向后猛退。反将围圈子的兵给冲乱了。徐家弟兄大喜，顿喉大叫，杀入围去。

那围在圈子里的李隆、李青、徐建、欧弘拼命杀了半晌，舍死抵敌，四面一转，早转得头昏眼花。且是料不到这时会有救应到来，更不认识徐家弟兄。徐奎、徐斗才杀进圈子，李青猛然扬起左手钢鞭，猛然一鞭向徐斗头上打来，徐斗连忙横镋架住。那边李隆也向徐奎双锤齐下，徐奎只得将马一偏让过了。

　　徐氏弟兄不知他俩是什么意思，只得高声大叫："你们可是单家庄的教头？咱们是来相救的，不要乱打！"徐建听了，忙叫："承蒙相救，就合力杀出去吧！"徐家兄弟连忙答应，掉转身来，将马一带，和四人并马连环，齐动兵器，向外冲杀。哪知越杀越不得出，那兵丁越杀越厚。再转一方杀去，也是一般。虽是死伤不少，好似后面有数十层兵圈一般，终冲不出圈子。徐家弟兄更被官兵一并围住，脱身不得。

　　这时，钱迈被那些军校围住，左冲右突，突不出去，心知是丁威的旗子作怪，便只在圈子里转来转去，待丈身和尚等前来相救。不料心中稍一懈怠，没留神，兵丁丢了许多铁蒺藜在地下，右脚迈一步，正踏着一个铁蒺藜上面，撑不住脚，顿时失了把握，那脚朝前一筑，身子跟着朝前冲扑。就在这时，猛地着地卷来几把挠钩，将钱迈左脚拖住。又有几个兵丁向钱迈背上重搋。钱迈身子失势，心内发慌，有劲不能使，早被众兵搋拖倒地，将牛筋索绑了两手，身子才提了起来。

　　钱迈这时只闭着眼待死，一声儿不言语。众兵丁正在乱嚷乱绑，忽有个军校拾起地下的长戈，过来喝道："本官钧旨：要拿活的，解到乐安去，不许损害他，待俺来解他见本官去。"说着便过来，喝开众兵，一手握着钱迈背后绑绳，大喝一声"走"，一手便推钱迈，昂然大踏步就走。

　　走了二十来步，离了兵圈子，只有十几个兵跟着。钱迈头也不回，径向前走。忽然觉着绑手的绳子松了许多，暗地诧异。陡又觉得有人拿东西向自己掌心里塞，心想：不知这厮捣什么鬼？我只不理他，依旧前行，却被那军校硬推得两脚加快。后面的兵渐渐有些赶不上，相差了好几步了。钱迈忽听得耳边有人悄说道："恩公快走！"顿时觉着两手一松，接着，便觉得自己使的金戈柄杆儿到了手中。这一喜，真是生平所未有。连忙将两手一顺，将戈顺过前面，挺起来，大喝一声："我镇华山钱迈来了！"

声未毕，已扑到丁威身边。丁威大惊，当他是挣断了牛筋索，暗地惊他神力。今见他扑来，掉转身就逃。王忠皓恐钱迈冲开阵脚，双手举起大锤，横截过去，挡住钱迈厮杀。正杀到纠解不开去，钱迈急于要取胜，避开王忠皓的瓜锤，一低头，突戈直刺王忠皓的马腰。王忠皓连忙将马一偏让开了，双手举锤，乘钱迈没抬起身来时，照定他背下，尽力捶下。力猛锤沉，其快赛风。钱迈正顾前面，待知道锤起时，已没法腾挪了。王忠皓大喜，高喝一声"着"。一声未了，陡然身不由己，好似有人搦住他锤扯了去，把握不住，长柄顿时离手，连身子也向前扑栽。幸得两旁军校一面揪住马，一面挡住钱迈，才救得性命。急定神瞅时，只见自己手下的副将王通和钱迈并马追杀过来。

原来副将石狮子王通听得钱迈自称"镇华山钱迈"，心中大震，想道：俺寻恩人许久了，却不料在这里遇着，这真是天赐俺的报恩机会了。不敢急慢，急纵座下马，紧随着钱迈。方要挺刺杀王忠皓，不料钱迈性急，被王忠皓捉着破绽下毒手，锤将下来。王通大急，人急智生，急将手中刺一横，觑准锤柄，尽生平气力，突然向前一叉，刺岔儿便卡住了锤柄，再顺势用力朝前一送，连人带马都横冲过去，早将锤搠离了王忠皓手中。任凭王忠皓蛮力如何大，猝不及防，斜刺里来这一下，怎搁得住？大锤脱手，身体连晃几晃，几乎坐不住雕鞍。王通早收回刺来，喝令从人将马让给钱迈，高叫："恩公快同来杀贼！"钱迈见他救了自己，料无恶意，便跳上马，挥戈同赶王忠皓。

这时，文义等和丈身和尚、自然头陀已得黄礼报信，率众好汉如飞地赶来。黄礼和文义、武全、柳溥、孙安先到，见那边一丛兵围了个大圈子，知道被困的还未解围，便直冲过去相救。丈身和尚等到时，便直冲中军阵。骤然间，来了这一群猛狮猛象，官军全阵顿时大乱起来。偏裨诸将连忙护着王忠皓，急闯出后队，落荒而走。

钱迈舍命打马猛追，王通急冲前一步，搦住钱迈的马嚼环，叫道："恩公，快不要追，后头还有大队人马，满地蒺藜，不易取得那厮首级，俺们且回头吧，救应已经到了。"钱迈只得勒马止住，和王通一同回马。这才问王通的姓名，因何相救，为何以"恩公"相称。

王通道："恩公忘了武胜关前曾救一老妈妈吗？俺便是那妈妈的儿子王通啊！"钱迈恍然大悟，便道："你我且将事了了再细谈，我有许多话要问您啦。"王通答应了，和钱迈四面搜寻一番，才回马来会众人。

刚进前时战场，忽听得有人高叫一声"恩公慢走"。钱迈大疑，怎么又有人叫恩公？勒马瞧时，是个军校，却不认识。便问："朋友，您贵姓呀？为什么如此相称呢？"那人上前替钱迈牵着马，一面走，一面说道："我叫王森，方才割断牛筋索，递戈给恩公的就是我啊。"钱迈陡记着方才的事道："哦，原来是您！这么说您是我的救命大恩人，怎反叫我作恩公咧？"说着便要下马相谢。王森忙拦住道："恩公快不要如此。恩公难道不记得在京城里破汉王府时，恩释过一个管大门锁的人吗？那人就是我呀。"钱迈哈哈大笑道："我万想不到今天遇着您俩救我两次，这真是我命不该绝，天赐咱们相逢。"

说话间，已到战场中央。文义、孙安等早已将官军撵散，救出徐奎、徐斗和李隆、李青、欧弘、徐建四人。后面的两队人马也到了。地下躺着满地的死尸，淌着一摊一摊的血。丈身和尚等都在倚马歇息，似是正等待着钱迈。钱迈连忙上前见过，和众好汉也互相见了，便将前事说了一遍，并引王通、王森二人拜见丈身和尚等，和众好汉通名问姓，彼此好汉相逢，倾心吐胆，意合情投，欣喜异常。

当时约略相见毕，便到王家店来，在街上寻了一家酒店，要了酒菜，一面吃喝，一面叙谈。丈身和尚等席间谈起王通、王森和单家庄四教头的事，彼此说明来踪去迹，都叹说是万险中的巧遇。

原来王通自幼离乡，后来遇着一位陇西客人，叫白马潘章，领他到宁夏。那客人原是关西有名的武师，单身走南北数十年，不曾遭败失事。因爱王通体质好，将自己一身武艺都传给他。直到潘章身死时，又传给一桩绝技：将铜钱四面磨薄如刀口一般，拿来当暗器打出去，那钱在空中磨盘似的转着，一中在人身上，少也得整个儿转进向里去，遇骨骨破，遇筋筋断，比金镖、铁弹厉害多了。且是随时可有，带在身边，也不惹人眼。还可以将两文钱合起来喂上毒药，打出去更是要人性命。

白马潘章死后，王通就在潼关投局保镖。友鹿道人来往关西时，曾和他认识。走了两年镖，手头多了几两银子，刚要回武胜关家里去望望，忽遇着友鹿道人将他妈王老妈儿马氏护送到潼关，王通真是说不尽的感激。友鹿道人便将救他妈、杀王生亚的事是二弟子镇华山钱迈干的始末原因，全告诉了他。王通自此投拜在友鹿道人门下，心意中老是记着钱迈，想寻着他报答相救之情。

这时王通在潼关已娶了媳妇，养活了一个小子。王老妈儿快活异常，自不必说，却是一想着王生亚，就觉着人是做官的好，便日夕叫着儿子去寻官做。王通不忍拂他妈的意思，只得离家投营。恰巧王忠皓备防海疆倭患，招练兵马，王通直去投军，本领高强，就补了个守备。那时倭寇深入，王通这一支兵调去平倭，一连几个胜仗，都是王通一马当先，积下许多大功劳，一连升了几次，平寇回来，就署到副将。哪知在他这春风得意之时，正遇着他镇日想念的恩公到来。钱迈在阵上一报名号，王通大喜，也顾不得辛苦挣来的官儿了，毅然舍死忘生，情愿做个叛逆，救了钱迈，报答他救母诛凶之恩。当时也就打定主意，不要这官儿了，跟随钱迈去寻恩师友鹿道人。

王森原是在那汉王府管大门锁的，自从汉王府被捣，逃得性命，躲在京城里朋友家中。过了几天，想要到汉王邸去寻饭吃。不料那夜里，心事纷繁睡不熟，忽然听得隔壁屋里有人哭泣。侧耳听去，是个年轻的后生正在打一个中年人。只听得后生喝骂道："老狗，该死的老狗！爷养活你干吗？真果养活一只老狗倒还能给爷看守门户。你这无用的老狗，爷怎么吩咐你来着？连守个门儿也干不了，你就配吃饭了吗？如今给人弄去许多东西，宰了你这老狗，也不够抵一分的！爷能饶你吗？"接着就是啪哒啪哒一大阵竹片鞭子声响。王森不觉大怔，好像那后生就是朱高煦，句句骂的是自己，下下打在自己肉上一般，顿时心惊肉颤，那几句话，在心里盘旋不已，直闹到耳红面赤。

好半晌，隔壁的打骂声、讨饶声才渐渐停了。王森更睡不下去了，满心火一烧，想着：凭咱家这条汉子，为什么要给人家当奴才去？如今再去投汉王，不就是和隔壁失守门户的老头儿一般吗？父母养咱家这七尺身躯，师父教咱家这一身本领，难道除了当奴才外就没处容身吗？咱家自家儿也得对得自家儿庄呀！天下哪里不是好汉托身之所？走吧，别什么鸟？再一想到朱高煦的所作所为，哪里成个人样儿！不要说做皇帝，连做个强盗也不配。要让他做了天子，天下人还想过日子吗？咱家要是尽跟着他，不就是帮着他害人吗？咱家有什么好处？这般混在缝儿里做个恶人才真不值得呢。

越想越不对，越是汗流浃背，一时也不得安宁。挨到天光初透，便辞了朋友，只说要到徽州去探望亲友，乘京城不大严紧时，拾掇了行李，单身独走，想到边塞去投军当兵，讨个军功出身，也算是习武的人应走的正门大路。主意打定，心如铁石，头也不回地直奔山东。路上听得王忠皓招兵补缺，想着盘费原不富余，就在这里混几时，也许是一条出身之路，便去报名投军。他的刀马本来很好，弓箭也不错，演武厅上一试，那许多投军的人，要算他是个尖儿，王忠皓便将他补了一名军校。

王森从此在营中安分度日，却不料王忠皓比朱高煦还不如，竟是天字第一号的浑蛋。王森大失所望，郁郁不得志。想再投边塞去，一来听说天下官军全是一般的，王忠皓的兵还要算好的，二来本来没什么粮饷，再加上几层克扣下来，王森是用惯了银钱的，到手就完，哪能有到边塞去的盘缠？只好耐心厮守着。

在营中常见那些武官儿刻薄寡恩，荼毒人民，老觉着不是个味儿，心中常想起钱迈的好处，和这般儿一比真是天人，这班东西哪里好算人？这天跟随王忠皓出巡，路上截住李隆等四人，王森已是大不高兴。恰巧瞥见钱迈突围，心中喜极而荡，便想乘机跟随钱迈去。及见钱迈被擒，大为着急，忙中生智，喝退众人，急拾起钱迈弃下的金戈，假作解钱迈去见王忠皓，使小刀暗地割开那牛筋索，将金戈递给钱迈。随即反身装作被钱迈挣脱的模样，手脚乱舞，口中乱嚷，想借着去报王忠皓的机会刺杀他，助钱迈一臂之力。不料赶到阵前时，王忠皓已和钱迈斗起来。接着王通杀败王忠皓，阵势大乱。王森恐被人识破，便躲在草丛中，待钱迈回头路过时，才出来相见。

那李隆、李青、欧弘、徐建四人，自从伍柱等离了单家庄，那些地方文武官儿，便有些到单家庄去寻事。先时有吴璇，还能设法抵挡。后来吴

105

璥走了，李隆等便难于对付，时想硬干一番。好得没多时，凌翔、赵佑回来取银子。

那时，锦屏山已被王忠皓抄过一次，却是一座空山，没什么东西。赵佑到了曹州，便和凌翔径到单家庄。夜间领着五百名庄丁，悄悄到锦屏山去。将埋藏的金银物件挖出来，仍旧黑夜回到单家庄。

李隆等便和凌、赵二人商量，曹州不能住了，不如大伙儿出塞去。凌翔一想，不如就此一走也免得丢下一头在这里。伍大哥心悬两处。凌翔意思也相同，便和伍柱的叔父说了，叫家人收拾。本庄田地都交给佃户，按年派人来收租。五百名庄丁不问愿去不愿去，都给二十两银子。不去的，有了这银子，也可做点儿生理。要去的便自己到居庸关，投奔杨指挥，自有人引上山去。伍家族人也是如此。

这一来，传开了。庄丁们还不打紧，伍家族人领了银子，不去的还债放账，囤粮趸货，闹个不休。那些要去的更糟了，别亲戚，寄什物，告辞饯行，哄成一片，早给王忠皓打听了去。凌翔、赵佑护着伍柱的家眷走得早，没被截着。李隆等四人收拾已毕，众人走完才动身，恰巧王忠皓借口出巡，专来拦取单家庄人财，两下碰个正着，便在王家店斗了起来。

后事如何，下章再详。

第十六章

杯酒言欢离情畅叙
投师慕侠负笈从游

话说丈身和尚等三十二人杀退王忠皓，救了李隆、李青、欧弘、徐建，收了王森、王通，大伙儿三十八人，齐到王家店酒店中，彼此畅叙。酒店掌柜当他们是山大王，不敢怠慢，狗颠屁股般前后承迎，酒菜尽好的搬，一店中就只招呼了这一注买卖。待众好汉吃喝完了，又泡新茶，送洗脸水，忙得不亦乐乎。伺候了大半晌，临完也不敢讨钱，心中只求吃完不抢就是天福。

众人吃喝已毕，丈身和尚叫掌柜的。掌柜的估量是要讨起马盘缠了，吓得冷汗直淌，麻着胆子来见丈身和尚，先装着一脸子笑，和气说道："小的不知今天有许多贵人光临，没预备好东西，累众位英雄吃坏一顿饭。伙计们全是乡下人，笨手笨脚，不会伺候，小的又怕厨下弄得不好，得照顾着，没来伺候。总求众位英雄包涵一点儿，小的反正住在这条大道上，往后马前马后，日子长，再图补报吧。再有一句讨打的话：还求众位英雄可怜小的是个白锅儿，孝敬不起！"

丈身和尚不待他说完，也不答他，只向大袖子中掏出一锭大银子，朝桌上一掷，说声："给你，拿去！"掌柜的大惊，估量这锭银子足有十两，再吃这么十顿也吃不了。料来不是诚心给的，准是个刁儿，只站着傻笑，心上七上八下，不得主意。丈身和尚又道："您拿去，我不难为你。要不够，就只管说，我再补给。"掌柜的四面瞅了一瞅，众人都没有不好看的面孔，便连忙拜了又拜，再回身四面拜过，才提心吊胆地取了那锭银子，手中掂了掂，沉沉的是十两足官锭，喜得差不多连肝肺都炸散了。

众好汉饭后登程，离了王家店。官军虚应故事地追赶，到了王家店，借名搜抄了一番，拿了几个不顺眼的人，奏凯回营，再也不敢前追了。众好汉在路上虽急赶一程，后面并无追兵，沿途颇为平安。却是众好汉一来为事情紧急，急要出塞；一来也有点儿不愿再和官军作敌，便破站赶程，日行一百数十里。

一路上，不过是打尖落店，一天一天地赶路。关津渡口虽瞅着这一大伙人有点儿不顺眼，既不是做买卖的，又不是赶考的，僧俗男女几十口子，怎能叫人不生疑咧？却是这时汉王藩邸里正有许多不尴不尬的人来往，白莲教徒也到处横行，各地都有教徒，惹了他，就得倒霉。且是这两种人大半都有汉王的文牒，关津上从来不敢过问，便也疑心他们是汉王藩邸的人，都不敢多事。因此众好汉经许多关隘，竟没人盘问，一路平安来到正定。

正定西关前有一家周复兴客店，小掌柜周模和杨洪很有交情。丈身和尚进关时，就在他家住宿。如今回来，顺便宿在他家，打听消息。众人进店，周模十分恭敬，亲自帮着伙计们照料。丈身和尚叫他："甭忙，且到屋子里来说说话儿。"周模连声答应，便随丈身和尚到上房里来。

寒暄了一阵，丈身和尚便问周模："可听得什么消息？"周模道："这几天倒没什么了不得的消息。只是咱们北平人没福命，弓布政革职了。"丈身和尚惊道："真的吗？路上一直没听得说，可知是为着什么？"周模道："听说是为李月宝教案和涿州戍官劫狱案，朝廷说他从匪庇奸，失陷城邑，就革了职了。弓布政交卸了印信，今日已到这城里了，怎么不真？只可恨这些地方官儿欺负他挂误了的官儿，竟不给他打公馆，一个顶头上司卸职过境，竟会装作不知道。弓布政到任时，瞧他们那狗颠屁股爬着走的样儿，这种反复炎凉的禽兽，真是比窑姐儿还不如！"丈身和尚笑道："怎好拿这班东西当人看待！弓布政宿在哪里您可知道？"周模道："就在这城内大街马家官店里。"

丈身和尚便和众好汉说了，要去瞧弓布政去，嘱众人不要出去。众人答应了。丈身和尚便一直进城，寻问马家官店。正在打听，忽见一个店伙计模样的人牵着四匹马在街东横巷里遛着，瞅去认识那四头牲口，是林慈、陈曼、周吉、蒋庄的坐骑，便转身到巷里，招呼那伙计模样的人问道："弓布政可是住在你们店里？"那人见一个笑嘻嘻的胖大和尚问弓布政，向他打量一番才答道："住是住在咱店里，却是吩咐过不见客，任谁来都是挡驾。您来得不巧，结不了缘。"丈身和尚笑道："我不是化缘的。布政既不会客，请你领我去会一会他身边几位将爷，他们全是我的好朋友啦。"那人听说和布政身边的将爷们是朋友，才不敢怠慢，领着丈身和尚回到店里。

丈身和尚刚进店门，陈曼、蒋庄在厅上坐着，老远就望见了，忙起身奔来迎着，一面问好，一面问："是几时进关的？"丈身和尚道："我还是打南边来啦。布政可好？"蒋庄答道："布政人倒康健，时常念着你老。万想不到今儿会在这里见着你老，真是巧极了。咱们爷儿们屋里去谈吧，有许多话要说啦。"

说着，二人引丈身和尚到西头屋子来。沏过茶，彼此落座。丈身和尚便问："弓布政为什么事情挂误的？"蒋庄道："上谕是几句那照例的考语官腔，反正弄不明白。俺们听得说是清河县胡鼎彝那小子失陷县城，被本官揭参，便差他妻舅孙安，带许多银子进京打点，将罪过推在本官身上。加上白莲教和朱高煦那厮都竭力挤去本官，免得碍他们手脚。俺们这位本官素来不巴结部院大臣，自然就吃了亏了。"丈身和尚道："听说有涿州的事在内，这不是咱们对不起弓布政吗？"陈曼答道："这事，本官倒不在意。上谕到衙门时，本官就笑说，拿这罪名去掉我却不冤枉，却是我早知道没这些事，这纱帽也在我头上戴不牢的。这不是很明白吗，怎会怪你老咧。"

丈身和尚听得蒋庄说孙安带了许多银子进京打点的话，便追问："可知道孙安是怎样一个人？"蒋庄道："这人俺见过，是个年轻小子，白浑面皮，文不会磨墨，武不能扛刀，简直是个兔蛋。"丈身和尚听了，知道不是黑大郎孙安，便将自己南下，以至会合众人北上的事，都告诉了二人，并说："新近结交的几位，里面有个黑大郎孙安，和胡鼎彝的妻舅同姓同名，您俩先向本官说明白，我好领他们进见。将来有事时，也好多些人帮忙。"陈曼听说黄礼等来了，还有许多新朋友，喜极了，连忙去报给弓嘉宜知道。

弓嘉宜听说丈身和尚来了，也不叫人请到上房相会，就那么方巾蓝衫和陈曼一同出来。周吉、林慈这时正在上房防卫，连忙随后跟着，一同到前面西屋里来。才进屋门便叫道："老哥哥！大师父！您怎么一直不来瞧瞧小兄弟我呀？好容易算来了，又不肯见见面，难道说咱们就疏了些吗？"丈身和尚听得，急出屋来，迎着笑道："我正来瞧布……"弓嘉宜忙摇手截住他话头笑道："好容易我今日也是百姓了，咱们从此不许来那一套。我也知道您一二百岁了，却是我得老个脸儿做个小兄弟。您答应，咱们是这么办；您不答应，咱们也非得这么办不成。"说罢，哈哈大笑起来。丈身和尚见他丢了官，形容举止反潇洒了许多，去了那种世俗的矜持，格外爽快，便也笑答道："好！好！咱们就这么办。"

二人携手进屋，周吉等四人也随后进来，彼此落座。弓府家人斟过茶，丈身和尚先提涿州的事，说了许多负疚的话。弓嘉宜笑道："老哥哥，您又来了。我要为这个丢官，才值得啦。小小一顶纱帽，扔在众好汉手里，不是痛快极了的事吗？只可惜夹着些妖教的事儿在里面，我这回丢官，世俗人代我可惜，我不能怪他。老哥哥您都说这话，我可不能不说您是见外了。"丈身和尚道："这话不是这样说的。我们为救自己的人坏掉北平一员好官，怎对得起北平的百姓呢？我是代北平的百姓可惜。再说您走了，咱们要打霞明观也就为难多了，这不是更该可惜吗？"弓嘉宜道："您要破霞明观还不容易吗？反正我脱了这个大累，老哥哥该和我道喜才对。您如今可是到南边去？这趟总可以同走吧？"丈身和尚笑着说道："却是不巧，我这趟是打南边回来啊！"接着便将南下的事通通说了。

说话间，弓嘉宜要周吉、林慈到城外请众好汉来相会，一面命家人去叫俩小儿子弓诚、弓敬来拜见丈身和尚。丈身和尚见他哥儿俩一般地头戴绛色公子巾，身穿绛色华衫，丝绦乌靴，打扮得不奢不俭。那弓诚生得阔额巨眼，削面翻唇；弓敬生得方面大耳，剑眉大口。相貌都魁梧雄壮，却有世家书卷气。举止凝重，吐属文雅。弓诚十五岁了，弟兄俩相差三个年头两周岁。弓敬个子大些，竟是一般长大，恰似一对双生兄弟。他俩自幼时随吴璥读书，文章早已完篇。弓嘉宜见这两个孩儿天生好武，又见江湖侠士泄尽不平，深恨自己不会习武，没法追随。两个大儿子弓玉、弓强，已经成了书生，没法可想。所以俩小儿子不肯再耽搁了，从小便请教师教授弓诚、弓敬。二人也性近武事，一学便会。十几年来精勤不断，又加聘著名武师沧州姜倚云指拨，二人的本领已是不弱。近来常和蒋庄等讲求，进境更速。

当下弓诚、弓敬拜见过丈身和尚，弓嘉宜便将要使二子相从习艺的意思说出。丈身和尚问两人学使什么兵器，弓诚答说："使镰。"弓敬答说："使刺。"丈身和尚便道："这两件东西，我虽会些，却不甚精深。两公子既诚心想要深造，我可以荐两公子投拜闻友鹿为师，他专会使这金枪变化类的兵器。"弓氏父子大喜，重恳丈身和尚，一定给荐说，丈身一口答应。

一会儿，黄礼等三十余人俱到，一一和弓嘉宜见过，又与弓诚、弓敬互相见礼。丈身和尚将这孙安不是那孙安之事说明。弓嘉宜瞧着这孙安也不似那种奸徒恶痞形状，便和孙安格外要好。弓诚、弓敬从来不曾会过这许多武道名家，这时见众人雄赳赳气昂昂，精神为之焕然一振，彼此谈说甚是投机。

席间，弓嘉宜便说："这趟只进京谢恩后，便仍到北地来隐居，并不回南去。两小儿只今便随众位出关投师，我有二小儿在身边，且此时无事，正想遨游天下，他俩尽可奔他俩的前程。还望众位不存客气，随时指教。"众好汉齐说：理当互相切磋。弓诚、弓敬听说叫他俩即时出塞，虽是舍不得父亲，却喜是投奔名师，心中喜悲各半。

酒阑席散，众人告辞，不必细表。次日，弓嘉宜叫俩儿子拾掇行李。二人母亲早死，少一番依恋。只别过父亲，便各自带了行囊、包裹、兵器、银两等物，出城投周复兴客店。一霎时，弓嘉宜亲自来拜众好汉，诚恳拜托一番。又去托了丈身和尚，叮咛嘱咐俩儿子："用心学艺，存心做人。"又和众好汉谈了一会儿霞明观的事，取出一张单子来，交给丈身和尚。里面都是霞明、青草两处的人名和内容形状。这都是弓嘉宜在任上费尽心思访查得来的。丈身和尚大喜，起身相谢。弓嘉宜道："这何用谢得？诸位为国驰驱，我只有感激，不敢言谢。诸位又何必存客气？如今塞外事急，诸位光阴不止寸金，我也不以私情妨阻诸位了。"

说罢，命从人将带来的食盒酒菜摆在桌上，便亲自执壶，笑颜高声说道："诸位为国杀贼，我深恨文弱，不能荷戈相从，特备一杯素酒，聊表敬仰，兼志别思，还望诸位赏光！"便从丈身、自然、大通尼，每人斟奉一大盅酒。直到弓诚、弓敬二人，便道："我和你俩虽是父子，你俩这趟能够不负我一番教导培植的深心，不负所学，为国家尽一分力，也算老天不虚生你俩，我弓氏有克家令子。来！来！你俩能够不负我这几句话，就喝了这盅酒去。"弓诚、弓敬二人拜谢了父亲，将酒喝尽。弓嘉宜仰天哈哈大笑，众好汉一齐起身谢过弓嘉宜，彼此互道珍重而别。

众好汉如何出塞，后事如何，下文详叙。

第十七章

戡大敌奋武出全军
授嘉谟名言规主将

话说丈身和尚等一行人，辞了弓嘉宜，一直行到北口。这时，关内早有卧牛山擎天寨派红蜈蚣查仪在关内设店迎接北来的同道好汉。丈身和尚率领众人直到关前店里，查仪迎接，相见毕，一面叫人预备酒饭，一面亲自到关上打点。又将由杨洪那里取来的空白文书填了姓名，交给丈身和尚。

众人饭后辞了查仪一直出口，果然关上一无留难。众好汉过了八达岭，便直到卧牛镇。霹雳杨洪接待着，叫人通报寨中，备船相接。闻友鹿、张三丰等亲自到榮门岭相迎。丈身和尚等渡过河来，彼此相见毕，才连骑上山，直过四关，到辕门下马，齐入大同堂。又重新一一行礼，不认识的彼此通名问姓。自有一番接风饮叙，不必细说。

次日，丈身和尚引弓诚、弓敬见友鹿道人，说明来意。友鹿道人便收了弓氏弟兄为弟子，依门下行次为第六、第七，称为镇黄山弓诚，镇庐山弓敬。当时行过礼，众人道贺毕。张三丰上厅和伍柱去查点粮草。自然头陀向友鹿道人道："俺原想在南边对付朱高煦那厮。后来遇了丈身道友，听说塞外正待和闽广派白莲教大斗，俺便领着俩弟子一同出塞来了。路上闷了许多日子，已经是闷透了。如今既已到了这里，俺可再憋不住了。俩弟子昨夜也寻着俺，吵了一夜，必要出青草山瞧瞧。俺想：知己知彼，百战百胜。俺就到青草山去探一探去，探着了他们的情况，也好让您筹划个一战成功的妙计，您瞧可好？"友鹿道人答道："您甭着急，如今咱们人已齐了，就得动手了。青草山离这儿虽说有三百里，却是塞外不比关内，都是无人烟的地方，咱们尽可以列队陈军地去攻打他。他们那寨子里情形，咱们也陆续探听了个明白。山上头脑是云漫天，以下有桂林碗儿寨的大棍子王鸥图、二棍子王鹏图、豆皮李光明、白狐狸周仲雍、海南黑驴儿黎大宛、漳州轰天炮濮林丽（濮天雕的妹子）等一班人。还有他们请来的太行山一班人，铁棒洪紫东、白二郎王达章、小林冲赵子茂、盖河南郭勇三、小瘟神姜鼎春五个。另有一批还留在河间没来。大约有六七千人马、一两年粮草。山寨里也修着前后七关，就地设兵，甚是坚固。不过云漫天很想做个塞外天子，和徐季藩父子心事两样。咱们将来可以从他们这离心异志上打破他。如今只商量如何进兵，情形倒不必再探得。"大通尼道："既是如此，你们为甚老是这般自待着不动手呢？"友鹿道人接言道："您不知道，先时一来粮草不丰，银钱不足，加上那青草山形势极险，不是一天两天可以了事的，所以一直待到这时，曹州和五台等处的银钱都取来了，粮草也囤备了，万事俱备，再去攻打，才免得反受其害。"

正说着，张三丰着皮友儿来请，自然、丈身、大通、王道等便随友鹿道人到前面大同堂来。张三丰和周癫子起身接着，便商议攻打青草山的事。周癫子说道："先将队伍调派好，旁的事情就容易了。"彼此都以为然。当下商议停妥，将全军旧健卒五千六百六十人，和新招健卒二千三百人，加上报到的锦屏山喽啰三百二十人、单家庄庄丁五百人，一名不短，共计八千七百八十人，除留水陆军粮和守寨一千二百名，上厅守护一百八十名外，所有七千四百人，分为七队：每队马步健卒一千名，只有中军是一千四百名。分派统军将官是：

前部先行统将：丑赫。领军：茅能、施威、刘勃、范广、薛禄、赵佑。

二路先行统将：钱迈。领军：潘荣、杜洁、许逵、沈石、弓诚、弓敬。

前军统将：文义。领军：武全、卫颖、雷通、柳溥、董安、邓华。

中军总辖全军主将：伍柱。副将：程豪、孔纯。战将：龙飞、归瑞、凌翔、凤舞、王通、孙安、徐奎、徐斗。医药：沈刚。军器：于佐。都粮：胡玉霜。军书：冯璋。传令：聊昂。帐前护军：李青、李隆、欧弘、徐建、皮友儿、王森。

后军统将：庾忠。领军：黄礼、蒋庄、周吉、林慈、陈曼、查仪。

合后统将：魏光。领军：彭燕、王济、火济、种元、岳文、吉喆。

断后统将：章怡。领军：丽菁、凌波、李松、魏明、梅瑜、梅亮。

合计出军将领六十四人。山上由友鹿道人、张三丰、周癫子三人分任山前、山后、寨中三处守护。丈身和尚、飞霞道人、自然头陀往来传信，兼运粮草。大通尼暂居关前店里，打探消息，接待北来好汉过关。杨洪是官身，且仍须他守在卧牛镇，做本山屏藩。调派已毕，定明日五鼓在寨前大坪中誓师出兵。当下众将便领了名册去调分军马。

次日，四鼓过后，全军已经调分清楚。单家庄和锦屏山的人都调在中军，其余旧健卒在前，新健卒在后。又于中挑选精强的一千二百名，武艺精通的一百八十名留在寨中。出兵的七队中就新旧马匹五千七百匹，挑拣五千匹，前后六队各分六百匹，兵丁中马兵六成，中军一千四百匹，全是马兵。余下的骡驴运粮，快马报信，共四百匹。多下三百匹留寨听用。

到五鼓时，全军将兵都已到了大坪之中，列成队伍。千年松伍柱顶盔贯甲，身披战袍，骑着一匹黄骠马，来到将坛。孔纯、程豪也都战袍铁甲、佩剑悬弓，来到坛上。友鹿道人等都在坛上等候。伍柱、孔纯、程豪上前打参毕，侍立在坛中。友鹿道人道："今日之事可为政！就请发令行兵吧。"伍柱躬身应命，转身来到坛前。只见坛下黑压压一丛一丛的人马，众将都摽甲立马于门旗之下，腰悬刀剑，手持兵刃，夹着旌旗五色飘翻，戈矛斧钺簇拥。健卒偏裨，服式一律，衬着空中杲杲白日，军容益加威武。

伍柱当即拨下一支军令，交付聊昂调队围绕坛前听令。聊昂领令下坛，跨上马，从坛左飞马而出，大叫："主将有令：众将率兵围绕坛前听令!"传令毕，从坛右下马上坛交令。顿时七军齐动，分三面向将坛行来。围近坛前，但见聊昂立在坛前，将令旗一挥，杀的一声，人马一齐刹住。但见将坛被旗枪人头围裹丛拥着，好似大海中一小孤岛一般。

伍柱当坛按剑挺立，向众军将道："俺伍柱奉众位宗师嘱咐，暂总全军，进讨妖邪，只今便起兵前往。方今天下不宁，妖匪纷起。是借名为太孙复仇，或是借口为生民请命。却是一究其实，多是妖教、著匪冒着美名，图他富贵。天下本是天下人之天下，唯有德者居之。咱们原不必管他们这些争王夺地的事，只是天下扰搅，生灵涂炭，受害的仍旧是老百姓。咱们抱救世婆心，怀保民宏愿，岂能容这班妖徒奸匪，为一己狂欲，贻害苍生？汉王朱高煦，为当今的孽子。照说，当今灭伦渎理以取天下，上行下效，草从风偃，其流毒所及，子孙自必效其行为。朱高煦这种谋弑父兄的行为枭性得自先天，原无足怪。只是我大明太祖高皇帝，起身布衣，驱尽胡儿，还我河山，荡涤腥秽。乃有逆孙朱高煦勾连胡儿余孽瓦剌等番部，同取中原，平分汉土，倘使其事得遂，大汉衣冠又将沦于禽兽。黄华赤子，又将惨受凶屠。何况朱高煦更与白莲妖教相交相结，那妖首徐季藩、徐鸿儒父子媚事朱高煦，只为想借朱高煦之力，夺得天下后，再从朱高煦手中谋夺大位。如今白莲教还没占得一个州县，已经是猖獗异常，天下受害生灵不知多少。再让他一闹，无辜生黎真不知要死亡多少，受多少苦恼。等到百姓受苦时，咱们再来灭妖除匪，歼灭朱高煦，那时总有多少地方已受大害，百姓也已陷入水火。这时，咱们将他们除去以免将来祸患，才是真救天下救百姓。同袍、同道、同伍兄弟，俱都是来自民间，远来塞外。大家都身受过兵燹之害、苛政之扰。咱们只要回想身所经受，绝不能让奸徒妖贼猖獗横行。且是天下人农事其农，工事其工，都无暇顾及防阻祸乱。咱们生得这副好身手，若不轰轰烈烈做一番功业，毅然以天下为己任，抱锄奸去恶之大志，成万世流芳之大功，也就辜负这一条好汉。咱们为国家，为百姓，非得舍命拼生打尽妖匪邪教不可，为自己也非除尽害人之物不可。青草山一班人是白莲教收得的闽广派、太行派的剑士武师。咱们武道昌明，数千年来彪炳青史，震耀寰宇。哪知这班人专门以武济恶，为非作歹，奸淫掳杀，荼毒良民，无所不作。天下人听见武字就疾首蹙额。万世百年，以武与盗相提并论，都是这班人所酿成的。咱们若不灭却他们这班人，武道为人所轻，必致群趋文弱，重亡国家，永受强武的胡儿所践踏。如今要振武道之正宗，昭天下以侠义，便须先除这班害群之马。何况他们更和白莲妖教相结纳，甘心为其鹰犬，咱们尤当灭此朝食。今日奉诸位宗师之命誓众出师，必须一往直前，义无反顾。不灭青草，誓不回师。行伍之间，俺与同道、同袍、诸位同伍都是弟兄手足，推心置腹，永无携贰之心；共苦同甘，决无差异之制。善战守法的受上赏！怯退犯纪者服上刑！全军皆然，断无私徇！愿共勉之！"

说着，只见伍柱按住剑柄的右手欻地一举，随着亮出长剑朝下一挥，嗵的一声，砍下一方案角，大声接说道："有不同仇者视此案！"坛下将兵暴雷也似的轰然齐声答应："愿听将令！"

伍柱便传令，叫军书冯璋点军，都粮胡玉霜犒军，每人发给白银一两、酒一斤。每百人发给猪一口、羊一口。每一队发给牛五头。各队领军将领都到中军帐筵宴受犒。并领行军干粮、羽箭铁弹等物。又传令叫帐前护军皮友儿、王森宰牲祭旗，三声炮响，鼓角齐鸣，将坛上竖起帅字大纛，七军齐声欢呼，热闹异常。

诸事已备，伍柱传令前部三军饮后下山，就桒门岭上和岭前、岭后三处扎营，明日破晓听炮声开动，中军在松树林扎营。后部三军就校场和营寨扎营。都听信炮起时，立即出军。当时传令收队。各队领军将官，一排一排到坛前打参已毕，各回本队，调动队伍，浩浩荡荡依次离了校场。只见旗幡招展，角声呜嘟，荡悠悠鱼贯而去。

伍柱便转身向友鹿道人施礼，报说："已传令出师。"友鹿道人等都勉慰一番，便和中军职事诸将下坛，齐到大同堂。即有胡玉霜指挥二百名差卒，运发各队犒赏以及粮秣等物。友鹿道人等和伍柱到厅上坐下。

伍柱道："弟子蒙诸位宗师过赏，命总全军。青草是闽广、太行两股合力建成的险寨，弟子才疏识浅，此次出师，虽抱有必胜之志，却终没一定的把握，心中极为惶恐。还望诸位宗师多赐教诲，使弟子不致贻羞

117

才好。"

张三丰哈哈一笑道："你有这惶恐的心思，就是必胜的至道。临事而惧，才能处处留心。能够处处留心，才能克敌制胜。只此已足当大将之任，你能如此，咱们付托，终算没瞎眼，更用不着嘱咐了。"

周癫子道："我这里有一幅青草山地理图，还是百年前无意中爱它山势雄峻绘下来的。如今给你，你便可以深知贼巢景况，指挥如意了。"说罢，向袖中取出一轴图儿来，交给伍柱。伍柱谢了，将图收起。

丈身和尚道："你尽管放胆前去。虽说是临事而惧，好谋而成。为将的，却不可不胆大。诸葛武侯鞠躬尽瘁，东不能出长江，北不能定中原，未始不是太谨慎过度之故。不过胆愈大而心愈细。一味心细，失之因循思葸，固能误事失机；一味胆大，也失之粗疏陷险，为将者不可不深戒！"伍柱凛然答应。

飞霞道人笑道："您这番出兵，我无物相赠。只好秀才人情，学个临别赠言。你如今身负振宗风、救百姓两重重任，也就是擎天寨养精蓄锐初次出师。咱们环顾众人，只你能肩此任，才要你为全军之主。你须处处记着所负的重任，自然能够不求胜而自胜，不求速而自速。只此相勖，敬盼捷音。"伍柱躬身答应。

大通尼道："大家都有言语，我也不得不说两句。我说的可是戆言，却也是我骨鲠在喉，不得不吐的话。你这番上阵之时，必须亲自察查众将功过，赏罚必公，亲疏无殊。调派差委，更不要瞻徇，务求劳逸均衡，才免得部下尤怨。军中离心离德，都是起于尤怨，你不可不慎。我所以说这番话，是因为你昨夜将单家庄庄丁调在中军，在你不过为自己用惯的人，撂在身边便当一点儿。旁人看来，却是显有亲疏。其他的兵卒便是以为你只信旧卒，便生了一点儿不亲之心，这就是散解军心之渐，不可不深防的。"伍柱听了，心中一惊，连忙鞠躬应道："弟子痛改！"大通尼急接说道："你切不可因我这话，又将单家庄旧庄丁调开。须知既已调定，忽然无故更改，一来，蹈朝令夕更之弊，失信于部下；二来，使单家庄庄丁心中不悦，反为不美。成事不说，遂事不谏。我因期望你成功深切，才率尔说出。你却不可无事张皇，只以后小心便了。"伍柱连珠般应了几个是。

自然头陀接言道:"伍庄主,俺和你相会无多时,你如今统兵杀贼是大痛快事,俺不能不说两句话送你。你只记着,咱们打战为的是杀尽恶人。你务必撺着那厮就杀,千万不要留下。要是给醉比丘见了,又要代讨饶,纵虎归山。还有虎面沙弥了了和尚不曾来,要他来了,更杀不成了。你这趟只管拼命杀上山去,要是有个什么阻隔,只来唤俺便了。俺准赶来和你一道拼去!"伍柱恭敬答应了。

伍柱出兵胜负若何,下文再述。

第十八章

攻草贼大将整军容
下战书奇人逞绝技

话说伍柱领受众侠诲言，起身相谢毕，恰好众将屯营扎寨已毕，齐到厅上。友鹿道人命人排开筵席，大宴六十四将。众人欢谈畅饮，高兴异常。

席间，友鹿道人举杯言道："今番征伐青草，本寨实抱破釜沉舟之心，倾寨而出，绝无留守。所以这番出战，是有进无退。如果得胜，白莲教的羽翼已剪，朱高煦的走狗已除。若不得胜，惨淡经营的擎天寨，也只得拱手让人。诸位能明此理、抱此志、负此任、成此功的，便饮此杯。"说罢，一饮而尽。众人一齐站起齐说道："决不退缩，誓灭恶贼！"

友鹿道人叫众人坐下，接说道："将士取胜，不在乎勇，不在乎谋，而在乎坚忍不拔之心、生死同心之志，和衷共济，有死无二，才能成大功完大任。这番出兵，是擎天寨第一次出兵，也是你们第一次堂皇上阵。胡儿未灭，中原多故。将来你们为国杀贼之时很多，得这个机会，也可增些阅历。切勿轻敌，切勿自骄。将士有过，主将严罚。主将有过，当时不许违抗，事后准其报到寨里，自有处置。诸位能严守军令、不违背将令的，同饮此杯。"众人依命站起，齐说道："谨遵军令！"随着友鹿道人将酒一仰而干。

友鹿道人仍要众人归座，接说道："平日兄弟情同手足，一到行阵，必须上下分明。又不可以上骄下，以将凌兵，总须做事时同甘共苦，做事时赏罚分明。桓侯以鞭挞健儿，致部下怨蠚而亡身；鄂王以爱抚士卒，成岳家军而克敌。这都是我们所当朝乾夕惕、时时不忘的。你们能够亲善行伍、抚爱健卒、不骄不弱的，共饮这杯。"众人又站起来，轰声答道："能。"和友鹿道人同饮干杯中酒。

侍卒连斟第四巡酒，众人也不坐下，便回敬友鹿道人一杯酒，大家也陪了一杯，才个个归座，欢然聚饮。直到下午申牌时分，方才散席。众将都领了干粮、行粮、箭弹等物，才一一告辞。友鹿道人和张三丰等诸前辈英雄都起身送到校场。众好汉行礼告别，从人递过鞭缰，个个扳鞍上马。丝鞭乱舞，一阵马蹄声，只听得一声"去了"，但见马如怒蟒，一条线一般直出辕门，如飞而去。

当晚各按地段安营，刁斗鼓角，声声相应，如同行军杀敌一般。夜深时，伍柱率领中军众将各营巡查，见军容绝无懈怠之色，心中甚喜。回到中军帐，便取了一本《公孙龙子》看着。忽然烛影一摇，不觉一惊，连忙按剑跳起，定睛一看，原来是友鹿道人、张三丰、周癫子、丈身和尚、飞霞五人一排立在案前，都含笑相视。

伍柱定一定神，向五人行礼参见。友鹿道人等坐下，丈身和尚笑道："你惊什么，有自然头陀巡山，难道还有人能闯进来吗？"伍柱笑答道："不知诸位宗师来到，弟子胆识不足，不由得就吃了一惊，有失敬礼，还求恕罪！"飞霞道人道："你能如此机警，自是好处。为将的不能不刻刻留心，只望你始终不懈，永远如此，咱们还能怪你吗？"

友鹿道人道："闲话少说。咱们来瞧你，是有一桩要紧的事要交代你。这趟你去攻青草山，就青草山如今所有的几个人儿，却是咱们的战将比他胜了不止一倍。只是一来咱们去攻他，咱们是行客，他们是坐守，胜势先被他们占去了。二来听说河间还有不少的人要朝这里来，所以咱们不能倾寨全出。青草山的地面很宽，山势奇怪。有山有水，有幽谷，有深林，山内还有好几处平地。虽及不来卧牛山紧接险峻易于防守，却是地阔路多，不易攻打。我们五人拟了一条计策，却不是攻打青草山的计策，只是恐怕支持不住时，有了这条计策，不至于全军覆灭，断送这擎天寨的基业，也许能够转败为胜。我们只为这趟是罄卧牛山全力而出，如果一败涂地，一无可以增救之兵，二无可以退守之处，才不能不慎重计议这救危挽颓之策。你如今只管依你的主见去打仗，不必顾及旁的。如果到全军大败不可收拾时，再开看这个东西。"说着，取出一副玲珑玉带扣头来，交给伍柱，接说道，"这东西你可以常带身旁。到危急时将它击碎便能知道详细了。"伍柱躬身领受，瞧那玉带头没一丝缝，仔细把玩，才见四边有极细极微的一痕微影。

丈身和尚问伍柱道："你到青草山时，是明攻，还是暗袭？"伍柱道："弟子想来，青草山一定有箭子在卧牛镇哨探咱们的消息。咱们如今堂堂正正地出师攻他，他们断没个哨探不着的。而且咱们远去攻他，沿路疲劳，断不能够一到就爬山进攻。看来暗袭是不易收功，弟子想率性堂皇正大地约战交锋。"丈身和尚点头不语。周癫子道："你既知道他们有箭子在这儿哨探，须防他于路邀截。"伍柱唯唯称是。

友鹿道人等一齐起身道："你切记不要忘了我们五人亲自送这玉带头给你！"伍柱答道："绝不敢忘。"友鹿道人等齐说一声："你歇着吧，咱们去了。"伍柱还要留住多请示一番，哪知一抬头时，只见大帐布帘一动，帐内只剩自己一人了，只得坐下将玉带头换在甲带上，凝想了一会儿，才倚枕假寐些时。

不多时，听得鼓声咚咚，角号呜呜，连忙起身，整了整盔甲，传令升帐。出到大帐，当中坐下，先叫皮友儿、王森："各率轻骑百名，沿途向两旁哨探有无敌人埋伏。"皮、王二人领命出帐，点军照令行事。伍柱又叫徐奎、徐斗："各率护军二员、轻骑二十名，分巡前后各队。如有事故发生，军行失纪，火速通报。"徐氏弟兄领令，率带李青、李隆、欧弘、徐建出帐，点起四十名轻骑，自去前后巡哨。

伍柱便传叫聊昂令"放炮启程"。只听得嗵嗵嗵三声炮响，各队鼓角连喧，一齐拔寨都起。中军帐撤，帅字大纛迎风前行，直到山顶。伍柱前后一望，只见前后山谷中、大路上一丛一丛人马移山一般的声，不听得半点儿喧哗，心中甚喜。军马顺着山路，督着那蜿蜒如龙的马步、将卒，直下荣门岭来。

一霎时，马过头关。只见友鹿道人、张三丰、周癫子、丈身和尚、大通尼、飞霞道人、自然头陀等一字儿排立在关上。伍柱马上躬身拱手高声道："弟子甲胄在身，师行在途，恕不下马行礼。"关上友鹿道人等齐抱拳合掌，相视微笑。

伍柱率领中军，出了头关，过了荥门岭。前部三军正在渡河，便扎在滩头等候。恰遇杨洪渡河来饯别，和伍柱相见，互相劝勉一番。杨洪深以不得与此役为憾，并说："近日闻得边关督帅将要换人，如有机遇，俺一定请缨杀贼，带兵来与兄会师。"伍柱道："但愿得如兄意，使俺得仗虎威，时亲教训。"杨洪连称不敢。就滩头向伍柱及中军众将各敬酒三杯，伍柱饮干，殷殷道谢。

一时，前军渡罢筏船泊岸。伍柱传令："中军依次上船！"杨洪还要与后军同道饯别，只送伍柱上大路，便回沙滩去了。伍柱传令："开船！"千桨齐划，不多时，便渡过这边岸上。因为不肯惊动百姓，全军都不从卧牛镇走过，只沿着河岸，绕出五里，方才转上大路。风飘旗响，砂衬蹄声。夜张旗幕，晓整林鞭。军声浩浩，杀气腾腾，直向青草山来。

一路上都是芳草牧场，除却牛羊驼马，再无生物。擎天将卒平安进发，沿途无事。直到前部先锋离青草山只十五里了，恶虎徐斗才率欧弘、徐建领轻骑飞马来到中军禀报。伍柱便传令安营，一面命龙飞、凌翔、凤舞、归瑞各率游骑百名，向左右两旁哨探，王通、孙安各率游骑百名，向前后哨探。又叫冯璋修下战书，交聊昂转递前部先行赵佑射入青草寨去。

赛由基赵佑方才将营寨扎妥，和前部领军茅能、刘勃、施威、范广、薛禄一齐来到统将丑赫营中，商量要出马探山，忽听得帐前健卒报道："大营有令到。"丑赫起身接令，见聊昂已入帐来，当中立定，叫道："前部领军将赵佑听令！"赵佑连忙向前一步，拱立着，听聊昂展开令旗，宣令道："主将军令：命赵佑将战书一封射入青草贼寨！"赵佑口称接令，向前将令旗、战书接过，回身向统将丑赫道："奉主将令下战书，末将出营了！"丑赫先时以为是下令攻山，听说是下战书，心中老大不快，想着：斯文些什么？到了山下还不快打上去，揍他个措手不及，反要告诉他，这不是叫他来打吗？却是记着友鹿道人的嘱咐，不敢违令，只得答了一声："请便！"

赵佑叫健卒备马，出了营门，上了马，向壶中取一支狼牙凤翎漆杆镂花钢箭，将战书缚上。才两腿一夹，双足一拔，那马脑袋一钩，颈如弯弓，向前直奔。一直冲去，沿途时见两三个人一起游来游去，见赵佑冲来，都要拦问，却不及赵佑马快，早已如飞而去。那些人追赶不上，便放响箭。接着，便见前面隔不了一二百步就有一支响箭接着而起。赵佑明知是传箭报信，却是胆大心雄，一毫不怕，愈加打马飞奔。

转眼间，来到山脚不远处，将马撕住，仰头一望，只见青草丛中突起一支高桅，约莫有五丈来高。上面悬着一幅蜈蚣走穗边的玄黑大纛，正中绣着三个斗来大的白字："白莲寨"。赵佑便抽出铜胎铁背、犀角虎筋雕弓，将裹着战书的箭夹在指缝中，又抽一支狼牙凤翎漆杆镂花钢箭，搭上弓弦，觑定那大纛悬索，在马上一扭狼腰，两臂一翻，嗡的一声，那箭破空而去。接着，那大纛欻地坠下。赵佑乘那大纛还没落地时，手指一转，早将那裹着战书的箭接连射出。嗡、嘭接连两声，那箭已挂在大纛的莲字中心，随纛坠地。

赵佑事已办了，勒马回头。忽听得两面山坳中一阵呐喊，接着前后响应，猛然四面冲出人马来，齐叫："不要放走这贼！"赵佑早知深入山边，终不免一战，也不惊诧，只恨一声，大喝道："哼，你才是贼！"将弓插入囊中，顺手在鞍鞯旁捞起挂着的丈八点铜龙尾狼牙槊，怒目立马，岿然不动。

那左边山坳里冲出的是盖河南郭勇三，右边山坳冲出的是小林冲赵子茂，前后只是些守山巡哨的游旗。赵佑见了，高声喝叫："山贼！姓什么？叫什么？快说出来，爷爷好宰你！"郭勇三、赵子茂二人各通姓名，以为准可以生擒这单骑汉子，便也不再问姓名。一条枪，一支戟，两面夹攻朝赵佑马腰刺来，只想将马刺伤，赵佑倒地，好让喽啰们捆活的。哪知赵佑双膝微微一动，那马连退了两三步，让过枪戟。赵佑就势将槊竖向马前一绞，枪戟早被绞开，几乎脱手落地。

赵子茂大惊，连忙将戟收住，耍了个盘花护身，斜一戟向赵佑咽喉扎来。郭勇三同时一枪直刺赵佑右肋。赵佑不慌不忙，将槊耍开如万朵梨花，架住长枪，逼开画戟，一翻腕槊尖向上，直刺赵子茂面庞。赵子茂连忙仰身向后躲避，不料赵佑的戟快，啵的一声，赵子茂头上的铁盔已被槊挑落地下。

二人大惊，连忙将马一�

，二马并作一处，直攻赵佑，并叫喽啰们围上。赵佑大叫："小子们一齐来，让爷爷杀个痛快！"将身一摆，双手一紧，那条槊便如恶蟒翻身一般，只见滚滚翻翻满空都是铁槊，休想突攻得进。斗了约莫一顿饭时，也不曾捉得赵佑半个破绽。

正斗到热闹处，忽见山头旌旗摆开，当中一个虬髯方脸的黑汉，正是常山蛇云漫天，立在山头高叫："来人听了：战书收到，照来书明晨会阵，阵前相见，不修回书了。"话未毕，弓弦响处，一支雀嘴箭直射赵佑左肩头。赵佑听得弦响，早已防备，单臂一伸，将槊四面一扫，扫开诸般兵器；腾出左手来，身躯一偏，向空一抓，早将那支箭抓在手中，便高声答道："明日相见，便去了！"舞动铁槊，向右一突，连人带马，滚进人丛。同时，将抓住的箭插入甲带，顺手拔出腰刀，远的槊刺，近的刀劈，勇不可当，直杀开一路人巷。云漫天见赵佑勇猛矫捷，不觉脱口喝一声彩，接着高叫道："众儿郎，休伤来使，放这下书人走吧！"那时赵佑已突出重围，顺路回头。

路上都已接得云漫天的令，知赵佑是下书人，不再拦截。赵佑一马回到本营，直过本部。再抹过二路营盘，沿路都因他背插主将令旗，知他是有公务，都不盘问他何故向后，由他一马直到中军。护军王森望见，禀报进帐。赵佑马到营门，才挂下铁槊，插入腰刀，勒缰下马。背上拔下令旗，腰间拔下云漫天的箭，系了马，立在营门候令。

一霎时，王森出来说："主将请先行进帐。"赵佑便跟着王森一同进帐，打参毕，将令旗交还，再将云漫天的箭呈上。随即将下书的情形说了一遍。伍柱命冯璋记了赵佑一功。赵佑当即谢过，待了一待，没有后命，方才告辞回营去。

伍柱当即传令："今夜三更造饭，四更餐毕，整扫兵器马匹，带足干粮，五更时拔寨都起，违误时刻者斩！"聊昂当即传令前后各军一体遵照。各军得知明日开战，都踊跃腾欢。将领们都摩拳擦掌，准备厮杀。

次日五更才过，一声炮响，前后各军一齐拔营。二声炮响，将卒上马整队。三声炮响，角声齐起，一声呐喊，直奔青草山来。前部先行统将丑赫，率领领军六员大将，当先开路。一路之上，两旁巡哨轻骑，一队队连接不断地过去。丑赫横三尖刀，骤乌骓马，据鞍急驰。背后马兵跟上六将紧从，荡起满空黄沙，将静寂无垠的塞外草场，闹得一天云雾。

行了约莫十里，忽见前面远远地旌旗飘拂，人马如云，黑丛丛的一大片，一字儿排齐在那天地相连处。施威瞧见这一大片草场，少说也有五六千亩，平坦坦，没些遮拦，便道："丑先行，咱们就在这里列阵吧，不要可惜这好大的战场呀！"丑赫扬鞭指着前面道："您瞧，那不是青草山的阵势吗？咱们逼过去！"说着，将鞭梢一摆，大喝一声："快跑！"众将卒马步齐奔，直扑向那丛人马去。正跑得烟尘蔽天、喊声动地时，不提防轰隆隆震天价一声巨响。

不知丑赫等所得什么声响，下章再详。

第十九章

夺头功猛将军失机
断铁弓戆英雄陷阵

话说擎天寨前部先行牛儿丑赫正和六员大将拔攻青草阵，忽听得震天价一声炮响，猛见青草阵上人马两边分开，如两条长蛇一般，着地分卷，顿时现出一座大阵来。头尾相交，中间丛集。前面尽是戈矛枪戟，后面一层弓箭弹石，再后面隐隐露着大刀阔斧。阵前列开八面门旗、一方大纛，纛下马上一员大将。两面门旗影里，分列着许多将校。

丑赫等不敢怠慢，奔至相离约莫在百步以内，便将鞭一横，压住阵脚，摆成一字长蛇阵。两面对射一阵，各自扎住阵脚。一霎时，二路统将钱迈率领领军大将潘荣、杜洁、许逶、沈石、弓诚、弓敬等统兵齐到。当即在丑赫阵后，分布成两仪阵，留下中间，待中军来到。

转眼间，伍柱统中军到了阵后。丑赫、钱迈听得中军炮响，连忙各带本部向左右两翼展开。伍柱率领龙飞、凌翔、凤舞、归瑞、王通、孙安、徐奎、徐斗八员战将突出前阵。大纛列开六员护军马后，随着于佐、沈刚、冯璋、聊昂四员职事将令，各持军器，全身披挂，威风凛凛，压住阵脚。不多时，后队陆续来到。截住后路，分防两旁。全军列成一个八门阵。

伍柱到阵前时，抬头一望，骤见对面排开十字阵。暗想：闽广派也不为无人，可惜他们不行正道。又见对阵里只鸣鼓呐喊，并不出阵交锋。心中想了一想，料他是诱俺军冲阵，他好用金剪阵来围裹俺们。如今俺们且和他斗将，谅来不会输与他去。便将手中钺一挺道："谁打头阵擒贼魁?"

言未毕，左翼阵中滚出一团黄云，只听一声："我去！"已经到了阵前。众人齐凝神望去，才知是金刀茅能舞刀直冲敌阵。那边阵上大棍子王鹞图一眼瞥见茅能，想起关前败阵、冲天炮濮天雕被杀的两重仇恨，咬牙切齿，向云漫天请令出阵。云漫天想要阻拦，待茅能近前时再将他围起来，哪知王鹞图说一声："大哥，俺去斩这贼给濮大哥报仇。"早已马到战场，和茅能两个大斗起来。一个是急要破阵，一个是急要报仇，都舍死忘生，拼命狠斗。

　　牛儿丑赫耐不住了，向伍柱请令冲阵。伍柱见施威在旁两眼圆睁，牙龈咬紧，料他也是憋不住的。却是他们都是猛将，一齐出阵还恐太猛了，反致失事，便传令，叫施威、丑赫、钱迈一齐出阵！钱迈知道伍柱的心思，说一声："得令！"却并不驰马，只抖动丝缰随在丑赫、施威二人后面，缓缓地行到垓心。

　　丑赫、施威并马争先，早到当面战场之中。云漫天知道前计不行，擎天寨人马不会分路齐冲，只得变计，叫王鹏图、赵子茂、王达章三人出马抵敌。丑赫马快，接住王鹏图；施威接住王达章；钱迈便和赵子茂杀在一处。王鹏图一面瞥见茅能手使的纯钢大叶青龙偃月刀，就是自己攻打卧牛山被夺去的心爱兵器，满心大怒，便抛了丑赫来夹攻茅能。丑赫便转身向阵中冲去，这边阵上刘勃望见，心想：俺不能让茅金刀独做他哥儿俩的对头。便向伍柱请令出马，手舞纯钢画杆梅花雀舌枪，催动座下紫骅骝，泼啦啦飞马出阵，直取王鹏图。哪知王鹞图见了刘勃手中枪，也和他兄弟王鹏图见了那刀一般，火焰烧心，按捺不住，拨转马头，竟迎刘勃，王鹏图便去恶战茅能。哥儿俩各寻着对头厮杀。钱迈一面和赵子茂斗着，一面偷眼觑去本阵各将都占胜势，便且战且移，在众人马前马后转来转去。赵子茂莫名其妙，一个劲儿直逼。丑赫冲到战场中瞧见了，当是钱迈敌不过赵子茂，便挥三尖刀，赶过来双战赵子茂。

　　两阵九将战了些时，擎天阵上虽是五员大将，怎奈钱迈要四下照应，不能力战。其余四将又都是远地初来，头次会阵，不知敌将本领如何，且在下风头，迎风打仗，眼鼻吃亏，不易讨好。青草阵诸将自从得讯，便养神蓄锐，又占着个坐势。因此擎天寨诸将虽是本领都胜过敌将，却一时不能斩将成功。两边兵卒擂鼓呐喊助威，声震天地，越加助起阵上的酣斗，你拼我扑纠作一团。

擎天阵中军门旗之下，战将浪里龙龙飞见久不能胜，便骤马向前几步，估量了远近，见施威和王达章斗得正紧，双枪并举，两马齐飞。施威大喝大叫，耍开铜点钢管花缨凤翎枪，横挑直刺，一枪紧似一枪。王达章一面尽心招架，一面向旁让避。被施威一连几枪，杀得王达章转了个向儿，背对擎天阵上。龙飞见了大喜，怎肯失却这个机会，忙挂下画戟，骤马横驰，顺手向背上拔下一支二尺多长的小画戟，身躯一扭，头颈一低，朝马后使了个鹰隼瞰地的身段，就这势子，大喝一声："着！"右手一抬，将那支小铁戟向王达章后心掷去。这东西不比箭弹有弓弦响声，王达章背上猛然着了飞戟，痛彻心脾，血流如注，却自己还不曾知道中的是什么暗器，只觉眼前一花，身不自主，倒撞下马去。

施威见王达章忽然撞下坐骑，心中狂喜，忙双手抡枪，照定王达章后脑直筑。不料枪才筑下，便听得哗嗒一声，那枪猛被格开，早有喽啰将王达章拖去。施威没杀得王达章，满心火发，瞪眼瞧那架枪的人时，原来正是丑赫、钱迈双战赵子茂，赵子茂抵挡不住，只得拨马向斜刺里逃走，恰巧冲过王达章马后时，正遇他栽下马来，连忙顺手横扫一枪，将施威的凤翎枪架开，救了王达章的性命。

却是擎天阵打翻王达章，士气百倍旺盛。阵前诸将精神陡涨，刘勃和王鸥图纠斗到一团时，忽听得擎天阵上得胜鼓响，喊声震地，知道本阵得了胜了。忙将枪一横，逼开王鸥图长枪，双腕一拧，就势掣枪回头，突然向王鸥图胁下斜刺过去。王鸥图连忙低头闪身，回头一让。却不道这边门旗下，先行领军赵佑抽出两支箭，觑准了，拈弓搭箭，嗖的一箭向王鸥图射来。正在王鸥图闪身时，箭已飞到。王鸥图急将右腿离镫一伸，左腿向鞍上一缩，身躯向右一坐，来了个镫里藏身，身子悬在马的右腰旁，才让过那支箭，心中方在自喜身躯矫捷，躲过这险难。却不道赵佑的第二支同弦异的，一齐发出，却偏右一些。王鸥图身子才坐下来，恰巧碰个正着，那箭直透右肩，穿个对过。王鸥图心中一痛，劲一松，就势向右倒下地去。刘勃大喜，急挥枪下刺。王鸥图痛极了，强自挣扎，就地一滚。刘勃枪扎下时，他方才滚开，那枪却没刺着后心，只扎在右腿上。青草阵上见王鸥图镫里藏身时，姜鼎春、洪紫东两马齐出，奔来相助，这时恰好赶来。矛钺齐挥，架住了刘勃的钢枪，救了王鸥图回阵。

擎天阵前众将望见连伤对阵两将，都不曾斩得，个个火发。伍柱见连胜两阵，军威大盛，锐气方涨，大可乘势破阵，便将鞭梢一摆，叫："中军战将和先行诸将分三路冲阵！"众将蕴耐已久，听得令下，顿时马如飞龙，人如怒狮，中军和前部先行，二路先行诸将一齐出马。这时丑赫方才回阵，便和范广、薛禄、赵佑突出阵前，招呼茅能、刘勃、施威各抛敌将，直冲青草阵右翼。中军战将龙飞、归瑞、凌翔、凤舞、王通、孙安、徐奎、徐斗八马齐驰，一字儿从中央杀奔青草阵去。二路先行领军潘荣、杜洁、许遂、沈石、弓诚、弓敬也一拥而出，赶上钱迈，一同攻打青草左翼。

云漫天见擎天阵突然冲出三路人马来打阵，微微一笑，将手前令旗左右两摆，又就地一指，便拨转马头，朝后阵去了。丑赫一路七将攻到青草阵右时，只见喽啰们呐一声喊，两下里炸开。丑赫七人都是猛将，也不瞻前顾后，七骑马一齐突入阵去。青草阵上喽啰待丑赫等突进时，便两边一卷，各喊一声，将七将围裹起来。丑赫等只知向前猛杀，七骑马无一转头的。青草喽啰便渐向后移，一层层转过去。丑赫等越冲越远，越杀越厚，这才慌了。七人连忙互相招呼，团作一圈，四面挡杀冲突，却仍被青草喽啰裹得移去许远。

杀了多时，忽见青草喽啰齐声大喊，猛然突出一方来。施威、薛禄见了，以为冲开出路了，满心大喜，高叫一声："杀呀！"便向那无人的一方杀去。丑赫、茅能、刘勃、范广、赵佑也紧跟在后杀将过来。七马同奔，才冲了不到十步，惊天动地一声巨响，七人一齐连人带马跌入陷阱之中。青草喽啰一齐狂叫，四面向陷阱围来。乱舞挠钩，奔近阱来搭捉。

正在这时，忽地冲来一伙人马，当先一将正是云中凤凤舞，手舞蛇矛，和中军战将王通等一共八人分两旁，沿阱截杀，杀散喽啰。原来凤舞等杀入青草中阵，也被喽啰围住。龙飞、凤舞连忙招呼众将，连成十字般，认定一方并力杀出。青草喽啰虽多，怎当得这八员虎将不顾性命朝一角扑杀？就是一层层转过来增厚兵力也来不及，早被八人一阵突刺，冲开一条血路，杀将出来，恰巧遇着前部先行诸将失事，便合力救了他们。

丑赫等八人跌入阱中，那阱是口儿大，里面小，好似一只坛瓮，没法爬上去。八人跌进去，便各自使劲摔了个筋斗，才没压到马腹之下去。待龙飞等来救时，薛禄、赵佑二人首先仗着怒气，尽力朝上一跳，跳离陷阱，到了平地，帮着龙飞等追杀众喽啰。随后丑赫、施威、茅能、刘勃、范广都跳将上来，如发狂的猛虎一般乱跳乱砍，反追得那些喽啰朝陷阱中乱跌。一霎时，忽见薛禄的坐骑卷鬣乌骓马在平地乱跳乱蹦，薛禄忙过去撺住跨上。众人诧异这马怎会离了陷阱，齐向阱里看时，却原来是死伤跌下阱去的喽啰将阱内填成一方斜坡儿。那卷鬣乌骓格外强烈些，便踏着人坡上来了。施威等六人连忙乘此各将坐骑拉了上来。

众将正在忙乱着，忽见左首一阵人马潮一般涌来。便连忙向左旁一字儿排开，十五员大将各挺兵器，凝神堵住。待那些人马涌近时，才瞅出是钱迈等一路七人被青草头领率领喽啰强弓硬弩、飞弹掷石打败下来。凌翔首先大叫："众位同道弟兄，咱们来堵他一阵。"丑赫等暴雷般齐应一声，十五骑马打箭弹之下直闯过去。钱迈等见有了救应，也勒转马头，反扑过去，顿时三路合一，二十二员大将各舞兵刃，只见满空无数白云飘滚，矢石纷纷坠地。

青草追兵领兵头领豆皮李光明见这几十只狮虎般的骁将拼死杀来，料来自己堵御不住，便将手中镰向后一摆，回马就走。这边钱迈等二十二人策马反追。左冲右突指东打西，喊杀连天，人倒如潮。青草阵顿时反胜为败，全阵都被冲乱。头领、喽啰一齐向后溃退。云漫天见阵脚已乱，约束不住，忙挥那柄门扇一般的大砍刀，顿喉大喝一声，连人带马滚作一团黑云，直向擎天阵诸将杀来。擎天诸将中除开几个新出塞的没见过他，却都知道他是闽广派的大头脑，不敢怠慢，拥上前来抵住大杀起来。

伍柱见云漫天反杀过来，料知不是两三个人敌得住的。再加上青草山的头领、喽啰，就只二十多员将恐怕不易对付。初次出阵，已从险中取胜，倘再被敌将反冲阵脚败下去，未免太丢人了，便连忙传令叫后军统将和后统将会合前军统将文义、镇军武全、卫颖、雷通、柳溥、董安、邓华一共十员大将，统率前军健卒一千人，火速出阵，直攻上山。

庹忠、魏光奉令，各将本部人马交给首将彭燕、黄礼，便策马到前军，会合文义、武全等，旧卒前军，一直出阵，向云漫天攻去。这时青草喽啰俱已反身迎敌，忽见擎天阵上大队人马涌出，当先十将各挺兵刃，骤马而来。重又呐喊一声，向山嘴里挤闯。文义等赶过对阵，一齐大叫一声，与钱迈等二十二人合成一个大圆圈，将云漫天圈在中间。大家都想把云漫天擒住立大功，成大名，无不勇气百倍。

云漫天见众人齐上，呵呵大笑，喝道："想死一齐来！"将大砍刀盘空一卷，只听得丁零锵啷四面兵器齐被扫开。庹忠守在西南角上，舞动八道金环铁棍，乘云漫天大刀擎空时，照准他马腿，扑地一棍打去。哪知云漫天快如飞鸿，就势将刀一竖，刀柄向下一刷，早将庹忠的铁棍扫开。同时，上面右手向前一按，那三尺多长一尺大宽的大刀叶便向柳溥面门劈下。柳溥身躯向后一仰，将长矛一横，架住大刀，只听得咔嚓一声，矛杆两断，那刀便直向柳溥胸腹直劈下来。柳溥矛折身逼，没法闪躲，只好瞑目待死。旁边薛禄、范广槊刀齐举，才勉强将大刀架住。后面卫颖、雷通、沈石乘云漫天挥刀前劈时，三柄大钺齐向他后背剁下。云漫天大吼一声，一扭身躯，将大刀反过背后，耍了个海底捞月，咯的一声，将三柄钺斧刷开，接着又吼一声，闷头向前一闯，两臂一震，那柄大砍刀散开来，白光霍霍，如同一轮明月落地一般，任你什么兵器休想得近他身。连众将放的暗器也都被刀锋打落。云漫天就势拨开几员将，冲出围来。

擎天诸将哪里肯舍？齐喝一声，随后追赶。青草山李光明等众头领原从山口跑出来救云漫天，及见主将已经出围，便堵住厮杀，擎天阵上伍柱见已攻到山口，便叫："孔纯向前督率诸将，程豪率领断后，统将章怡、魏明等七员女将及合后健卒一千，向前督队攻山抢关。"

云漫天见擎天兵无休无歇，越来越多，料今日难以得胜，便率领众将退入山口。两旁山嘴上将檑木滚石、金汁石灰乱打下来。擎天诸将没得退军军令，抵死围攻。孔纯在前，督令众兵将四面仰攻，放箭投石。程豪同众女将率一千个健卒排在后面一字儿排开，监着不许退缩。霎时间，将青草山口封住，蝙蝠扑蚊，两边展开两翅，将青草山山嘴包住。

伍柱在后观望攻山兵将蚁一般朝山上攀缘，却终因山上防守得十分厉害，突不上去。正在心中算计，想亲自和众将一齐下马蹿上山去，杀尽守山喽啰，便可占住山口。才要传令下马，忽听得后面一阵大乱，喊杀连天，顿时阵脚散动，忙喝令护军弹压，不料后军轰地向前反奔，收刹不住，不服督率，立时全军大乱。

　　不知擎天阵后何人杀来，且待下章叙述。

第二十章

抹红霞青天惊霹雳
泛绿漪月夜探幽深

话说伍柱方要亲自和众将下马蹿上青草山去，陡然后军大乱。初时还以为是后军没统将，阵脚散动，眨眼间喊杀声起，才知后面有人杀来。阵脚已经收刹不住，只得连忙传令："阵后将卒一齐转向，向后迎敌！"随即勒马转身向后遥望时，只见胡玉霜满身浴血，伏鞍逃来。见了伍柱，喘吁吁地叫道："主将，白莲妖教的救应到了。"伍柱连忙叫沈刚挽住胡玉霜的马，到阵中火速裹扎，一面喝令众健卒不许乱动。

原来胡玉霜督粮扎在最后一层，离战场还有五里多路。正在督率兵丁分包干粮，突然奔来二百多骑马，一色白衣。当先四人，白巾、白袍、白带、白裤，一般打扮，领众直杀过来。胡玉霜连忙抓起一对铁杆狼牙棒，向前迎敌，不料那二百多人凶猛异常，当先四将便是徐季藩座下首座弟子赵天申和教徒黄坤山、朱光明、陈仁生，他们都是霞明观的勇将。胡玉霜和二百来名督粮健卒怎敌得住，战了不到一盏茶时，胡玉霜左臂早中赵天申的金针镖。腿上接连又着了黄坤山、陈仁生两枪，支持不住，只得后退。

这时断后的女将、健卒都已经向前攻山。合后领军彭燕代行统将，连忙将队伍摆开截杀。不料这二百多人就如同二百多只白老鼠一般，不结作一起直冲，却四下分散乱闯，顿时将阵脚冲散。待得黄礼代统后军转身向后时，那些"白老鼠"又闯向后军队伍中来了。黄礼等四处截杀，怎奈那些人锐不可当，滑不留手。一眨眼，就被他溜闯过去了。

伍柱回身时，当作是青草山的埋伏兵，或是奇兵暗袭后队，忙将手中钺左右一摆，喝叫健卒两边散开。这一来，赵天申等倒发怔起来，不知怎样会让开一条大路来。伍柱见让出一队白衣人来，心中明白是白莲教，后军、合后诸将早一齐拥上。赵天申急了，急拔下一个葫芦，朝天一撒，只见一片红砂冲起，霎时落下，便四处着火：着地烧草，着人烧衣，顿时全军大叫大嚷，人马乱践。伍柱约束不住，兼之地下的草树着火，红焰着地卷来，烧得众将立马不住，四散里乱奔。

这时攻山诸将已见后阵大乱。程豪骤马向前叫住孔纯，要孔纯堵住了山上追兵，自己督率七员女将回头救应。还没赶到，阵势已散。孔纯只得传令："撤围回救本阵！"众将得令，各自勒马回头，向草场冲来。山上云漫天见了，连忙挥兵追杀。

只是山口太小，只容得二骑并出。郭勇三、姜鼎春当先冲出山口。卫颖瞧见山坳旗幡乱动，料是山上喽啰追下，忙堵上鼻子，回马掏出一枚迷炮，当地一掼。顿时平地起个霹雳，白烟一涌，姜、郭二人一齐撞下马来。卫颖手起一钺，将姜鼎春脑袋劈开，郭勇三已被后面冲出的自己人马践死。那些人马一出山口，嗅着白烟就躺到地下，后面再不敢再抢冲出口。待卫颖回头时，才拖开躺下的，再呐声喊出口撵来。卫颖急掏迷炮摔去，当先一排，齐齐倒下。后队连忙向前拖救回去，不敢再追。

孔纯领着诸将如飞地赶回，只见大地烟焰乱起，如一片红霞匝地铺满，本阵兵马已经退回战场以外。孔纯只得带着人马，急急地沿着远处还没着火的山脚、沙碛，打马穿过。恰遇着赵天申等跑来，又大杀一阵。幸喜得没伤人马，只对杀一阵，便错过去了。众将心中不知本阵情形如何，人人焦急，也没成队伍，乱跑离了青草山，跑了一里多地，才见伍柱压阵相待。

彼此相见了，众将都向伍柱告罪。伍柱道："这是妖徒使邪药烧动了阵脚，怎能怪众位同道弟兄。且是今日一阵，仗众位同道弟兄努力，也足使贼徒胆战心寒了。此地不是扎营之所，咱们且各整行伍，退下去几里，寻个近水处扎下营寨再说。"众将齐声应了，连忙各整部下将卒，列成行伍。伍柱传令："全军不必依前后整列，就现时前后依次到河边扎营时，再依原分前后军归队!"众将依令动身。

这时已战了大长日,正是申牌时分。全军退到河边时,已将黄昏。众将一面下令造饭,一面向大营禀报。伍柱待扎下大营,便和孔纯、程豪升帐。众将报过功绩,再一查点,全军死了七十余人,马一百余匹,伤人二百余名,马四百匹。将领不缺,只督粮胡玉霜受伤,粮草未被夺。斩杀阵敌喽啰三百余名,伤不计;死敌将二员,伤二员,斩白衣教徒四十一名。伍柱命按功记簿领赏。阵伤火伤的将卒、马匹都交沈刚调治。又叫皮友儿等六员护军领健卒前后巡哨。

诸事已毕,伍柱和中军诸将饱餐一顿,便到后帐来商量破敌计策。孔纯道:"俺瞧这青草山几个头领倒不难战胜他。所虑的就是白莲教的妖术没法抵敌。譬如今日,要是没这场大火,咱们正是锐气方盛之时,将、卒都带足了干粮,一鼓而上,准能攻进去,少说也得把他们头关拿下来。如今只要想法子能够不怕妖法,打这山就不费力了。"

伍柱道:"今日白莲教并不是用的妖法。俺猜他一定是炼的一种什么药面儿,一撒上就着火。您瞧,当时那妖贼并没画符念咒,足见不是法术。依俺瞧,这山上的头领,倒只可智取,不可力敌。就只云漫天那厮也得好几员上将才能敌得住他。"

孔纯又道:"今日那些妖贼大概是云漫天得知咱们来攻他特地向河间去搬来的救兵。边关都督和他们通连,自然容易出进。那么,咱们是倾寨在此,他们却是救应不绝。要不急速打破这山,咱们还得吃亏啦!"

程豪道:"可不是!咱们待了许久,直到如今才来攻打,不就是为着力量不足吗?如今咱们这几十条好汉几千健卒,再要打不下一座青草山,揍不翻闽广派几个二二路的渣滓货,岂不要吃天下英雄笑话?"

伍柱奋然站起说道:"不但如此,咱们要是打不过青草山,连本宗各位宗师的脸也给咱们丢完啦!再说咱们学艺一场,各位宗师把这一点儿小事儿破个小贼巢交给咱们,咱们都办不了,还有什么脸回去见那各位宗师?俺想:知己知彼,百战百胜。又道是:瞭敌破敌,瞭地克地。咱们如今虽说知道青草山的大势,究竟他内情如何,地势如何,有无僻道小路,可否便于火攻,怎么断他出入路径,咱们都是一无所知,似这般怎能取胜？这河里已经解冻，照周师叔地理图上说，是由这河可通到青草山侧悬崖之下，此去不过十多里路。俺决计今夜独自去探看一番，瞅明白了，再来定计破他。"

程豪也跳起来，道："您是主将，不可亲身涉险，还是我去。"孔纯抢拦道："俺去！俺去！"伍柱摇手道："您俩全甭去。这事非得俺自己走一趟，亲眼瞧过，才有把握。只调一员会水的勇将，驾只小船就行了，用不着多人的。"孔纯、程豪一定不肯，却要同去。伍柱没法，只得答应程豪同去，留孔纯守寨。孔纯因为自己是掌军副将，守寨也是要紧的事，伍、程二人去了军中无主，自己不能不留寨主持，才答应不去。却是要伍柱将会水的将领都调去，一来，快迅些；二来，多几个人设或有事也好对付。伍柱也答应了。

当下便叫聊昂到后帐，叫他飞马去调茅能、龙飞、归瑞、凌波、凌翔、庹忠不必披挂，即刻到大寨候令。程豪忙道："还有分水犀、小大虫、没毛虎都识水性，全给调来。"伍柱止住道："有六个人够了，留下他三个在营里或许还有旁的用处。"聊昂领令去了。不多时已将茅能、庹忠等六员水将调来，参见毕，伍柱复命聊昂："待俺走后，便悄悄地通知各军统将，大寨全军有孔副将主持。有事时，就秉承孔副将办理。"聊昂应声："得令！"伍柱又向凌翔、庹忠道："您俩仔细些。俺见这河边有许多船只。大概不是乡民的就是青草山的。您俩去相机行事，或向乡民雇一只，或暗劫一只贼船；总以没人知觉为好。两个时辰内，须得弄到。"凌翔听了，便躬身禀道："主将可是要从水路去探贼巢？"伍柱道："您且不必问，只去弄只船来。"凌翔道："末将怎敢多问！只因想着要是探山，就得暗地里弄一只贼船，好混进贼巢去。要不然，就到这些的地方去买一只民船便了。"伍柱点头道："您只去弄贼船便了，却是千万不能漏风，连本军将卒也不能给知道。"庹忠答道："末将省得，主将只管放心！"

凌翔、庹忠二人领令出了大寨，走到寨外山根林中来。庹忠四面瞧了瞧，没人窃听。便向草地坐下来，拍着身旁青草道："金麒麟，您且坐下，我来告诉您。"凌翔一面向庹忠身旁坐下，一面说道："不要尽着耽搁吧，没多时刻哪！"庹忠道："原为没时刻，才得商量准了再去。荞麦地里摒乌龟，一撺就得呀！"凌翔道："您说怎么办吧？"庾忠道："这事儿虽不难办，却也不容易。拿一只船什么要紧？我在沅河里一个月少也得撺三五只。这难就难在不让旁人知道。我想，只有给他个倒闩门。"凌翔道："怎么叫个倒闩门？"庾忠道："倒闩门就是反客为主。咱们如今去上贼船，他一定把咱荡到河中间下手。那时咱俩按个儿揍翻他不就成了吗？"凌翔道："怎么揍法呢？闹起来，不是旁人都知道了吗？"庾忠笑道，附近凌翔左耳叽咕了几句，凌翔大喜，跳起来道："走呀！咱们就这么干，不要耽搁时候了。"庾忠也立起来，两人笑着点头分手，各自回营去了。

庾忠回到后军，也不向众领军大将说什么事情，只说大营有差委，叮嘱黄礼小心守营，便到后帐，叫健卒们取了些石子来包作八包，又取了两封银子，和石子摞在一起，瞅了瞅，又一包包拿来掂了掂，都是一般样儿没些差别。又起身卸下箭衣、头巾、靴子等，取了一件布袄披上，扎上包头，换了一条大脚管布裤，赤脚着上草鞋。又将软钢剑缠围在腰间，再取一幅布向腰间一围掩住了，算是围腰巾。落后才将神箭扎在两腕。打扮好了，向水盆里照了照不觉哑然失笑，回身将脱下的衣服等件并十包银子和石头一齐装入褡裢袋里，又装了些一两头的散碎银两，负在背上，径自出了后帐，众将瞅着都觉好笑，却不便细问。

庾忠一直向前和凌翔说话的山边走来。到了跟前，已见凌翔头戴公子巾，身披蓝直裰，腰束丝鸾带，足蹬粉底靴。衬着那雪一般的面庞，星一般亮的眼儿，两道细眉，一张小口，越发显得飘飘逸逸，神采飞扬，俨然是个文弱世家公子。二人相见，彼此对望，各又回向自己身上一瞅，不觉相视而笑。

庾忠悄问道："全拾掇好了吗？"凌翔拍了拍腰，又点了点头，便将一包衣服交给庾忠，说了一句："偏劳了！"庾忠接过来，塞在褡裢袋里，笑道："您再要这般客气，什么偏劳不偏劳的，这出戏就唱不好了。"说着，便让凌翔在前，自己在后，绕过大营后面，又包过一座树林子，才来到河边。

瞅那河滩东尽头有一座小小土山，山上满长着矮树长草，隐约有二三户人家。河中有三五艘篷船随流荡漾。二人站在岸边，端详了一会儿，正待叫船，忽听那山里有人唱歌，侧耳细听去，只听得："悠悠逝水，唯我向西流……"底下的句子，听不大明白，直待那声音转高时，才听得："银河挽，狂澜砥柱，漫言云汉浮舟！"便戛然而止。凌翔嘘了一口气，向庹忠道："谁道塞外荒寒，此中大有人在！"庹忠道："黔中遍地蛮荒还有英雄，何况这山清水秀的所在。看来这唱歌的不是个狂士就是个隐士，可惜咱俩这时有事，不能去寻访他。"

正说着，陡听得欸乃一声，接着哗啦水响。二人忙回头看时，只见一艘快船，却只四个人划着，一人持篙立在船头，一人在艄上把舵，由下流扬起小帆顺风直驶。船中有篷遮着，不知还有人吗。凌翔目视庹忠，庹忠便走近水边，高叫："掌驾的，趁一趁。"船头上持篙大汉听得，闪眼向庹忠望了一眼。庹忠趁他眼光扫来时，故意透着十分吃力的模样，将右手反向背后，摸着褡裤袋托了一托，鼓鼓包包，凸出几凸东西，露向前面来。凌翔也在这时装出斯文派头，一步三摇，摆列水边来。

那大汉便瞅着二人，高声说道："你们上哪里去的？"庹忠道："咱们是到阴山头，去寻老太师讨人情的。"那大汉大喜，暗想：阴山头是脱脱大师住在那里，这厮向他讨人情，一定是有人在瓦剌犯了事，拿银子来打点的，油水管保不少。便道："趁船吗？几个人儿呀？"庹忠道："就只咱们小舍人和我。"大汉道："咱们是粮船不趁客的。你们只有两个人便将就带了去吧。"说着，便将手一扬，又顺手一篙搭住岸边小树，小船渐渐拢岸。

庹忠叫："掌驾的搭扶手呀！"船家下了锚，将跳板搭稳，又将篙撑在岸崖上，算是扶手。凌翔在前，庹忠在后，踏上跳板，浑身发抖，战战兢兢地抓住篙子，探探脚尖儿，慢腾腾的，做贼一般，悄溜过来。庹忠嘴里一劲儿嚷着："掌驾的，搭稳着呀。咱家小舍人胆子小，我也有些脚软呀，您可不要闹玩笑，不是耍的呀！"那大汉微笑着说："您大着胆子走吧，甭害怕，我撑着啦！"

凌翔到了船上，便向舱里闯。庹忠跟着进去，窝在舱角里，缩作一团，直嚷："闷得慌！"大汉进舱来讨船钱，每人要五钱银子。庹忠嚷道："咱们由南通州到北通州，走透几千里一条运河，也不过一人四钱银子。

这有多点儿路，你颠倒要五钱银子，这不是明欺负人吗？"凌翔不待他说完，皱眉摇头道："你真欢喜和他们吵，烦极了！就给他一两银子有什么要紧，哪儿不花个三头五两，哪在乎他们这几个辛苦钱？反正没碎银子，就拿一两给他吧。只要船摇得快一点儿就得了。"庹忠一面叽里咕噜，一面将褡裢袋卸下来，一包一包地取出十来包银子来，才向袋底掏出一锭一两头的散银子，递给大汉。大汉直瞪着眼，瞅着那大堆银子发怔。

庹忠道："这船不成，坐着脑袋发痛，不如路上跑着痛快多了！"大汉道："管家，您甭着急。这是闷船，不大走水道儿的人全是这样的。耐着性儿过一会儿憋惯了，就好了的。"凌翔向船家一摆手道："你去吧，快点儿荡船去。要是到得快，咱再赏你几两银子！"大汉笑嘻嘻地道："全仗大爷恩典！"连连地弯腰儿，点头儿，闹了一阵才出去了。

却是半晌没见开船。庹忠连催几遍，船家老自答应着不动。庹忠高叫道："不成！不成！咱们不受这罪了，上岸去走吧！"那大汉才慌了，连忙叫伙计拔锚开船。只听得咿呀哗啦一连几响，船已到了水中央。接着布帆一落，船头一摆，不朝上流头荡去，却反向南头小港口急驶。

庹忠便在舱中向凌翔报账。这里店钱多少，那里赏钱多少。接着便将拿出来的十封银子颠来倒去，咕哝道："这封少五钱秤头，这封成色不对，这封不是官银，全得刨水吃亏！"凌翔听着，先就摇头，后又摆手，被庹忠烦极了，便喝道："你全知道，就算你精明！"这一来，庹忠冒火了，大嚷道："在北通州时我全给银号瞧过的。舍人不信，我打开来给你瞧。"说着，便抓开了两三包，骨碌碌滚得满舱板都是银锭儿。凌翔气极了，跳起来喝道："你真放肆极啦。在家里时，老太太怎么吩咐来着？财不露白，你怎这般不记事，全给扔了出来？"大汉连忙进来相劝，帮着将银子拾掇了。正闹处，忽听得船头一声呼哨。

要知是什么事故，请阅下章。

第二十一章

奋神勇水将劫敌船
入险关英雄得暗号

话说凌翔、庹忠二人乘着一艘四桨篷船，那船家不依河道前行，反将船向港汊里驶去。刚进汊口，那后艄掌舵的忽然撮起嘴唇，打个呼哨。庹忠连忙一手按着腰间，眼瞅着凌翔咬唇密笑。凌翔两手抱膝，酒窝儿微露，两眼正和庹忠对射着。

只听得布帆嗖的一声落下，便见船头持篙的大汉将船头将军柱旁的舱板一掀，一伸手，捞出一条雪亮的朴刀，转身蹿进里舱来，圆睁猫眼，倒竖鼠须，向凌、庹二人哏了一声，扬起朴刀来说道："爷爷行不更名，坐不改姓，白莲寨巡河运粮第九路哨船二头目赤练蛇江豹章就是俺！今日你们老远地给爷爷捎这点儿银子来，爷爷要不收你的，倒显是爷爷不恤下情。就算你们孝心虔，孝顺到了，爷爷赏收了，就送你回姥姥家里去。孩子，你是趁水路，还是走道儿？快说，爷爷保管称你愿！"

庹忠装傻，故作不懂，两手朝前一拧，两膝向前一冲，扑通一声跪在舱板上，却不磕头，白呆着两眼颤巍巍，朝着那大汉江豹章说道："您不要骇唬我呀！我们趁船就为的是要趁水路呀！银子全在这里呀！只求您许我俩趁水路赶到地头呀！"凌翔只得转过背去，两手抱着膝盖瑟瑟地抖。

江豹章低喝道："不许嚷！喂！还要想到地头吗？明年今日爷爷得喝你俩抓周儿的喜酒，今儿现在就得叫你另寻父母别投胎去。趁水路就是爷爷送你们下河，和王八拜把子去。"说着，将手中朴刀向庹忠面上一扬，接说道："走道儿就是这家伙在你们脖子上走个道儿，懂了吗？愿意哪一种，快说!"

庞忠乘他将刀扬近面庞时，故意倒抽一口冷气，向后一仰。江豹章果然弯身扑进，直逼近庞忠上身。庞忠乘势右手反向腰间，探握软刀柄，着力向前一抽捋，接着一抖劲，正待向江豹章脖子上一捋，不料刀没顺上，江豹章咽喉已是鲜血直冒，却又不曾倒下。

忙起身定睛瞅时，却是凌翔待江豹章弯腰扑进时，突地打靴筒里拔出一支小铁戈，说时迟，那时快，单臂一伸，迅如闪电，江豹章还不曾瞅见凌翔动手时，铁戈已刺进咽喉，一抓扎了三个窟窿。咽喉先断，故此嚷也不曾嚷得一声，便被扎得身向后仰。凌翔恐怕他那大个儿倒在舱板上惊动旁人，动手时，原就筹计好的，待他身躯一仰时，急忙甩个小旋风，身子一转，右腿一抬，将江豹章尸身托在右脚当面骨上。因此尸身不曾跌倒，真果是没一点儿声响。凌翔才缓缓将尸身放下，庞忠将朴刀拿过来摺在自己背后。

正在拾掇，忽听得前舱篷外有人高声唤了一声："江头儿!"接着又放低了嗓子说道："怎么着啦? 这老半晌不见出来，也没响动，难道自家先顾藏私份儿吗? 可知道太闹久了，绿毛窖子里箭子全亮了，全得撮包儿，临完还得冲天，大伙儿干脆干净。"说着，那脚步便向前舱走动，似是要进舱来了。

庞忠连忙向凌翔摇手，关照他不要动。急将手中刀向后一背，软刀藏在背后，悄声蹑脚闪到里舱门后。凌翔这时故意背对舱门，遮住地下的死尸，免得被外面进来的人瞧见。刚预备好，突的一声，一只光致致腊黄油黑色的露筋肥腿从舱门外踏进来。庞忠连忙将身躯向后一缩，接着便见一个长壮汉子的身躯昂然进舱。说时迟，那时快，庞忠不敢怠慢，急忙两手同伸，将手伸向那汉子身后，托着他的背腰，同时右手向前一送，软刀早捋在那汉子嗓子上，那汉子竟和他那伙伴江豹章一般，只顾冒血，什么事都不会干了。

庞忠一面将那汉子轻轻放下，一面将刀尖儿向后一指，嘴向凌翔连努两努。凌翔会意，转身向后，悄地将隔断后艄的篷扎绳解开，四面端详了一番，才伸左手向左靴筒里拔出那一支小铁戈来，两手分握两戈，各将三指握住倒隐在肘下。腾出两手的拇指、食指捻住席篷，猛地拉开，顿时豁然开朗，直通后艄。那掌舵的，初时听得些窸窣细响，还当是自己伙伴在舱里做事，不以为意。忽然见席篷拉开，闯出来的是那公子哥儿，大吃一惊，急待动手时，哪有凌翔的手快，欸地一伸手，铁戈直刺入掌舵的口中，接着旋了个扫堂腿，将他尸身扫地扑向舱里。

这时，庹忠已过前舱，闯出船头，那蹲在船头将军柱前面、背对舱里、向前望风的瘦汉子，还呆望着，不曾觉着什么。庹忠便将软刀向胁下一夹，猛地蹿上去，双手约个大圈儿，朝那瘦汉子颈上一套，接着两手一卡，身子向后一退，顺势向前舱里一拖，早将那瘦汉子拖到前舱中来。真是其快赛风，不要说岸上人，就是有人蹲在瘦汉旁边，猝然间也不会觉着。庹忠将那瘦汉子向舱板上一按，左手一松，右臂一挺，一使劲，那瘦汉子手脚揸了揸，也没蹬踹的劲儿，就那么死了。

恰好凌翔也收拾了掌舵的，起身回头，悄声向庹忠道："完了吗？"庹忠听了，也回头悄声说道："完了！您咧？"凌翔微笑点头。庹忠便将瘦汉子衣裳剥下。凌翔也将掌舵的衣和江豹章的裤剥下。二人连忙脱了身上衣，换上了。又抄出四块腰牌，各取两块，藏起一块，一块照样纳在腰里。又将对后艄的篷装好，把四个尸身通通提靠后，向席篷中间摞下。

收拾已毕，二人忙各将一顶草笠戴上，遮了眉目，分向船前后来。庹忠方将那假充银子的石子带向船头上来，防着岸上有人察觉须敌对时，好拿石子砸他。随即弯腰抓起篙来，将右手伸直，竖两指向后舱摇摆着。凌翔这时已把舵在手，见庹忠打着江河行船的暗号叫他转舵，连忙单臂一推，将舵转左。那船早荡悠悠转过头来。庹忠便搁上橹，两腕一弯，两臂一振，咿呀欸乃一连几声，那船便箭一般顺流急驶。一霎时，出了汉，方才托起橹来，扯上布帆，依旧由大河中溯流而上。庹忠持篙矗立船头，瞅定方向和沿路水势，定深浅向艄后打招呼。

行不多远，忽见岸上草丛里闯出个人头来叫唤道："喂，老伙儿，进汉干吗？"庹忠打着山东口音，高答道："定子！满舱去来。老伙儿！辛苦呀！"那人也说了声："您辛苦！"便不见了，庹忠头也不回，一劲儿招呼着直驶。

不多时，驶到近一条河滩来，知道离本寨近了，连忙急驶。行不远，遥见擎天寨旗帜飞扬，二人心中大喜。那船头正拍得水花飞溅，密啪碎响。猛见堤岸上欻地露出一排人来，个个顶盔贯甲，弯弓搭箭，约有五六十人，当头一将，银袍银铠，手持双钩镰，大喝："来船泊岸。"庹忠瞅明白了，故意不理，仍向前驶。那将喝叫："儿郎们，放箭！"庹忠抓起一把石子，扬起胳膊来，大笑道："没毛虎！您敢射我，我砸死您！"同时凌翔也在后艄大笑道："您射倒了咱俩，主将处没人缴令缴船，我却不管账！"原来那将正是擎天寨前军领军没毛虎董安，领健卒防河埋伏在此。听得二人说话，才认出是庹忠、凌翔，瞅他俩这样儿，不觉也哈哈大笑，彼此对说了声"辛苦"，董安便一摆钩镰，挥队回头自去。

伍柱在中军和程豪已装扎停当。茅能、龙飞、归瑞、凌波四员水将也都将鱼皮水衣靠着好，外面只披了一件箭衣，各在大帐等候。候了多时，不见庹、凌二人来到，心中都有些焦急。孔纯便要叫归瑞、凌波夫妇二人去打探，伍柱止住道："金麒麟准误不了事！况且一阵风老练深沉，必能临机应变，再待一会儿，准有讯息的。"程豪便吩咐："叫人做饭，预备八份儿干粮。"凌波又待凌翔将随身暗镖囊等理好，茅能也将庹忠的石子、铁丸收掇利落。

一时，饭已做好，凌、庹二人去了差不多两个时辰了。伍柱暗忖，迟些时是误不了什么事。只是他俩动身时，自己说两个时辰回来，俺当时也不好拦他。要是误了时刻，照规矩就得算是违令。以前又没人违过将令，这头一道儿违令的事，又不能不做个榜样儿给旁人瞧，这事倒真叫俺为了难了。

正想着，中军大旗报说西初。伍柱心中大急说："完了，两个时辰只差一刻了，叫俺怎么办呢？只怪俺当时没思量这等不是容易事，怎不多给他俩一两个时辰咧？完了，俺害了他俩了。"

正在心乱如麻，忽见护军徐建进帐报说："今日值日守河领军董安差传递马报报说：有中军战将凌翔，后军领军庹忠，改装船家，驾得粮船一艘入了本营盘河汊，二将口称奉令，因均系正将未敢拦阻，理宜报闻。"伍柱听了，不胜其喜，忙叫茅金刀、玉麒麟快迎去！茅能、凌波应了一声

"得令"，出帐飞也似的向河滩迎去。

行只一霎时，刚出营盘，便见凌翔、庹忠二人展陆地飞行法怒马一般地奔来。茅能、凌波迎着，喜得直跳起来。四人都是满面笑容，却又都没一句话说。还是茅能挣了一会儿才想起一句话，挣了出来，迸出牙缝，却又只得两个字："船咧?"庹忠这才答说："交给巡河护军小大虫看守着。"又问了二人怎么来的，茅能、凌波二人说了，庹忠、凌翔听说是主将差来迎接的，连忙让二人先行，心中更加高兴。四人恐怕耽误时刻，一齐向大寨中如飞奔来，沿路谈着笑着，欢欣异常。

同进大寨，茅能、凌波缴令。凌翔、庹忠先谢过主人差人相迎，然后缴令，将船已夺得现在交皮友儿清去死尸、打扫血渍的话，前后仔细说了一遍。伍柱命冯璋记了二人大功，便命摆饭。伍柱、程豪和六员水将一同进膳，席间，伍、程二人都亲自执壶斟酒，满敬凌翔、庹忠三杯酒，茅能等四人又共贺一杯。

饭罢，已时酉末。凌翔、庹忠也换了鱼皮水靠，众人各罩上一套粗布紧衣缠腰贴肉袄裤，带了干粮暗器，都不带长兵刃，只将短家伙带着，别了孔纯，悄地离营。庹忠领路一径向停船处行来。不多时，便见沙滩上泊着一艘粮船。凌翔指着那船道："就在这儿了。"众人一直奔去，说话间，已到沙滩上。

皮友儿领着几名健卒出舱迎接，伍柱等八人上了船，皮友儿交代了方去。伍柱便叫庹忠将得着的四方腰牌取来看过，便分给庹忠、龙飞、凌翔、归瑞四人，扮作水手，又叫茅能掌篙，凌波掌艄。众人依令分头持篙摇橹。茅能上岸起锚，解缆，手舞长篙，朝岸上一点，那船早霍地回头出来。伍柱、程豪倚立舱门侧，瞅着船头劈水，舷侧起澜，两边岸和跑马一般飞过眼边去。

凌翔、庹忠、龙飞、归瑞四人是何等臂力，各人抚着一条橹，一齐着力，只听得哗啦唧哑，水势乱响。再加上茅能的头篙，外加一个凌波的舵板飞快而且稳妥，那船真快得比快马还快，侧着船身，破水如箭。

众人都不言语，闷声不响地驶船。一霎时已走了二十余里了。遥见前面岸际，那石山高一堆，低一堆，虎一般踞着，狗一般蹲着，奇形怪状，各式各样，无一不齐。中间拥中一座高峰，好似一只怒狮正在人立攫食一般，狰狞丛黑，形势可怕。伍柱见了，知道已近青草寨后了，便叫茅能将船引到近高山根处停泊，一面叫众人端正好暗器，谨防埋伏。

庚忠一面摇橹，一面觑着那河道。渐渐地转到山港溪里边来。曲曲弯弯，照着那溪水流着，打石笋缝里将船驶过去。驶了几个弯，忽见岸边有一排四个人从草中立起身来，喝道："喂，哪条跳板的？"庚忠忙照着腰牌答道："东寨闰字儿！老伙儿，辛苦啦！"那四人齐应一声："辛苦啦！"便又伏下草中去了。

又进了几个弯，每过一弯就有人探出来喝问，或是四个，或是三个两个不等，却没单人一个的，庚忠都是照样答应。差不多要到高山跟前了，众人都高兴，那船虽在石缝中行着，不能如先时那般快，却是溪水宽窄不等，深浅无定，行船很不容易。众人都想到早知如此弄一只快桨小筏子来倒好了。正那么想着，忽见对面一只六桨快筏水上急驶，俨如一只大黑老鼠在冰上飞跑一般直穿过来。刚转过弯，两人相对望见了，便听得筏子上打起呼哨来，咄的一声，接着打舱中伸出一条长汉来，手托钢叉，迎着喝道："来船慢进！哪条跳板上的？对了钳再发木叶子！"庚忠听了，仍然高答："东寨闰字儿，老伙儿！辛苦啦！"

那筏子上听了，并不答话，只哗地横转筏横拦在水道上。接着，呼呼呼呼，弩箭如飞蝗一般，直射过来。

要知这筏子何以独不受招呼，请阅下章便知。

第二十二章

探虎穴误触虎狼机
斩龙头初试蛟龙剑

话说伍柱、程豪率领六员水将，驾船夜探青草山，沿途都被庹忠按着夺得腰牌上的字号，随机应变混了进去。忽遇一只筏子，听了庹忠的答语，竟然横拦水面弩箭连发，向伍柱等射来，这是什么缘故？原来庹忠先时答说"是东寨闰字儿"，青草山东寨就在山后偏左一点儿，是豆皮李光明所管。"闰"字儿只是一个字号，庹忠答话时，虽照腰牌猜着个大概，却是并不知东寨在哪里。这时他们驾船直朝高峰驶去，转过山嘴，便是往东寨分路之处。他们不曾走分路上去，却径趋正峰，已过东寨地界，而且水路过此不到十箭就不能行大船。就是青草山本山的人因为过了东寨分路，水势湍急，河底多石，在白天里大船还要小心在意，夜里更没人敢行，只用小筏溯流顺水往来，于正峰与东寨之间巡哨走讯。这时，青草山巡溪头目龚银杰、何东园率喽啰驾筏到此，忽见这艘大船溯水直进到这不能走的地方来，怎么不疑？龚银杰伸头一问，庹忠所答不符，想着：东寨大船这时候朝这绝地走干吗？一定是冒字号儿的。便不再思索，叫喽啰将筏一横，放出弩箭来。一面自己拔出响箭，搭上弓，待冲天射出，呼唤救应，并关照前后的埋伏加意堵截，免得被来人逃去。

伍柱等见筏子一横，早已料知有变，各抽兵刃在手。弩箭射来时，都被兵刃格打落水。龚银杰搭上响箭时，茅能天生一双野猫子眼睛，早瞅得明白，急向腰间掏出一支钢镖，觑准龚银杰手挽的弓弦，顺手一拍，吼嗡两响，弓弦齐断，钢镖扎入龚银杰右手虎口，痛得他攒眉咬牙，弯着腰，蹲下舱去。

何东园忙将刀撂下，向舱板上抓起几支响箭，伸腰抬手，向肩头抓住弓鞘，方要卸下弓来放箭，不料茅能放过镖，便急抓起鬼头大叶单刀，单臂扬着，猛然踊身悬空跃起，掠水面蹦向筏子上来。人向筏头落下，刀却向何东园脑袋上落下，啵地一响，何东园脑袋两开，尸身落水。

茅能急抹了抹脸上溅着的血，右腿一抬，喝声："去你妈的！"正踢着一个喽啰下颏，将他脖子踢折了，丢下桨，倒向水中去了。说时迟，那时快，茅能踢脚时，同时右手就势向后一刷。这时离他跳过来，只隔砍一刀的工夫，龚银杰还没来得及防备，就被茅能一刀横刷在屁股上，顿时将两片屁股破瓜般劈成四叉儿。那一个喽啰见势头不好，抛了桨双手将脑袋一箍抱，呀了一声，向水中倒冲，打木桩一般直栽了下去。那筏子跟着一仄，便大晃起来。茅能也不去抓桨，只瞅定那喽啰下水处，身躯一侧，头一低，跟着冲下水去。

茅能跟踪下水，离那喽啰下水才只一瞬的工夫，加上茅能身重力大，水性又好，下沉得快，那喽啰落水后还没撑得住水势，茅能已压到他背上来了。却是水中不比岸上，不能开口说叫，不能定住身子，使兵刃也没岸上那么利落。茅能使劲朝下一砸，虽砸得那喽啰痛不可当，却是抓他不住。那喽啰早被这一砸，砸得猛沉下去几尺。茅能连忙向下一氽，闯下去，想搿那喽啰，忽觉身旁水势一激，知道有人向上去了，忙将两臂分张就势一划，冒了上来。透出水面一瞅，并没瞧见什么人，只见伍柱等都上了小筏子，瞥见茅能出水，都将手乱招，招他上筏子。茅能摇头问道："可见那厮？"众人都摇头，茅能复一头氽了下去。

一霎时，伍柱、程豪忽觉着座下的筏子摇动起来。归瑞、凌翔等齐说："不好，有水鬼！"凌波早已撂下双鞭，向腿间拔出一把牛耳尖刀握着，踊身下水去了。一霎时，忽见水面起了个大浪花，哗啦一响，茅能冒出半身来，大嚷大叫，两臂乱舞，刀已不见了，转眼间，又沉了下去，接着又见凌波欻地冲起，顺势一躺，躺在水面上，蛇一般向后穿射。

原来茅能再氽下去时，不曾在意，双脚先觉被人拉住，挣了几挣，挣不脱。茅能急了，双脚尽力一蹬，想将那人蹬开。哪知那人力既不小，水势又快，紧握着茅能两脚，朝后直退。拉得茅能闷在水中，作声不得，水势又没那人快，只得随他拉得飞转。一连转了几个圈子，忽地金刀被人击落，却是双脚一松，心中一爽。急四面找寻那人时，又没有了。气得茅能实在憋不住了，急冒出水来，嚷了一阵，复又汆水寻找。

这时，凌波正向小筏子底下来寻水鬼，忽觉有人在身后顺着水势划着。急转身时，猛地左肘被人击了一下，向前一伸，接着手腕上又被人击了一下，手中牛耳尖刀把握不住，不知不觉扔下水中去了。凌波急耸身向上冲出水面，顺势浮向后面一箭多远，再汆入水中。

伍柱等只得停着筏子且待，众人都目不转睛地瞅着水面。一会儿，猛见水中冲起大小两道白光，映着星光波影，向空一冲，复落向筏中来。伍柱等都不知是什么东西，各都急忙伸手去接。龙飞、凌翔二人身长，又在筏艄上，每人伸手掭着一件。众人定睛细瞅，齐都大吃一惊。原来这两件东西，一件大的是茅能的金刀，小的是凌波的牛耳尖刀。这一来，凌翔、归瑞、庹忠都不待伍柱开口，齐跳下水去了。幸而程豪手快，反手将在后艄的龙飞掭住了，没让他跳下去，说道："您不能再走了！咱俩可不会水，你得帮帮！"龙飞虽点头答应，却是挂着茅能、凌波，心神不宁，呆向水面瞅着。

茅能、凌波二人复返下水去时，二人便会在一起。就水中打个暗号，分头包过来，绕圈子一抄。二人再会在一起，仍没抄着些什么。凌波将茅能一拉，转头向前划去。忽觉头发被人拖散了一把，急使个鲤鱼摆尾，身躯一甩，向后一捞，又没捞着什么。二人只得又向四面捞了一会儿，只碰着几条游鱼。正待冒出观望时，忽觉上流头有一大股水翻动，知道有人来了。二人连忙散作两旁，迎上来。却是时在深夜，水中不见一物。茅能划不到一箭地正与一个人相撞，急忙将两臂一弯，紧紧搂住。那人也死死地抱住茅能，二人同向上一冲。冲出水面，互瞅时，茅能紧搂着的是归瑞，归瑞死抱着的是茅能，彼此哈哈大笑。那边凌波也一般掭住一人的胳膊，那人一手挽住凌波的大腿。冒水一瞧，却是和凌翔兄妹二人对挽着。自己也觉好笑。却是这一来，连伍柱、程豪等都知茅能、凌波没事，全放了心。

庹忠这时也划出水面，忽听得自己身后有人高声大笑道："好，让你们自家伙计掾一辈子，俺来做个闲瞧热……"庹忠急反两手向后一抄。不料两手如抓在油脂上面一般，滑不留手，待回过头来时，人已不见了。气得庹忠仰身一倒，闯进水中，翻身倒头赶找。

这时凌家兄妹和归瑞、茅能都已进水围寻。五个人如同撒下大网一般，三面巡游，愈游愈紧。抄了一阵，才觉得前面有人冒出水面换风。众人急出水拥将上去，划得水花乱溅，浪头高涌。却见那人不慌不忙，浮在前面水面上一条大鱼一般，倏然而逝。任凭归瑞、庹忠那般迅疾的水性，也跟踪不上，众人却仍是拼命紧掾。

不知不觉间，前行后继，相逐着两里来路了。前面被掾之人，不知怎的忽然回头。凌翔忙将两臂张举，打着暗号，招呼庹忠等围截。那人向水底一闯，忽上忽下，忽高忽低，众人围着堵着，无不全副精神贯注，非得拿着他不可。不料那人身躯一连几转，向水中冲上落下几次，连穿几处礁石缝，不知怎样又被他冲向众人后面去。

众人恨极了，一齐回身猛扑。哪知那人划得比箭还快，一霎时，已回到筏子边，这才被庹忠、茅能等五人将他逼住。那人指东打西，搅得满河里白云般涌起一大片浪花。庹忠、茅能、凌翔、归瑞、凌波五人打三面向中攒围，龙飞手持一柄长剑在筏子上护着伍柱，程豪挡住一面。那人没处可逃，便划近筏子边，忽地从水中踊起，飘地从龙飞头顶上跃过去。只见他蜻蜓点水一般，向这水中礁石笋尖上停一停脚，又跳到那石尖上，一连几跳便跳到岸上去了。伍柱连忙招呼水中五人上筏子。

原来龙飞被那人从头顶上跳过，又气又恨，见众人赶到，凌翔上筏，便耸身离筏也跳上岸去。立定脚瞧时，那人已不见了，却见岸旁山麓一方矗立着的大石背后，露着个大石窟窿。瞅那洞口沿映着星光，光致致的，像是常有人或是禽兽出入的。龙飞想着：既没见那人奔上山去，一定是打这石洞里逃走了。不入虎穴，焉得虎子。去吧，哪怕这洞就是个龙潭虎窟，俺也探他个究竟！

想罢，更不再延，仗剑护身，屈膝低头闯入洞去。抬头一望，不觉大吃一惊。只见迎面蹲着一只斑斓猛虎，张牙舞爪，竖立起来，像要扑人的模样。再定神细瞅时，却是一只死虎。便迈一步近前去，伸左手向那虎身上一探，触着手硬生生的，才知道是木雕虎型，蒙上了一张真虎皮，装在山石崖下，正对着洞口。洞外被洞口的崖檐遮住了瞅不见，一进洞却就得给它吓一跳。

龙飞哑然失笑，暗道：不料俺会被这大木头骇唬一下，瞧那假虎身旁露出一条大石缝，像是可通别处。龙飞也不管他怎样，只想着：不赶快拿住这人，咱们的消息就全泄露了，还能探什么山，不是白辛苦一场吗？想着，便向那石缝走来。先侧身闪在石缝外旁，使剑向缝中猛然劈划下去，觉着没什么，才舞剑遮护着身躯，闪了进去。却见有一线黄光，照在左边崖上。便使脚探着一步步向那黄光踏去，近前时，顺着那光一望，却是一碗油灯孤悬在石壁上。再向前瞧，却是一个出洞口。

龙飞定了定方向，探出洞口来。纵眼一望，当面石嶂上一只龙头，金光灿烂，便将剑一指，笑道："俺却不上当了！"转身向石嶂右边，想包过去。不料一动脚，只听得轰呱叽哗石子乱飞。龙飞虽留心防着机括，却不道这般凶猛，来不及闪躲，身上连中几石，痛不可当，险些栽倒。连忙挣扎着，缩身转向右边，避开石子。才要迈步向那边走，忽听得有人叫："浪里龙，快不要动，我在这里。"声未了，锵嚓、当啷啷一阵响。龙飞眼见一个魁梧奇伟、大头长耳的大汉，手起处，剑光映着星光一闪，对面那龙头早被斩落，滚向石隙中去了。那龙头是铜铸的空壳，滚在石上，便起了那一阵响声。

龙飞虽料着能叫出绰号来，一定是认识的人，却瞅不清是谁，不敢贸然从事。想着：不动脚，终没凶险，因此听得叫唤便没动，只瞪眼瞅定那壮汉。那壮汉斩了铜龙头，便提着长剑大踏步向龙飞走来。龙飞待他近前时，才瞧清楚那大汉便是于谦，喜得心花怒放道："咦，俺做梦也想不到是您，咱俩会在这儿相见，这不是奇怪极了吗？这真是任谁忖不到的事！您怎么来的？怎么又在这里呢？"

于谦握着龙飞的手道："这儿不是说话的所在。走，我同您回您营里去。"龙飞道："慢着，俺撵一个小贼撵到这儿就不见了，待俺再找找瞧。"于谦道："我全知道了，回营去，我再告诉您。你撵的那人不在那里吗？"说话时，右手扬剑向断铜龙颈上面的石崖顶上一指。龙飞转眼顺着他手儿向上一瞧，才瞅出崖顶略右一点儿那一圆球，不是石头，竟是个人窝作一团，蹲在那里。身上着的油布衣，水湿了，又紧又黑又光，竟和旁边的石头一般，分辨不出。

于谦将手一招，那人一伸腰，猿猴一般向崖下直逄下来，到了当地。于谦指着龙飞道："我给您俩引见引见：这是浪里龙龙飞，是我同道弟兄；这是俏二哥骆朴，是我新交的朋友。"骆朴和龙飞拱手行礼。龙飞瞧骆朴果然就是自己撵的那人，见他已与于谦成了朋友，便也还了一礼，不说什么。

于谦道："咱们走吧，河里不是有人待着吗？"龙飞应道："千年松和程豹子，还有金麒麟、玉麒麟、一阵风、石灵龟、茅金刀，都在河中筏子上。"说着，便和于谦转身。龙飞打头迈步，骆朴抢先道："让咱来！"便急行几步，到石壁跟前，一蹲腰，双手一抱，将一块三尖石笋抱着移开，便见一个透过对过的石洞。骆朴先进去，于谦、龙飞随后穿过石洞。骆朴又返身向那石洞照原遮堵了。原来出了这洞就到了河边，已瞅见小筏子在河边荡漾着，大船漂在河中。

程豪先望见龙飞，向他双手乱招。接着伍柱也瞧见了，叫庹忠将筏子摇近岸边。于谦和龙、骆二人上了筏子，和伍柱、程豪相见过，又和庹忠、归瑞招呼过。就这时凌波、茅能、凌翔因见龙飞已回来，转身上筏。伍柱给凌翔引见了于谦。茅能、凌波和于谦是认识的，分外欢欣。于谦又给骆朴引见了众人。伍柱知道他就是那水中战五将的好汉，格外佩服。众将也都赞他水性没人能敌。骆朴说明诚心投托，众人都格外欢喜。

这时已是三更过后，伍柱便要众人陪着于谦守船，自己和程豪领着庹忠、归瑞驾筏子去探山。众将听了都要跟去，于谦摇手止住道："甭去了。这外面的形势，咱们就在这里也瞅了个大概了。里面的小路樵径，这位俏二哥满知道，用不着探了。"伍柱正在迟疑，于谦拍着胸脯道："问我得啦！"伍柱听了，便叫靠近大船去。

骆朴便立在筏子头上，待近大船时，身子向前一扑，便上了大船，并将筏头缆绳带过去，同时将筏子拖靠船边，又将左手向后一伸，点住筏头，使不与船舷相碰。众人见他这般矫捷，都点头暗赞，先后过大船来。庹忠在后，将筏子沉了，才过船。伍柱命开船回头，骆朴帮同六员水将掉转船头，拉满布帆，迎风直驶而去。

骆朴如何投降，于谦怎么来的，以及后事如何，都详下文。

第二十三章

克酬素愿矢志归诚
承命远游雄心探险

话说伍柱等回头出了小汊溪，到河中顺风扬帆，船飞如驶，用不着摇橹撑篙，众人都在船中坐着，细声谈话。骆朴最熟这条水路，便自去代凌波掌舵驶船，嘴里一面和众人说话。庹忠坐在前舱边，准备答话。

伍柱瞧骆朴不是虚情假意，便问道："咱们闹了这大半晌，难道这一带地方没第二只筏子吗？"骆朴摇头道："不相干！这汊子里一共两只筏子巡哨。沿途只有些零星埋伏守口子的。岸上处处装着虎狼机。守口子的人都奉有寨主嘱咐：只许开机打人，不许擅离汛守！也就因为有这虎狼机，就没派大队人船驻扎。任这船空着，料来人进不去。"

程豪拦问道："什么叫作虎狼机？"骆朴道："听说这家伙是李光明学得番鬼子的，瞧过去像一部车子，有两车轮儿，后面有一个机括，将它一扳动，车子里的石子儿就此全激出来了。能打二丈来地左右，任你腿快也难逃跑。"龙飞恍然道："哦，刚才俺踏出那洞口才转弯，一阵石子打在俺身上，大概就是这家伙了。"骆朴点头道："正是这家伙。却是您踏着地下的机括，不是人放出来的。要再踏进一步，那更不得了，得飞出大石子来，不死也得砸躺下，跑不了。"

程豪问道："还有一只筏子咧？"骆朴答道："早着啦！得天亮才出来接替，这时不知窝在哪个山坳水涯里博钱儿去了。"程豪道："这般说起来，要有一个能破虎狼机的好汉打这后山进来，不是如入无人之境吗？"骆朴道："不成。这山后没兵，一来是因为有虎狼机，二来也因没处可扎

153

营。当初云寨主开山时，想了许久，才立了个东寨在这左山顶上。要是有人进山撞着暗的虎狼机，准得砸死。就算破掉了，第二层就是有人管着的明虎狼机。若再被破了，那人身后便有一座烽火，身上带着火种，马上放起火来。东寨里望见了烽火，就出兵到汊口一截。山顶寨里望见了烽火，出兵向山下一冲，朝这里跑呀，任凭怎么也打不出去。"

伍柱问道："听您说话不像北方人呀，怎到这山寨来的呢？"骆朴道："咱也是好人家儿女，家里在关西渭河西边，齐小儿跟着隔壁观里道人练拳脚。咱爸爸见了，就叫咱习武，跟着关西走镖的几位有名武师练了多年。又因家在河边，自幼习得水性，便走水镖。走了几年，自己不合信朋友的话，开店做买卖。开来开去，咱的银全折了，人家却都发了财。好好的一份家业让咱弄光了，父母都被咱累得受老来穷。咱气极了，和那吞没咱本钱的地棍打官司。不料官府都护着他们，却反将咱打了三十戒尺。咱爸爸叫咱去考武，博个官儿好出气。考了两场，却有个门子来说：'您家舍人弓硬马强，兵书谙熟，准能中式。只是得打点打点，宗师老爷就可以将舍人名字格外提高些。'可怜咱爸爸卖尽典绝，才凑付了二百两银子，给送了去。待到发了榜，不瞧还罢了，一瞧，真让人气个死。如今说起来，还叫人淌汗，咱那名字儿，在榜上最惹人眼，倒数过去，是第一个。一打听，才知是少花了银子。有许多弓马赶不上咱，连字儿也不识，兵书默不上来的，颠倒中在咱前头。咱这一气真比折完了本还厉害。赶冬天夜静，将吞咱钱的几个坏心眼儿全给宰了。拾掇家伙，奉着父母悄地一走，就到了大宁。那年大宁饥荒，咱又奉着父母逃荒逃到八达岭。咱不知道那地方有狼，夜里闹狼，咱妈就此不见了。咱爸爸一气，得病死了。咱从此发愿打狼，就在关塞前后当了猎户，一年多打得了三十几张狼皮，祭了咱妈。这时，官府派养马。咱一个儿又没家小，哪里照顾得来？死了马就得赔，不赔就追比。咱没法，只得逃出塞外来。塞外不比关内，没处谋生，恰遇这寨子招人，咱便托身入了伙。却是咱原想做贼也得做个义贼，凭着咱这身手也得让人家拿咱当个人。不料云漫天不长眼睛，起初派咱养马。后来有人说咱水里功夫了得，就派咱撑筏子，没奈何，只得耐着。后来才知道云漫天也和官儿一般，只要钱不问本领。喽啰们有钱孝敬他的就得好差事，当头目。没孝敬的，都和咱一般，憋在阴山冷水草窝里当苦差。咱早想抽身，可是没法谋生，又不能进口。只得耐着性儿，受着挨着。近来听得卧牛好汉来打寨子了，一打听说是卧牛寨是一座侠义寨子，不分上下，同甘共苦，有仇有恩，相助同报，咱就想反他妈的水，倒窝子去，却是憋在这后山没法子想。"

程豪羼拦道："您既有心，怎么又和咱们打了半天呢？"骆朴微笑不答。伍柱道："这个俺知道。俏二哥因为云漫天不知他的本领，受了许多委屈，恐怕就这般一个倚投过来，也不过再当个喽啰。所以先露一露，是不是？"骆朴仍是微笑着。庾忠、凌翔一齐点头道："不错的。要不然，俏二哥在水里时，怎么老是不相打，只闹着玩儿，连茅金刀、玉麒麟的兵刃都送了回来咧。"骆朴只是咬着唇笑，茅能听了，伸伸腰，拍拍肚皮道："您这一露，却险些把我的肚皮给气漏了。"众人都笑起来。

于谦道："这往后的事，让我来说吧。我全在场的。"伍柱截说道："正是。您怎么上这里来？闹了半天也没来得及问您。您不是在魏国公府里吗？怎么又急急出塞来了呢？"于谦道："这里头也有个缘故。各位师长同道离了京城，师父嘱咐我且住在魏国公府里，说是徐府虽是二房兴盛，大房失势，不通往来，却是终得碍着些，不好做得太厉害，叫天下人笑骂。加上爵虽没了，终是椒房贵戚，开国勋臣，京城衙门终不敢进府抄扰。你待几天，终有咱们道中人来的。或回杭州，或到别处，再行商量吧。我在徐府住了不到十天，华师叔进京来了。"

龙飞羼问："哪一位华师叔？"于谦道："就是凌云子师叔寻到徐府。我把京城里事一说，华师叔说：'铁冠道人全知道了，特要俺来的。如今俺且送你到杭州，你再出塞去一趟。'我和吴师父商量，吴师父让我走。我便辞了徐夫人和徐大公子，和吴师父仗着华师叔到杭州。临行前，还劳徐大公子代办了请假扫墓的陈情。到了杭州，祭过祖，禀过家父。华师叔和家父一说，家父恐怕因为京城屋子接过我的报条，锦衣卫的人耳目宽，跟寻来时，脱不了累，便答应华师叔，让我出塞走一趟。便辞了家父，离了家，和华师叔一同出塞。路上会了几位同道，直到杨霹雳营里。才到擎天寨，见了师父和各位师长。武当张师伯说：'您甭在寨里住，就到营里去吧。'给了我一封书子。还有一位新到塞外的好汉猛大虫庹健一同来的。到了这里，已是黄昏后了。我想着，这山形势不知如何，远望见营寨扎在河边，料是不曾进攻，不如探一个究竟，出奇制胜，攻其无备，易于为力些。便要那位庹好汉先到营里去，我独自一个上山来探道儿。到这河边，和一只渔筏子上山东人攀谈了许久，那山东人很恨这山寨。我用言语打动他，他听了不让我进山，说：'险得很！进去就没性命。'我便要他渡我过了河。他邀我到他家里。我谢过了他，沿着岸直奔山根。山东人没拦得住我，老远还听他在唉声叹气。我绕了许多小山林，跳过许多小溪涧，才到这山上。沿着溪边走了些时，才知是个汉溪汇口，绕不过去，只得翻山。才翻过一层石壁，忽见石崖下伸出一把刀来，我便蹲在上面待着。一霎时，又伸出个脑袋来，真刷溜，我扑身一把没捞着。原来就是这位俏二哥和我斗了十多个来往。后来，还是我使蛟龙剑削了俏二哥的刀，俏二哥才算受了委屈了。我和俏二哥一谈，知道他因为在山里搜狼打，满山路径别人不知道的，他全知道。又知道了他的委屈，便交了个朋友。俏二哥就将卧牛山的人来探山，又将自己的意思和相斗情形、后面有人追赶的话都大概说了，并告诉我：'这山洞口两旁的虎狼机总消息儿全在这铜龙头上。闲时瞧去，那龙脑袋是个水槽。哪知将它向下一扳，两旁大小四架虎狼机就会呆了，却是要有钥匙才扳得动。可惜没法去掉这龙脑袋。'我想着我这蛟龙剑能折铜削铁，这龙脑袋既是铜的，终能斩得掉。正转到山崖下要去动手，恰见浪里龙踏着了小虎狼机，中了好几石子，又回头来向这边将要踏着这边消息了，我才开口叫住他，即时斩了龙头，彼此相会同来了。"

伍柱等听了，才明白前后情形，彼此畅谈和青草山对阵的情形，于谦也询问了青草寨里头领的本领。一路谈着，庹忠已混过好几处防守喽啰，船已行了许远了。

转过一个弯，忽听得骆朴在后艄打声呼哨，便抢到船头上，抓起篙来，向水中撑去。凌波急去代掌舵，众水将都立起身来，齐到船舷乱抓篙子，齐着力撑去。伍柱知船已到了浅滩，将近到扎营地了，便整了整身上衣，向于谦、程豪道："咱们就这儿上去，走着快点儿回营可好？"于谦、程豪都答道："好极啦！众弟兄也少吃些力。"伍柱便叫靠岸。众人都答应一声，骆朴伸胳膊，将手向右一指。凌翔忙照着将舵向右一转，那船便箭一般向岸边驶去。

霎时，船已靠泊，下了锚。搭上跳板，伍柱、程豪让于谦上了岸，才随后上来。骆朴夹在六员水将中间，紧随着走。行不到几步，有约七八骑巡哨游骑飞奔而来，近前瞅见是主将，便都下了马，一字儿立着。伍柱见当头一人是分水犀李松，便抚慰了两句，并道："你叫人守好这只船，再传命胡都粮将船撑去，管守着，一切不要改动，留待后来有用处。"李松领令自去照行。

伍柱便和于谦、程豪领着众将，直回大营来。沿途遇着几班马步巡哨，都招呼过。到了离大营不远，孔纯早得了报信，领着中军战将和护军等带了各人的坐骑迎上前来，彼此欢然相见。徐奎等和于谦熟识的，都彼此问讯，不识的都通了姓名。孔纯叫再备两匹马。早有当地后军营盘得信儿，将黄礼、查仪二人的坐骑备来。二人另骑着营马，和后三军诸将，除当值有事的以外，都到来迎接。走了不远，前三军诸将也赶来了。彼此见过，前后拥着到大营来。

伍柱让于谦进了大寨。大营中灯烛辉耀，众将打参毕，便有断后领军魏明领一人到帐口。众人瞅时，那人头扎青缎六瓣壮士巾，身穿青缎圆领箭衣，足着青缎抓地虎靴子，生得圆头广额，肥项高颧，身材长大，膀阔腰粗，衬着紫黑脸儿，四方嘴儿，黑漆般浓眉，灯笼般眼睛，委实是条好汉。众人都暗自赞他好个个儿，只有庹忠瞧准了，便立起身来，先和他点头招呼。那人瞥见庹忠，脱口唤声："阿哥！"

众人正待问时，魏明早独自行近伍柱跟前打参说道："这位猛大虫庹健，是三更时到合后军营外，遇着游骑同进营来。章统将接住询问，据说是和于廷益同由寨中到此。于廷益先去探山了，因此先来投营。章统将遵主将军令，请这位庹大哥将兵刃撂下，差末将领到大营。末将遵令伴送到营时，恰值主将出巡，便在护军帐中等待。如今特领这位庹大哥上帐候令。"说毕，伍柱点头道："请进！"魏明便退在一旁，向帐口招呼。

庹健便进大帐来，向伍柱施礼。于谦这时和孔纯、程豪同坐在伍柱身后，便起身到伍柱身旁说道："这位庹大哥就是我方才所说由寨中同来的。"伍柱一面回庚健的礼，叫人看座，一面请于谦回座。庚健便掏出闻友鹿的书子，双手奉到案上，伍柱立起身来接着展开看了。庚健禀道："奉闻师伯命到大营投托，还望主将教诲。"伍柱笑颜回答道："您还没受职事，不必客气。几位出塞，可知关内近日有甚事故？"庚健答道："我原在辰州走镖。曾蒙家师凌云子传给飞叉，跟随家师南走黔中。这趟是去年在沅江河中接到镖局传来家师书子，叫我到河间相会。我接信就走，却在汉水遇着家师，得知同道在塞外立业。家师给我一封书子到擎天寨投托，便星夜兼程趱赶。不料在朱仙镇患病，耽搁了许多日子。近日才混出关塞到擎天寨，参见过各位师伯、师叔。恰巧家师次日和于舍人也到了，闻师伯便命我伴同于舍人来此入营效力。"

伍柱问道："您和一阵风是弟兄吗？浪里龙可认识？"庚健道："是嫡堂弟兄，却多年不会面了，想不到在此相见。浪里龙、分水犀、种金戈都是同门兄弟，在南方时常在一处的。"伍柱便道："咱们帐后细谈吧！"说着，便下帐和孔纯、程豪让于谦到后帐。

众将也随到后帐。于谦和众将相见，庚健也一一见过。骆朴也和众人通名道姓。庚忠、龙飞、种元接着庚健问长问短。茅能便去接待骆朴。于谦将徐夫人家书交给徐奎、徐斗，一时章怡叫人送来庚健的包裹、衣甲、兵刃。伍柱便让众人散坐叙话，并叫护军传令行厨备酒。不多时，摆上酒筵，众人依次坐下。伍柱等闹了一夜的，都饱餐一顿。

食毕，伍柱便叫庚健、骆朴都归大营中军战将列中。并命庚健今日暂住后军，明日再归中军。又命于佐领骆朴去拣取合用的衣甲、兵刃、马匹、暗器。又叫于佐带健卒在中军帐侧另立一座营帐，为于谦居住之所。

诸事布置完毕，正待各自散回歇息，忽听得轰隆隆霹雳一声，震得营帐多动。

是何声响，待下章再叙。

第二十四章

计破敌大将试初硼
急击贼元戎飞巨石

话说伍柱等听得轰隆隆一声巨响，急向外一瞅时，才知是天明放炮。伍柱便让于谦盥洗歇息，众将各散。

于谦盥漱过，便叫人通报伍柱、孔纯、程豪到内帐相见。伍柱等连忙接入，于谦这才将闻友鹿和张三丰、凌云子等七人共修的书子交给伍柱。伍柱将书子拆开看时，却是说：于谦到营，诸事可与商酌。唯会遣诸将仍由伍柱主持，不必推辞主将，统俟回军再定。又说待诸将当严军令，不可徇同道情面，军中有性情粗暴者数人，宜加抑制。末后说青草是劲敌，不可轻玩。而闽广派本为同道，非逼不得已，不可伤残，宜促其醒悟为要。并附有一纸攻打青草的计策，叮嘱谨防埋伏抄袭。

伍柱阅毕，因书中有孔纯、程豪同阅的字样，便递给孔、程二人看过，才抽出那页攻打青草山的计策来，和于谦商议。

于谦道："师长叫咱们分途攻打，照我昨夜所探的路，渡河过去，确有一条旱道可通山顶。我虽没探准，绕了许多溪涧，却是能断定准能可以走得步卒，这只须问骆朴便可知道。山左、山右如何情形，我没见过，就不大详悉了。"

伍柱道："这话不错。俺也曾留心，远瞧那后山上山道路很宽，一定是通到外面的。要不外面路宽，单那山腰里，辟那么宽的道儿干吗？说到山左、山右，俺进兵时，已体察过大路，恐怕不见得有大路可走，这却要从长计议。"

孔纯道："这却无妨。众将多能爬山越岭，有路无路，终可上去。不过挑选些善于走山的健卒，做攻打山左山右的队伍就行了。只是这山如此高大，若分四路攻打，一来不是顷刻打得下的，干粮还可带去，水怎么办呢？二来团圆这大一个圈子，咱们调动人马，青草山能不知道吗？一给他们知道了，照样分开严防密守，再来一个换巢鸾凤，移兵反扑下山来包袭，咱们不是很难招架吗？"

程豪道："水不要紧。这儿出产一种土罐儿，可以叫健卒儿每人带上一罐。却是移营，一时不能四路齐到。给那厮知觉了，倒真是不好。还有一桩，若爬到半山腰里，遇着断崖绝壁，爬不上去，或是檑木滚石打得不得近前又怎么办咧？"伍柱道："檑木滚石自来是防守要物，没人破过。悬崖陡壁倒还可以使绳索搭钩钩攀上去。"

于谦道："我有个计较。山左山右，料来不会有大路的。咱们爬山时叫健卒们每人带上一袋沙土、几只空袋，遇着不能过去的山坳涧溪，便将土袋扔下填着过去。过去了，再使空袋沿途装上砂石土柴，带着做准备。要再有绝壁削崖，也可堆起袋来填成坡儿。十分没法想，太深太高填不起来的地方，可叫健卒们各带一团绳索，再带些挠钩篙杆，钩着上面或是搭着对岸，缘绳过去，再搭上篙杆，便能大队过去了。移营时，可用釜底抽薪法，不减营帐，不少队数。就是不一队一队地调，只就每队帐篷中分作四分，调出三分来，再分作三分，黑夜里暗地包到青草山三面。让他们在山顶上瞧着，不少一营，不撤一帐，不做防备。兵到时，他们不知咱们三面环攻的兵是哪里来的，打他个措手不及，还当将军从天外飞来啦。"

伍柱、孔纯、程豪一齐赞道："好极啦！万无一失。"伍柱又说道："这样做法，真是围棋退敌，元夜夺城，也不过是如此。只是四路领兵首将用哪几个人呢？须知这四个人都得有临机应变、关顾三方而又能各自为战之能才行，却是不容易呢！"

孔纯昂然起立，拍胸说道："伍庄主！众位师长将这重任负托您和俺，事到今日，怎能委之他人？俺想，于舍人也是受命而来，断不能推辞，咱们也就只好辛苦他一趟。这事就是咱们四个分任四路首将带兵打山，当仁不让，义不容辞！"

话毕，于谦先说："当得附骥！"伍柱、程豪也都道："好！理当如此！"当下，便商量定妥全军分作四路：伍柱率一路打前山；于谦率一路打后山；孔纯领一路打左山；程豪领一路打右山；并将众将分作四路。

四人正取周癫子绘的地图观看，暗地调兵转往后山、左山、右山三路的途径，忽听得聊昂在帐外高叫一声："急报！"伍柱忙叫："进来！"聊昂一掀帐帘，待不及伍柱询问，便瞪眼张嘴说道："断后各营被劫，粮草台将要失了。"伍柱大惊，忙问："贼打哪里来的？"于谦不待聊昂回答，便羼言道："后营先被劫，贼一定是打后面来的，如今且调中军战将单骑飞马，不必带兵，火速往救。主将随后再去。"伍柱便向聊昂道："就是这样办，快传命去！"

聊昂应声去了，于谦向伍柱道："这一定是贼人发觉了咱们探山夺船、杀人毁机的事，调兵追赶不着，搜寻不得，便趁此下后山扑攻劫寨，泄愤出气。我先时原已想到，只因初到，意以为伍大哥早预备了，不便问得。如今断后被劫，后面还有两军，快传令后军向后，会合后军，并力固守，强弓硬弩，严阵以待，不许出战。再调前军分两面包抄攻贼人后路。再叫先行两路严防贼人前面夹攻，无令不许移营交战。防住前面，后面的贼人抱愤而来锐不可当。只须坚守一时，其气已衰。再加上前面抄攻，没有不克的。"伍柱听罢，立起身来，向于谦一揖道："仓促之间，料敌如见，守己如山，佩服极了。"于谦连忙还礼。伍柱向孔、程二人道："就烦孔大哥向前军调队和文狮子分兵两路各领一路，抄向贼后。程大哥去督率前部二路固守，好让军中有主，不敢慌张。俺和于舍人向后去督率，安定军心。"孔纯、程豪应声起立出帐，照令行事去了。

伍柱邀于谦出帐，各乘战马，领着六员领军，和护帐五百名刀镰手，云腾雾转般向后面来。

一霎时，驰到合后军中，已见魏光、庾忠、督宰彭燕、吉喆、火济、岳文、种元、庾健、王济、黄礼、蒋庄、周吉、林慈、陈曼、查仪列开阵伍，十五骑马如飞地在阵后穿来驰去。阵前弓弦乱响，喊杀连天。伍柱和于谦近前时，魏光飞马来会。伍柱问："怎样了？"魏光道："贼人正在攻我粮台。混天霓率全军拼死护救，末将等奉令并军固守不许出战，不敢违令，所以没去救应。中军战将方单骑过去，大概可以帮着杀退贼人了。"

于谦道："且闪开旗门，让主将上阵外出瞧瞧。"魏光目视伍柱，伍柱点头道："俺正要出去。"魏光便飞马回阵，拔下一支令旗来，向前一指，又左右一摆，顿时兵将两边一分，正中乍开一条路来，两边戈戟如林地竖着，拥成一条通道。

于谦、伍柱并马出阵。健卒们呐一声喊，伍柱闪眼向前瞧时，只见龙飞、孙安等十一员中军战将，如生龙活虎般前后乱冲，兵刃起处，人头乱滚。章怡、魏明等七员女将也拼命狠扑，马不停蹄。敌军中豆皮李光明和赵天申领着许多白衣白帽的教徒，冲来突去杀作一团，地下躺着无数死尸，空中挥动无数刀枪，喊杀连天，鼓角动地，真是一场溅血飞头的大战。

伍柱瞧了，皱眉向于谦道："瞧贼人拼命死战，一时恐不易胜他。"于谦道："不妨！这锐气没多时候了，您瞧着吧。"说着，忽见李光明举起钩镰，向李松肩上钩来，李松背对着他竟没觉着，看看要被钩着，于谦急将手一扬，一道金光冲出，忽地直奔李光明。李光明右手猛然中了一颗金弹，痛得手一松，钩镰落地。李松听得兵器落地声音，就马上回身，见是李光明丢镰，满心大喜，左臂一伸，一铁戟正向李光明前心刺来，李光明大惊，连忙一闪，左膀上中了一戟，痛不可当，急咬牙强忍，身躯向后一缩，让出戟尖，拨马伏鞍而逃。恰遇擎天前军赶到，两面抄来，大喊大杀。只见青草山方面人仰马翻，血花飞溅。

青草寨中头领、喽啰诸人见主将受伤，锐气顿挫，纷纷后退。文义、凤舞等挥兵猛追，七员女将更恨切骨髓，分途撺杀。程豪督兵雁翅般包追过去，一直杀到河边。青草喽啰乱抢船只，有的只乘上一个人就撑开了，有的挤满一船向水中乱跌，有的霸住一只船，再有人去就砍。许多喽啰拥了李光明，也斩了许多自己的喽啰，才夺得一只小船，如飞地驶开，才逃得性命。赵天申等白莲教徒都夹在喽啰中逃走。

擎天诸将中以骆朴为最勇。诸将都沿岸驰马截杀，独有骆朴，就马上双脚一蹬，跳离雕鞍，破空飞起，呼地飞向河中，朝那挤得人最多的大船落下去，右手舞开双钩镰，左手拔腰间的剑，远挑近砍，杀得青草山喽啰乱滚乱落，水中扑通、扑通响声不绝，满船号声震天。那船中有眼光的认出他是东寨撑船喽啰俏二哥，便高叫道："俏二哥！您得了好处了，也可怜我们这些伙伴儿，谁不是和您先时一般没法想才憋着啦！您高抬贵手吧，咱给您磕一个。"这一来，大家都乱讨饶，"俏二哥"叫得一片响。骆朴听了，手一软，委实杀不下去了，便乘势招降他们。那些喽啰都愿降，骆朴便叫他们将船靠岸，并打捞河中受伤的，领他去投降。

这时，擎天寨将卒已大获全胜，于谦见河边船只都已离岸，喽啰们没处逃生，哭声震地，便和伍柱说，要伍柱传令招降。伍柱叫聊昂传令，一霎时，跪了一地，众喽啰齐称愿降。聊昂止住众将不要杀，一查点，共一千一百二十七人，内中有一百多受伤的。一时，骆朴也领了三百余人来，伍柱命都到大营候令，便鸣锣收军。

伍柱查点过粮草没失，吩咐后三军众将紧守，自己陪着于谦回大寨来。方才进帐，便有钱迈上帐禀报："青草山白狐狸周仲雍来攻，前军坚壁以待，贼人攻打不进，自行退去。前军因未奉命，没掩杀，让他自退去了。"伍柱叫冯璋记功。钱迈退下，伍柱便叫查点后军中军前军将卒。各军首将上帐禀复，共计受伤将五员：梅瑜、周吉、吉喆、孙安、彭燕。死健卒二百八十四人，伤四百余人。折杀擒获最多的是骆朴、李松、梅亮、丽菁。伍柱都叫上了簿，受伤的交沈刚调治，便传令叫降卒上帐。

骆朴和中军诸战将押了十多个小头目上帐来跪下，伍柱问道："你们都在哪个部下？"有个小头目答道："东寨主李豆皮部下。"伍柱道："因甚天明时来劫寨？你们可知道？照实说来，俺给好处给你们。"小头目道："只因埋伏巡哨喽啰要换班了，打河边走过，一直没见了巡哨筏子。再走去，便见下流头有尸身，认得是巡船头目龚银杰。报到东寨一查，巡船没了，河里浮起三个人。山上龙头被砍，石机坏了，李豆皮料定是那夺取王大寨主、王二寨主刀枪的人干的。便一面通知大寨派人攻打前面，一面点起人马，邀了住在东寨的几位教师爷下山追赶。又叫人准备船只渡河，一面在河里打捞尸身，并查那个不见的俏二哥。全寨人都下山赶来。赶不着，便冲来想攻个措手不及，打那不防备的后寨。"

伍柱听了，心中暗自佩服于谦料事如神，目视于谦微笑。于谦正襟危坐，毫不矜异，伍柱更加钦敬，便问于谦："降卒如何处置？"于谦道："杀降坑卒，仁勇不为。他们既已投降，便当安置。愿留的，留着；不愿留的，遣归农亩。只是降人之心不可全信。愿留的分拨各队补缺、增额，务使散而不聚，便有奸细，也无能为力了。"伍柱十分赞服，便传令将降卒分拨各队散入行伍，不许聚集。并着各队统将，认真考核。如有奇才，立即禀报，不次擢用。并许有才能的降卒自行禀明考查升用。聊昂领令将降卒交冯璋入册分队。伍柱命杀牛椎马，大摆筵席庆贺，并为于谦、庾健、骆朴接风。

这夜伍柱、程豪、孔纯三人和于谦斟酌，尽善将诸将卒分成四路，叫冯璋即夜列成一张职事单。众人因为劳碌了一夜一日，吩咐小心巡哨，便去安歇了，一宿无话。次日天明，伍柱升帐。各队统将打参毕，伍柱便将定计分四路攻山的话说了，叫冯璋将职事单贴布，向众将道："这趟攻山，是破釜沉舟之举。本寨尽寨而出远来攻打此山。如今又全军而出，攻山打寨，有胜无败。若败一仗，便是将擎天寨卧牛山抛弃。诸将须知所关非浅，有进无退，和贼人势不两全。如有懈怠躲避，定行斩首！"众将领令，各去瞅定职事单。上面写着：

年　月　日，本军全军分为四路大军攻打青草山，四方不留接应，不派留守，以示义无反顾，行军另有军令，分布计策。所有诸将统属职事分布如后：

攻打青草前山：

主将：伍柱。战将：丑赫、茅能、施威、范广、聊昂、薛禄、赵佑、弓诚、弓敬、邓华、董安、柳溥、卫颖、雷通。

攻打青草后山：

主将：于谦。战将：文义、武全、龙飞、凤舞、凌翔、归瑞、王通、孙安、骆朴、庾健、徐奎、徐斗、种元、李松。

攻打青草左山：

主将：孔纯。领健卒二千名，马步各半。

战将：钱迈、潘荣、杜洁、许逵、沈石、蒋庄、周吉、林慈、陈曼、查仪、于佐、岳文、吉喆、皮友儿。

攻打青草右山：

主将：程豪。领健卒二千名，马步各半。

战将：魏光、章怡、凌波、魏明、丽菁、庹忠、黄礼、彭燕、火济、王济、冯璋、梅瑜、聊昂、梅亮。

都传令巡哨通风使：王森。

前山传令巡哨通风使：李隆。

后山传令巡哨通风使：徐建。

左山传令巡哨通风使：李青。

右山传令巡哨通风使：欧弘，领铁骑一百名。

护粮正将：胡玉霜。副将：沈刚（兼救伤）。领健卒五百名，步卒。

众将见了，都各向军书冯璋领册回营调队，再按名领取干粮、箭弹，准备移营。

要知青草山是否攻破，请阅下文。

第二十五章

破大敌大侠成大功
定奇山奇才建奇迹

话说常山蛇云漫天那一夜接得东寨豆皮李光明飞报："有人暗地入山探形势，已率喽啰追赶，请大寨出兵夹攻，乘此劫破敌营。"便叫白狐狸周仲雍率领小林冲赵子茂、白二郎王达章，带喽啰下山，攻打擎天寨前军；大棍子王鸥图、二棍子王鹏图和赵天申打接应。人马下山，扑到擎天寨前。不料擎天寨坚壁死守，箭如飞蝗，不见人影。几次冲锋，都被射退。青草喽啰伤亡很多，却不曾打得一个敌兵，头领喽啰都心寒气挫，无功而还。

接着，东寨李光明亲自来见云漫天，报说："喽啰骆朴暗通卧牛寨，引人进汉夺船，杀伤多人，毁去虎狼机四架。领兵追去，骆朴已在卧牛寨当头领，十分骁勇，本寨喽啰杀伤八百余人，被掳一千余人。俺受重伤，军中无主，只得败回，还望寨主做主。"云漫天气得撑开大鼻孔呼气，大叫："俺不灭却武当派，誓不为人！"便叫喽啰："快请众位头领教师到大寨来商议出兵破敌。"喽啰应声去了。

不多时，黑驴儿黎大宛和王鸥图、王鹏图、李光明、周仲雍、濮林丽、赵子茂、王达章、张元吉、洪紫东、赵天申、龙江祠、黄坤山、陈仁生、朱光明，以及新近因河间霞明观差来助战的上堂教徒林太平、陈攀桂、李汉云、宋振顺，头排英雄田强、秦源、何开泰、胡元炎，二排英雄张绍栩、赵金尚、张红龙、马沧清、黄原德、熊允康、晁复祥、罗绍隐、王子彬等三十余人，一齐来到大寨前厅仁义堂，相见毕，团团坐下。

云漫天道："擎天寨兴兵前来报攻关之仇，头一仗互有胜负。今日被那厮们勾通咱们喽啰，暗探后山。咱们追去，劫那厮们营寨，前后夹攻。不料前面打不进去，后面又因李光明兄弟带伤，兵心惊慌，打了败仗。本山粮草虽有，喽啰虽多，足和那厮撑持，只是那厮们战将比咱们多了差不多一倍。且多是武当、五台、普陀、荆、襄、黄山等处一班武当派嫡传僧道的弟子，本领都可过得去。若和那厮斗力，虽不见得就输给他，却也一时不易取胜。若不与那厮们拼斗，咱们让他欺上门来，坏了许多人，竟不敢和他交手，这脸就丢得够瞧了。俺左思右想，想不出个杀败那厮们的妙策来。只得请众位弟兄大家来商量个奇计妙策。"

众人听了，面面相觑，半晌没人开口。黎大宛瞅着生气，怒说道："咱们胜败听天，只有大家并作一路，合力冲杀他一阵。满打算输光了，终得宰他几百口子，也强如憋在寨里，整天儿咽着口鸟气！"朱光明道："就是战，也得从长计议个全策。我们奉祖师法旨，来听云寨主使唤，还望云寨主定个计较，我们无不拼命去干的。"

云漫天方要发话说原来是请你们来出个计较，怎么反朝俺推？言没出口，赵天申抢说道："李汉云师弟曾任指挥，且抛弃高官爱子、万贯家财，跟随祖师习道多年，谅必有好计较解这难关，何妨说出大家斟酌？"李汉云道："俺本有一末策，只因云寨主方才说的是想急于退敌，和俺想得不对，便没开口。赵师兄既要俺说出来，只得献丑，诸位休要见笑。"云漫天抢问道："到底是怎的个计较？"

李汉云道："俺想那厮们倾全力劳师远来，塞外行师，不比关内。粮草运解非易，咱们只深沟高垒，使那厮们师老气衰，咱们再暗地选几员上将带一个轻骑，暗地出塞，乘虚而入，径攻那厮老巢。那厮一定要仓皇回救，那时咱们再以全力追逐掩杀，使他不遑回敌，便可一鼓而尽歼之。那厮们战将虽多，军心已乱，也就无能为力了。"

众人听了，都点头赞好。云漫天想了一会儿，也觉得这条计策委实稳妥。便道："那厮们还敢来暗进咱们山寨，窥探形势，算计咱们。咱们占着居高临下的胜势，山头纵目，一览无余。何不到那峰头去望望那嫡的情形，回来也好照着布防设备。"众人齐声说好。

云漫天便起身和众人一同上山顶来。站在顶峰上，向山侧望去，只见一带营帐，综错延绵，不知若干，更瞧不清他门户所在。但瞅得戈矛如竹，旌旗相接，却又鸦雀无声，人影不见，好似一丛空营一般。李汉云暗自点头赞叹，黎大宛却说："瞧那厮们暮气沉沉，没一点儿威武气概，看来不难灭却他。"众人都随声附和，云漫天却愀然不乐道："《兵法》云：静如处子，动如脱兔。那厮们扎定了营，声息全无，一出兵便锐不可当；正是他深向兵法处，却是咱们的劲敌，不可轻视！"众人又随声议论了一番，云漫天便和众人下了山峰。

回到大寨仁义堂，众人落座。云漫天便和李汉云商量，调将筹防。李汉云当着众人，只得唯唯诺诺，不敢多作主张。云漫天将头领教徒都调派好了，便传令照行。分派的是：

前山头关守关头领：黎大宛，朱光明。

二关守关头领：王鹍图，王鹏图。

前山守山头领：赵天申、龙江祠、黄坤山、陈仁生。

南山守山头领：周仲雍。

南山巡山头领：赵子茂、王达章、洪紫东、张红龙、马沧清、黄原德、王子彬、熊允康。

北山守山头领：李汉云。

北山巡山头领：张绍枬、赵金尚、何开泰、胡元炎、林太平、陈攀桂、宋振顺、罗绍隐。

把守后山东寨头领：李光明。

后山守山头领：田强、秦源、张元吉、晁复祥。

全山传令巡哨头领：濮林丽。

每员头领管领喽啰五百。头关、二关、东寨，各多五百守关守寨喽啰。又铁骑六百名：五百名随都头领守大寨，一百名传令巡哨。

分派已定，云漫天叫大摆筵席，和众头领聚到黄昏时才散。众头领回去时，都醉醺醺的，纳头便睡。次日卯末辰初，才纷纷起来，各赴防守地方，调派人马，预备檑木滚石，分发箭弹，领运粮草，忙作一团。好容易弄到巳牌将过，才有两处喽啰，动手挖壕断路，挑土筑垒。云漫天领着数十铁骑四面巡视，再到峰顶一望，卧牛营盘仍和昨日一般，丝毫没动。且个个帐幕都在冒出炊烟，想是正在忙乱着煮饭。云漫天心中一定，想着：那厮们这时是不会来攻打的，便叫铁骑分传四面，赶急挖筑，又乱了一日。

次日，青草山白莲寨见敌寨营盘依然丝毫没动，以为不紧要了，都只照顾做活。天明过后，众喽啰正在邪许、吭哟地做着活，忽听得惊天动地一声喊，遥见山下四周旌旗乱展，刀戟丛拥，也不知有多少人马，更不知是从哪里来的。只吓得目瞪口呆，锄锹脱手，畚箕落地，顿时乱作一堆。众头领连忙扔了手中监工的柳条枝儿，急忙披挂备马，也顾不得整齐队伍。

擎天寨将卒卷旗藏刃，人衔枚，马摘铃，闷走了大半夜，一时到了山脚下，天色明亮展旗扬刀，一露面，意气勃发，呐起喊来，分外威武，喊一声惊天动地，四面都应。愈加把白莲寨喽啰震骇得没处措手，众头领也不知从哪里着手是好。匆匆忙忙，各不相顾。还是云漫天听得，叫铁骑飞马传令："各路严拒固守，不许乱动。准备木石箭弹，防备敌兵爬山。"众头领才略有把握，约束喽啰，布在山上防守。却是擎天寨将卒已经抢过山根，将到山腰了。

那攻打青草南山的擎天寨马步、健卒二千名，随着主将虎头孔纯，首将镇华山钱迈、战将镇泰山潘荣、镇嵩山杜洁、镇衡山许逵、镇恒山沈石、赛周仓周吉、莽大虫陈曼、小罗通蒋庄、赛雄信林慈、红蜈蚣查仪、金狮子于佐、一朵云岳文、急三枪吉喆、小大虫皮友儿十五人，都弃马步行，一声呐喊，抢上山根，便奔山腰。待得山上将木石布好时，擎天寨兵将已攻上山来。白莲寨头领周仲雍急命喽啰放箭。顿时千弩齐发，箭如骤雨。哪知擎天寨十五员将官一字儿排在前面，十五般兵器摩空飞舞，白光乱闪，呼呼风响，将射来箭弹都打落地下。众将就此一面舞挡，一面冲闯，早翻到山上，杀得白莲喽啰纷纷逃窜。

周仲雍将槊一摆，在后面押住，勒令喽啰止步反扑。两面对冲一阵，白莲喽啰心怯，擎天健卒势盛，且大将在前，顿时喽啰死了一层，尸身满地。周仲雍没法，只得督同赵子茂、王达章、洪紫东、张红龙、马沧清、黄原德、熊允康、王子彬八人上前堵截迎敌。

擎天队里，杜洁手舞七星大刀纵马上前，皮友儿也将双枪一摆，齐向周仲雍扑来。黄原德、熊允康二人齐出接住厮杀。张红龙、王子彬便反冲过来。这边于佐、岳文斧钺齐举，接住拼斗。周仲雍便指挥赵子茂等四将一同向前。擎天队里，诸将也一同冲上，两阵混纠作一团。

白莲寨九员将怎敌得住擎天寨十五员大将。战不多时，只见皮友儿双枪齐起，黄原德肠肚迸裂，死于地下。接着岳文大钺横挥，王子彬连肩带背去了一半。赵子茂心惊手松，被杜洁一刀将脑袋斩飞了。这一来，白莲寨头领更不济了。擎天诸将越发显得人多。一霎时，王达章、张红龙都丢了脑袋。吉喆、于佐二人腰里各挂上了一个人头。周仲雍大惊，被钱迈一戈刺进左肩，连忙倒退让出，回身便跑。剩下洪紫东、马沧清、熊允康三人怎敢恋战，各自逃出圈子，随着周仲雍飞奔逃走。孔纯挥众将追赶，一面向山中大寨攻来。

这时豹子程豪正领着首将铁狮子魏光，战将混天霓章怡、一阵风庹忠、黄虎魏明、玉麒麟凌波、双尾蝎丽菁、毛头星梅瑜、过天星梅亮、万里虹黄礼、乌鹞子彭燕、红孩儿火济、八哥儿王济、铁头冯璋、小铁汉聊昂十五人露夜疾走，已到山下，杀散哨探喽啰，便一齐下马，留马兵守山脚，众将和步卒奔上山来。冯璋、火济、王济三个小孩儿身轻步健，当先爬上。山腰乱石丛中，闯出青草山巡山头领张绍枏、赵金尚、陈攀桂、林太平四人，领许多喽啰，一字儿排在石坡上，截住山径。冯璋等三人并不交战，三人并力一齐扑奔中间，向赵金尚一人攻来。赵金尚挥鞭迎堵，不料火济使锐耙猛锄，王济横刷铁钺，赵金尚两条鞭已架住两般兵刃，摆布不开，冯璋乘机，双手紧握铁戟，突地向赵金尚前心刺进，顿时鲜血直冲，尸横当地。

山下健卒们见得了胜，呐一声喊，飞马齐上。程豪挥殳督同众将抢山。火济等三人笑嘻嘻，喜滋滋，依样画葫芦，向张绍枏攻来。林太平、陈攀桂正要来救应，无奈火济勇猛如虎，迅疾如鹰，乘王济、冯璋向张绍枒左右夹攻时，将手中镋耙展开一个大圆圈，呼的一声，将张绍枒的脑袋打了个粉碎。

王济等三人连伤青草两员头领，健卒们喊声震天，心中异常高兴，便照样又向林太平围攻。不料林太平早预备了，急和陈攀桂向山窝中一闪，一声呼哨，乱石峰中木石飞滚而下，箭弹破空而来，火济衣甲上中了三弹，幸没大伤；王济稍不留神，不曾逃避，右踝被檑木扫着一下，痛不可忍；冯璋眼明身捷，连跳带闪，不曾吃亏，却也被打得不能立足。三人只得一齐反奔下山来。

程豪大喝一声，接着高声喊道："众位同道兄弟，今日咱们有进无退，打后山的已快到中峰了，咱们要打不上去，拿什么脸去见同道？"一面喊着，一面双手扬起铁叟，如同一只山猫一般，弓着背，向山上直闯。众将随着齐喊一声"杀"，红旗招展，似烧山火一般，匝地卷上，火济、王济、冯璋也都回身随着程豪沿途跳让檑木，闪避石子，依然攻到山腰。

众将正要冲到石崖后面搜杀，猛听得一声震喝，山崖间人头乱涌出来。青草头领何开泰、胡元炎、林太平、陈攀桂、罗绍隐、宋振顺一齐领着喽啰，乱杀出来，拦住去路。双尾蝎丽菁撒开一双大脚，舞开一对护手钩，云鬓一低，向前一闯，右胳膊朝前一伸，再往回一带，早将罗绍隐勒甲带拖住，拉得他向前一冲，丽菁乘势右手一挥，农夫刈草一般，将罗绍隐的脑袋刈了下来，斜滚过去，正滚在胡元炎跟前。胡元炎吃了一惊，被聊昂的青龙偃月刀向下一盖，将胡元炎劈成了个丫杈儿。

程豪见连斩两员敌将，顿喉大叫："咱们不乘此抢山，更待何时！"众将呐喊一声，纷纷冲入喽啰丛中，只见兵刃乱舞人头滚滚，顿时听得众喽啰惨呼怪叫，满山乱逃。章怡、凌波、魏明三人缠住李汉云，走马灯儿似的团团狠斗。梅瑜、梅亮双攻何开泰。魏光见了，转身到何开泰身后，奋起神威，大喝一声，大刀横扫，尸身随倒，连梅瑜、梅亮吃了一惊。

庹忠、黄礼、彭燕三人赶散喽啰，杀得陈攀桂、林太平、宋振顺向乱山中逃命，便会合程豪来围攻李汉云。李汉云见情势不对，虚晃一枪，转身便跑。彭燕、魏明各挺兵刃，拔步紧追。程豪大叫："魏黄虎！彭鹞子！谨防陷阱埋伏，穷寇勿追，咱们快抢山头去！"言未毕，轰的一声，彭燕已踏破浮土，落陷阱。程豪连忙赶来救援，魏明已先到阱边，伸下长矛，给彭燕拉住。双手紧握着矛杆，向上一提，彭燕借势跳出陷阱，上了平地。幸喜四面无敌兵敌将，且因彭燕矫捷，只受了些微伤。却是李汉云乘乱逃脱了身。

程豪便和众将一面搜杀，一面招降，顺路直到山顶，都没青草一兵一将，便将山头青草寨白旗拉下，扯上"擎天寨"三字大红旗，将卒齐声欢呼呐喊。程豪便吩咐暂将降卒捆起，以防他变。众将分班四面巡哨搜探，防守山头。一面叫飞毛腿欧弘向各处报信，又派将整队准备接应别路。陡见对山也悬起擎天红旗，知道南山已克，心中大喜，便叫庾忠、彭燕、聊昂向前山，章怡、魏明、丽菁向后山，哨探过去。遇有事故，即便夹攻，自己率众将稳守山头传令。一面将受伤健卒查点，派人护送下山，往粮台调治。

前后山曾否攻破，请阅下文便知。

172

第二十六章

抖擞威风阵前斩将
淋漓血雨崖畔捐躯

话说青草寨豆皮李光明，领着勇将轰天炮濮林丽、赛晁盖晁复祥、过山鼠田强、穿云鹤秦源等，都是青草山中的尖子。虽只五员将，却都有万夫不当之勇。因为后山紧要，又不能容多兵屯驻，才派了这几员将分守着。李光明将后山虎狼机修整好了，便调四将在后山滩边布置扎营，自领大军，屯驻山下。

这天猛然听得山摇地动的喊声，接着便有个伏路喽啰浑身是血气急败坏地奔来，报道："卧牛山人马全向后山来了。他们不知怎么知道了万家场荒路，漫山遍地的人马，潮一般涌将来！头领快做主张，伏路的人都被杀完了！"李光明大惊，忙传令："紧守山崖，不可乱动！"

霎时间，望见擎天寨旗帜盖山匝地，如龙蛇伏地疾走一般，山崖中隐一段现一段，蜿蜒着向后山奔来。李光明忙叫晁复祥督率喽啰把守山口。哪知擎天健卒将近山脚时，呼的一声画角，两下分开，如两条蛇一般，当中乍开，分向南北两边展长，李光明正诧异：他们为什么不攻山？忽然眼前旌旗一色，一字般排齐，才觉着擎天寨兵摆成了一座堆云阵，前面是步卒，后面是马卒，齐根儿扎住。

李光明见敌兵不攻山先列阵，料这来将是个智勇深沉的角色，不容易对付，连忙亲自下山，去吩咐濮林丽倚着石壁坚守。不料还没赶到时，濮林丽想起她哥哥濮天雕身死卧牛之仇，满山火发，一声号令，早将喽啰调到石壁前面，也列成一座阵势。李光明见她背着崖壁布阵，万分艰险，心中大惊，却是要止住她已来不及了，只得也闯入阵中来。

濮林丽手舞一对铜锤，耍开来，如双手托着两轮明月一般，和身滚向敌阵来。这边阵上头一排战将是：金麒麟凌翔、云中凤凤舞、浪里龙龙飞、石灵龟归瑞、石狮子王通、黑大郎孙安、俏二哥骆朴、猛大虫庹健八将。一字儿压住阵脚，列在阵前。濮林丽滚到阵前，八将见是一员女贼，料想娘儿们首先出阵，必不是弱的。骆朴更认得她是青草山中有名的勇将，心想：咱倒要试一试她的本领，瞧青草山的勇将到底是怎样个勇法。想着，便跳下马来，将手中冲天铁镰一摆，也耍成一团白光，直扑濮林丽，截住她厮杀。

濮林丽瞧骆朴头戴镂花黑铁袱头，身披黑铁龙鳞甲，足踏龙头战靴，腰佩镂花嵌玉剑，背后一排插着六支小镰，生得面如瓜子，眼若桃花，长瘦身材，腰小胸挺，俨然一员大将，哪里识得他是本山喽啰。骆朴也精神抖擞，气概轩昂，扑到当场，也不打话，当的一镰，拨开双手锤，手腕一拧，耍着朝濮林丽咽喉刺来。濮林丽连忙将右锤一横，向下一扫，打开铁镰，左锤一扬，便向骆朴的头上打来。骆朴初次出战，要显本领，且因知道濮林丽是员勇将，分外留心。待她左锤打下时，突地跳起，让过一边，双手握镰，就势横筑过去，猛向濮林丽右腰扎来。濮林丽连忙退了两步，让过铁镰，复返身一扑，双锤齐举，向骆朴两肩盖下来。骆朴有意显功夫，不向旁边闪让，却双脚一甩，就势摔起一个筋斗，起到半空，身子一横，两手握镰向下，扑地朝濮林丽头顶筑下。濮林丽不料他来这一下，一个不留心被骆朴一镰正扎在背上，吼了一声，朝前一扑，淌了一地的血，便不动了。骆朴双脚落地，两手顺势将镰杆一紧，向上一挑，早把濮林丽尸身挑起，摔向空中，直掷过本阵来。

这边擎天阵上众将瞧着，都暗赞骆朴功夫不错。濮林丽尸身掷过来，正落在龙飞身旁。龙飞顺手拔剑，斩下首级来。于谦早在阵后挥动将卒，直冲对阵。阵后玉狮子文义、千里驹武全、怒龙徐奎、恶虎徐斗、分水犀李松、金戈种元一齐压住阵后，猛如哮虎，涌如怒潮，向青草阵中压盖过来。

青草阵中李光明、晁复祥、田强、秦源四人见敌兵来势凶猛，且战将如云，料想不是四个人抵敌得住的，急忙领着喽啰后退，想要退入崖壁，再放下木石。不料擎天寨将卒飞奔绝迅，青草头领、喽啰还没来得及退动，擎天将卒早已冲入阵来，顿时搅得全阵大乱。田强、秦源从左翼冲出，恰遇徐奎、徐斗截住厮杀。四人纠作一团。田强敌住徐奎，勉强杀得个平手；徐斗和秦源两个杀起来，秦源却是高得一招儿，徐斗甚是吃力。战不到二三十个回合，徐斗手中镋有些乱了解数。恰遇于谦督同文义、武全二人踹阵，向左抄杀。文义、武全见徐斗不济，两面齐上，刀叉并举，丁字般将秦源围住厮杀。于谦便亲自挥钺来助徐奎。

田强正和徐奎斗到好处，忽听得有人喝令徐奎踹阵，接着一柄大钺，当顶盖下来，连忙将手中铁棍一横，架住大钺，觉得砍下来的分量十分沉重。不敢怠慢，留心挥棍应战。徐奎这时已遵令去赶杀喽啰，冲散阵势。于谦摆开铁钺，单战田强。唰唰唰一连七八钺，劈得田强无法还手，只将棍左架右挡，十分尴尬。战了三十来个回合，于谦奋起神威，昂头大喝一声："下去！"两臂一扬，钺光一闪，照定田强脑门顶上直劈下来。田强大惊，尽生平气力紧握铁棍，两臂尽劲向上一托，横着向顶上一格。不料于谦钺沉力猛，说时迟，那时快，一霎时，大钺直劈而下，当的一声，将一条三寸圈围大小的铁棍斩为两段；顺势而下，劈开铁棍，田强的脑袋立时成了两半个。只见他脑髓迸溅，两手一撒，掷了两个半段铁棍，向后摔倒，便不动了。

这边穿云鹤秦源和徐斗、文义、武全三人缠杀多时，秦源使铲左右前三方架杀，颇为吃力。加上文、武二人是武当、五台的嫡传弟子，手脚何等干净迅捷，战到三十多个回合，那边田强被劈，棍断脑碎时一声响，秦源吃了一惊，早被文义捉着破绽，乘武全架开铲，徐斗一镋打得他向右一闪时，左脚一起，身子向前一探，伸左手向秦源勒甲带中一插，五指一握，向怀里一拉。秦源身不由己被文义捋得一歪。文义乘此右脚向前，甩了个扫堂腿，将秦源腿弯扫得一软，向前一跪。文义左手再使劲向地下一摔，秦源再也撑不住了，向地下一趴，才要着地，想急挣扎昂起时，怎当得文义力沉手快，扔了三尖刀，两手捺住，向地下尽力一按，将秦源按得躺下，武全举叉就扎，徐斗也扬镋刺来。文义连忙拖开秦源，避过叉、锐，一面向甲囊中掏出绳索，捆缚秦源，一面叫道："二位兄弟，不要动粗，主将传令，各位宗师吩咐：不许乱伤人！咱们把他活捉去，听凭发落吧。"武全、徐斗方才住手。

这时，喽啰已被杀散，文义拾起兵刃。三人解着秦源，来见于谦。于谦慰勉了三人一番，便叫将秦源押在马后。一面叫文义、武全、徐奎、徐斗一齐向前去接应攻山的十将。文义等四人齐应一声，飞奔上山。

山上只有李光明、晁复祥二人截住山口，乱放虎狼机。龙飞等八员战将和李松、种元总共十人，领着健卒追赶喽啰到山口，被那大小石子打得不能近前，只在山下呐喊放箭。文义等四人赶到，也没法想，只在山下呐喊相拒。于谦随后来到，便叫骆朴近前，问道："你说这山后的小路樵径你全知道。可有旁人不经意的山路咱们可以抄到后山顶去的吗？"

骆朴道："有是有一条路，是平常没人走的。先前没立山时，大概是一条打猎的山路，或是野兽的奔道。如今草比腿深，人都辨不出路来。要不熟悉的，错一脚就得掉下断崖陡涧去。咱从前打狼走过几次。只不知现时有人守住吗？就是去，也只能去几个有功夫的人，健卒们一来脚力撑不住，二来人多了照顾不到，准得掉下去。"

于谦便问："谁和骆朴一同去翻山？"龙飞等齐声："愿去！"只李松、种元二人不语，于谦向众将一望，想着：抄后攻敌，须杀散几千喽啰，非多去几员勇将不可，两位徐公子或者不善爬这没路荒山。便留下徐奎、徐斗、李松、种元四人，准备众人绕到后面时就此夹攻。却命文义、武全、龙飞、凤舞、凌翔、归瑞、王通、孙安、骆朴、庹健十人，绕攻敌后，由骆朴领路，休使敌兵察觉。

文义等十将领令，骆朴在前，故意作为退走。直退到沙滩，闪过一层矗竖的石崖，望不见山上敌兵了，便急急转弯，顺着山岸，向北头绕去。骆朴打头引路，向草丛中蹿着走。文义等九人顺成一线，紧跟着，踏着前面的脚迹，步步留心地走着。越走草越深，路也越险峭。且是顺着河边，稍一不慎，就得掉下去。

走了一会儿，已是上山路了。打一座树林中穿上去山势如削。后面走的人的额角紧靠着前面走的人的脚跟，简直是壁虎子在屋墙上爬一般，竖着直挣上去。四面又无抓拉，上望不知多高。幸而十人功夫都已练到飞檐走壁的能耐，要换过没那般本领的人准得摔成肉酱，且也爬不上一步去。

过了树林，已将到山巅。骆朴便引众人横抄过去，打一条山腰樵径中走着。那条路只有一手掌宽，左边高崖峙立，右边是峭壁深涧，瞅不见底。众人都展着"草上飞"的功夫，紧跟着骆朴，绕过了两三个山头，又闯过了一个山洞，便到了一堆乱石嶂后面。

骆朴指着那中间一座高石笋道："打这儿翻下去，就是李光明屯兵的所在了。"众人听了，精神陡振，憋了这大半晌，兢兢业业地爬过来，一旦听得到了，真是心花乱放。各自争先飞身耸跳，向着那石笋争蹿上去。

庹健、武全二人首先跳上石笋，纵眼一瞧，地下满是喽啰，还有许多帐篷、茅屋。便呐一声喊，大喝道："擎天寨好汉全到了！"接着耸身跳下去。双叉齐舞，奔入人丛中，四面乱筑。文义、龙飞、骆朴等八人随即也跳下来，各挥兵刃，分头乱杀。青草喽啰突然见这许多大将平安杀来，真不知是哪里来的，顿时惊慌乱窜，人倒如潮。

晁复祥见许多敌将自后攻来，心中大惊，连忙定一定神，喝令身旁健卒拉转虎狼机，扳机乱打。擎天诸将正一心赶杀，发泄胸中闷气，早不记得有虎狼机这回事了。一个不留心，文义、凌翔二人都被大石块打了个踉跄。孙安恰在身边，连忙伸左手拉住文义，抬右腿拦搁凌翔，二人才没倒下去。

骆朴见了勃然大怒，挺起手中镰，目视归瑞，大喝一声："杀！去！"身子向前一探，便扑奔晁复祥身边那架虎狼机，耍开钩镰，挡落石块，闯近机前，唰的一镰，向着晁复祥面门刺去。晁复祥向后一让，骆朴奋威大喝一声，举起镰来，向虎狼机当中一筑，直筑透进去，两臂一振，大叫一声，两腕一拧，便将虎狼机拖起来，扔得倒翻过来，那边归瑞也同时赶到一架虎狼机前，一枪将机掀翻。孙安、王通也冲到了，杀倒喽啰，各夺一架虎狼机，掉过来，反向李光明打去。

李光明这时已无法约束行阵，只得和晁复祥二人并在一处，想冲路逃生。不料才转过山冈，迎面撞着于谦。晁复祥万不料于谦这般迅速，已攻上山来，只备后面十将追杀，没防着前面陡来一钺，左臂顿时被斩落地。

晁复祥一痛一恨，便将右手大刀顺手向自己咽喉一挏，断喉倒地身死。于谦见了，暗悔不应伤他，向着晁复祥尸身拱手示敬而过。李光明见晁复祥被劈，早吓得缩身爬上乱山石中，逃命去了。

于谦率众将招降喽啰，抄搜营寨，又叫骆朴去将山洞中和路上安着的虎狼机暂时捺住。便直上后山，竖起大红擎天寨旗，分遣各将把守各路，提防敌人反攻。一面命健卒整队，选将亲自督着，来夹攻前山，会师中寨。

青草山防守最严的要算是前山头关、二关，都是闽广派的上将和白莲教徒守着。擎天寨攻打青草前山的也都是几员上将。主将千年松伍柱，领着首将牛儿丑赫，战将金刀茅能、铁臂施威、铁枪刘勃、黑飞虎范广、莽男儿薛禄、赛由基赵佑、震天雷卫颖、小活猴邓华、螭虎雷通、飞将军柳溥、没毛虎董安、镇黄山弓诚、镇庐山弓敬等，率着健卒，扑攻头关。

各路都是悄地绕道，到山下才呐喊攻山。只有伍柱一路是估量着各路将近绕到地头时，便鸣鼓扬旗，堂堂正正，浩浩荡荡，杀奔前山。青草山头关守将黑驴儿黎大宛，依旧坚守，只将木石、箭弹打射。擎天将卒可不比前回了。木石打下时，毫不畏怯，反两下一分，两条龙一般，向两旁闯打上去，直扑关前。黎大宛准备死闭关门，不提防底下一声呼哨，火箭、火球向关上乱飞。顿时两处望楼着火，眨眼间，火光熊熊，烧得喽啰四下逃奔。黎大宛才想起没预备挡牌铁盾，没法抵御。擎天将卒乘青草头领、喽啰近不得关口时，乱甩绳梯、蚁附、鱼贯，爬上关来。黎大宛不能防抵，只得率众急急退往二关。

擎天寨刘勃、范广二人首先上关，急急奔下去，斩开闩锁，放擎天人马进关。伍柱急忙传令："首将丑赫守关，众将速抢二关。"顿时，施威、薛禄、茅能、刘勃、范广五骑马直向二关冲去。弓诚、弓敬、卫颖、雷通也随后赶到。

这时，二关正开着关，放头关败下喽啰进关。薛禄、茅能二人马快。赶入败兵丛中，冲过吊桥，直入城瓮。关上瞥见突将千斤闸放下。薛禄见了，连忙双手一撑，将闸给托住。茅能也帮着撑住大闸。两匹马都被二人使大劲压得趴下，二人将双脚点地，抬起一腿，将马踢开去，仍旧托闸大叫："众位快进关去!"关内王鸥图、王鹏图兄弟二人见了茅能，仇人相见，分外眼红，急乘他双手托闸之时，各持刀枪突出，向茅能左右两腰搠来。茅能大叫一声："不好!"

茅能性命如何，详载下章。

第二十七章

血忧忠事血溅沙场
情义相符情感敌将

话说王鸥图、王鹏图二人，乘茅能双手托闸不能闪架时，挺枪挥刀，分向茅能左右腰搠来。茅能大叫一声，方要弃闸逃避，那边薛禄也尽力托闸，想让茅能放手跳开之时，陡见两团黑球激入关门，分向王鸥图、王鹏图扑去。接着，听得一阵怪叫，二王倒地。黑气一敛，才瞅出是弓诚、弓敬二人扑进关去，殳、刀齐下，乘二王一心在茅能，不及照顾，招架不来，打了个锄草捶茅。

弓诚、弓敬取了王鸥图、王鹏图二人首级，一声大喝，向喽啰阵中冲去，撵得众喽啰四下里乱逃，关外擎天人马乱拥进关，绞起千斤闸。伍柱命赵佑守关，率众仍向山顶攻来。

黎大宛连失两关，奔向山顶。半途中恰遇云漫天和赵天申、龙江祠、黄坤山、陈仁生、朱光明等前来助战，听说两关连失，接着望见南北两山红旗高挂，李汉云、林太平、陈攀桂、周仲雍等都逃了来。云漫天知大势已去，死守不住，便和众人拣小路逃下青草山去了。

伍柱领众将杀到山顶，只有些喽啰跪地迎降，料知云漫天已逃走了，恰遇南山、北山、后山各路通报都已赶到，援兵魏光、庹忠和杜洁、许逮两路也一队队随后向前山聚集，伍柱便命四下搜寻。并探明云漫天打哪里逃走，派将速追。恰巧于谦亲自和骆朴、庹健引军来到，伍柱便请于谦督同本部庹健、骆朴、杜洁、许逮、魏光、庹忠、邓华、董安和传令王森、欧弘等率五百铁骑，一同跟追云漫天。

于谦当即率同八将，领五百名铁骑，探得云漫天下山的路程是向南逃走的，便向南骤马紧追。刚冲下山来时，奔驰约莫有八里多路，忽见前面尘头大起，沙烟迷空如一团黄雾一般，着地直卷过来。于谦把手中钺一摆，命八将两旁分开，五百名铁骑一字儿向左右扩展，成了一把蓬扇形，却仍然马去不停蹄，向前奔去，想待对面人马冲来时裹住他。

行不多时，两面已相差不远，各认旌旗，却都是擎天大红旗。于谦便策马冲出队前，才见是沈刚手拈笔管枪，浑身浴血，气喘不息地坐在马上，抱鞍而驰。望见于谦便大叫："请快救粮台去！云漫天那厮领众喽啰来劫粮，丽老太太支持不住了！"于谦连忙命王森护送沈刚到青草山去，并挥令部下让开一条路，给沈刚所带人马走过，立即命骆朴领路，将卒都快马加鞭，火速去救胡都粮。

将卒各自争先，如飞地向粮台驰去。没多时，已远望见人马纠成一团，只听得一片喊杀之声。杜洁马最快，当先冲入战场，许逵随后赶到。只见云漫天领了一班白莲教徒左砍右剁，如入无人之境。健卒们人翻马仰，头落血溅。胡玉霜单臂挥刀，拼命四面抵住，救护健卒，并死死地守住道口，不让云漫天等得近粮囤。

杜洁大叫："伯母不要慌，小侄们都到了！"胡玉霜一眼望见有救应来到，心中一宽，说了一句："好！你们来了，我无恨了！"声未了，双眼朝上一瞪，身体向后一仰。杜洁急忙骤马去扶时，云漫天大砍刀早已劈下，胡玉霜左膀被劈开，鲜血一冒，撞下马来。杜洁急挥七星刀向云漫天横砍过去，揪住他厮杀。许逵便骤马过来，飞身离鞍下马，也顾不得血污狼藉，一把抱起胡玉霜尸身，重复跳上马来，一手抱尸，单臂舞叉，飞回本阵来。

于谦等已挥兵赶到，见许逵抱了胡玉霜往回跑，于谦也没暇体察胡玉霜是死是活，便命欧弘接着拨五十名铁骑，随护到青草山去。这一来，擎天诸将恨恼交加，也不待于谦传令，便刀枪乱舞，一窝蜂向云漫天杀过来。

白莲教徒见了，连忙截住厮杀。赵天申抵住魏光，龙江祠抵住董安，黄坤山抵住邓华，陈仁生抵住庾忠，朱光明抵住庾健，宋振顺抵住骆朴，林太平抵住许逵，陈攀桂也过去接住杜洁，张元吉直奔于谦，云漫天便引喽啰放火箭烧粮台。

于谦见了，将手中钺一紧，张元吉近前，挥动大刀斜劈下来，于谦要去截拦云漫天，没心和他恋战，只将钺向上一扬，振得大砍刀崩了回去。顺势左手一拧，向外一撇，扑的一钺杆，正打在张元吉腰间，吧嗒一声，张元吉甲坏腰伤，撞下马去。于谦一心要护粮台，擒云漫天，头也不回，骤马斜向云漫天前面拦截过去。张元吉被喽啰救了。

云漫天将近冲到粮台跟前。众将都被白莲教徒裹住，没人遮拦。于谦斜刺里一马冲到，大喝一声，高扬钺斧，斜劈下来。云漫天猛不防有这一下，匆忙中，急挥大砍刀招架。不料那钺斧剁下，委实有些分量，霍地剁在刀背上，火星直冒，云漫天双手虎口都震了一震，险些握不住大刀。暗想：武当门下居然有这样能人！正想着，于谦一扭虎躯，掣回钺斧，忽地又朝云漫天的胸腹劈来。云漫天忙将马一夹，退了二三尺地，同时将手中刀一竖，横架过去，想将钺斧扫开。不料于谦斧沉力猛，且迅疾非常，说时迟，那时快，云漫天只向后一退，刀还没到时，于谦的钺斧早劈在云漫天座下的马头上。马头两半，侧身便倒，将云漫天掀在地下。于谦急挥斧照定云漫天当顶劈下时，不料云漫天身手矫捷，就马倒时，两脚离镫，背才沾地，便使劲甩了个空心筋斗，凭空向后一摔，已离开一丈多地，于谦的钺斧砍在死马身上。

正在这时，许逵叉挑林太平的头盔；魏光刀劈赵天申的枪杆；庾健一叉刺在朱光明腿上；邓华一枪搠去黄坤山一只耳朵。白莲教徒大败下来，策马奔逃，擎天诸将挥兵后追。恰巧这时，李光明、周仲雍、黎大宛等一班败将逃走路过，救了云漫天，喽啰让马给他，会合赵天申并杀出圈子，落荒而走。

于谦领众紧追不舍，一直追到大河头，云漫天等一齐弃马跳上一只渔筏子逃命。于谦一面招降喽啰，回查粮台，一面命邓华等沿岸跟追，放箭赶射。一直追到小船转头进汊，云漫天等上那边岸拣小路逃走，邓华等一时不得渡河跟追，才领众回头到粮台上来。

于谦一面查点粮草，一面安排降卒，邓华等回来报说："云漫天和白莲教徒都逃走了。"心知必有后患，却是这时没法追寻，只好且罢。便命邓华、魏光二人分头巡哨，庹忠、庹健护守粮草，杜洁、董安查点降卒。有伤的调伤，没伤的归作一处，候令列入行伍。

于谦将事务铺排了个大概，便想到青草山来和伍柱商量善后。刚要起身，忽见李青进来报道："程副将到粮台来了。"于谦即起身迎接。程豪已带领文义、武全、卫颖、赵佑四人，都是全身披挂，走进帐来，和于谦相见礼毕，程豪便问起云漫天的下落，于谦告诉了他。程豪听说云漫天逃脱了，只恨得牙龈咬得吱吱的叫响。于谦问起："山上的事可曾布置好?"程豪摇头道，"只安排了个大概。方才丽老太太的尸身到山，双尾蝎、毛头星、过天星全都哭昏过去。好容易才叫沈一剂给救治转来，她三个便马上请令要赶上云漫天报仇，并且要主将将秦源和投降的喽啰全宰了来祭灵。主将没答应，说是'照战场上一刀一枪，只有敌对，没有私仇。只是您老太太阵亡在云漫天手里，要寻云漫天报仇，还是人子之心所当有。却是这事和闽广派无干，只能为公和闽广派作对，不能将这事当作私仇，迁怒到闽广派许多人身上去。何况秦源是太行山剑士，更与他毫无干涉。如今殡殓您老太太要紧，您三个怎好不视殓送殡! 云漫天现有人正在追跟厮杀，俺再派人去相助，务必将他拿来，公私两了'。这一来，双尾蝎才算没了话说。主将便派石灵龟、玉麒麟二人帮着料理丧事，派于狮子、小大虫帮着预备棺木。又叫混天霓、魏黄虎陪伴双尾蝎等三人，这才叫咱们几个来帮着拿云漫天。如今让那厮跑了，怎么对双尾蝎说咧?"

于谦道："双尾蝎猝遭逢大故，自然心乱意紊。她不是个不明理的人，有什么说不明白? 这倒不必过虑。如今咱们只商量怎样了处这座青草山，是第一桩要紧事。主将意思怎样，您可知道?"程豪道："我来时，主将原要我来和您商量的，您说该怎么办才好呢?"

于谦道："破山时，我就思忖着怎样善后。这山天生形势十分险恶，云漫天漫不经心，先不设防，直到兵临山下，才临时动手挖沟筑垒，所以让咱们破了他。如今咱们要弃而不守，只要咱们一离这山，白莲教马上就要占回去。再鉴于这趟大败之失，必定要严防紧备。那么，咱们不单是前功尽弃，反而使他们增防加紧。要是留下人来驻守着，咱们既不和番部沟通，此地离瓦剌很近，那些鞑子怎肯让咱们屯在他的门户之间？免不了时常来和咱们寻事，咱们又怎能够时常和他们大个部落来拼斗呢？何况边关总镇和他们相通，咱们一为这山，他一定借名来替白莲教复仇。他们和番部都是沆瀣一气的，咱们腹背受敌，终究还得被那厮们占回去。我正为这事为难，想和大家商量商量。"

程豪道："既是这样，咱们都上山去和大伙儿商量去。"于谦道："这时青草已全军覆灭，料没大队人马来攻，却是不可不谨慎防备，咱们都回山去，却留下一支人马扎在山下，一来护粮，二来做个掎角之势。"程豪点头道好，于谦使命魏光、文义、庾忠、庾健、卫颖留在山下扎营。魏光等领命围着粮台，安营下寨。

于谦和程豪领着邓华、赵佑等一行人上青草山来。李青当先通报，伍柱出寨相迎，和于谦携手进内。丽菁领着梅瑜、梅亮头缠白布，拭着眼泪向于谦、董安等挨个儿磕下头去。于谦等还过礼，见胡玉霜的尸身已经收拾了，停在中堂，便上前行礼。丽菁等匍匐回敬，回身立起，刚要说要去寻云漫天复仇的话，于谦先开言，将云漫天逃走的详情说了，并反复解说："报仇不在一刻工夫，现在先安窀穸要紧。如今您身当重任，怎好置遗柩于不顾，远走报仇呢？且待茔墓妥当，为公为私都应寻云漫天复仇去，那时决不拦阻，而且大家一定都要尽力相助。"

丽菁和梅瑜、梅亮才将报仇的心肠暂时放下，且料理丧葬，抆泪答应着。一时，于佐领健卒扛了棺材进来。章怡、凌波、魏明、李松寻出许多新女衣服，给胡玉霜装殓了，纳入棺中。丽菁自有一番哀痛，众人一一行礼，不必细说。

忙定了，于谦向伍柱说道："我瞧那擒来的秦源武艺十分了得，气概也像个好汉。凭那相貌身材，都不是个无赖奸人，可惜他误入歧途，我很有心要拉他做个朋友，您说怎样？"伍柱点头道："俺正想着要劝他投降，您也有此心，咱们可谓不谋而合。"便吩咐王森将俘擒的敌将押上来。一霎时，王森提着一柄鬼头刀，领着八名校刀手，各掇一把明晃晃的大叶斩刀，押着秦源，铁索银铛，浑身捆绑，只剩下两只脚散着，直到仁义堂上。

这时于谦、伍柱、孔纯、程豪四人列坐当中，众将分列左右。瞧那秦源时，螃蟹脸，金鱼眼，阔额头，扁大嘴，络腮须，卷头发，肥身躯，矮个儿，浑身盔甲业已剥去，青绸衬衣，哪里像个穿云鹤，简直是一座铁香炉。

秦源大踏步，昂然登上阶堂，向旁边一立，峀然不动。于谦也不叫他跪，却反和颜悦色向他说道："喂，穿云鹤，瞧你这般一条汉子，为什么不走正路，却去帮贼？"秦源仰天哈哈大笑道："咱们是贼，难道你们是官吗？獐子不要笑兔子，大伙儿全是山精。你说这话，俺真有点儿替你害臊！"

丑赫在旁听了大怒，按剑而起。秦源瞧见，向着丑赫一伸脖子，呵呵笑道："贼杀贼，算不了一回事，干吗生那么大气？来吧，皱一皱眉头，就算对不起你。"伍柱忙止住丑赫。

于谦又向秦源道："您不要把个贼字儿看错了。并不是说开山立寨就是贼，开府建衙就是官。官不爱民忠国就是贼，反过来说，贼就是害民的奸徒。要是开山立寨的朋友能够保爱百姓就是古来的侠士所为。青草山干些什么，你不能不知道。凭你说他们是不是贼？咱们虽不敢自夸怎样侠义，可是天下自有公论，您瞧咱们比青草山如何？我瞧您委实是一条汉子，为什么连个贼字儿也认不清？以致陷身贼党，辱身害义，我真替您可惜极了！凭您这样儿绝不是个甘心跟那厮们做贼的，也不像个拿钱能买您替他们出死力的。我知道您陷身在此，一定有不得已的事情逼迫来的，是不是？朋友！您须知大丈夫此身可死不可辱。任您有天大的为难，您只朝正路上走，自有正人君子来帮扶您解开难厄。万分没法，也得拼着这昂藏七尺之躯，死里求活，或是全身而死。终不能没一点儿勇毅气概，竟会被逼得往做贼这条路上去！您有什么为难只管说，咱们可以设誓尽力帮扶您，断不忍瞅着您这般个汉子埋到贼堆里去。您想想明白，咱们是一片至诚对您，您该能懂得。我并不是扫您的面子，却是深怜您无端失足，没人唤醒，惺惺惜惺惺，才披肝沥胆地和您说，您可不要想左了！"

秦源起先昂然而立，听了于谦这篇话，渐渐地将头低下，越听越低，到后来竟将头垂到胸间去了。于谦说完，秦源仍是低头不语。

于谦又道："您是个汉子，为什么这般想不开？大丈夫一时大意，踏错了一步，马上回头朝正路上走，也还不迟，这也用不着迟疑不决呀！您要真是想明白了，咱们就交个朋友，大家推诚相见，以义相绳。谁做贼，就不让他活着。以前的事全扔开，譬如洗澡一般，肮脏洗去了，就算做完结，以后再重新做人。您瞧咱们伙里也不少从前走错道儿的，只要一下醒转过来了，留着自己有用之身，还怕做不出有益于人的事吗？您如今到底怎么着？我也不逼您，您自家儿仔细想想去。"

秦源眉头一皱，牙龈一咬，左足一蹬，两肘一撑，震得怀上铁链锵啷啷一声响，从牙缝里蹦出一声哼，接着嘻地叹了一声，摇着脑袋，说道："罢了，俺也没话了，听你们拿俺怎么办吧！"伍柱便起身下位，亲自解了秦源身上的链条，一面说道："您和俺们作对，自是您食禄忠事，应该如此的，俺们决不怪您，更不必办您。如今俺们知道您也是一条好汉，便放了您，以后随您自己想怎么办就怎么办，俺们也决不为难您。"秦源也不道谢也不走，仍呆呆地站着。

于谦便让秦源在客位上坐下，秦源也不客气，坐了下来，伍柱便给在座众人一一引见了，秦源都见过礼，却仍是闷闷地坐着，愁眉不展，坐着满露着不安的形象。于谦瞧他那模样透着十分为难，便向他道："您有什么为难，尽管照实说，我答应了您帮忙，准帮您到底。此地都是血性男子，有什么话，您尽管说吧。就是不甚规矩的事，咱们也得想法子给您了处。您拿咱们当朋友就甭这么老憋着。"秦源听到这里，猛然两手一拍，大声道："可不是！"

秦源说出些什么来，且待下章再叙。

第二十八章

披肝沥胆壮士归心
铁戟银枪渠魁毕命

话说秦源听了于谦再三开导，问他有什么为难，触起心事，猛然将两手一拍大声道："可不是！俺憋了半辈子了！"于谦、伍柱、程豪、孔纯等齐问："到底是什么一回事？"

秦源道："这话长啦！得打头儿说起才能明白。俺爸爸是个做指挥的，遗下俺哥儿五个，俺是最小的一个。四个哥哥全在家乡湘潭县城里守着家业，也有跟着爸爸去弄官儿做的。就只俺自来不爱学他们那文绉绉、酸溜溜的样儿。俺爸爸就说俺不像个斯文种，教俺读了几年书，就去练武。在京时，便拜在沐王府教师田槐声门下学艺，学了几年，也不曾学着个什么。俺爸爸因为靖难之乱，告老还乡，说俺没出息，又领俺去投拜在闽广派头脑黄叶道人金龙司徒干城门下，学会了拳脚和一柄剑一条铲。师父便带俺闯湖广，入黔中，五六年才回家走了一遭。后来师父将十八般武艺传授了俺，俺和师弟过山鼠田强听信了二师叔蜘蛛白云和尚的话，说是武师拳家终得做几件惊人事业，才不枉学艺做好汉。俺师父不许俺走，俺终被白云和尚引动了，瞒着师父，和田强俩跟着白云和尚到了辰州，便在辰州抢了个寨子。白云和尚又去诳了俺师兄盖湖广成抚、黑皮黄振武，师妹浪里花姬云儿、师弟追风马邓天梁、河豚李七，都到辰州来。前年三师叔常山蛇云漫天到了辰州，俺们打家劫舍也干了好几年了，三师叔忽然间说是要俺们都去做官去。俺素来不乐做官，人一做了官，就是进了牢狱，多少规矩，够多受罪！俺不肯依他，三师叔就说，汉王要夺天下，让俺们去帮

187

着他，将来都是大官，没那些规矩，受不了罪的。如今依旧打家劫舍，还有汉王保着，地方官不会来寻事。俺一听这是和人家当奴才去，更透着不愿意。

　　"这一来，二师叔白云和尚就想法子磋磨俺了。俺和姬家师妹在一处的日子长，性情儿也相对。她是个没爷娘的女孩儿，在人家当养媳妇。俺师父瞧她被公婆折磨得快死了，再一打听，那家子的男小孩又死了，她公婆还指着她要养大来弄几十两银子。俺师父和那家子说要买这女孩儿，那老的不肯，说是要待养大了，押去当窑姐儿，再留下一半身子，得押几十两银子，每年还有好处。她从良时，还得分一份身价银子。俺师父见明救不了，就暗地里去盗了出来。在师父那儿时，师父就说将来要把她嫁给俺。俺回家那一趟，给爸爸提起，俺爸爸不乐意，说是俺们世家人家怎能娶个没根的小寡妇做儿媳妇？俺没法，只得回到师父处求师父。不料师父说：'您爸爸不乐意，我也没法可想。'后来白云和尚就拿这事骗俺，说是'你跟着我走，我准能劝得你爸爸答应你娶姬云儿'，又叫俺先走，他随后领姬云儿来。不料他存心骗人。俺走时和姬师妹暗中说了，姬师妹说：'这事不妥，让师父知道了不得了。'俺说：'要不走，二师叔不肯去劝俺爸爸，那么一辈子没望，急也得急死了。'俺到了辰州，白云和尚又去骗姬师妹，说：'秦源在辰州想你，秦家也答应娶你到他家去，可是不乐意和老道做亲家，这事不能让你师父知道。'姬师妹不肯忘恩负义背师逃走，白云和尚便说：'秦源已得了病了，你忍心不去瞧瞧他吗？就是你嫁他，原是你师父说起的。如今不过是秦家老头儿刁钻古怪，得迁就点儿，将来还怕对你师父说不明白吗？'姬师妹年轻容易受诳，给他这一诳就诳到辰州来了。

　　"到三师叔叫俺投汉王时，白云和尚就拿这事逼俺说：'你要是不听三师叔的话，我就将姬云儿送回去，任凭你师父办去，你要是一同去投托汉王，你想你老子是臣子，汉王是皇子，只要汉王叫个人吩咐你老子几句话，你老子是有名的忠臣，能不谨遵谨依吗？'俺当时没答应，不知他们使什么法儿，一夜工夫竟将姬师妹弄得不见了。俺向他追问时，他说：'姬云儿听说你不肯求汉王，她自己去求汉王去了。'俺虽不相信他这话，却是料着他们也不会弄死姬师妹，只不知道叫他们把个人儿藏到哪里去了。

　　"去年夏里，忽然有人捎来一封信，是姬师妹的亲笔，说是汉王相待很好，现在塞外青草山白莲寨做头领。临完还说让俺快投汉王，将来准能了咱们的心愿。俺一时糊涂，却信定了姬师妹准不骗俺，反倒催白云和尚去投汉王去。这他可拿腔作势了。今天有事，明天没闲，又在湖广西路做下许多无头案子，老是让俺代他出死力。要说半个不字，他就说：'要投汉王，不是空手去得的，必得弄些银钱珠宝去才行呀！少了，他是王爷，怎瞧得起？要多时，不打劫，从哪里来？'俺没法，一直代他弄了差不离五万银子的金银，还有许多珠宝古董，他才领了咱们动身，却不进京，一直出塞。俺想见见姬师妹，便也不一定到汉王那里去，和他们径到青草山。才到山上，三师叔就去打卧牛山去了，让咱守寨。俺还当姬师妹同三师叔去了，不好意思急着追问。后来三师叔兵败回来，俺担心姬师妹在卧牛山坏了事。仔细追问，才知道姬师妹本来没出塞，山寨喽啰们全没见过这个人。俺就追问白云和尚，他说汉王留下她在府中护苑保宫，跟着娘娘。俺信不过，要到汉王府去。白云和尚说：'四月里霞明观做会，娘娘也要来的，那时我领你去一求，就成功了。这时你上京城里去，那王府是怎么个势派。你能进得去、见得着吗？'俺听了，这话驳不回，只好且待着。

　　"后来听说霞明观四月里的会不做了，汉王也不来了。俺便决计要进京去。白云和尚一口答应，领着俺和成抚、黄振武、邓天梁、李七一同进京，真果见着那汉王。汉王封了一大阵子官，说白云和尚就和老皇爷的姚少师一般，也封作少师。俺们五个都有个名儿，俺可记不清楚了。当下和大众糊里糊涂磕了一阵子头，心里十分恼恨，为什么要对他磕头？他还坐着理也不理，怎不叫人生气？便决计不再见他。第二天，俺问白云和尚讨姬师妹，他说：'过些时自然要见面的。'好容易挨了两天，才得着个信儿，说姬师妹要见俺。那天，有个太行剑士名叫陈刚的来叫俺进里面，果然见着姬师妹。可是那汉王也在那里坐着，姬师妹站在他身旁。俺一进去，姬师妹就开口要俺给汉王磕头，俺只得依她。磕了头刚爬起来，姬师

189

妹就说：'咱们的事，王爷已经允给恩典了！可是叫你得帮着白莲寨灭了卧牛山回来，才能让咱们去见您老太爷，您快去吧！'俺见她说到'您去吧'三个字时，眉眼齐动，嘴角也朝俺歪了几歪，面露惊惶，好像叫俺快走脱祸一般。俺当时心慌意乱，不知要怎样才好，就那么随着他们叫唤，又给那汉王磕了一个头，就出来了。

"俺将这情形问白云和尚，白云和尚说是姬师妹恐怕俺失礼得罪了汉王，坏了大事。'如今你正好依言去立功回来，汉王一欢喜，你这事不就成了吗？'俺猜不透是怎么一回事，只好拿它当作实话，又跟田师弟两人出塞来了。可是三师叔老不肯打卧牛山，问起来终说：人马不齐，粮草不足。俺只得耐气待着。

"这就是俺做贼的始末缘由，俺并不是色迷，也不是落魔障。委实是因为姬师妹自来就待俺好，俺不能使她失望。俺自从出了汉王府，也想着：姬师妹也许是被汉王逼住了，走不脱身，也许还上了他的当说不出。可是又想到姬师妹是个烈性人，如果被他们欺负了，准不活着。从这瞧去，她在汉王府又不像是被汉王霸占了。大概是汉王强留住她，走不了。俺想要去救她，却是孤掌难鸣。就是青草山也十分严紧，偷走不脱。借故下山他们又不许，几乎把俺憋成一场大病。如今你们不是要俺把为难的事说出来吗？俺也顾不得害臊，全说出来了。您想这事尴尬不尴尬？俺原想挨到打了卧牛山，瞧他们又怎样说。可是如今卧牛山打不了，反叫卧牛山打了，这事不是更差远了吗？俺心里是越想越乱，越不得主意。你们诸位诚心是拿俺当个人，这样一劝，俺明白了俺做的事全不对。如今只想得着姬师妹的确的讯息，知道她到底是不是受人家卡住了，俺就自己丢了这个不值钱的脑袋，也让人家瞧个榜样，知道背师从贼是做不得的！"

于谦待他说毕，才接言道："您说的我全明白了。大概您自己还没全明白。我实对你说吧：您说的您那位师妹浪里花，就是让您害了，如今说不定他们还要去磋磨她啦。"秦源大惊道："这话怎么说的？怎么是俺害了浪里花呢？"

于谦道："您想，那白云和尚不是要骗您给他出力吗？骗人总有个骗穿时，怎能要您从心眼里进出个甘心情愿来给他拼命效力咧？所以他就用这香饵钓鳌鱼的手段，知道您和您那师妹是知心朋友，一心一意要相偕到老的，他就把您师妹骗去，把握在手心里，拿来当个香饵，钓住您给他拼命。您有本领给他干了一桩，他又来一桩，非得把他的事情通通干完了，就让您从老到死，一辈子甭想得遂心愿。他只把这点儿糖擦在您鼻尖儿上，叫您嗅得着，吃不着，才能使得您团团转。要是他这糖给您吃下去了，他可糟了！凭您这性情儿，要东不肯西，还能长服他的调度吗？他一辈子要使唤您，就一辈子不会给您个遂愿。可是如今这样一来，说不定他又要怎样去逼着您那师妹写书子给您，叫您怎样怎样。要没有您，那厮们定不会扣住您那师妹。这一说，不是您害了您师妹了吗，这话不是我故意说来骇您，您想，那秃厮不是一径使这法子播弄您吗？"

秦源跳起身来，连声说道："对，对，对，不错！一点儿不错！俺也老是疑惑着，就只想不到这样透彻。让您一说，俺压根儿明白了。如今求你们放了俺，俺马上去找那秃厮去。找着他，问他为什么要害得俺这样苦。拿他来碎尸万段，才出得俺这口怨气，才对得住俺的师父、师妹。俺报了这仇，准回到卧牛山来，那时再凭你们要拿俺怎样就怎样，死也情愿，给你们出力也可以。这时俺可得先告个罪，俺走了！"说着，便立起身来，向众人拱一拱手，转身要走。

伍柱忙叫徐奎、周吉阻留秦源，便劝他道："您如今上哪里去？就让您赶到京城，那厮们能许您和您师妹见面吗？那汉王府在紫禁城内，不是什么几明几暗，能让您去探个明白的。如今汉王到了乐安，更是千宫百殿，就算您能够夜入暗进，又上哪里去寻您师妹去？再说那厮们现在也不知跑到什么地方去了，您又到哪里去寻取白云和尚呢？依俺说：您且耐一耐性子，咱们就要回卧牛山的。回到寨里，代您去问问各位宗师，准能想出个妙策来。"于谦也道："咱们回到擎天寨去，那里不断地有探子回来报信，就能知道汉王那里的情形，和云漫天等一班人的消息了。"秦源听了，只得耐性待下，并说："情愿归擎天寨，只求允许帮着寻白云和尚报仇。"伍柱一口答应，便叫秦源且归入中军。

一时，酒菜已备，便大摆庆功筵宴。于谦、伍柱和众将都在大厅上落座，分作十多桌，团团围在大厅上，欢然聚饮。席间，于谦、伍柱便将青草山应当如何善后的话说出，和大家商量。秦源首先说道："这个山寨，云漫天早就不想要的。只为有卧牛山在塞外，受了汉王和徐季藩的嘱托，要打卧牛山，才勉强待住了。如今他离了这山，不见得还想再来。虽说他想复仇，却是没一兵一卒，怎能再来抢山立寨。就算能够集些人马，料他必须打卧牛镇走过，才能来得。只要在卧牛镇留心截住他，一辈子也来不了。"

程豪问伍柱道："咱们动身时，各位宗师可曾吩咐克山以后怎么办？"伍柱恍然道："不错。俺动身时曾受一件密策，藏在甲带里，说是为难时可开看。那时想着是打败仗的救急法儿，如今山寨也打平了，谅来就只这事为难了，待俺取出来瞧瞧。"说着便取了出来。一瞧，不觉哈哈大笑，顺手递给于谦。于谦瞧过，便向大众展开来。众人瞧时，上面写着十六个大字道：

埋炮炸隘，放火烧山；叠石断径，永绝盗踪。

众人瞧了，都觉这法子一劳永逸。

饭后，伍柱只派王森督着四员领军分向山下四面哨探。又叫聊昂去调卫颖上山来，将带来火炮和山寨里抄得的火药都叠集起来候用，便和众人分散歇息。

次日，于谦、伍柱、孔纯、程豪四人分四路观察全山。所有山上可守的险隘都做上记号，叫卫颖领健卒埋好火药雷炮。所有山径山路不易行兵的，可塞的便塞了。有些是樵路、猎道，便命于佐、岳文、黄礼、王通分领健卒开挖填筑，成为斜坡大路。僻径、山洞一一填塞，要将那一座险阻嵯峨的天生贼巢，荡成一片坦途。

一连几日将这些事都调派好了，便传令移营下山，各军都到平地扎寨。山中所有的粮银东西都运到山下营中。只一日工夫，便在离山下五里多路的牧场里连绵蜿蜒扎起一片大营盘，旌旗相望，刁斗声喧，十来里连成一片。于谦、伍柱在中营立帐，直待诸将先后报明领队下山，都已齐了，才传令叫震天雷卫颖挑拣伶俐铁骑健卒一百名上山去，点燃埋下雷炮火药的引线，同时放火烧山。先从后山燃起，急急奔开，又点第二处。似这般一直燃到前山，只听得噼里啪啦，夹着轰隆蓬勃火烧炮炸，震得天惊地动，草偃尘飞，声闻几十里。小山一般的石头冲起半空，又掉落下来。树木丛林都成了一座一座的火山。一支一支的火树，夜里照彻一天红光，白日烟冲满空黑雾。擎天将卒都远瞧着这片奇景异彩，喝彩声如炸响相答和。

擎天军马，是不是就此回师，下章再叙。

第二十九章

旋师奏凯献馘降俘
结伴入都披星戴月

话说于谦、伍柱毁了青草山白莲寨，待了五日，火熄了，查勘一过，险阻尽失，便将全军展开，分为七路，照出兵时次序，奏凯回卧牛山来。

这时，卧牛山擎天寨里，早已得着铁骑报捷，并得杨洪密报："边关都督暗护着云漫天等过了卧牛镇，进关去了。"因恐惹起官兵麻烦，也没去拦截。直待前站摸云王森领着双锤李隆、梅花鹿李青、飞毛腿欧弘、赛叔宝徐建，拥着蜈蚣走德三角大红旗，杆上金铃乱响，回山报捷。友鹿道人、张三丰、周癫子、丈身和尚、飞霞道人、大通老尼、自然头陀、凌云子八人，领守山健卒都到头关棨门岭下列队迎接。

不多时，丑赫领着茅能、刘勃、范广、薛禄、施威、赵佑从上流头渡河先到。遥见友鹿道人等亲自下山迎接，便传令：下马藏刀。丑赫和众将先上前打恭参见了友鹿道人等，便过岭扎营候令。二路钱迈和潘荣、杜洁、许逵、沈石、弓诚、弓敬随后来到，也和前部一般，下马藏刀，参见过师长，便进头关扎营。前军文义，率武全、卫颖、雷通、柳溥、董安、邓华，解着获得的粮秣、银钱、兵器、盔铠等物，和夺来骆驼、马匹、旗帜、杂物，照前入山，到三关内沿街扎营。

霎时，中军来到，于谦、伍柱、程豪、孔纯并马前行，两边排开：龙飞、凌翔、归瑞、凤舞、王通、孙安、骆朴、庾健、徐奎、徐斗、聊昂、秦源、冯璋、于佐十四员大将，一个个顶盔贯甲，拥着令字大纛、擎天寨大旗，只听得蹄声嘚嘚，全无人声，冉冉而来。到了岭前，大旗两边展摆，兵将一齐刹住。于谦、伍柱等四人先行下马，躬身拱手道："恕弟子甲胄在身，不能全礼！"众将也随后下马，一齐施礼。便令骑卒下马，所有兵将都将兵刃向里藏着。待友鹿道人等拱手还礼，挥袖让道，才领着大兵屏息而过。

接着便有后军统将庹忠和黄礼、查仪、周吉、蒋庄、陈曼、林慈，护着受伤未愈的卒、马，依前藏刃下马，参见宗师，随在中军后面，过岭进关，在街头广场中扎营在中军大营后面。队尾才过，合后魏光率彭燕、火济、王济、种元、岳文、吉喆渡河来到，见宗师出迎，连忙落骑施礼，藏刃而过，越岭过关，到四关扎营。最后是断后统将章怡，带同魏明、凌波、李松，伴着丽菁、梅瑜、梅亮，护住胡玉霜的灵柩，用两头白布缠颈的骆驼平驮着，簇拥着来到岭下。

友鹿道人吩咐将预备的祭桌抬过，端正好，便和张三丰、丈身和尚等先后行礼路祭。章怡传令展开队伍，奏起哀乐，兵阵一齐下马，不得露刃。又令魏明、凌波、李松三人搀扶着丽菁、梅瑜、梅亮伏地还礼。友鹿道人等虽在克敌奏凯，犒军之时，见了这一副灵柩，想起出兵时那位精神抖擞、志气轩昂、白发飘枪、练裙拂剑的老女英雄，也不觉怆恻悲哀，心中难过，都洒下几点英雄泪来。丽菁因身在中军，兵符未缴，只得强自抑压悲怀，泪如瀑布，不敢出声。待祭毕，方爬起，率两梅向友鹿道人等挨次磕头致谢，拢泪回身，并唤住两梅号哭。友鹿道人传令："各关守卒一律伏地跪迎；所过营盘兵伏将俯；灵柩直到大同堂当中停放；桅头换挂灵旗；全山戴孝一日，分班祭奠。"当有铁骑飞马传令。丽菁又泣谢了，两梅也随着伏地叩谢，才各归本队，随着主将牵马步行护柩过岭。过关过营时，健卒都伏地跪接跪送。丽菁一一叩谢。章怡因为友鹿道人命灵柩停放大同堂，便领兵直进四关，东转进了辕门，到坪中扎营。自己仍和凌波、魏明、李松等护灵柩到大同堂上停放。这时，杨洪也到山上来和伍柱等欢然握手道故，又向灵柩行礼上香，劝慰了丽菁一番，便和众将齐往后堂进见师长。

友鹿道人等八人乘马随断后队伍上山回寨，直到后堂。座位已经拾掇好了，于谦先到，上堂见毕，略略禀明赴援情形。友鹿道人、丈身和尚各

195

慰劳一番，接着便见伍柱、程豪、孔纯三人，都是遍体戎装，身披大氅。领着六十四员将佐，剑佩铿锵，铠甲辉耀，威风凛凛，上堂打参。友鹿道人等一齐起身还礼，并道声"辛苦你们了"，便叫伍柱等坐下。

伍柱和众将列作数行站着，先不就座。众将都拱立着，伍柱上前两步，孔纯、程豪也进前一步，左右分立在伍柱身后。伍柱才躬身向上，将受命出兵，以至攻克青草山的情形说了一遍。并将死伤人马数，失去和动用的兵器粮银数，斩杀人数，夺获物品、收降兵卒的数目报明。最后，才将收得水军将骆朴和闽广派弟子秦源的情形说了，又将骆、秦二人的出身和各人的能耐特长表白一番。

友鹿道人力赞伍柱行事得体，指挥若定，迅摧强敌，不辱使命。奖勉众将能守军令，勇迈忠毅。又将骆朴、秦源传近前，极力慰勉一番，向骆朴道："本寨不论出身，只凭本领。您能赤心向善，自然一视同仁。"向秦源道："武当、闽广同出一源，原无二致。您师父黄叶道人为人行事，我们都极佩服的。只可惜他耳朵太软，有些偏听白云和尚的谰言，致使云漫天等没人约束，胡作乱为。我们只为大义所在，不能徇私。有日遇着您师父，将闽广派不肖子弟所作所为的真凭实据给您师父，他才得明白，到那时咱们仍旧一家。您如今能不忘师训，自污泥中拔身出来，我保管将来您师父只有欢喜，断没个说您不是的。您心里的事，我们一定给您探明白，帮您办停当，您只管放心。"骆朴、秦源都是从来不曾受到这样体贴慰藉的，先时私虑到这寨里不知相待如何的心事，早抛到九霄云外，放下心头一块石，从此死心塌地，再无二心。当时诚心至意地应着，躬身致谢，退归原地。

友鹿道人又叫伍柱等坐下。六十六人才挨次向两旁预备下的座位上坐下，友鹿道人等都向丽菁抚慰，设誓代她报仇。丽菁觉得，娘虽死得苦，却是老太太阵亡也不容易，可算千古奇人，也说得死得其所，不虚此生。只是回忆到入殓时那满身浴血的形象，可想到要是妈今日还在，眼瞧着献俘告捷，不知怎么欢喜，如今是惨然长逝，不及见了，不觉痛泪纷滚。众人好容易才劝住，梅瑜、梅亮也觉得今日是告捷犒军的吉日，不便举哀，只暗自惨伤。

友鹿道人便吩咐大犒将卒。将佐，不分主将、战将，会宴六日，每人锦绣战袍一领，绸绫十匹，花红银三百两。杨洪守口探询，护送来往同道出塞入关，保全山寨有功，一律给犒。健卒，本寨出师的，各赏花红银二十两，猪肉五斤，牛肉五斤，羊肉五斤，鸡一只，酒十斤。受伤的，轻伤加养伤银十五两，重伤加调理银三十两，残伤的移大寨掌牧畜养鸡，照支口粮终老。所有降卒，除只赏银十两外，其余皆同样颁赏。全山分作子、丑两班，轮次各班给假三日，准许游散聚饮，不许下山滋事。子班给假，丑班严备守山；轮到丑班，子班亦同。将佐除该值外，都到后堂欢叙。六日之后，听候重行调派。暂时各按出兵时队伍，分开驻扎。降卒都归堂上造册分拨，有家在近处的并许搬家上山，给屋给半粮，充畜牧缝洗役。

这六天之中，真是全山欢腾，连山花野树也都迎风招展，好似含笑迎人一般。只苦了那些山上牧畜的牛羊猪鸡，平日吃着不管事，这时一只只杀得喊叫连天，落得个剥皮剔骨。全山扎营处，只见埋锅发火，肉香四散。将卒们没一个不满面含笑。

只有丽菁、梅瑜、梅亮成了服，苦块守礼，终日以泪洗面。众将都素衣上祭来吊，各队健卒也公众椎牛杀猪来磕头致祭，整日还礼不迭。过了三日，友鹿道人约同道师长、周癫子等一共八人来灵前唪经，丽菁感激不尽。唪过三日，丽菁依友鹿道人之言，将灵柩权和丽指挥一同权厝山上，破土停棺，将来再搬运进关还乡，便于第三日晚上设奠辞灵。五更时，运柩到最高处，柱云峰头，周癫子择的地穴，和丽仲仁一同落土。众将素衣、布冠、黑带、白马，前来送葬，友鹿道人命健卒中调一千名铁骑，带白缨枪刀、素铠、白袍、白马、白鞍，一千步卒，也用白缨枪刀、白巾、白衣、白带、草履，前后护柩。其余的健卒都在灵柩过处分列两行，俯伏送丧。除大通尼、凌云子率女将扶持丽菁和梅瑜、梅亮外，友鹿道人和众将都乘白马肃静相送，直到墓地落葬，一切礼仪不必细表。

山中一连欢宴了几日，又办过胡玉霜的丧事，友鹿道人便上厅议事。因为山中将卒俱已增多，便将全部改行调派。又因为于谦就要回京销假，不能常在山中，便只将他当作客体看待，不列入职事单中。当下重行分派全山职事如下：

主持全山大将：伍柱。

副将兼总哨探：杨洪。

副将兼管前山：程豪。

副将兼管后山：孔纯。

湾河首将：骆朴；

战将：陈曼、薛禄、梅瑜、梅亮。

山前荣门岭首将：丑赫；

战将：邓华、董安、柳溥、雷通。

山前一关首将：茅能；

战将：吉喆、林慈、周吉、彭燕。

山前二关首将：施威；

战将：种元、火济、王济、皮友儿。

山前三关首将：文义；

战将：蒋庄、赵佑、卫颖、武全。

山前四关首将：凌翔；

战将：欧弘、李青、李隆、徐建。

山后四关首将：龙飞；

战将：弓诚、徐奎、弓敬、徐斗。

山后三关首将：钱迈；

战将：潘荣、杜洁、许逯、沈石。

山后二关首将：魏光；

战将：刘勃、冯璋、聊昂、岳文。

山后一关首将：凤舞；

战将：于佐、归瑞、王通、孙安。

银浪滩头首将：庹忠；

战将：庹健、王森、查仪、秦源。

银浪湖中首将：章怡；

战将：凌波、魏明、丽菁、李松。

山前都巡查首将：范广。

山后都巡查首将：黄礼。

督粮兼医药首将：沈刚。

以上共计将领六十七员。

又将全山健卒除死亡、伤残外，连降卒共计一万六千二百五十名，挑选四百名铁骑，校刀手一百名，守护大厅兼传令报信巡哨。又，每将领挑选随身亲信护卫四名、马夫一名，共三百三十五名。又，上厅当差四十名，厨夫十名，马夫十名，洒扫夫五名，共六十五名。兵马房马夫即待补健卒，三百五十名。总共一千二百五十名外，所有一万五千名分为六队，每队二千五百名。

六队统兵将官如下：

先锋首将：丑赫；佐将：施威。

战将：邓华、董安、柳溥、雷通、种元、火济、王济、皮友儿。

前路首将：茅能；佐将：刘勃。

战将：吉喆、陈曼、林慈、薛禄、周吉、彭燕、梅瑜、梅亮。

中军主将：伍柱；

副将：程豪、孔纯、杨洪。

参军：沈刚。

战将：龙飞、凤舞、凌翔、归瑞、王通、孙安、骆朴、庞健。

护卫传令：欧弘、李青、李隆、徐建。

左军首将：文义；佐将：武全。

战将：黄礼、蒋庄、卫颖、岳文、徐奎、徐斗、查仪、王森。

右军首将：魏光；佐将：钱迈。

战将：潘荣、杜洁、许遂、沈石、弓诚、弓敬、于佐、冯璋。

后军首将：庞忠；佐将：赵佑。

战将：章怡、丽菁、凌波、魏明、李松、秦源、范广、聊昂。

各队将领每员领本部兵二百五十名；中军战将同护卫每员领哨骑一百名；中军刀斧手一百名皆由沈刚统率。

诸事分派已定，歇了许多日子。那日，友鹿道人等聚将开筵，当席商量事务。张三丰说道："如今塞外青山已灭，所防只在番部。关内事情正多，破霞明观最为紧要。朱高煦在乐安其志不小，所作所为，尤为恶毒。我们八人原只约此聚会，便去破霞明观的，不便久持本寨事情。如今全山都交千年松和程豹子、孔虎头、杨霹雳全力主持。我们八人中没事时留在山寨中，也只随时参赞一二，闲时便指教技艺不足诸弟子，如冯璋、皮友儿、薛禄和两位弓公子等。有事就动身离寨，不必拘束，好四处访集贤豪，共挽大劫。"凌云子说："不久大难将临，胡祸重见，惨不忍言。到那时，中国无可用之兵，所以咱们练兵第一要紧。要使将来所练的兵都得率队督伍，才能应用。且今急采马匹，全山都练做马兵，不必有步卒；不善骑的将领也赶紧练习，休得懈怠。须知要破胡人，步军是没用的。大家要知道今日以前，是和青草对敌；今日以后，是准备将来卫国灭寇。认清路数，才不致误。我和各位师长目前就有几人要进关，你们各人都可用心守寨。只有于廷益假期将满，理宜速去。秦源要往乐安探询。范广、岳文、武全、种元四人武艺已成，应当闯闯江湖。我原要派他四个进京一趟，如今便可随于廷益结伴进关，一来护送他回去，二来路上还可增些见识。王济、李松、冯璋、皮友儿、聊昂、薛禄和梅家姊妹弓家兄弟等几个虽和范广一般应当奔走阅历世情，却是武艺根基不深，且在山勤练，随后再去。火济、于佐虽是武艺已有门径，年齿也稚，却是业经各随师父阅历不少，暂时且守山寨，不必进关。所有离山的职事，各队中由首将兼领。守山轮值的，由首将调派。只有范广巡山职事紧要，便由我们八人中在山的暂时兼管。"

武全等四人听了，都起身承应，请问："哪一天动身？"友鹿道人道："从这里进京，程途不近。且是你们此去，于廷益是官身，须得按站行走，照他假期算来已经没日子了。准定后天动身，你们该拾掇的就拾掇吧。"

当席众人便轮流敬于谦的酒，又和武全、岳文、范广、种元、秦源五人轰饮。并订明全山六队分作六班，从这天下午起到动身的那天早上止，

200

分为六餐酒席饯行。彼此英雄分手，虽有惜别之心，却无留恋之意，仍然欢饮到日色偏西才罢。

接着，沈刚给六人拾掇了六份行李、衣服和路上备用的药物，分送给各人收下。岳文等五人各自拾掇兵刃暗器，却都打扮作考生模样，又到要好同道处辞行叙话。

一连两日，都是在大同堂会宴。直到第三日清早，庚忠、章怡等八人设筵祖饯。于谦和秦源等六人辞了友鹿道人等各位宗师，到大同堂立饮三杯，便向众人告辞。众人挽劝，略坐了一坐席，因要赶路头，不敢久耽搁，只互敬了两巡酒，便起身离寨。友鹿道人、丈身和尚等八人都送出头关，于谦再三遮拦，才到棠门岭止步。众将都送到滩头，只有主将、副将和各队首将、佐将、伍柱等十四人亲送过河。

骆朴亲驾大船载送众人，另派陈曼驾小船载马匹行李，渡水来到卧牛镇。待众人都上了岸，才回船别去。杨洪邀请一同进营，苦苦留住道："到了此地，俺是地主了。伍大哥、程大哥、孔大哥和俺另外备了个薄意在此。"说着，便叫军校摆酒。于谦固辞，杨洪笑道："这俺可不怕您不赏脸。俺不给关文牒子，您就走不了。"于谦也笑道："那么我还不是照来时一般，翻八达岭小路过去就得啦！"却是终被杨洪、伍柱等十四人拉住，盘桓了半日。

杨洪待席散后才将办好的关文送给于谦等，于谦等六人才辞了出营。杨洪和伍柱等又骑马送了十里，殷勤互嘱，方才分手自回。

于谦等进关做些什么事，都详下文。

第三十章

走长途蹄痕蹂月影
宿野店人语破风声

话说于谦和黑飞虎范广、一朵云岳文、千里驹武全、金戈种元、穿云鹤秦源等一行六人和杨洪等分手，那日因为在卧牛镇耽搁久了，只走了半站多路。塞外不比关内，错过宿头，就没处寻歇处，便落了店。

次日起得绝早，打马急走。六人之中要算秦源心中有事，最为着急，老是催着："咱们急趱一程可好？"武全笑道："咱们今天不是在破站赶路吗？还要怎么急法呢？"秦源道："俺老实说吧，早一天到乐安，俺这颗悬挂着的心就早放下一天。要不，不知怎样老是觉着满腔儿荡荡的找不着把拉，这够多难受呢！"于谦道："好兄弟，我不答应过您，准备帮您干好这件事吗？您甭瞎着急，这会儿就让您急得血心儿打腔子里迸了出来，也不中用。就是到了乐安，也不是马上就可以了结，立刻就能知道个究竟，也得费功夫去探访设法才成呀。似您这样急法，怎办得了咧？您听我劝，只当这时还是在寨里干着活儿，沉住气，反正不会慢到乐安的。赶到了那儿，就算耽搁些时候，反正有咱们这几口子，不怕办不了这么一点儿事，您放心吧。要是您打这儿就这么样鼓捣嘭隆地急着吵着，怎么办呢？再要闹得大伙儿心眼里满不宁静，赶到了地头儿，有法子也烦得想不出来，那可就是您自己误自己。不是我骇唬您，那可真得坏事！"秦源听了，果然耐下性子去，再也不敢声响了。

行了些时，进了居庸关，便循涿易大道，直向南来。关内天气和关外原不一样，加以他们是往南走，路上一天觉着比一天热。顺大路走着，上半天晒右边，下半天晒左边。沿途久经兵燹，树木稀零。六人在马上一连两三日，晒得满心发烦。晚来落店投宿，衣巾上满是日光腥气，冲脑刺鼻。

那一天，约莫已是未末申初时分，岳文在马上发渴，便道："走这道儿只有夜里趱程舒服多了。从前俺给师父送信走道儿，遇着这样天气终是酉牌动身，赶个全夜，到天明时才落店打尖。再走些时，辰牌过后，就找家阴凉店家，倒头睡觉。又不受热，睡觉时又没蚊子，够多痛快！"言未毕，范广早嚷道："咱们就这么办不好吗？为什么一定要挺着老头皮来晒呢？"秦源道："赶路要紧，没法子，得受着。要是这时恰巧在战场上，难道还能怕太阳晒，不打了吗？"武全扑哧一笑道："我全知道你们的意思。穿云鹤的意思是想着夜里短白天长，夜里赶路白天睡觉，耽搁路程不能快到乐安。黑飞虎是没走过夜路，听得这玩意儿透着新鲜，想尝尝味儿。一朵云是一半儿怕热，一半儿这时有点儿倦得要睡觉。可是不是？"

于谦笑道："让千里驹这一来把您三个心眼儿的事全掏出来了，实在夜里赶走没耽搁，没拦碍，乘着凉，一心儿只顾走，只有反走得快多走些儿的，路程是误不了，只怕出岔子。"种元听了，抢说道："放着咱们六个人，还怕出岔子，可是太小心过度了。大哥，咱们今夜就试试瞧。"

岳文、范广齐声叫着："好呀，赶月牙儿上天呀！"秦源听说只有反走得快多走些儿的，便也不再开口拦阻。于谦见武全也高兴着，便顺着大家意思准备走夜路，却说："咱们到前面歇着会儿吧。夜里走，可是没食吃没茶喝。"岳文嚷道："不打紧，有干粮，饿不了。路下有的是塘水、河水，渴不了，走呀！"说着两腿一夹，一鞭子，呼啦啦一马冲前，箭一般射去了。秦源也跟着放缰骋马，疾驰而去。于谦只得和种元、范广、武全四骑马随后紧赶，一路上跑得鸾铃乱响，蹄声杂沓。

一辔头放了十多里，秦源先到路旁一家挡子店门口，勒马回头待着。岳文和众人随后都到，便下马到那店里，胡乱讨了些吃的，乱嚼了一顿。于谦随意吃了些饼，将随身竹筒里装满了茶水。岳文原本发渴，早把自己身旁水筒喝干了。这时，又吃咸了，想着待会儿走夜路没处讨浓茶喝，便灌了一筒，又蹲在冷茶缸边，尽量咕嘟咕嘟喝了个饱足，才伸着腰，拍了拍肚子，嘘了一声，摇着头道："这算喝够了！这鸟嗓子才算不冒烟了！"惹得大伙儿都笑起来。

歇了一会儿，于谦先拾掇好，跟着秦源出了店门，各自将缰解下，腹带鞍镫都拂拭拾掇好，武全等四人才出来各将水筒挂好，便上马仍旧赶路。这时日已衔山，晚风初起，人凉马爽，精神一振，照着大路放辔飞奔。

行不多时，已见白月儿隐在树叶丛里，好像琉璃厂铁笔刻的白瓷盘儿一般，莹白圆亮的底儿上，映着些黑枝黑叶的花绽儿。那长草矮树，映着月光参差不齐，肥瘦各别地印着许多影样儿在地下。六骑马践踏着这锦绣一般的月影，飘风似的如飞直驶。马上的人也不觉神清气爽，比白天里披着大太阳蒸得直淌汗、喘大气，真是有天堂地狱之分。

行了一程，岳文又觉着嘴里、嗓子里都像长了刺一般，咽不下气，外带喉干得痛。便顺手抓起水筒来对嘴儿仰脖子咕嘟了几口，才觉着好了些。又走了一程子，依然又是一样。走了才不到三四里地，一筒子茶早喝了个干净。嘴里却越加渴得冒火，龇牙咧嘴的万分难受。

心里一急，想出个计较来。便将马一夹，伴到种元马右，并辔儿走着。不多几步，便伸手抓住种元鞍鞒旁的水筒使劲一掰，嘴里却说了句："您不喝借给俺吧。"种元连忙一捞，没捞着。一筒子水早被岳文骤马飞奔向前，一面昂着脑，举起竹筒，一齐倒进腔子里去了。

种元大嚷道："一朵云，您是怎么着啦？"岳文回头扬起空竹筒儿摇晃着咧嘴大笑道："痛快呀，真好喝，可惜没了，偏了您了！"种元气他不过，打马去赶。岳文一阵猛跑，跑得嘴里又渴起来了，便装傻儿在马上回身向种元拱手直拜道："好哥哥，别恼，兄弟给您赔不是！"种元给他顽皮得没法可想，只索性罢休。

走了约莫三四十里路，岳文连于谦、武全、秦源带的茶水都央乞哀告讨来喝了，还下马喝了许多塘水，渐渐觉着肚子里有些不受用。武全笑道："谁叫您拼命地吃，这不是活报应吗？瞧您明儿个还有那么大的胆，咸的、辣的抢来一股脑儿乱嚼？"岳文两手拊着肚皮，弯腰曲背，猴在马上，再也不说话了。于谦惊道："不对，一朵云生病了，快搀扶着他。"说着，便骤马向前。范广听得了，他离岳文近，正要伸手去搀他的马笼头时，不料岳文向后一仰，脖子就像面做的一般，脑袋直呱嗒。接着，便顺着鞍鞯摔下地来。

于谦恰恰赶近，连忙跃身下马。众人也都慌了，都下马来围着他。范广一把将他抱起。于谦瞧他面如白纸，不知是个什么症候，心中大急，连忙镇定心神，叫范广靠住他坐在地下，缓缓地摸着岳文胸膛，一把一把地往下顺。自己连忙向腰囊里掏出沈刚给预备的药包儿来，就月光下解开拣了一拣，见有一个小瓷瓶儿，上写"诸葛行军散"五个字，便拿来，到岳文身边道："且把这个给他吃点儿瞧。"范广自己不能移动，便叫秦源到自己马鞍旁解下水筒来，递给于谦。于谦接过来，叫范广取火镰撬住岳文的牙缝，将诸葛行军散倾入他口中，又灌了些茶给他喝。

不料岳文给灌下的茶一呛，呛得直跳起来乱咳乱吐，夹着大嚷："俺要拉屎，快些，俺要拉屎！"这一闹，闹得众人都昏了头脑，不知怎样才好。岳文也不管旁的怎样，直奔到麦田边塍上，拉下裤子，蹲下去就撒，臭屁乱响。众人都忍耐着，站在一旁。

武全心想：不知近处可有店家？能不能请着大夫？便举眼四下里瞅去。忽见路旁约莫一箭多地，麦田中间露着一方映着灯光的半旧纸窗。便问于谦道："我去那人家去问问瞧，要能借一间屋子待到天亮，不是比老待在这麦田里强吗？"于谦点头答应。

武全顺着那灯光，迎着斜风，打田中小路上走去。近前时，却是那屋子旁边垛子下面，一方侧窗。再瞅那屋子：是三个垛子的矮瓦屋，约莫是前后两进。那窗子下面堆着许多树枝枯柴，知道这人家准是个种地的庄家。便顺着屋角想转到前面大门前去寻人问讯。

才一举步，忽听得背后风送过来，有人恨声说道："这不宰啦，留着干吗？"武全一惊，忙止步回身，凝神一望，知道这声音是那窗子里出来的。暗想，这时候乡下庄家要宰什么呀？这事透着奇怪！便转身回到那窗子下伏着身躯，侧着耳朵，听了一听，只听得些细细密密的说话声音，却听不出说的什么。

武全仗着武艺高，又有帮手，便伸腰移脚挨近窗前。见那窗纸是桑皮纸糊的，已陈旧得变了灰黑色。近棂处露着一丝丝的裂缝，便偏着脑袋，顺着那裂缝向里一瞅，只见一个黑黧黧的大汉，约莫二十来岁，赤膊着上身，光着两条腿，赤着脚，立在一只板铺跟前，右手里握着一条朴刀，别在背后。左手里抓住一条狼牙短棒，像是有什么事，就要走的一般，两眼直瞅着门口。靠窗前白木桌当中立着个长身瘦汉子，年纪和黑大汉不差上下，上身穿着蓝粗短衫儿，腰里束着一条麻花大围巾，下身给桌子遮住了，瞧不见什么，背上却斜着一支铁鞭。桌子西头立着个大丫头，黄面大眼，蓬着一脑袋乱发，身上斜缠着一幅绿布，隐隐显出两只大瓜似的肉奶奶，也不知她里面着了衣吗，瞪眼望着，手中带起一条黄铜铜，估量不止三十斤，龇牙咧嘴的模样儿，委实难瞧。

武全将身子一缩，暗想：瞧这几个人，不尴不尬，打扮古怪，倒猜不透他们是干什么的。一面想着，一面回身就走，想去和于谦说。才走了不到几步，猛听得后面一声大喝："贼小子，哪里走？"武全回头一望，正是那屋子窗子大开，里面的三个人打田中飞腿追来。心想：且不和他斗，引他到大路上去，好问他，便拔步飞跑。只听得后面大叫："往哪里走！任你下海也得撵你到水晶宫！"

武全绰号千里驹，两条腿够多快，那三人哪里撵得上。一霎时，武全已到大路上，于谦、秦源、种元迎面接着齐问："怎么了？"武全没暇说细情，只回指着追来的人道："快揍翻他，掫住活的好问话。"说着，便身子一拧，转过来，迎着三人拔剑挺立。

于谦待那三人近前时，欻地拔出蛟龙剑，劈面截住，刚要发话问他来意。那黑大汉闷声不语，扬起朴刀，照定于谦当顶就是一刀。于谦不去招架，向右挪一步，让过刀锋，就势一蹲身，使个扫堂腿，接着又来一个连环鸳鸯拐，其快如风，一连两下，黑大汉眼花缭乱，没做理会处，刚让过扫堂腿，却连着中了两鸳鸯拐，立不住脚，摔身向后便倒。武全闪身上前一把掫住，解腰带捆了。

那瘦汉子和那女子正和秦源、种元斗着。范广牵着六骑马，在后瞧着，有些手痒，一扬手，咮的一镖，那女子正耸身踊起，一镖正打在那蒲扇般的肥大右脚上，痛得不能落地。只左脚沾地，撑不住身子，向右一歪，正歪到于谦身旁，被于谦反手扁着剑一击，击得那女子蛤蟆般趴在地下。武全急忙过来按住，招呼范广，向百宝囊中拿绳子，将那女子五花大绑了。

瘦汉子先和秦源斗着，秦源曾听得武全说要搠活的，便只将月牙铲杆儿向他打去。可是那瘦汉子也不弱，不肯吃亏，腾挪闪架，十分矫捷。恰巧武全捆了那女子抬身起来，拎起长剑扑过去相助。瘦汉子忙向后一退，想让开些地步来好敌斗两人。不料他退后时，正值于谦转身过来，他一脚直退到于谦怀里。于谦乐得捉现成的，双手向前一抄，紧紧一箍，一把抱住他，顺势朝身旁地下一摔，将那瘦汉子掼了个壁虎爬沙。武全赶过去，一脚踏住他背脊，笑嘻嘻地向范广道："黑飞虎，又有买卖了，再拿一条草龙儿来！"范广便又取一条绳子给他，武全依样儿捆了，顺手提了起来。

不知这两男一女是怎生样人，且待下章分叙。

第三十一章

古道热肠慷慨助义
闲情逸致谈笑诛凶

话说岳文撒了大半天，才把一肚皮不爽快的东西全撒尽了，听得有人厮杀，急忙拾掇干净，提起裤子，飞奔过来。待奔近跟前时，见已捉住三个人，不觉唉了一声道："完了，全给你们干完了！"武全笑道："谁叫您爱喝水，肚皮又不争气，不给您存住。"范广道："别闹玩儿了。一朵云，您好了吗？要是没事了，好让于大哥审贼。"

那黑大汉捆得手脚不得动弹，却大声嚷道："浑小子，你才是贼啦！"岳文大怒，喝道："你这黑贼敢骂人吗？"赶过去，抬腿一脚，踢在黑大汉腿肘上，他却哼也不曾哼一声。于谦忙拦住岳文道："您刚好，且歇着去吧，犯不着这般生气。"一面便问武全："您怎么惹他三个斗起来的？"武全将上项事说了一遍。

于谦便问那两男一女说道："我这兄弟不曾惹你们，你们为什么拿刀动杖赶来和咱们拼命呢？"黑大汉瞪眼大声喝道："你们甭装傻，我知道你们都是系马屯来的！今夜不是你就是我，咱们也不想活着了，你要杀就杀，想骗咱们告诉你傻马儿在哪里，就叫个办不到，别瞎想！"

于谦道："你说的我全不懂。你别拿我当那来害你的人，我说给你听吧，咱们弟兄六个是打塞外进京去的，满不知道什么傻马儿不傻马儿。你不信，我给个东西你瞧。"说着，便向腰间袋里掏出关牒儿来，展开给黑大汉和瘦汉子瞧，接说道，"这可是假做得来的？我再告诉你，你有什么紧要急事，只要你们是有道理的，不问惊官动府，拿刀打杖，咱们弟兄全答应尽着气力帮你。你再要不相信，你们的仇家，自己人总能认识的。咱们可以放了你，全不拿兵刃，伴送你回去，到你们屋子里去，你把你们的人全叫来，瞧可有认识咱们的？"

瘦汉子识得关牒儿，知道这六人是进关来的，不是系马屯的人，便向黑大汉道："四弟，咱们认错人了。"黑大汉虽也识得几个字，却不识这关牒儿，听得瘦汉子这般说，料来不错，便低头不语。那女子更不声不响，只瞅着他俩人发怔。

于谦见他三个这般情形，料得他们是闹错了，便毅然说道："你们是汉子，就把心里的为难说出来，我答应帮你，决不含糊。"说着，便先将黑大汉放了，接着解了瘦汉子的缚，便要他四个去解那女子身上绳索。黑大汉便转身放了那女子，见于谦将缚他们的阔带绳索交给武全，便将手中解下的绳索也递给武全。

于谦正要问三人姓名，忽见那小路上又来了一条黑大汉，比那黑大汉还要长大，手中提着一把鬼头刀，飞奔前来。赶到近前，一瞧黑大汉等三人都和人家站在一处，不觉一愕，将刀向地下一顿，问道："黑大猫，到底是怎么一回事？"黑大汉答道："我也不知道呀！"瘦汉子忙将方才的事，连自己被人家揍得趴下了，也没瞒着，全说了出来。大黑汉顿脚道："既不是的就完啦，还不赶快回去干吗？那厮们倒快来了。"那女子接声道："走，回去呀！"

瘦汉子便向于谦道："咱们家里有顶大的乱子，你请便吧，咱们要回去了。"于谦拦住道："我不是说可以给你帮忙吗？你干吗不告我呢？"大黑汉听得"帮忙"两字，又想着，黑大猫三个全给他揍翻了，这汉子料来有两手，就让他帮着也是好的，便道："既是这样，请到屋子里去吧。话长啦，不是站着说得来的。"于谦坦然答应，和武全、种元等一行人各牵着牲口，一齐随着大黑汉等四个，打旁边小路上到那屋子里来。

进了那屋子，岳文肚皮又大痛起来，连忙向那瘦汉子问："可有厕屋？"瘦汉子连忙答应："有！有！"便引岳文向后面去了。

那大黑汉便让于谦等五人到东耳房中落座。那女子去斟了几大碗凉茶来，分送给众人。于谦动问各人姓名，大黑汉道："我是本地人，叫冲天

209

孙孝。那黑汉子是我师弟，叫铁香炉左仁。瘦汉子也是我同门兄弟，叫好人儿袁琪。那姐儿是铁香炉的表妹，也跟着咱们练把式，咱们都叫她渔船儿华菱儿。请问您几位上姓大名？"于谦也一一说了，并问他："有甚急事，这般紧急？"

孙孝道："咱们今儿有桩事儿。离咱们这盛昌庄三十里不到处，有个屯子叫系马屯。那屯子里有个闯江湖的汉子，名叫快刀余弘，家里有三个伙计，叫马面王蒲生、月光头杨剑化、草上飞常洪，和余弘的娘子雌夜叉徐娱惜，都是很有几下拳脚功夫的，占住这系马屯，当作私己产业。屯前屯后的民田坟地，也不知被那厮夺占了多少。县太爷李宗陶和那厮们有往来，和那厮打官司，一辈子也别想得赢。去年，李宗陶这狗官将余弘派作本乡乡绅，派户养马。那余弘仗着这点儿狗势，除却将他家应养的官马硬派给旁人家不算，另外还每户加派一匹牲口，也照官马一般。却是官马不过是平常贴料，坏了照赔。他家的私马反每两年要缴一匹小马。小马仍旧是派给这家子养，待养大了，牲口行情好时，他才肯牵去卖。要是养得不苗壮，便要捉去私刑拷打，逼得赔还他十两八两养膘银。要不给他，他就将旁人家短了钱粮，送他银子的，都摞在你身上。这里的百姓全怕那厮的势力，不敢和他别扭。唯有咱这盛昌庄他不来惹事，也不服他磨折。"

于谦拦问道："那厮为什么不闹到这里来呢？"孙孝接说道："这里头有个缘故。这庄子是我这师弟袁琪的老人家，也就是我们三个的师父通臂猿袁四太爷创起的基业。此地兵乱后，原是一片荒地。袁四太爷招人挖地立庄，又开了个场子教徒弟，聚了好几户人家，才立起个庄子来。庄里全是他老人家的子侄晚辈，要不就是徒弟，没一个是外人。那快刀余弘要惹到这里来，咱们就给他个蛮揍。这几年和他打过好几场子，那厮们老没占过便宜，便央人讲和，把咱们这庄子不算是他管下的乐田乡地界，反算是河那边荣归乡的地段。咱们没法去掉他，四太爷年纪大了，不愿和那厮尽着麻烦，便和他约定，不许他惹到咱们这里来，咱们才不去管他的账。到去年年下，四太爷归天了，这庄子可就出了坏小子啦。那厮出二两银子一个月，招人去他那里领牲口养。这庄子有几家新来不久的庄稼人，贪小利，都去领了牲口来了，还劝了好几家老家子也去领牲口。我这师弟出面一拦阻，那厮们就带了几百人来猛地一打，我这师弟没提防有外人来打，挨了两刀。二月里我和左家兄弟回来，听得这事，就去打了个复场，揍死他们二三十口子，把庄子里的坏种全撵走了。那厮就到县里报说盛昌庄袁家是强盗窝儿，抢了系马屯许多牲口去。李宗陶那狗官顿时出票拿人。我这师弟只好避开几天，到山西走了一趟。那狗官要拿家小，好得师母早不在了，师弟也没娶媳妇，只有这位华师妹寄住着。我便接了华师妹到我姥姥家里去住着。如今是赶到生意人结账的时候，师弟和人家在县城里伙开一家杂货店。买卖不好，生意歇了。该人家的全得给人家，师弟不能不回来料理，华师妹也就回来帮着拾掇开仓粜粮食，算账给钱。"

正说着，忽听得岳文在后面大嚷大叫，闹得一片声响。孙孝连忙剪住了话头，和袁琪、左仁、华菱儿三人连忙起身，领着于谦、武全、种元、秦源、范广直奔到后面来。

才跨出后苑门，已望见岳文一手提着裤，一手揪着一个矮汉子，将他反剪着两手紧攥着，硬挺在土墙上，嘴里直嚷："快拿绳子来！"范广首先奔到，且不管是怎么一回事，连忙向腰间百宝囊中掏出一条麻绳来，向那人头上一套，朝后一绕，缚住两手，又打了个结，便成了个五花大绑。

于谦纵眼四面细瞧一遭，便道："咱们把这厮带到屋里去问吧，可是这里得留人守着。"袁琪道："请大家都到屋子里去吧，这里我叫俩庄客留心看着便了。"说着，便去叫庄客伏在厕屋左右，"一有动静，就大声叫唤，别误事！"庄客应声照行。

岳文、范广扭住绳索将那人拖到前面正厅上来。灯光之下，孙孝、左仁在面前，一眼瞅明白了，不觉一齐失声道："噫！你不是诸国屏吗？这时候干吗来了？"诸国屏低头不语。

袁琪让众人落座，才回身向诸国屏道："你这小子，我家待你不错呀，你这时干什么来着？好好地说吧，要不说实话，就得要脑袋使唤！"诸国屏道："俺到后园里找苏老九喝酒去，不知怎么得罪了这位爷，糊里糊涂就把俺捆着捆起来了。俺也不知道为……"

岳文不待他说完，恨得牙痒痒的，立起身来，扑到诸国屏身边，唰地一反一正就是两个耳刮子，打得诸国屏呕得喷出一口血、几颗牙齿来。岳文也不管他死活，又擂了他一拳头，才喝道："好小子，你真是坏透了！到这时，你还赖得掉吗？你到后园找苏老九喝酒，干吗躲在茅厕里，暗地闪到俺背后，拿刀剁俺后脑勺子？你说！"

诸国屏被岳文一拳擂得要叫也没那么大气叫出来了，只白瞪着眼喘大气。种元见他不说，便起身过去，一把捻住诸国屏两太阳角，喝道："快说实话就饶你！"诸国屏顿时痛得脑袋如劈碎一般，痛得眼中乱冒金星，额上直淌冷汗，连忙央告道："大爷，松一松，俺实说……实说……"种元又大喝一声："快说！"才将手一松。诸国屏这才得了性命，才顺着身子向后一倒，坐在地下，不敢尽着喘气便挣扎着说道："俺今日是奉了庄主爷爷命，快刀余叫俺来这里探一探动静……"

左仁截住他言语，喝问道："甭说这个，你只说快刀余要怎么样，预备怎么着？"诸国屏道："快刀余打前月里挖地筑围墙，挖出一柄纯钢点金、银樽镂翠金雀宣花雪尖大钺斧，便定期做钺斧会，宴请山东、两河的好汉，县太爷答应也亲来道喜的。可是那家伙足八九十斤，只有快刀余使得动，大伙儿全说是天赐他的。可巧前月里有个马贩子带来一匹马，名叫雪里拖枪，说是中山王府里走失的。快刀余买了下来，那牲口虽说有了十多岁口齿，却是连快刀余也骑不上去。后来有人说这马是龙种，劲头儿大，得一副龙须缰狮皮鞍才制得住他。一打听，只有盛昌庄袁四太爷从前打鞑子手里夺得这么一副东西，外带还有条龙筋夹金丝玉柄纽花三尺软鞭。前回不是托马二好来和你老庄上说，情愿拿五顷地换这两件东西吗？你老这边袁小庄主不答应，一定要不许系马屯的人进庄子，不代养私马，还要快刀余写字儿认输做凭据，才给这两件东西。快刀余急了，叫齐人一商量，雌夜叉出主意，刨了袁四太爷棺材去，扣着，让这边庄上拿那两件东西去赎。这时，正做着会，好汉们到的不少。露夜里快刀余弄不着这副鞍辔，面子上太不好看，便去刨坟，杀了一家子看坟的。乘袁四太爷的坟正开着要和老太太合葬，很容易就把棺材扛起来回屯子去。这边庄上得信儿赶去时，只杀了几个人抢得一副空棺材。这边庄上到县里去告状，快刀余早进了状子，说是盛昌庄袁家占了他的坟地，不认抢灵柩这回事。马二好再出头说和，拿棺材换鞍辔，却被这边袁小庄主打了回去。快刀余大怒，便要来硬劫盛昌庄。杨剑化说是硬劫不行，不如报他私通鞑子，这东西是鞑子送的，请县太爷来一抄，不就到手了吗？可是县太爷胆小，不敢来。快刀余仗他的胆，许他一千两银子。县太爷才答应了。这几天，派了几十口子原是这庄里过去的，混到这庄前庄后，暗地窥探，怕这庄里把东西运走了。今儿该俺们一班人来探路，待县太爷来时便堵住前后门，不放东西走。"

左仁笑道："凭你们这伙东西就能堵得住吗？"诸国屏接说道："俺们的本领原是不济，却是每人发了几包毒药、几包石灰，遇着人，拿纸包一砸，不死也得瞎。俺不该想发横财，爬进来躲在厕屋后面，见这位爷来撒屎，俺逃不了，想暗地下手，揍翻这位爷。不料才动手，不知怎样就被打翻了。"

左仁向他身上按了一番，果然搜出许多毒药包、石灰包来，便要将他宰了。袁琪忙拦住，道："我还有话问他。"便向诸国屏道："我问你，你们屯子里可曾捉住一个临清人赛李广唐冲？"诸国屏想了一想道："有却有这般一回事，这个人如今可不知怎么样了。"孙孝便叫庄丁将诸国屏押去，来了个四蹄攒一，捆了扔在菜窖子里。

于谦便问孙孝道："你们今晚本来预备怎样干啦？"孙孝道："我们料着那贼一定要来寻事。想要先下手为强，暗进他屯子里去干他个措手不及。后来听得本庄人报说县太爷要来寻事，我们就想索性先去把那狗官宰了。不料恰遇着您几位来了，铁香炉师弟瞧见有人窥探我们，追出去，就和您几位闹了先时那一阵子笑话。"

正说着，忽听得庄外猛然人喊马嘶，闹哄哄，喧成一片。接着，便见庄丁飞奔进来报说："县太爷亲来叫门！"于谦便向孙孝、袁琪道："放他进来，和他讲理。就算他暗带了系马屯的人来，咱们也不见得怕他。"孙孝点头答应，和袁琪一同到前面，大开庄门，见那李宗陶圆领乌纱骑在马上，两旁围着许多挺刀横叉的士兵和提锁拖链的差役。马后还有个师爷和都头、班爷、门书、家丁等人，同一班拿着挠钩套索的马步、民壮等乱糟糟约莫有一二百人。

孙孝、袁琪便迎着马头打了一躬道："不知府台驾临，武生们不及迎接，就请府台庄内下马，武生们有下情告禀。"李宗陶理也不理，将脑袋一昂，向身旁人喝道："前后看好了，不许容情私纵！"差役们一齐嗦了一声，李宗陶便提缰勒马进了庄门。

孙孝耐住气，目视袁琪，使眼色叫他别动，待李宗陶进了庄门，下了马，便随在后面。李宗陶昂然直入，到大厅当中坐下。众差役前后簇拥着，又在两旁列作两行，亮出朴刀，竖起刑杖，好不威风。

孙孝、袁琪到阶下一站，方要开口，忽见于谦等和左仁、华菱儿一齐出来，都到厅上。李宗陶喝问："你们都是些什么人？"于谦满面笑容答道："我们都是朝廷的百姓、天子的子民。"李宗陶大喝道："油嘴！"转头向两旁喝声："与我拿下！"两旁差役吆喝一声，一拥上前，摆着狼攫乳羊的架子，抖开铁链，就要锁起人来。

于谦挺身向前奋起神威，大喝一声："住着！"两眼精光四射，威风凛凛，当地一站，犹如一座泰山一般。众差役陡然一惊，不觉呆了一呆。于谦也不理会他们，将脸向李宗陶微笑道："你身为地方父母官，朝廷付托不为不重。你是稍有人心的，应当如何仰体天恩，保育黎庶，才无忝厥职，无负禄养。如今你竟包庇土棍，不问盗墓之罪，反来冤陷良民，你试自问良心，何以对天地鬼神？今日有我在此，断不容你这民贼毁法横行！你敢拿谁来？"

李宗陶耳红面赤，恼羞成怒，强颜喝道："你是什么人？擅敢干预公事！"却是不敢对于谦怎样，只回转脸来，指着袁琪喝叫："拿下！"那捕快班头正挨近袁琪身后，听得本官叫拿，嘴里应了个是，同时将手中铁链向袁琪颈上一套，使劲一拉。刚要锁上，只听得袁琪纵声大笑道："真的要拿吗？这家伙可不中用，轻飘飘的挂着不痛快，还不如我姥姥给我富贵百家锁儿啦！"嘴里说着，一面使两个指头，向铁链中间一捻，哗的一响，铁链已断作两段，离了袁琪脖子了。

李宗陶正在大喝大叫摆他的官架子，忽见袁琪捻断铁链，不觉大吃一惊，忙叫："快！快把这班妖人拖翻结实捆起来！"声未了，只见武全、孙孝等一齐移步动手。眨眼间，三十多名差役都躺在地下，爬不起来。众民壮、马步都吓得不敢动弹，如泥塑木雕一般，呆立在两旁，慌慌张张地瞅着。

李宗陶大急，正待叫站在门口的捕快和系马屯的人假扮的民壮进来拿人，忽见孙孝向袁琪、左仁道："您俩去看好那厮们！"袁、左二人一声答应，欻地亮出兵刃来，就着一磨身子，脸朝着门口那班人怒目横刀矗立不动。那些人吓得眼光光，身子动也不敢动，只系马屯的几十人见势头不对，暗地端正暗器。

孙孝有心要寻李宗陶的开心，将身向上，对李宗陶打了一躬，满面笑容说道："太爷驾临小民茅舍，小民理宜孝敬太爷。只求太爷准许小民陈明下情，小民自不是那不知恩德的下愚之夫，终报答太爷的恩典！"李宗陶听了这几句话，心中一爽，顿时忘了方才的情形，当是孙孝有意出钱来了事，心想：又是一桩好买卖！我的运气真不坏！只是怎样回复快刀余呢？管他妈的，反正余家不是有理的，还怕他找我的倒账吗？想着，喜色盎然，昂然答道："本县素来一秉大公，你有话只管说。要是你对本县有不敢说的话，尽可以对师爷们说去。"

孙孝近前一步，说道："回太爷的话：小民们自从太爷到任，沐恩实在不少了。今日难得太爷的宪驾降临，正是小民报恩的机遇，小民怎敢忘却太爷待全县小民的好处，不尽力图报咧？如今小民聊备薄礼当面孝敬！"那敬字才出口，说时迟那时快，只见孙孝一抬腿，手向腰里一抠，呼地拔出一柄牛耳尖刀来，一个抢步，左手一伸，抠住李宗陶的圆领，右手突地向他心窝刺去。但见孙孝的握刀拳头直筑在李宗陶胸前，刀已不见了，连搅几搅，李宗陶面现鬼像，胸冒鲜血，往后便倒。孙孝左手尽力向前一送，才松了手，那柄牛耳尖刀已连把刺入李宗陶胸中去了。

孙孝待尸身倒地时，才转身纵声哈哈大笑。不料笑声未毕，陡然觉得脑后有冷气一飘，接着两肘剧痛，已被人攥住，向后一拧，被剪住了。孙孝急忙挣扎，忽然腰间觉得有个圆东西一顶，顿时支撑不住，向前打了个跟跄，便栽了个四肢大叉，还不曾知道是受了什么人的暗算，只觉着这人力大如狮，不是自己抵挡得住的。

于谦在孙孝身旁见他刺杀李宗陶，知道祸闯大了，便近前去，想拉他转身，叫他逃走。不料眼前一晃，只见一道老桑叶绿色的绿光，呼地向孙孝身后落下，绝无一点儿声息。于谦便连忙击剑迅疾过去想要格剎。哪知那绿光真快得比闪电还快，在于谦一脚还没走到时，才现出一个长挑绿衣汉子的身形，便见他两手不知怎样一动，便拧转孙孝两肘，同时膝盖一起，向孙孝腰间一顶喝声："去吧，原来动手杀官的人也不过如此！"

于谦见绿衣人打了孙孝个冷不防，触起"螳螂捕蝉，黄雀在后"的故事，急忙掣转身躯，左手使个大推门，底下同时来了个双踢。那绿衣人真矫捷，身子一闪，让过了上面这一掌，却不曾防着下面是使全力踢来的，连中两脚，腿劲一松，立桩不稳，向前冲了几步，却不曾躺下。

这时，孙孝已就地甩了个反踢筋斗，立起身来。刚掣转身躯来寻人报复，猛见那绿衣人脚下画着之字，踉跄冲来，心中大喜，急尽平生气力，两肘向绿衣人横扫过去。恰巧于谦这时因为绿衣人连受两腿不曾倒地，惊佩他的臂力非常人可及，一心要活擒住他。骤一步赶上来，正是孙孝两肘扫在绿衣人右胳膊上，于谦便连忙一蹲身，使右腿扫地一磨，瞅定绿衣人两腿一钩。绿衣人正向前踉跄支撑不住，又挨了这两下，更加于谦的神力尽劲钩拉，早站不住脚，扑身倒地。孙孝连忙使劲捺住，几乎被他挣扎脱身。于谦急帮着孙孝两头一按，才按住了，掏绳索捆绑了起来。

于谦、孙孝将绿衣人提了起来，闪眼四面一瞅，那些先时被弄伤躺在地下的差役，都裂脑、断颈、剖胸、破腹地死在地下，门口的人已不见了，连岳文、袁琪等都不知哪里去了。

原来于谦、孙孝二人擒住绿衣人时，岳文、袁琪等八个人见知县已杀了，便一齐动手，顺手先将受伤的差役通通杀了，便向门口那伙把守着门的民壮、士兵等扑去。那伙人哪里是这八只猛虎疯狮的对手？见八人杀来，哄一声，四散奔逃。八人便分头赶杀，直追出门外。

那伙人中，有月光头杨剑化、马面王蒲生，二人奉了快刀余之命扮作民壮模样，来帮助拿人的，这时被左仁、华菱儿追急了，无处逃躲，只得回过头来，各挥一条朴刀，拼命死战。

华菱儿舞动一双铁鞭，接住杨剑化厮杀。杨剑化因为扮作民壮，只得提一条朴刀。这朴刀虽说是会武艺的人都使得动它，却是杨剑化是使惯双剑的，如今改使朴刀，虽也能对付，终不及惯使的双剑得心应手。华菱儿这一对铁鞭，足有三十多斤一条，力猛鞭沉，委实不易招架。华菱儿又是一双渔船儿似的大脚，立着四平八稳的桩子，两只树身般的胳膊，直上直下，打得杨剑化连招架也来不及，哪里还能还砍？战了约莫二十多个回合，杨剑化忽听得那边王蒲生大叫一声哎哟，死在左仁双刀之下，便想抽身逃走，不料自己头上一痛，也不由得叫了一声哎哟，便什么也不知道了。

这事如何了结，都在下文中叙明。

第三十二章

斩土豪大侠逢奇杰
荡秽窟义士救同侪

话说于谦见众人已赶逐士兵、民壮出外去了，便要孙孝守在厅上，一面防着有匪人暗算放火等事，一面留心接应外面众人，一有声息，便去救应，免得敌匪增援时，吃他的亏。孙孝答应了，手提双刀，眼观上下，耳听内外，用心防守着。

于谦便舞动蛟龙剑，护住身躯，跳上屋面，前后瞻望一番，按着长剑，沿瓦楞，直到屋脊上，四面巡视一周，没个人影。又到后檐口，跃过对院，再到那最高的墙垛上。近处没见什么，便抬头望去，却见屋后大路上树影之下有两团黑物，瞅过去确是两个夜行人，正窝在一处头对头说话儿。于谦料想：一定是系马屯的接应，藏在这里预备捉逃走的人的，想着，便一抬肘，啪地打出三支连珠袖箭，直向那两个黑影儿射去。

这里箭才出手，那边一声哎哟，接着一声嘿，两人之中，却已倒了一个。一个立起身来，向这边屋上瞅着。于谦知道射倒了一个，这一个准是让过了，或是接住了箭。瞅他的本领不弱，不敢怠慢，忙伸腰耸身一跃，出了墙外。

正要向那人扑去，忽见大路上有七八个人飞奔而来，于谦便刹住脚，立在围墙根下，定睛瞅着。转眼间，那七八人呐一声喊，齐向那夜行人奔去，这才瞅出来的人就是岳文、武全、种元、秦源、范广、袁琪、左仁、华菱儿等七个。那夜行人见七人赶来，欻地向上一跳，朝那树上跃去，顺手一搭，就翻身上树隐着。七人赶到树下团团圈围住那棵树。范广大嚷：

"小子下来呀！为什么学猴儿崽子爬树梢呢？是汉子，就该见人。这样躲着，俺真替你害臊！"岳文、左仁等也都接声浑骂。

正闹着，武全一眼瞥见离树后三四步处，还躺着一个，便过去细瞅，却是死尸，不知是谁弄死的，心中十分纳闷。那树上的夜行人瞅见，便抓着树枝，就势拿了个鼎，双脚向上面分枝上一挂，两手一撒，啪、啪、啪，一阵梅花钢针袖箭向岳文等乱射。左仁、种元各中了一箭，喜得都射在肩窝下面，不甚紧要，各自拔出箭来，仍旧围着那树。

秦源眼尖，瞧明白了那人是挂在树枝上，便暗掏一支金镖，狼腰一扭，反背打了一镖。那人虽是借着落月余光瞧地下瞧得十分明白，却是不料秦源反背打出镖来。因见他两手反剪在背后，动也不曾动，便不曾提防，及至镖穿叶响，才知道有了暗器，已是来不及闪躲了。忙将身躯晃动时，不料左股上中了一镖，痛不可当，眼前一黑，脚尖儿一松劲，倒冲下来。

武全眼明手快，见树枝一动，知道秦源的镖打中了，连忙迈步到树枝下，两手一摊，向上一托，那人正掉在他怀里，武全便当胸一搂，将他抱住。众人连忙一拥上前，七手八脚，将他捆了，便簇拥着回屋子里来。于谦远远望见，便也不惊动他们，仍回身跳上墙头，翻屋脊回到前厅檐口跳下。

武全等拥了那人回到屋里，见于谦、孙孝在厅上，便将那人拥上厅来。于谦先问那人姓名。那人答道："俺姓承，名秉，绰号追风鸟。"于谦便叫范广："将先时在屋里的那人也提了来。"范广应声去将那人押上厅来。于谦照样先问他姓名，那答人道："我叫常洪，江湖上都称我草上飞，原是徐州人氏。"

孙孝叫庄丁掇过两张椅子，让两人坐下。先问常洪道："我瞧你是一条汉子，为什么给快刀余去当腿儿呢？"常洪瞪眼嚷道："什么叫腿儿？我没处讨银子用，余弘拿银子请我，我拿了他的银子，就得和他做事，什么叫腿儿？"于谦笑道："您这话如果是做官的这般存心，那是再好也没有了，可惜您把食禄忠事看错了！凭您这样一条汉子，到哪里不能过活，何必把自己有用的热血卖给余弘？您为拿了余弘几两银子，帮着他，可知

219

余弘仗着有了您帮他，多害了多少人？就为有了您，余弘才能害那平常他害不着、敌不过的人。归根说起来，这些人岂不是您害的？大丈夫宁肯自己饿死，决不肯害旁人，挺身救人，为人舍身，才是侠义英雄好汉，您怎么为着几两银子就帮着恶霸害上许多人呢？"常洪听了呆了一呆，才瞪着眼问道："凭您说，我该怎样呢？"于谦道："依我说您应当快快回头。您要是没钱花，尽管和我们说，我们终不叫你受急。您不愁没钱花了，便去做些救善扶弱的好汉勾当，我们决不将私事来烦您。只是您要做了不规矩的事，或是胡来乱作，可别怪我们不留情！"常洪呆了一会儿才答道："可能待我想想明白？"于谦坦然答道："可以。"便叫庄丁解了他的绳索，左仁、袁琪便夹着他坐下。

于谦转过头来问承秉道："我和这位常好汉说的话，您听明白了吗？"承秉点头道："知道了！"于谦道："那么，您还是随着余弘去胡干，还是回头自己闯个好汉字号呢？"承秉道："我原不是一定要帮余弘，我和他并无交情。只因我的主人曾玉琪犯了法，是余弘包藏着。我只得随主人住在系马屯，平时余弘也不曾拿我当个汉子看待。今夜他叫我主人到这庄后埋伏。我主人中箭死了，我正好自己独闯。"

孙孝问道："朋友，您别见气！我有句不识趣的话要问您：似您这般个汉子，怎么会有个主人呢？"承秉听了，长叹一声道："提起这话，我就伤心！我这主人也和我无恩无义，并且是我的仇家。他本来不叫曾玉琪，本姓名叫棒槌罗义，是太湖铜锤罗七的族叔，拳棒功夫很好，等闲三五百人捬不住他。我自幼没了父母，姑丈养我成人，叫我从师学艺。我的师父大刀金纯，就是罗义的师兄。我跟着师父走镖，走了几年。罗义在山东磨砻山落草，我师父带着我去望他，他要留下我师徒二人。我师父不肯，他就黑夜出去做了两件无头案子，写上我师父的姓名。我师父没法，只得带着我落了草。可是从此心头忧郁，一病身亡。我想逃下山去，却是防守严密，逃走不得，没法，只得耐着。罗义却并不当我是他的帮手，只当作身边伺候人看待。我强不过他，忍气吞声，待了二年。去年官兵来剿山，那带兵的叫王忠皓，罗义敌不过他兵多，伤了一只眼睛，被他砸了窠子，便改名曾玉琪，带着我浪荡江湖。今年才投到系马屯，我老想离开他，一直没个机会，如今他死了，我剩得这条汉子，终不肯辱没了我师父。你们众位如不嫌弃，我情愿降伏，讨几亩地佃种着，再投师习艺。"

于谦听毕，解了承秉身上的绳索道："您放心，您要习艺，我送您到个好所在去。"正待和他细说，忽听得常洪大声叫道："嘿，我明白了，卖身也得卖得值得。好吧，跟您去吧！"于谦笑答道："您想过来了吗？好，不愧您这般身手的好汉子！"

这时，已近五更了。于谦安慰常洪、承秉一番，和众人也都来引见了。孙孝道："那个诸国屏可不能收他。他原是本庄的庄户，袁四太爷待他不错，他竟能降贼害人，这种没良心的禽兽，断留不得！"于谦道："凭您了处吧！只是扫荡系马屯的事，如今非去不可！再挨一会儿就是白天，干不了了。您把知县杀了，这里还能住吗？要一离开这里，不但是系马屯的仇报不了，反得让他去告变洗庄子，正落在他手里。百姓还不知要受多少害啦！"

孙孝道："咱们就走吧！"说着，目视常、承二人，常洪昂然立起道："大丈夫永没翻悔！我答应快刀余的事都干到了，很对得起他了！如今您要去扫系马屯，大概不放心咱两个。咱就着您一起去，决不离开您一步，让您好放心去干，好吗？"承秉也接声道："我给您领路，您押着我，要有二心，您就宰我！"于谦忙摇手止住道："您俩甭多心，我们决不疑您俩。您俩如果不便去，就请在旁边待着。要高兴走一趟，咱们就一起去玩玩。咱们话说明了，就是一家人，随便怎样都可以的。"承、常二人方不言语了。

孙孝便到后面去杀了诸国屏。各人备了牲口。常洪、承秉也都去后槽各备一骑马，又到兵器架上各拣了两件称手的兵刃，一齐到门前打麦场上。袁琪吩咐庄丁紧守庄子，才让大家上了马，丝鞭齐扬，直上大路。常、承二人故意勒马夹在众人中间。众人却都坦然相待，二人更加定心。

系马屯离盛昌庄只三十余里，众人骋辔飞马，转眼间，已近屯下。于谦在马上和孙孝、袁琪等商量，上屯去，分作四下，打四面进去，揍他个措手不及。便叫袁琪、范广、武全打东头进去，左仁、种元、岳文打西头进去，孙孝、秦源、华菱儿打前面进去，于谦领着常洪、承秉打后面进去。

商议已定，乘着月落天黑，泼啦啦冲上土岗，才到半岗里，望见两个人影在前面如飞向岔路驰去。秦源在前，抖手连打两镖，那两人影便不见了。众人急赶上土岗，四面一瞧，一点儿响动也没有。于谦便和孙孝等照前时商量的，分作四路，四面扑进庄子去。

于谦和承秉、常洪二人转对庄后，将牲口藏在树林子里。瞧一瞧，围墙不高，三人一蹲身，飞上墙头，四面一望，只见些黑树影迎风摇摆，里面鸡犬无声。承秉指着中间那高屋脊道："这就是快刀余自己住的屋子。那外面一丛矮屋都是客房，江湖好汉们都住在那里。"于谦道："咱们到那矮屋里去，敌住他们的援应，让孙冲天去正屋里去，寻快刀余报仇。"

说着，便领二人齐向前面来。抄过中间屋子，劈面遇着孙孝、秦源、华菱儿三人。孙孝首先问道："可曾见着什么？怎么一个人儿也没有？"于谦道："没见着什么，这事透着奇怪，难道全埋伏着吗？"孙孝道："咱们下去瞧瞧，可好？"于谦点头答应。

六人正要跳下去，忽见地下有四个人拍手相招。于谦细瞅去，却是袁琪、范广、武全，还有一个不认识。孙孝望见那人却惊喜异常，呀了一声，便飞身而下，于谦等也都随后跳落平地。范广等三人连忙接着孙孝，袁琪便引那人过来和于谦等见面，说道："这是我们师弟赛李广唐冲，射得一手好箭。"于谦等都见过了。

范广上前道："这屋子里杀了一地的死尸，却没见个人影，不知是甚道理。"于谦便叫范广领路，和众人到屋子里穿了一过，果然横七竖八，倒了一地的死尸，深为诧异。便向侧门穿出，朝正屋里去。迎面遇着左仁、种元、岳文两边齐问："可见什么？"于谦大略说了，种元诧道："奇怪极了，正屋里也杀死了三个人。左大哥认得：一个是快刀余弘，一个是雌夜叉徐娱惜，还有一个是他们的管账的庄头，这事儿不知是谁干的。"

于谦便问唐冲："您怎么在此地的？"唐冲道："咱自被那厮们捉了来，就关在一间黑屋子里，给些干棒子面、冷水。里面不见天日，也不知憋了多少日子。方才不久，那黑屋子的门悄地开了。咱还当是送面水来了，哪知进来的不是庄丁，却是个身材细小的夜行人。咱要说话，他将咱嘴一

222

拊，又将咱脚上的脚镣捏断了，便拉了咱出来，到苑子里，向咱道：'您待着，就有人来引您出去。'咱正要问他详细，不料那人真捷速，身子一闪，就不见了。咱想待在苑子里给人家瞅见了不大稳便，又不知是什么时候了，只得藏身在假石山后面，窥听了一会儿，没什么动静。心里想着：如今脱了身，何不乘此报了仇去？便闯出来，向兵器架上拔了一条朴刀，直奔上房。沿路也没见一个人，到了上房里，瞅见暗淡灯光照着三个没头死尸，咱吃了一惊，连忙出来，想要到盛昌庄去。才上屋，就遇着这位范兄。大家不认识，误打了几下，袁家兄弟瞧出是咱，才一同下来了，大伙儿到上房转了一转，也猜不透是怎么一回事。"

于谦道："这般说来，一定有高人在我们前头来过了，何况追风鸟才说还有许多绿林呢。只是几个恶徒都宰了，这大庄子终不见得没一个庄丁呀！那许多人连尸首也不见，到哪里去了咧？先时我疑着是被哪位放走了，如今据唐大哥说起来那人走得不久，怎么我们来这里路上、屋里，也没遇着一个庄丁咧？既是那砸这庄子的人这般有能耐，一定不会无端好杀的，那些庄丁难道都早逃走了吗？就算全杀了，那些尸身呢？怎一个也没见？"

众人都沉吟了一会儿，孙孝道："咱们且搜他一搜，或许搜出些痕迹来。"于谦点头道："很好！只是得快些儿，时候已不早了。"孙孝等答应着。便分作两班：于谦领着同来的五人和武全、承秉一共七人打东头抄进去；孙孝领着唐冲、袁琪、常洪等一共六人打西头抄进去。各亮兵刃，护住身躯，挨次向屋里屋外严搜详察。

孙孝领着袁琪、左仁、华菱儿、常洪、唐冲从西廊一明两暗的偏屋里搜起，一直搜过一个花苑、花厅、几间书房和后面的兵器房、客房、粮仓、钱库；两路同时径到内室卧房、老妈子房全搜遍了，值钱的东西不少，都撂在原处没动，就只没个人影儿。

打卧房南侧小门出去，是一所养鸡鸭的苑子。孙孝等便去窥探，才拉开门来，便听鸡惊鸭叫。袁琪心想，这时候，鸡鸭应该在埘里，怎么散放在苑子里，不怕黄鼠狼吗？便向孙孝道："您听，鸡鸭叫唤乱窜，不是没关着吗？这事儿透着蹊跷呀！"一句话，提醒了孙孝，将手中双刀一分，护住上下，一个箭步，欻地蹿到那沿墙根一排长埘跟前，一瞧埘上插门都高高地拔起。左仁、常洪齐向身边，取出火镰石，敲着点燃火纸，向埘里一照，见里面堆积的鸡鸭粪厚层上面，踏着许多人脚掌印。孙孝便弯腰闯进埘去，使刀两面敲打，觉着右手边墙上响声儿两样。孙孝便缩身出埘，招呼唐冲，两人一同抓住木埘两头角柱，尽力一扳，只听喳喳连声响亮，早将木埘扳散，横倒在地，那鸡鸭惊得乱叫，啪啪乱飞。

孙孝向那埘倒处，定睛一瞅，露着栲栳大的一个大圆黑窟窿。心中一喜，想着：不料暗窖儿在这里！便招呼左仁、常洪将火纸向窟窿中一瞧。陡见那窟窿只三尺来深，那边透见天下的疏星黯云，却似别有天地一般。左仁问常洪道："您可知道那边是什么地方？"常洪笑答道："我要知道早就领路来破了，还等点着火去瞅吗？让我先去探一探就明白了。"说着，便将朴刀耍个盘旋，低头躬身蹿进窟窿去。

常洪才蹿过去，孙孝等便听得他在那边欢叫道："快些来，这些小子全在这里了！"孙孝、袁琪等连忙都闯过去。抬身四望，却是个四面高墙插天，井底一般的一块空地。再凝眸一望，厩角里有许多人憋作一堆。常洪去拉扯两个人，那两人杀猪也似叫唤起来，却是拉他不动。

孙孝走过去瞧，才瞅见那些人都戴着脚镣，另使一条粗长铁链锁在一处。只要拉一两个，就把他拉成两半个儿，也别想拉得动。孙孝便要常洪走开，才向那些人道："你们是干什么的？照实说来，我解开链锁，放你们逃生。要说假话，可得仔细你的脑袋！"

话才毕，那人堆中伸出个老年长汉来，手中举着一张纸，说道："你老可是袁爷、孙爷来了？求你老开恩，那位神仙姑姑叫小的们向袁爷、孙爷求恩典，求爷开恩呀！"袁琪听了，十分诧异。孙孝暗吃一惊急问道："你且说那位神仙姑姑怎样说的？要真有凭有据，说得对，我便放你们。"那老汉答道："那位神仙姑姑把小的们全锁在这里，给小的一张字帖儿，说是待袁爷、孙爷来，把这字帖呈上，你们就有了生路了。"孙孝急问："那字帖儿咧？"

老汉答道："在这里。"孙孝便亲去他身边，接过他手里那张字帖儿，老汉站不起来，就那么蹲着，递给孙孝。

孙孝借着火纸微光看了一遍，不觉大惊，连忙叫袁琪快去招呼于谦等七人过来，袁琪应声去了。没多时，便引着于谦、范广、武全、承秉、种元、秦源、岳文一齐闯过这空地里来。孙孝便问于谦："可瞧见什么？"于谦道："只得着一张字帖儿，不满十个大字。"说着便将手中捻着的一张大八行笺递给孙孝，孙孝就着光看时，上面写着："若问情形，请向墹中寻。"只九个酒盅大的字，也没落下姓名。孙孝瞧过，便递给左仁等去瞧。一面将老汉交出的字帖儿递给于谦，于谦展开看时，却是一封长信。

　　要知信上写些什么，待下章再叙。

第三十三章

首先鞭疑云迷侠士
留后守虚语调英雄

话说于谦接过那张字帖儿，秦源、范广忙将火纸点燃照着，于谦从头瞅去，众人簇拥着随看，上面写道：

路过系马屯，闻土霸披猖，乃入窟一探。闻快刀余掘盛昌庄袁老武师之墓，以求一鞍辔；且将假赃吏之势，为焚庄之举。其横恶不法，如斯极矣。黄昏后，至盛昌庄，知快刀余之所谋，袁庄已审知而为之备。乃复返系马屯，将先斩之，免其肆毒。至则其党已先行矣。用挥我剑，歼厥渠魁，并及长恶者。更草安袁武师之灵，待他日再营窀穸，我当来奉告其址。庄丁、佣仆为衣食所迫，忍辱从奸徒作马牛，非好为之，不得已耳。我辈怜之且不暇，再何忍死之。唯为免其张扬害我事，不得不暂缚之于彼主人陷人之窟，然后再往袁庄。倘或有事故时，得相助屠彼赃吏及恶党。倘有机缘，会当相见。若诸君子已与彼党遇，而肃清之者，则我从兹逝矣。青山无恙，他日相逢，以斯为纵谈破颜之欢，亦一隽事也。此巢中，害人之窟有三：其一，为曾锢袁庄英豪者，已毁其门；其一，幽二稚孀，送之归矣；其一，则斯窟也。此外，毋劳诸君子。唯财物皆原封未动，尚望散斯不义之物，或移充助义之用，则我所深望也，敢以为请。诸君子既遭斯不幸，又处今世朝野皆无皂白之时，倘仍留斯土，不作他图，不膏贪狼之

226

吻，必逢猘犬之灾。幸毋留恋，迅整行装，亟为明哲保身之谋，亦大君子所以自全之道也。设仓促未能定所往，则武当诸剑士方树基于塞外卧牛山上，力谋捍狄，矢志锄奸；虽集聚多属于宗门，而招致实不分秦、越。若往寄迹，无辱于行而有益于事。况复为其所为，亦吾辈之所当为耶。临风寄意，尚祈勿以肆言为嫌。幸甚！幸甚。

沧浪钓徒留字

于谦读罢，愕然道："这沧浪钓徒的名儿，倒不曾听得宗师、同道提起过。瞧他这种作为，却真是一位大英雄、奇侠士。可惜咱们无缘，不曾见得一面。"武全道："他这信上不是提及卧牛山吗？看起来，一定是同道中人，将来终有相见之日，只是现在失之交臂，未免令人惆怅！"众人皆惘然若失，都深恨不曾会得这位奇人。

袁琪道："他信上不说是现在到我庄子上去了吗？咱们快把这里收拾了，赶回去，或许还可遇着。"于谦摇头道："这也不过是姑作此想罢了。咱们且照他信上所托的，把这里的事办了再说。"便叫岳文等帮着孙孝处置那些银钱珠宝和庄丁们。孙孝便和众人将庄丁等点了点，一共六十九个人。便每人给二十两银子、十贯钱路费。共给了一千五百八十两银子、六百九十贯钱钞，余下还有三千多两银子，一千多贯钱钞，一包金条、金叶，四匹驮骡。剩下的许多衣服和几仓米麦，都不曾动。四处一查，只不见那匹雪里拖枪。问庄丁们时，都答说早两天就不在庄子上了。孙孝布置停当，便向众庄丁劝谕一番，叫他们回家去，寻个生理度活，别再助恶逞凶，自讨恶果。又写了一张"恶霸已除，粮赈百姓，可任意来取"的字帖儿，将银钱装在行囊，便和众人一同起身，到庄外岗子上各人去牵了自己的牲口，将写好的字帖儿粘在门口，才一齐扳鞍上马，出庄下岗，顺大路向盛昌庄来。

回得庄来，天色大明，袁琪心中十分着急，想着知县、差役、死尸躺了一屋子，任什么没拾掇，就这么一走，又有许多祖传东西丢不下。要耽

227

搁一会儿，又怕官兵来捉拿，当真还戕官拒捕吗？我袁家清白传家，杀这狗官已经是胡作妄为了，怎能再做那叛逆之事呢？心上七上八下，好不为难。

不觉到了庄前，却见里面鸦雀无声，连派着看守庄门的庄丁也不见了，大伙儿都觉诧异。于谦勒马回头向众人道："小心提防着！"众人都点头会意紧握兵刃，四面留心。范广当先舞剑骤马，冲进庄门。急向前面左右一瞅，却没一点儿什么，便回身招手，招呼众人进庄。

于谦、孙孝等涌进庄来，在前坪中下了牲口，也不见庄丁来接鞭缰，更觉得诧异。便虚掩了庄门，将牲口都散放在前坪里。各自仗剑挺刀，闪进二门。孙孝一脚踢开屏门，范广奋身先进。猛瞅见庄丁们都挤在大厅上，袁琪大怒，喝道："你们这班浑蛋，叫你守庄门，竟敢窝在屋子里图舒服。回头我再来抽你们的顽筋！"众庄丁中，有个跟袁四太爷的邵辟雍，见小庄主回了，急奔下厅来迎接，于谦忙拦住袁琪道："您且别嚷骂。您瞧，那些尸首哪里去了？"一句话，把众人提醒了，一齐发愣。袁琪也止声呆住了。

邵辟雍奔到袁琪跟前，笑嘻嘻地说道："小爷，不是您小爷托朋友来叫小的们都到厅上不许出去吗？这位朋友真交得不错！小爷，您交的朋友，这一位怕要算个尖儿啦！怎的小的们先前没见过呢？"

袁琪陪众人上厅坐下，向邵辟雍怒喝道："你真老糊涂了！我叫什么朋友来过？你们怎么不问明白，就相信人家呢？要是仇家来叫你们烧庄子，你们也依着他干吗？"骂得邵辟雍愣站着不敢声响，于谦劝住袁琪道："您别尽闹脾气！就里头大有道理，说不定就是那沧浪钓徒干的，待我来问问明白。"便转头向邵辟雍道："老管家，您且告诉我：您说的小爷那位朋友，是怎样个人？怎么来的？对您说些什么？还有这些死尸哪里去了？您尽管实说，别害怕。"

邵辟雍这才指手画脚地说道："小爷说我糊涂，我何尝糊涂？那位爷颀长个子，着的淡绿衣裳。众位爷往系马屯去了多时，那位爷才来。来时就叫小的说：'与你小庄主在系马屯前相遇，岗子里快刀余已经斩却了，庄子也平了。如今叫我先来把这些死尸搬去藏了。'小的们说是帮着动手，那位爷不许，说：'你们只在庄子里去守着别动！你小爷说：因动身时忘却了，路上想起，你们站在庄门口，要是有人瞅见，一眼就瞧出这庄子里出事了。不如都到屋子里厅上待着，外面静悄悄给人家瞧不透才好。'小的们自然得遵吩咐。且那位爷又真是为着咱们，把那些尸首每个砍成几段，塞在酒坛子里。一坛一坛运往外面去，拾掇了，又回来搬取。辛苦了好半晌，小的们怎敢疑心咧？那位爷临走时，还在小爷书房里写了一封书子，压在砚台下。吩咐小爷回时，就说他事忙不及等候了。刚才出门没多时，众位爷就回来了，这怎是小的糊涂呢？"

于谦连忙安慰他道："这真不能怪您了，您小爷心里有事，不是发您的脾气，您别着急。请您把您说的那封书子拿来瞧瞧，咱们好干正经事。"

邵辟雍听了，高兴异常，噪声答应，两脚擂鼓般奔进去。一霎时，便见他手中拿着一封书子奔出来，气喘吁吁地到袁琪跟前，双手递上去。袁琪拆开来和于谦等一同观看，上面写的字和系马屯得着两张字帖一般笔迹，众人都知道又是那沧浪钓徒弄的玄虚。

瞅那书中言语，却是说贵庄的事，已代为理清了。系马屯已无后患，此地不可久停等话。又说："由这里朝西小路过去十九里，有座狐狸庄，庄中有个活蟹蔡圭紫，是快刀余的师父。平日专劫年底还家的客商，做个不出名的大盗。快刀余许多事都是他帮着干出来的，只因他不出面，便没人知道他。论本领，十个快刀余也比不上蔡活蟹。此地事已妥帖，我已到狐狸庄去了。"

于谦等阅毕，袁琪便要赶到狐狸庄去，一来帮助沧浪钓徒诛凶，二来也去会会这位不知姓名的大侠。于谦便劝袁琪："就此一走，要是系马屯事发，追问知县下落时，虽是尸首搬过了，人家都知道知县到这庄上来了，怎瞒闪得过？乘这时，事没闹穿，赶急脱身要紧。这狗官是该死的，您再为他去受累就太不值得了。"

袁琪唯唯答应，叫邵辟雍过来，低声告诉他要逃难。要他拾掇细软，领着妻儿，暗地到临清住下等候。庄丁都给钱分散，粗重东西全扔下，千万别舍不得尽耽搁闹出事体来。邵辟雍唯唯答应，便去依言行事。

袁琪到里面去拿了几件紧要东西，打成一只包裹，仍出厅来。将系马屯带来的四只驮子，也交给邵辟雍带走。自己只带了些散碎银钱，和于谦等各持兵刃起身出庄，上马飞驰朝西去了。

邵辟雍自去收掇细软，分散庄丁。那些庄丁听说祸事来了，没银子还想逃走，听说每人有一只大元宝，喜得心花怒放，争先恐后领了银子，卷起行李四散逃走。一霎时，就散完了。邵辟雍才领着妻儿，押着牲口驮子，直奔临清。动身时，天色才只辰初时光。

于谦和孙孝等共十三人，骤马行了十多里。袁琪是土著熟路，用不着打听，直奔狐狸庄。行不多时，袁琪扬鞭遥指着前面黑黢黢的大树林子道："这林子过去就到了狐狸庄东头了。"岳文道："这庄子瞅去也不像只狐狸，怎么叫作狐狸庄呢？"袁琪道："这庄子本来叫作桃花堢，前几十年庄里出了人妖，名叫宫线儿，远近弄了三五个汉子，大伙都叫她狐狸精，就连庄子也叫成狐狸庄了。"

说话间，已到了树林前面。瞅见矮矮一道围墙，延绵约有五十多丈。墙上南北矗立着两座望楼，中间庄门闭着木栅。栅内又有两扇钉铁大门紧闭着。瞧那形式十分雄壮，比盛昌庄威武多了。于谦勒住马，端详了一会儿。众人也勒马顺路成了一线。听了听，庄里面静寂无声。于谦便回头向袁琪道："那活蟹蔡圭紫住在哪里，您可知道？"袁琪道："他家在庄里西头，一所大山字垛、高墙头、八字墙门里。"

于谦便按鞍下马。孙孝忙抢先下马，向前来，向于谦道："慢着！这事是我们弟兄闹出来的，得让我们干去，您几位赶了几多日子路程，又累了一宿，再要进这庄子去累一阵子，就算您几位是龙马精神，不怕受累，叫我们弟兄怎么过得去呢？我们先进去探庄去。您几位在林子里歇着。要是我们进去敌不住，大概不至于全被那厮裹住，终有一两个人出来讨救，那时再烦劳您几位吧。"范广先不答应，嚷着一定要去，岳文等也抢着要去，都说一点儿不觉累。于谦暗想：那沧浪钓徒来了许久了。要是了了事，必要出庄他去。我们都进庄去了，倘或刚巧他打那边走了，岂不又是错过？我们就在外面待着，一来守候那沧浪钓徒，二来也好做救应，拦截逃贼。想着，向武全、岳文等道："我们就在外面候那沧浪钓徒，带着截捉逃贼吧。"武全等一心要去庄里杀贼，浑忘了沧浪钓徒这桩事，及至于谦提起，才忽然醒悟，都不争嚷了。

于谦便领着武全、秦源等，各牵牲口，到树林子里候着，让孙孝、袁琪、左仁、华菱儿、唐冲进庄去。常洪、承秉也要跟去。于谦便叫他二人随在孙孝等五人后面打接应。孙孝等便和于谦等分手到墙下，跳墙进庄。于谦待孙孝等向庄中去时，便叫武全和秦源、岳文在庄前待着，自己领着范广、种元，转到庄后去，暗地守候。

孙孝、袁琪、左仁、华菱儿、唐冲五人在前，常洪、承秉二人在后，扑上狐狸庄围墙，便分作两起，直扑两座望楼。不料扑进去瞧时，各有两个庄丁被杀在内，余外只有一盏残灯，照着楼板上的血渍。便各自退去，两下里向中间会齐，都料着是那沧浪钓徒干的。便瞧了瞧墙下，都是屋脊。孙孝招呼众人轻轻跳在瓦面上。

左仁拉住孙孝道："这事透着奇怪！这时差不离是辰初时分了，乡下庄子为什么没一个人起来做事？似这般静寂，难道一庄子人能被那沧浪钓徒杀绝了吗？"孙孝凝神想了一想，摇着头道："这事果然猜不透！可是咱们既已到了这里，难道就这样出去吗？任凭他怎么样，终得到活蟹蔡屋子里去探个究竟再说。"左仁等都点头道："自然得去一趟。"华菱儿道："去！到那屋里就明白是怎么一回事了，白待着，瞎疑心，有什么益处？"众人听了，都说："走呀！走呀！"

孙孝便领着袁琪等一直扑奔蔡圭紫屋上。翻过山字垛，到了屋脊上，却是仍没见个人影儿。孙孝便背转身来向袁琪招手，袁琪伏身走近，悄问道："怎么，可瞧见什么？"孙孝摇头，低声道："这屋子上面瞧不出什么，我下去瞅瞅去，您给我望风。"袁琪点头，转身到屋脊上去，和华菱、左仁眺望四面。

孙孝悄地踏到檐口，将背对着屋脊站定，猛然扑身向下一倒，就势双脚钩住檐口兽头，甩了个大风车倒悬在檐前。闪眼一瞧，是一排正屋，窗槅高挂，正中炕上，一个胖汉坐膝盘着，敞胸袒腹露一身黑油油的肥肉。炕前椅上坐着一个长瘦汉子，学究打扮。两人正在交头接耳，唧唧哝哝，不知说些什么。

孙孝认得那胖汉便是蔡圭紫，恐怕他发觉，便抢先动手。反手掣出双刀，想要跳下去撕住他。才一弯身，忽觉头顶下忽地一阵冷风飘过，不敢怠慢。连忙双脚一松，甩了个筋斗，双脚点地。急两面瞅去，见一团黑影正向屋门滚去。便耸身一纵，纵到那黑影后面，正待细瞅明白，再动手，那黑影却先开口唤道："孙大哥，是俺。"孙孝听得声音是范广，便收住双刀，悄问道："您怎么也进来了？"范广道："俺们埋伏着，见一条黑影打庄侧蹿进来，于大哥就叫俺赶了来。不料俺进庄来，没寻着那黑影，却遇着您。"孙孝便道："咱们进去，那黑胖子就是蔡圭紫。"范广道："那学究是汉王府的钱巽，俺认得他。"说着，二人各挺兵刃，向屋里扑去。

不料范广说话嗓子太高，屋里早已听得，知道外面有人。二人才扑进屋门时，猛然飞出一张紫檀太师椅，直奔孙孝左肩。孙孝连忙一闪，顺手扬刀，使刀背一挡，把那大椅子击了回去，砸在窗棂下，吧嗒一声，窗棂砸了个粉碎。范广一见大喜，乘窗棂碎倒时，起了个箭步，耸身跃起，直向窗里蹿去。

屋里四壁寂静，却一个人影也没有。范广大诧，暗想：刚飞出一张椅子，没一霎，那厮逃到哪里去了呢？任他本领高强也没这般快捷呀！正想着，孙孝恐怕范广中人暗算，也跳进屋里来。四下一望，也觉奇怪。便和范广向炕侧桌下乱搜。使兵刃捣寻一阵，也不曾捣着什么。

二人都纳闷着，不解是怎么一回事，向天花板上乱瞅一阵，又向四面环顾。孙孝猛然瞥见炕头有一扇小窗，急奔近瞧时，窗是开着的，便一面招呼范广，一面使刀探了一探，没甚动静，便将双刀一分，使了个大盘花，护住全身，向那小窗中闯进去。

闯过那边，却是一间堆酒的仓屋，四壁满叠着酒坛。当面墙门上，开着一方气洞，孙孝借着那气洞透来的一点儿暗淡光，先向当地一瞅。猛见地下有一大堆东西，细看时，却是蔡圭紫四蹄攒一地捆着，粽子般，撂在地下。孙孝便近他身边，见他嘴是堵上了，瞪着两只大眼，好似待宰的牛一般。

范广这时也赶来了，见了这般情况，扬剑照定蔡圭紫头顶就砍，孙孝忙架住剑道："且慢！还有话问他啦。"便伸手向蔡圭紫四肢聚集处一挑，将他提起，仍打那小窗子跃出外面屋里来。

孙孝在先，双脚方才落地，陡然瞧见屋子中间方桌上，端端正正供着个人头，不觉大吃一惊。范广随后过来，也怔了一怔。二人定了定神，瞅那人头长发纷披，颏下无须，也猜不透是男是女。孙孝便将蔡圭紫扔在地下，向范广道："您瞅着一会儿，我去唤我兄弟们来。"范广答应着。

孙孝便跳出窗外，蹿上屋去，却不见袁琪等，忙拍手打暗号也没人接应，心中大急，连忙翻过屋脊，纵眼四顾。只见地下静悄悄，没个人踪，便到檐口，伸腰矗立，右手举起刀来连晃两晃，这是唤人的暗号。手才停，忽见对面墙根下一连现出几个人来。

孙孝忙招那伙人近来，那伙人就急急奔过来，细瞅时，果然是袁琪、华菱儿和常洪等，便问道："你们怎么窝到那墙根下去？"袁琪一愕道："不是大哥您叫我们去的吗？"孙孝听了也一愕道："我一直在屋里，几时叫过你们来？"华菱儿诧道："这就奇了！我们好好地在屋上，忽见大哥打墙垛边露身蹿到这边墙上，和方才一般扬刀招呼我们过来。我们忙过来时，您又将刀向墙根下连指几指。我们知道是要我们待在这里，便蹲下来了。左三弟要和大哥说话，大哥一飘就不见了，这难道是我们发糊涂吗？"孙孝大惊道："你们上当了！不知是谁弄的玄虚，这人的本领可不小！"袁琪龘言道："要不是大哥您，就是于大哥，要不旁人没这般大本领。"孙孝急摇头道："不是，不是，于大哥不会作耍的。"言未毕，忽听得半空中有人接声道："不错的，是余大哥！"

要知这答话的人是谁，阅下章便知。

233

第三十四章

铁弹银枪摩空飞舞
金镖钢箭匝地盘旋

话说孙孝和袁琪、华菱儿、左仁、唐冲、承秉、常洪等正在诧异，半空中忽然有人答话，众人一齐大吃一惊，各自转身，挥动兵刃，四下寻找。陡见当顶有一团黑雾，欻地飞过。孙孝、华菱儿二人最先瞧见，耸身跃起，随后追去。那黑雾只在檐口兽头上略点一点，但见他微微一晃，似乎翻了个筋斗，便向墙外去了。

孙孝、华菱儿赶到檐前，那黑雾已不见了，暗自惊叹："好矫捷的功夫！"急转身蹿到墙边，只见荡荡平平，一片荒野，毫无动静，黑雾早已不知哪里去了。左仁等随后赶来，都要出墙去追。孙孝止住道："我瞧这人不是恶意，或许是和我们一般来探这狐狸庄的。他既不和咱们作对，咱们也不必去追他。如今活蟹已撳住了，黑飞虎在屋子里守着，咱们且去处置了再说。"

说毕，便领着袁琪等翻瓦面来到屋里。刚一落地，只见范广正和一个大汉拼命狠斗，那大汉舞一条水磨镔铁烂银花缨雀舌枪，虽只四尺多长，却有碗口粗细。范广挥剑迎敌，砍来刺去，只杀得个平手。唐冲首先瞧见，顺手掏出一颗鸡子大的铁弹子，也来不及卸弹弓，就势一扬手，向那大汉打去。那大汉正和范广斗到酣处，猛见许多好汉跳下地来，接着，便有人扬手放暗器，心中一急，飞起一脚，向范广前胸踢去。范广缩手一让，大汉乘空托地向后一跳，同时身躯一俯，让过铁弹，脑袋一偏，右脚一跷，双手托着手中枪，觑定唐冲，猛然脱手掷去，口中大喝一声"着"，身子一拧，就势随着那条铁枪向外一蹿，忽地飞上墙头。这里唐冲没料他竟会将手中正使着的兵刃脱手打人，猝不及防，铁枪已飞近面门，只叫得一声"不好"，身躯急忙一偏。陡觉右肩剧痛，已被铁枪扎了个大窟窿，鲜血直淌。孙孝连忙搀住唐冲进去。袁琪拾起铁枪，觉得分量沉重，旋转细瞅时，枪杆上镌着"桃花江上小游龙"七个隶书字。这时，范广也追了过来，见唐冲已经受伤，便止步近前看顾。孙孝道："今天这事十分蹊跷，我简直弄得头脑子都要涨开了。范大哥，劳您驾，去请于大哥进来，咱们大伙儿谈谈，弄弄清楚到底是怎么一回事。"范广应声去了。孙孝等便提着铁枪，搀着唐冲回屋里来，带着看守那捆在当地的活蟹蔡圭紫。

范广去不多时，已引着于谦等一干人全都来到，却另外还多着一个马脸虎口的瘦长汉子。于谦指着他，向孙孝等引见道："这位就是山东裕和镖局里的头位镖师劈破山余鲁。"接着便给余鲁引见了孙孝、承秉一班人，彼此抱拳施礼，就屋里坐下，只留华菱儿在屋前守望着。

孙孝将进屋以后所做所遇的事直到唐冲受伤一一说了个仔细，余鲁听得说到唐冲受了飞枪扎伤，没待于谦答话，便骤问道："那枪杆儿可刻着什么字儿？"袁琪忙答道："有'桃花江上小游龙'七个隶字，余大哥可知道使这家伙的是怎样个人？"余鲁点头道："果然是他！咱曾和这人见过一次，刚才又遇着了，便料定是他。"秦源骤言道："怪不得余大哥才见着俺们，就问可是和小游龙同来的。俺先没懂得，这才明白了。"左仁一面给唐冲敷上金创药，一面问道："这人究竟是怎么个来历？咱山东道上不曾听得说过他呀！"

余鲁道："这人姓何，名雄，是黄冈大游龙万里明的得意弟子，学得他师父一门绝技，随身带两条短铁枪，和人相斗时，便使飞枪扎人，其快无比，百发百中。枪儿脱手，就如一条游龙一般，所以他师徒两个有大游龙、小游龙的绰号。说起来，这人也是江湖上一条铁铮铮的仗义好汉，只可惜一桩不好，生平欢喜盗马。不论是谁的牲口，只要是真好，一入他的眼，就定要舍死忘生去盗得来才甘心。可煞作怪，不知他在哪里学得相马、养马诸般本领，任凭什么牲口，他能识得、制得。再烈些的，见了他，就如孩子见了亲妈一般，服服帖帖，没个不由他摆弄的。他出生在大同口外罄棰峰下。咱到口外护镖时，曾和他见过。方才咱到这庄子里，先往后屋，宰了那泼妇蔡圭紫的老婆，探到这屋子那头酒窖房里，陡然见蔡圭紫闯进来。咱正要揣他，却不料酒坛缝里突地闯出个人来，一抖套索，就把蔡圭紫给捆上了。咱忙上前去和那人说话，却见他身子一晃，已到窗外去了。瞧那后影儿准是小游龙，便追出去寻他。见外面没有，料他到了这屋里。随即到这屋里一瞅，也没有。便将人头撂下，翻到屋后去。”

孙孝截问道：“这般说起来，方才把我几个兄弟招到这屋后围墙根下，后来又在后面凭空答话的，都是余大哥您了。”

余鲁笑道：“都是咱。待咱索性一齐说了，让你们全明白吧。咱这趟是往徐州探望朋友回来的，路过这里，那蔡圭紫在前庄遇见咱，和咱攀交情，殷勤挽咱进庄喝酒。不料他的妻子泼妇毛氏，原是咱乡邻，没出嫁时，和咱姐姐有点儿怨气。俩娘儿们打吵子，咱姐姐怀着胎，被她两小脚儿蹬下来了。后来打官司，知县相公打了她二百嘴巴子。她听说咱到了这庄上，便逼着她丈夫下毒药。咱昨夜宿了一宵，今早起来撒尿，猛见屋上飞下一团白东西来。拾起来展开一瞧，却是一张江湖人使炭笔棉纸写的字条儿。上面就说毛氏要药杀咱的事，叫咱快走。咱当时恐怕活蟹疑心，没上屋去追寻是谁，只自个儿留心。待活蟹起身时，咱就告辞要走。他一定要留吃早饭。咱决计要走，他就叫人切一大盘肉，烫一大壶酒，给咱饯行。咱心里疑着，让他先吃喝，他脸上就变了色。咱夹一块肉朝着门前黑狗扔去，那狗一口咬吞了，一霎时嗯吭嗯吭两声，嘴角淌血，倒地死了。这一来，咱可不能不和活蟹翻脸了。他知道咱要揍他，起身就跑。咱随后赶到房外，心里愤怒已极，便忘了提防脚下有绊索，吃那厮们绊倒了，立时拖到后面空地里去杀。过了几重门户，打一座茅亭子下面走过，陡然间解着咱的五个人全躺下了，接着就有人挑断咱身手上的绳索。急回身时，却又不见有人，咱只得先报了仇再说。地下有那解咱的贼子扔下的刀，咱拾了一条朴刀，就奔后院，宰了几个贼子。又寻到内室，揣着毛氏，砍下她的脑袋，才到外面来，瞥见屋上有许多人，便绕到北面。又见屋上人扬兵刃打招呼，咱料知也是来探庄的。白日里登屋踹瓦，想来不是弱的。想着，便恐怕活蟹被人家先杀了，咱报不着仇，只得冒作认识，打个招呼，支使那屋上人到墙根下，咱才进那酒窖房去。

"后来就遇着那小游龙，赶了出来，听得有人提着于大哥，咱听岔了，当是有人认识咱，瞅破了，是说余大哥，不觉脱口答了一句话。可是仔细一瞧，全不相识，知道闹错了，连忙跳出墙外，恰正撞着秦大哥，两下里没打话就斗了起来。幸得于大哥闻声前来拦住，问明白了，才知也是来探狐狸庄的。正说着话，范大哥出来，一打招呼，就和岳大哥等会着一齐进来了。"

众人听毕，才明白以前种种疑事，却是彼此不明来历，错会了意思。如今叙说明白，齐都霍然，便商量怎样处置蔡圭紫。孙孝道："这厮作恶多端，不必问得，竟宰了就是。"范广道："且慢！俺先时见有个汉王府的姓钱的在这里，后来一闹，那姓钱的就不见了。得问问姓蔡的，寻出他来，也好除却一害。"袁琪便过去提那蔡圭紫，不料蔡圭紫嘴里堵的东西太多太紧，塞住了咽喉，早已憋死了。

于谦便唤秦源、岳文等，会合孙孝、袁琪弟兄们，前后抄搜一番。查出许多书信，抽阅几通，都是买卖毒药、迷药和白莲教、绿林大盗等的信札。秦源等将银钱等物收拾了，四处搜寻，不曾见有个人影，便仍回到前面来。

于谦便问孙孝等行止。孙孝、袁琪这时已都是无家可归，先时已知塞外擎天寨为豪杰隐身待时之所，早已打定主意，出塞投托。于谦开口问他们行止时，异口同声，愿出塞去。连唐冲、承秉、常洪也都要去。余鲁听得，便仔细追问塞外情形，武全一一告诉他，于谦也向他说明白："擎天寨是汉人御胡儿的义勇民壮，绝不是劫路焚村的强盗。"余鲁正想着：这里闹了个大未完，逃生出去的，都见过咱，寻不着旁人，一定要寻着咱，难道咱还待在镖局里等官府来拿吗？不如和他们一同出塞去，跃马杀胡儿，才是英雄好汉为国家为祖宗应做的事业，也不枉咱这条汉子、这身本领。便向于谦表明情愿随同出塞去，做些男儿应做之事，强似整年给人当护财奴。于谦赞道："好男儿！真不愧是中原好汉！"便起身就案上文房四宝，修一封书子，将袁琪、左仁、常洪、华菱儿、承秉、余鲁等相遇缘由，和各人的本领、性情、志向，都叙明白了。又取一张空白过关文牒，照式填写了，一并递给孙孝道："就烦您领众位出塞。咱们虽要到临清走一遭，袁府行李、从人都在临清。可是那城市中不便修书，我今此写好交给您：一来众位好放心；二来免得到临清时再耽搁。众位有这两件东西，便可直到擎天寨再没阻隔了。"孙孝接过书子、关文，殷勤致谢。众人也都谢过于谦，于谦一一还答了，便和范广等收拾起程，速离此地。众人七手八脚，一阵乱，收拾清楚。

余鲁因为自己没乘牲口来，便到后槽头去拣马配鞍，猛然触起：蔡活蟹昨夜曾对咱说，得着一匹雪里拖枪千里驹，料想在槽头上，这可合该咱得这宝马。想着，一团高兴，直奔后槽。到了槽头上急急地穿过四大间马厩，举眼瞧去，尽都是些紫骡、黑马和些长行驴，不单是没见雪里拖枪，竟没一匹白马，顿时满心懊丧。回想到：蔡圭紫是一个江洋大盗，坐地分赃，出去做买卖，非得黄、紫、黑三色的牲口才易遮藏，白马颜色最惹眼，自是不肯畜养。这匹雪里拖枪不合他们的心眼，准是牵去找主儿发卖去了。可惜这庄里的人走了个干净，不曾得着个活口，无从追问。一面想着，一面便拣了一头长鬣赤红马，又取了一副点金镂花鞍辔、一条缠丝软鞭，配上鞍鞯，束紧肚带，牵出马厩，直到外面来。

这时于谦等已经拾掇清楚，各自牵着牲口待着。余鲁便将寻雪里拖枪不见的事向众人说了。孙孝道："这马原是快刀余得着的，大约是寄屯在这里，这时不知是谁弄了去了。"于谦道："良马必逢良主，咱们没福，不必强求。从前中山王府里也有一匹雪里拖枪，却是从来没人骑得它，足见非其人得着了也是枉然。"众人听了，不再言语。承秉去开了庄门，左仁搀靠着唐冲，各自攀鞍上马，扬鞭驰骋，出了狐狸庄，直上大路，径奔临清。

行了一程，才寻了一家山村野店，打了个尖。酒保见许多人都是雄赳赳气昂昂的武士，心里怀着鬼胎，麻着胆子伺候，不敢离开。众人累了多时，也委实饥渴了，叫酒叫肉，没个停歇。一霎时，便把这家小店里的牛肉羊肉，连猪蹄猪头扫数吃光了。众人还是直嚷："快拿肉来！"酒保没奈何，只得好言央告道："小的这小店路僻人稀，天热时，不敢多备肉食。不知众位爷降临，不曾先时伺候，委实对不住，求众位爷恕罪。"范广便待发作，于谦连忙拦住，向酒保道："肉没了，可有馍馍菜蔬，你全给取来吧。"酒保诺诺连声，急急奔去，取了许多豆腐、咸菜来。又赶紧将白馍馍、肉馒头冷的热的，一股脑儿都搬了来。众人风卷残云般吃着。

范广和秦源同坐一处，大嚼了一阵，肚里也不差什么了，想着要喝酒，一齐抬头找壶。昂头直望，忽瞅见酒保掇着一大盆热气腾腾的东西，直向后面走去，便拉了秦源一把道："穿云鹤，您可瞧见？准是好吃的，咱们和他要了来。"不料秦源伏着半段身子在桌上，探着脑袋，直着两眼，目不转睛，瞪着通后面的竹笆门里，竟没理会范广说些什么。范广当他另外瞅见更好吃的东西了，忙拉住他胳膊，急问道："瞧见了什么？可是肥鸡大鸭子？"秦源被这一拉，才回过头来，答道："您说什么？"范广道："您瞧什么？"秦源便拉范广过来，斜着身子，指着那竹笆门里道："您瞧，那不是劈破山刚才说的雪里拖枪吗？"范广顺着他手指处一瞧，果然竹笆门内，晒衣杈下系着一匹牲口，约莫七尺来高，一丈来长，全身雪白，鬃尾漆黑，螳颈蛇腰，竹耳盏蹄，昂头挺立，动也不动。却是鞍辔全无，只套着副牛筋笼头。

范广看定了，便拉着秦源道："去！咱们去弄了来送给于大哥。"秦源答了个好字，便和范广一齐撂下筷子，掣身离座，扑进竹笆门里。秦源拔起晒衣杈，范广拖着笼头，转身就走。不料那竹笆门矮，牲口高大，且又十分性烈，甩颈摆头，不服牵扯。闹得范广性起，抬腿一踢，将门框踢倒。两臂一振，尽平生气力，将那马拉了进来。

那马强不过范广蛮力，冲进店堂来，大发烈性，四蹄乱踢，身躯乱摆。顿时把堂上的神龛香供和上面的桌椅闹得碎倒了一地。范广尽力和它缠扭，膝腿上被踢了两蹄，急得大叫："于大哥快来！"

这时，于谦等因范、秦二人吃得好好的，忽然起身奔往后面，不知是甚事故。武全等还当他二人是去抢那酒保手中的热菜吃，纷纷起身，想要拦阻。不料范广去拉了一匹马进来，蹦跳得满堂灰雾，一片声响。于谦座位在后，相离很近，范广叫唤时，于谦已耸身跃过去，伸左手搏住笼头，右手同时向那牲口背上一拍。接着两手使劲，挺住那牲口头腰两处，大喝一声，将它推到壁边，才硬制住它跳蹦不得。范广早松了手，在一旁喘气。

正闹着，忽听得后面有人大声喝骂道："狗强盗，要抢东西也得瞧自己吃得下的再动手。就让你拉去，除了太爷我，谁制伏得住？不是瞎眼珠子，白费劲吗？"声未了，突地跳进个瘦长汉子来。一进屋就扑奔范广，当胸一拳打去。范广闪身让过，方待回手，华菱儿在旁动了火，唰地飞起一脚踢去。那汉子喝一声好，左手一削，华菱儿手脚利落，没被削着。抬胳膊，放出一支袖箭。那汉躲避不及，一张嘴，咬住箭尖，向范广吐去，倒射过来。左仁急伸手打落袖箭，不料那汉同时放出一支金镖，左仁不曾提防，看看要打中眉心。于谦正顶住牲口，瞥见了，大叫："铁香炉，小心暗器。"一声未了，唐冲已忍痛挣起，就手抓起酒壶，飞掷过去。正对着金镖，扑通一声，金镖扎入锡酒壶底，酒壶就夹着金镖，直砸过去，突地砸在墙上，离那汉头顶相差不到一寸。

这一霎时，连砸带打，闹了个满天星斗。余鲁早瞧出那汉就是小游龙何雄，却是嚷破嗓子，也没人理会。只得分开众人，闯身向前，到于谦身边，向于谦说道："这人就是小游龙，请您快发句话，千万别伤他！"于谦听了，忙高声大叫："众位弟兄，快别动手！彼此都是同道，别伤和气！"余鲁又冒着兵刃暗器闯过去，到何雄站处，两臂竖张，遮拦在何雄面前，两手乱摇道："别打！别打！全是一家人，有话好说。"

众人这才住手。余鲁便转身拉住何雄，向众人引见。却是左右一查，单不见了秦源。

要知秦源到哪里去了，请阅下章。

第三十五章

倾心慕侠慷慨赠驹
矢志归诚驰驱就道

话说余鲁阻住众人相斗，引何雄和众好汉相见，猛然想起秦源不知哪里去了，何雄听得，心中一动，想着：大概是说我刚才揍翻的汉子。连忙转身，蹿出门外，见秦源仍旧缚在地下，急上前将他解了，俯身扶他起来，连说："对不住，对不住，多多冒犯！"秦源倒不好意思，只得答说："没要紧，算不了一回事。"众人见了，都猜不透是怎么一回事。想着秦源和范广一同奔出的，没多时光，怎么就会被他捆得这般结实呢？

何雄随着秦源和众人同回屋里，于谦已将雪里拖枪系在门柱上，招呼众人坐下。范广憋不住了，便问何雄："您使什么法术把穿云鹤缚住的？怎么这般快速呢？"何雄答道："这事我实在鲁莽得很，万分惭愧。只因先时没知众位就是破狐狸庄的好汉，一时间见有人来劫马，心里一急，发了呆性，便抛出一套络索，委屈了秦大哥，我真糊涂极了。方才想着这络索不会解的越解越紧，所以赶快亲自解下，再和秦大哥赔话。"秦源道："俺被您捆一捆倒不算什么，可是您往后得传给俺这东西，俺才不冤枉。要不，俺糊里糊涂，不知怎么一来，打脑袋飞下几个圈儿，就叫人捆住了，真是死也不得明白。"众人听得都呵呵大笑。何雄道："这家伙我一定告诉秦大哥。可是东西虽不稀奇，也不过是一条绳挽几个结儿，却是不容易抛使。一个不得法，也许倒把自己的同伴捆上了。所以要用它时，少也得练个一年整载，才能够抛套如意，百不失一。"众人听了，都向何雄讨来瞧瞧。何雄便向腰袋里取出一套挽整了的络索来，递给众人观看。众人瞧那

241

绳儿是牛马筋、人发夹丝扭成的，横圈竖结地挽成许多圈儿，急切里弄不清是怎样个用法。何雄待众人都看过了，才接过来，提着一个圈结儿，向众人道："这家伙扔出去，不问哪个圈儿套着人马物件，自会锁紧来。不挣扎还好，越是挣扎捆得越紧。"说着，便拉动几个圈结儿，果然一碰就紧。却是何雄捏着的那圈儿一抖，就会散成一条绳子，结络得再灵巧没有了。众人看了，都啧啧称赞。于谦默想着这东西是两军阵前擒将缚人的利器，知何雄是个极其有用之才，相待益加诚恳。

这时，酒保见众人打成了相识，才打案板底下蹿出来，揩抹身上臭汗。孙孝唤他过来道："砸坏你的家伙，咱们赔给你银子，你甭着急。且去弄些酒菜来，咱们吃喝，回头多给你几贯钱。"酒保赔笑说道："爷说哪里话来？小的怎敢要爷赔偿？这些破家伙不值什么，爷是最体恤下情的，只求爷拿一只眼照顾照顾小的，小的一辈子也吃喝不了。"范广不耐烦他絮叨，拍桌大喝道："谁要你说这些废话，快去弄酒肉来！"酒保大吃一惊，连忙抓定心神，笑答道："是，是，是！只是小的小店里的荤菜都孝敬了爷们了。要不，就宰几只鸡鸭吧，可是得求爷稍待一会儿，才能弄得熟。"孙孝道："我刚才见你掇一大盆热腾腾的东西往后面去，不是熟菜吗？"酒保指着何雄道："那是这位爷带来的，一只大獐子。"何雄也猛然想起，便羼言道："你就快去把我那只大獐子全拾掇来吧，大概也够吃了。"酒保诺诺连声，便转身自去烹调去了。

余鲁问何雄："哪里弄得一只大獐子？"何雄道："提起这东西，真是话长啦。我前几个月在京城里浅草马场上，见了这匹雪里拖枪。打听得是魏国公的，乘牧放人不留心，骑着一鞭子离了京城，直到淮阴鱼沟镇，想要找个寄顿处。可是这牲口只有我制得住它，旁人再别想近它身子。没处安置它，便一直骑了到北边来。路过系马屯，自己贪杯，中了快刀余弘的奸计，盗了这牲口去。我向店家讨，店家推说不知道。我气极了，把那鸟店给砸了。却不道快刀余弘报了官府，说我是强盗，抢劫了客店。那夜里我正要去余家，在一座古庙里藏身，独自躺着想法子，不提防官差打庙后悄地进来，一阵挠钩，把我搭住，捉了去，露夜解走。那伙差人在路上诈百姓，讹店家，走了半日，才走得二十多里路。我乘他们去寻事时，挣断

242

了链索，打死了两个差人，飞奔逃脱。

"不料冤家路窄，奔了一程，猛地瞅见一伙儿拉着牵着，把这牲口不知拉到哪里去，一路上一个劲儿闹别扭。我就想去抢回来，再去报系马屯的冤仇。却见他们有百来口人，怕一时不易脱身，反误了自己。便决计探得他们牵到哪里去，得了地头，就容易办了。暗地跟踪了约莫二十多里，才到此地，却又一连两天不得下手，不是庄上通宵闹宴，就是四下巡哨进不去。我只待在荒山里，饿了就打野味烧吃充饥。这獐子还是昨夜打得的，顺便带了来。似这般苦待着，直到昨夜三更后，才得空进来。这庄里除了你们所做的事外，那些事儿全都是我干的。只是我先见余大哥却是认识，后来见着诸位，却猜不定是干吗的，还当是官府差来拿恶霸的公差，四处闪避，一直没敢露面。这真是我有眼无珠，不识泰山了。"

众人听了，才知是彼此相疑，闹了许多周折。话已说明，便都欢然相叙，如逢故旧。恰好酒保把獐肉煮炒煎炸，弄了许多，连何雄没吃的都掇了来，众好汉分作两桌，大嚼一顿。大家先时都吃得不少，这时加上许多獐肉，全都吃饱了。酒保沏了一大瓦壶茶，提来给众人喝。

众人喝着茶，于谦便向何雄道："这牲口还是何大哥带去吧。这里还有一条铁枪，我因上面刻有姓名，顺便带离了狐狸庄，也正好物归原主。"何雄听了，十分感激。又知道唐冲受了枪伤，更加过意不去，赔了许多不是，才收了铁枪，却不受那马，向于谦道："我素来爱马，却是不肯糟蹋马。得来的良驹宝马，只要有人能识得，不辜负那马，我便情甘奉送。所以我虽博得个盗马的声名，却不曾留得一匹马，也不曾卖得一文钱。这牲口自来没人能制伏它，一直不曾有个主儿。我方才见于大哥竟能把它弄得服服帖帖，足见这马是于大哥的坐骑，自应归于大哥带去，也不枉了我带它几千里，终给它找着个主人。"于谦道："这牲口我不能受。它原是魏国公府的，府里两位少爵主和我是同道，您带了来我怎好受得？"何雄道："就是徐府公子也没一人能骑这牲口的，白撂在府里，还不是使良驹伏枥老死。我不过是生成一片爱马之心，不忍使它埋没，代它找个主儿。于大哥要当它是盗泉之水，君子不饮，那就未免不识何雄的性情，错觑了我何雄的心志了。"

于谦还待说话，何雄已起身要走，孙孝连忙拦住道："这事我有个处置。何大哥的心事，我们都相信得过。于大哥不肯受，也自有他的道理。依我之见，于大哥此番要进京去，不妨把这马带到京城，向魏国公府表明何大哥为马求主的心意，也免得府里疑心这牲口是被不三不四的人盗了去。徐公子既是同道，知道于大哥能伏这马，是这马的真主儿，断没个不竭诚相赠的。那时于大哥受了此马，也就没什么为难之处了，岂不是十全十美！"何雄挺身站起，毅然说道："我是怀着名马赠英雄的心事，至死不受的。徐公子我没会过，不知性情怎样，如今我就跟于大哥进京一趟，亲自向徐公子说明白我盗马的缘由和赠马的缘故。我情愿领个盗马的罪名，却是一定要物得其主，我才心安意得。"众人听了，齐声赞好。于谦想着：让他自己送回，成全他的义盗声名，也是一桩美事，便也不再言语。

众人话已说定，便收拾起程。孙孝取五十两一锭银子给了酒保。酒保喜出望外，得了这一锭生平不曾得过的银子，真比做了官还快活，顿时神扬气畅，趴在地下磕了几个响头。又连忙爬起来，递鞭子，吆喝牲口，忙了个两脚不停。于谦和孙孝等一行人，出了村店，各上牲口，趁大路直奔临清。

一路无话，来到临清城外，早有袁家家人待在路上等着。大家落店宿了一宵，商量停当。孙孝、袁琪、左仁、华菱儿、承秉、常洪、唐冲、余鲁等和袁家人众都到塞外擎天寨去。于谦、武全、岳文、范广、种元、秦源、何雄仍往南行，彼此分路。

次日早上，众人大张筵席，畅饮一番。袁琪取宝鞍赠给于谦，于谦不肯受。坚辞几次，却不过袁琪情意，只得收下。饮罢，众人拾掇出门。到了三岔路口，马上一拱，各道珍重，马头南北，分道扬镳。虽都有些依念，却是英雄相别，不作俗态。

于谦等一行七人离了临清，因为秦源要到乐安去探听师妹浪里花姬云儿的下落，于谦等也要乘便去探探朱高煦的作为。便掇转马头，直奔乐安。在路上马走如云，汗流如雨。众人一心注着乐安，也顾不了暑热难受，追风逐雾，破站趱程，赶到乐安城外，便寻一家车店住下。

落店时，才只未牌时分。于谦嘱咐武全看好行李，和秦源两个迈步出店，顺大街进城来。瞧那城内，夹街商店林立，车马拥挤，热闹异常。除却许多乡民百姓熙来攘往，还夹着许多兵勇，在人丛中奔来跋往，忙个不停。于谦觉着诧异，暗想：怎么有这许多兵勇夹在百姓中间乱跑呢？难道是朱高煦的亲兵没管束吗？

一面想着，一面行走，不觉来到一条小胡同口。忽见胡同里面人头乱拥，潮水般向胡同口涌来。于谦便和秦源二人刹住脚，站在街角上一家杂货店台阶上瞧着。猛然听得震天价一声响亮，接着人声鼎沸，大叫："不好了，那是真没命了！"

不知乐安城中出了什么事故，下章再叙。

第三十六章

抗异族烈女破头颅
访同俦侠士倾肺腑

　　话说于谦、秦源二人步入乐安州城中闲逛，借此窥探朱高煦在此地的施设。行到一条大街胡同岔口处，猛然听得一声巨响，接着瞅见胡同里黄河决口一般，涌出许多人来，乱嚷乱叫，闹成一片。便连忙向胡同口拐角处一家杂货店台阶上一站，立定了脚，伫望着，要瞧个究竟。

　　但见一阵人潮蜂拥过去，胡同里反静荡荡的，没一点儿动静。秦源诧异道："这是怎么一回事？闹得这般厉害，胡同里怎颠倒没声息！"于谦道："这事透着奇怪！一定是一桩大祸来，众百姓恐怕连累受害，都赶快逃走了。这胡同里说不定出了血案了。"秦源道："咱俩进胡同里去瞧瞧可好？"于谦点头道："既遇着这般事，终得觑个究竟，天塌下来也得承他一肩，终没个畏缩退缩的道理！"

　　说着，便和秦源同下台阶，向胡同中走去。一连走过十来家墙门，都是紧闭大门，没个人影。又走了三百多步，才隐隐听得有许多嘈杂声音。二人急顺着那声音来处寻觅，又转进一条横胡同，才见那第三家门扇大开，庭院中乱哄哄拥着许多人。细瞅去，男女老少都有，却都不像是老实百姓。男的全是满脸油滑气，一眼瞧去，就知道是些不安分的痞棍。女的多是着锦饰翠、妖妖娆娆的少年妇女，只有两三个老虔婆。

　　于谦瞅着这尴尬情景，暗想：这家子大概就是那人家所说的窑子吧？正想着，秦源拉住于谦的衫袖扯了两下。于谦回头一望，见秦源满面露着不痛快的颜色，正要问他究竟，秦源咕嘟着嘴，向于谦道："于大哥，走

246

吧！这是个混账所在，别尽瞅着，熏坏了自己。"于谦道："您别急，混账所在出了事更是蹊跷！"

正说着，忽听得一个黑脸的老虔妈高声嚷道："这一定是西头白妖狐那小蹄子、小妖精唆使来的，咱们只找她偿命！"接着，众人哄声响应，乱嚷："是的！""不错！""找她去！""别站着呀！"

于谦听得"白妖狐……偿命"几句，触起吴春林的事，越加留意。想着：白妖狐是京城里窑姐儿龚词儿的绰号呀！这事有这娼妇在内，准是一桩极糟的事！再加上这里头带着"偿命"的事儿，一定又闹出人命了。在这城市之中，白日里闹人命案子，不是和朱高煦有关的人，料没这股胆量，这事越加不能不管了。想罢，回头向秦源附耳说了几句。秦源听毕，便朝西去了。

于谦闪身立在那人家对门的墙檐下，静神听那屋里的人说些什么。听了多时，人声嘈杂，不能全听清晰。只听得一个男子说："这也不能全怪人家，咱们孩子也不好，就陪伴他们一会儿有什么要紧？硬别扭不答应，老虎头上搔苍蝇，讨死，这不是自找吗？"接着有个女人不答应这一番话，和说话的男子争嚷起来。又夹着许多哭泣声、喊叫声，更加听不明白。

一会儿，见那屋里踅出一个头戴公子巾、身穿蓝缎直裰书生模样的少年来。于谦急迈步拦在那少年前面，拱手施礼道："请问兄台，那屋里出了什么事了？"那少年猝被遮拦，吃了一惊。忙定神细瞧，见于谦施礼，才定了心，止步向于谦上下打量一番，见也是个书生打扮的，才拱手还礼，皱着眉头答道："这事糟透了！尊兄可是来闲逛的？俺劝尊兄且回玉趾，改日再来吧。"说罢，又拱拱手，便要举步。于谦遮在前面，不让他走，说道："尊兄且稍停贵步，小弟动问这事自有个道理。尊兄打那屋里出来，一定得知其详，务请费神告诉小弟，好求了事之法。不然时，尊兄也有些不便。"那少年听得"也有些不便"，不由得大吃一惊，暗想：这人大概是个做公的，这怎么好？俺真倒霉极了，偏偏地撞着这瘟煞！心中虽急，却不得走脱，只得硬着头皮说道："小弟是到此寻友的，不料进门就听说有几个鞑子来嫖窑姐儿，窑姐儿不肯接待，那些鞑子发蛮性，闹出人命来了。街坊行人都打抱不平，要揪住那些鞑子，不料有许多不知干什么的人硬保住鞑子，横冲直撞，把人全都吓散了，鞑子就此走脱了。小弟朋友没寻着，倒受了一场大惊。好容易待得平静，才溜出来，没挨揍丢命，终算托福万幸。"说罢，连拱了拱手，闪身就走，似是刀下逃命一般，闯过于谦身旁，如飞而去。于谦已得知大概，料想他再不肯说旁的干系话了，便还了一拱，任他走了。

恰巧这时，秦源远远地走了来，见于谦站在当街，忙近前来，说道："果然不错！那白妖狐姓龚，俺去问那打更的，给了他两颗碎银子，他什么都告诉俺了。"于谦忙问道："他怎么说的？"

秦源道："他说这胡同名叫乐意胡同，住的全是窑子。南北有名的姐儿，到了此地，都在这胡同里打住接客。西头一家就是白妖狐龚词儿的刬袜堂。出事的这一家子，叫华障班，鸨儿也姓龚，名叫甘心龟龚兴儿，专一拐逼良家妇女为娼。和龚词儿面子上虽是唤哥叫妹，火一般热，骨子里却是深仇似海，你害我陷，闹个不休。上月头里龚兴儿弄了个乡下姐儿叫仁元儿。打了七八十顿，才依从了鸨儿，寻个河南客人开苞。这客人就是龚词儿的钱主儿。自从被华障班夺了去，龚词儿含恨切骨。前十几天，来了一班鞑子，住在王府里，时常和王府里官儿出来逛窑子。却是鞑子的嫖法异样，见了个姐儿，就大伙儿缠着这一个。闹腻烦了，大伙儿又齐去缠一个。初时，龚词儿接着这班鞑子，当作一票好买卖，拿身体不当数，拼命巴结。一连闹了十来天，龚词儿垫钱也垫得不少了，身子也实在搁不住了，便和那领鞑子来的人讨钱，不料惹得王府官儿发了火，说她不会伺候差使，一顿臭骂，连踢带打的，龚词儿磕头求饶，情愿白当差，白伺候鞑子睡觉。这龚兴儿听得，可暗地里开心，说风凉话儿。这胡同里全是龟伙儿，传来传去，把龚兴儿的话全传到刬袜堂里。龚词儿听了，恨得牙痒痒的，便暗使毒计，和鞑子说仁元儿怎样可爱，怎样会伺应客人，花言巧语，说动了鞑子。昨日大伙鞑子涌到华障班里去，指名要仁元儿伺候。偏偏那仁元儿死也不肯陪鞑子，说："俺是天朝人，怎能伺候那班膻种？"那些鞑子恼了，要砸窑子。龚兴儿吓极了，忙将自己的媳妇儿和两个黄花大闺女都献给鞑子，糟蹋得一塌糊涂，三个都受了伤，今儿还没起床，才衍敷过了昨夜。今儿鞑子说是昨夜不痛快，还指名要仁元儿。仁元儿依旧抵死不肯，龚兴儿硬拿藤条儿抽，又使烧红火钳烫背，才逼得仁元儿出来。却不料仁元儿一到外面，抱住一只瓷花钵，拼命尽劲，朝自己脑袋上猛砸。直砸得头破脑子流，倒地身死。街坊上闲汉听得，齐哄起来捣鞑子，却被王府官府搭救了去。这事就是这么一回事，大哥管不管它？"

于谦听罢，暗自思忖，汉王这般恭维这班鞑子，任他横行还格外护着他，足见这班鞑子不是等闲之辈，一定是朱高煦勾请来的番奴。这事和国家疆土、汉人存亡都有干连，断不能轻轻放过，便向秦源道："咱们出城去，到了店里再商量。"秦源点头答应，转身随于谦照来时旧路出城回店。

回到店里，天色还早，于谦便和何雄、范广等一齐出门，吩咐店伙计看好行李，齐到城外大街头一家酒馆里，叫店家整治些酒菜吃喝散闷。

武全见于谦饮食无心，闷闷不乐，好似憋着一腔说不出的心事，没法调处，老是皱眉摇头，时而悄叹一口长气，却是问他时，又不肯说。阖座众人见他这般情景，都提不起兴致来，平时热热闹闹，这时却成了寂静无声，索然寡味。

于谦见众人都不高兴，桌上酒肴不似平时那般迅扫盘空，老是满碗满碟地摆着没人去动，知道众好汉提不起兴致，是为着自己有心事。却是这地方不能说出来，只得说道："众位兄弟快快喝足吃饱，回头咱们说不定有许多事要做啦。"众人齐问："甚事？"于谦道："快点儿吃，待吃喝完了，咱们回去细谈，可是到那时就没吃喝的时候了，大家乘此多吃些吧。"众人听了，知道又有事干了，顿时精神一振，风卷残云般大嚼起来。霎时，个个吃饱都问："大哥有什么事？"

于谦不答，只忙着起身，给了酒菜钱，便和众人回到客店，直入房里，将房门插上，叫秦源守在窗头，防有人窥听。众人坐定，于谦便将刚才进城所见所闻告诉众人，并说："朱高煦居然勾纳番部，甘心卖国。咱们要不赶紧设法阻止，鞑子一定借他勾请重入中原，大好河山又要遍遭腥秽。我华夏人民又要做他人的牛马。这不是一家一地的事，咱们怎能坐视不理？我想了许久，只有今夜悄悄地到城里汉王府去，把那些鞑子全给宰了。番部和此地隔绝，信息难通，必疑心是朱高煦害的，便不再相信他，就此可望断绝往来，也是一条釜底抽薪之计。可是这乐安城，虽没京城那般高峻，朱高煦却是个懂得武艺的，兼之他手下有许多能人，防备一定得法。夜里翻城，恐怕是不容易。所以我才邀众兄弟赶早吃饱，乘城门没关时，混进城里，暗地埋藏着，待夜里便好动手。"众人听了，都义愤填膺，雄心奋发，各自转身拾掇兵刃暗器，换衣裹扎。

不多一会儿，众人全拾掇好了。于谦才招呼秦源进来，一同换了衣服，外罩青衫，暗藏刀剑，装扮齐整和众人开门出房，向店家说是往城里探亲去，要是时候不早，就不出城来了。店家答说："爷们放心。行李牲口，小的自会照料，错不了事的。"

于谦和秦源作一路，走在最后。前面是武全、种元、范广，最先走的是何雄、岳文。都穿着直裰，飘然进城。守城兵勇，过往行人，都当是一班考生，无人留意他们。一行人就此安然越过城门，到了大街。七人会在一处，武全悄问于谦道："时候还早，咱们到哪里存身呀？"于谦道："我先进城时，已瞧过了。那大街东头有一家说评话的茶室，挂着夜场牌子，咱们就在大街上逛一会儿，黄昏时去听评话，挨到散场时候，就不差什么了。"岳文道："这法子不妥。俺想还是落店去。"何雄道："许多人落店，一无行李，二无牲口，口音又是各别，人家不疑心吗？我倒有个好处所。这地方我走了不少趟了，打这朝北拐去就是估衣街，街西有一家振和镖局，我来去都在那里打住的，如今径往那里去。镖局里都是江湖朋友，能相信我，断不会生疑坏事。"武全听了，目视于谦，于谦坦然道："好极了，咱们就到振和镖局去。"何雄便打头领路，拐了个弯，就望见振和镖旗临空招展。

何雄先到振和镖局门前，迈走进了大门，向门侧房里坐着的后生拱手，说道："借光！白大哥在家吗？"那后生认得是何雄，连忙起身笑面相迎道："原来是何大爷来了，俺大叔在后头，俺领您老进去吧。"何雄道："我还有几位好友同来啦。"后生道："那么，都请里面坐吧。"

这时，于谦等都已到了，后生便引何雄和众人进了二门，转过过庭，转身进月宫门里，穿过一间大客房，径到后面书房里。后生让众人落座，便到里面去了。

不多时，里面走出一个约莫四十岁、身材高大、黑髯拂胸、红光满面的壮汉来，刚跨步过花苑门，便嚷道："好呀，小游龙，您也来了！前回不说两月回头吗？如今可是两个月呀，这趟可不轻放您走啦。"何雄听得，知是白壮来了，忙起身迎出来笑答道："大哥别见怪，兄弟实在是有点儿小事耽搁了。这趟会着几位好朋友，便邀着一同来瞧大哥来了。"白壮听了刹住脚，两眼一瞪，愕问道："好朋友谁呀？"何雄道："我给大哥引见，保管大哥一见就乐。"白壮道："好！反正您不会交错朋友的，咱们就见见吧。"

说着，何雄已陪着白壮进书房来，于谦等起身相见。何雄代通姓名，两面引见。众人知道这就是振和镖局的掌柜大哥赤虹白壮，彼此行礼相见。白壮听得何雄说众人是打塞外擎天寨来的，顿时兴高采烈，连说："幸会！幸会！万想不到我能今天会着想念多时遇会不着的好朋友！"说着话，掀髯回头一迭连声叫雇工："快宰牲口，备饭！到我房里去抬几坛儿'女儿红'来！"何雄连忙拦道："大哥别忙，我们都吃喝过了！咱们散坐着多说会儿话吧。"白壮光着两眼珠儿道："什么饭这样早呀？何老大，您这就不对了！您诚心来瞧我来了，难道还在城外吃饭，就不肯陪着哥哥我喝两盅吗？"何雄不好说是先时原没想着来这里的话，知道白壮性子急，不大好弄，笑说道："我就怕大哥费事，所以才吃了饭进城。"白壮一甩脑袋道："费什么事，吃过了再吃。反正这班小子们阴天打秸子，闲着也是闲着。让他们做几样菜，咱们哥们儿叙一叙，乐一场儿，还怕累坏了他们吗？您甭管，叫他们弄去。"何雄只得由他。

要知众人如何进汉王府，请阅下章。

第三十七章

放豪情纳交天下士
谈往事愁杀个中人

　　话说振和镖局赤虹白壮知道于谦等由卧牛山擎天寨入塞到此，素来倾慕武当、五台门下见义勇为，声震南北，难得陆面遇着，真是快慰生平，怎肯不尽些地主之谊？当下不听何雄所说吃过饭的话，一迭连声叫雇工宰牲抬酒。他这镖局里吃闲饭的很多，雇工也不少。瞧见白壮这神情从来不曾有过，今日一定是到了异样上宾，怎敢怠慢，一声答应，大家一齐动手。镖局里什么东西都现成，加上人多手快，不多一时，就整治了一桌极丰盛的酒席，就在书房里摆开桌子，安放杯箸。

　　白壮正问着塞外平青草山的事，于谦一一告诉他。白壮听得眉飞色舞，乐不可支。待到席位摆好，白壮起身道："今日有这般痛快的事迹听着，要不喝几盅，就算辜负了这好机遇。来，来，来！咱们过来坐着谈着喝着乐着，这才叫人生乐趣啦！"

　　众人见白壮豪迈爽直，且知道今天不喝不行，便也不客气，团团就座。于谦居首，以下就是武全、秦源、范广、何雄、岳文、种元，白壮在主位相陪。雇工忙将酒菜掇来摆上，却是当中摆着十几只满满膨膨的大碗鱼肉，各人面前都搁着一只花瓷中碗、一把大锡壶。白壮只提起自己跟前的锡壶来斟向自己碗里，却不给众人斟酒。何雄见众人中有透着诧异，也有呆愣着的，便也一面提壶自斟，一面向众人说道："咱们这位白大哥有个脾气，就是他一辈子讲究爽快。就拿这喝酒来说，他时常说：'天下人不能全都和我一样爱喝酒，为什么自己欢喜喝就一定要压住人家喝呢？硬压着不爱喝酒的朋友喝酒，叫他受罪，这还成朋友吗？’所以他留朋友吃饭，就不作兴敬酒，让朋友各随所好。喝不喝，都乐得个舒服痛快。您各位都可随意吃喝，咱们白大哥决不相强的！”大家听了齐声赞好，这才是善体人情的豪杰。

吃喝了一会儿，于谦便问道："汉王就藩贵地，民情如何？"白壮听了，两眼朝上一翻，接着眼睛儿一瞪，咬紧牙龈，右手攥着个大拳头，向桌子边上恨声一擂道："唉，您甭提啦！咱这小地方儿，虽比不上江南、淮北那般富庶，却是百姓也还不差饭吃，夜里也能睡一觉安稳的。自从高煦这厮来了，可就糟透了！四乡各县游手好闲的流痞惰民全给收了去，叫作铁甲军。这班人有了这张虎皮蒙着，可就不得了了！报旧仇，找零钱，已经够受的了，再加上怂恿的那些材官猛士无事不管，无恶不作，闹到咱这地方，富家变穷家，穷家没有了。咱恨不得马上去干掉这奸王，无奈他手下武师剑客不知若干，我独自去干他，丢了命还不算，仍是无济于事，所以才耐着性子，咬牙待着，终想有个机缘，了我这心愿，所以一直没肯离家。你们众位都是大侠门墙，贵宗同道锄奸久著声名。这番众位绕路来到这乐安州，想必不是白玩儿，如果有用着我之处……"说着，一伸脖子，将手向颈项一拍道："我甘心情愿，拿这不值钱的脑袋瓜子拼了去干去！"

于谦见他说着话，额上青筋暴起，满头淌汗，鼻孔里出大气，知道这人是个血性男子，便不再试探，坦然将武当、五台诸侠锄奸卫国之心以及秦源和姬云儿的事，并今日进城所见，一一向白壮说了。末了，才说明自己想今夜去探汉藩邸，因为城里没处落脚，听得小游龙说起白大哥是今世豪杰，特来拜访，还望不吝指教，将汉藩邸的情形见告一二。

白壮听毕，瞪着眼愣着，不声不语，过了些时，忽然立起身来，向着众人道："众位且请坐一会儿，我去问问她去。"众人听了这话，莫名其妙，都朝白壮瞅着。于谦想要问他仔细时，只见他身子一转，腰股一拧，离了座位，迈大步，直向后面去了。于谦等只得白待着。

何雄怕众人见怪，便将白壮的性情详细告诉众人。范广道："这人的气性和俺倒合得来，俺就爱这种爽快人。"秦源道："他刚才说问问他去，不知他去问谁？"何雄道："白大哥新娶一房家小，很有些本领，外头事情也很明白。平日白大哥有事，常和这位嫂嫂商量。这时说不定是去问她去了。"武全道："女人家见识浅，嘴不稳，白大哥凡事脱大，殊不相宜。"何雄道："这不过是我这么猜测罢了。此地常有好汉们来去驻足，也许白大哥有知心朋友熟习藩邸情形的，他去询问了再来告诉我们，也未可料。若说到这位白大嫂子，却不是个世俗妇人。她原是前辈英雄霸江东白熊奚天爵的女儿，名叫闯天雁奚定。年纪虽比白大哥小了六七岁，却也随着她父亲闯出了字号儿，倒不能当她是涂脂抹粉的娘儿们看待。"众人都曾听说过霸江东的名头儿，才知白大娘子也是一条好汉。

正说着，只听得白壮一路哈哈笑着，一面说道："这有什么要紧，就见见怕什么？"众人便都起身相迎。白壮已掀帘入房，众人见白壮身后有个二十来岁的女子，生得不胖不瘦，面庞儿圆圆的，眉眼儿长长的，虽不十分俏丽，却是端庄大方。范广等正要称呼嫂嫂，白壮早开口向众人引见道："这位妹妹是打山西来的，名叫铁爪鹰史晋。曾经在汉藩邸里住过一年多，那里面的事，都知道仔细。您众位有什么要问的，只管问，大概她没个不明白的。"于谦等都和史晋相见过，一一通过姓名，彼此就座。

史晋道："方才听得俺姐夫说众位都是武当门下，特来为民除害，佩服极了。只是那地方轻易进不去，要不然，老早就被江湖仗义好汉砸掉了。众位如果只去探个讯息，俺倒可以效劳，不须劳动众位大驾，俺准能探得个实在，回报众位。要是这时想砸他的窠子，不怕众位见气，照那里面的人守、埋伏看起来，就只咱们这几人，却是不容易做到。打草惊蛇，反倒使那厮多些防备，不如约会同道好汉，力足敌他之时再动手，那时计出万全，一鼓而下，势如破竹，才能斩草除根，干个痛快。众位意下如何？"于谦道："高见极是。如今我们原只想探一探他的内情，余外就因为我这好友穿云鹤有一桩切己的事情非去仔细密探一番不能明白个究竟。"史晋道："那里面的内情我全知道详细，近来并没变动，不必去探，我都可以禀告。穿云鹤的事，不是为那姓姬的绰号浪里花的女子吗？"秦源大惊道："姐姐怎么知道？"史晋笑答道："我刚才不说那里面的内情我全知道详细吗？要是有一件不知道仔细，怎敢在众位好汉跟前夸这海口呢？"

秦源急拦问道："如今浪里花怎样了？姐姐可知道?"史晋道："这事只有我明白，就是问到里面的人，秦大哥也得白着一番急。我虽和白大嫂子是世姐世妹，这点儿武艺是跟他老爷子霸江东学的，却是曾经拜过山东金大刀为师，学得赤砂手、钢钩爪、鹰拿点穴几种功夫，因此和盖关西石亨也算是同门。石亨跟了朱高煦，死拉活拉，一定要拉我来帮扶他侄女胭脂虎石瑛。先时我不曾答应他，后来，家母不在，石亨在我急难中，专人来吊，赙赠一千两银子，我想同门帮助，不算不义之财，且是那时憋在山西僻地，不曾知道朱高煦的过恶，便暂时受了他的。葬母之后，写了一张借据，亲自送到京城。一来父母丧葬不想白受人家的钱，想着也给一张借据，随时还他本利；二来这种人情不是还钱就可算了的，他既一心想我帮扶他侄女，我就去帮他几年，报答他这点儿情分。不料到了京城，恰值石瑛身死，正在草草殓葬。我心下疑惑：怎么丧葬这般草率？便仔细访察，才知道朱高煦是个极无亲情的禽兽。后来更明白了他的所作所为和武当、五台两宗门下锄奸去恶的义举，心里很是羡慕。却是身陷贼巢，要是拍腿一走，一来要连累我那在家里习艺的兄弟，二来我到底不曾还石亨的银子，反倒惹他说我忘恩昧义，只得忍耐着住一下。朱高煦待我初时很客气，就藩此地时，沿途走着，他就不存好心事，时常对我说些不三不四的言语。我耐着性子，不理会他。石亨那厮也帮着他拿言语打动我，我终给他装傻子。闹急了，我就推说：母亲孝服没满，这时还谈不到这个。后来，我熟了，里外随便走动。朱高煦故意不禁止我，任我到内苑闲逛。我乐得就此探探那厮的内情，因此遇着浪里花姬云儿。咱俩同病相怜，都是被困着的。彼此倾心吐胆，互诉衷曲，才知她是随同师兄弟一共六人来到汉王府里。朱高煦那厮把她的师兄弟都遣开，单把她困在内苑，硬逼软骗要纳她做妃子。过了没几时，浪里花和我混成了真知己，她便一本一末地告诉我，说是有个师弟穿云鹤，却没说姓名，和她有婚姻之约，托我出外时访查下落，通个信叫他来相救。我竭力安慰她，叫她别悲伤忧愁，留得身躯在，不怕不如意。

"有一天，浪里花面脸通红，奔到内苑碧澜池边，她一把拉住我两手道：好极了！我瞧见您在这儿，真是我的救星到了。我问她甚事，她迟回

255

了半晌，才吞吞吐吐地说道：'不知怎样，我心里荡得很，简直不由自主，怎么得了？'我大吃一惊，想着浪里花不是这样的人，一定是中了那厮的诡计，吃了什么东西了。忙问她时，果然是因为早上有点儿感冒，朱高煦叫一个道士给她瞧过，煎了一帖药，喝下去，一会儿就这样了。我连忙叫她喝冷水。奚师父曾说过，这些迷人乱性的药，都忌冷水冰雪。她依言急忙奔下池边石级上，弯腰使手捧了几大捧凉水喝下去，果然立时清醒了。当时她恨得牙痒痒的，想到这宗险境，恨不得立时宰了那奸王，离开这魔穴。我又劝她，以我们两人的力量，绝不能揍翻朱高煦，白丢性命，有什么益处？她听了我的言语，勉强忍住。就是那天夜里，忽然内苑里哄闹起来。我急起身赶去探看，劈面遇着石彪，问他里面甚事喧闹，他道：是姬云儿的师弟反了，暗地进邸，谋刺王爷。我听了心里一喜，想必是那浪里花的师弟穿云鹤翻然归正，来救他的心上人来了，便连忙闯进去，想觑便暗中助他一臂。不料跨进苑门，只听得一声呐喊，兵刃乱响。急奔去瞧时，那刺客已被剁成几段了。我便四下寻找浪里花，却没见她人在那里。正待要问旁人，猛见石亨、石彪叔侄俩将浪里花两手绑住，挺刀押着打那新开凿的小河桥上走来。我心里大急，就想横着心肠，拼性命去搭救她。才提刀举步，忽见浪里花仰面朝天，咯咯咯咯一声惨笑，猛然间耸身一跳，蹿过桥栏，燕儿掠水般朝下岽去。扑通哗啦接连一阵水响，石亨、石彪措手不及，没拂得住，呆望着她沉入水底。当下朱高煦便埋怨石亨，说是：'李七反叛，是打外面回来的。姬云儿一直没出去，怎见得她一定通谋？都是你们瞎闹，冤屈好人，把个好好的人给弄死了，还不快打捞救人吗？'石亨等挨了这一顿埋怨，咕嘟着嘴，不敢回话，只一迭连声叫护卫救人。闹了半天，也没捞着一点儿什么。

"我先时见姬家姐姐跳下水去，也当她是眼见心上人被人剁碎，心痛极了，就此寻死。后来想起她的诨号叫浪里花，到这小小水渠里去，怎会淹死呢？一定是她乘这花园小河刚才凿通，两面都通外面大河，那水门洞口还没装上闸拦，就此出河逃生去了。可是我又想到照她平日一切性情说话上头看来，她那师弟心上人死了，她不见得肯活着，也许她真是跳水死了，以身殉义也未可知。后来见捞了一整天没捞着尸，我才放下一半心，却仍有一半担忧，她不肯独活在世上，这闷葫芦我闷了许多日子了。直到朱高煦没了姬家姐姐，一心来逼我，逼得我黄夜逃到这里，今日遇见了穿云鹤，才知那夜受难的是她另外一位师弟，不是穿云鹤。那么，浪里花一定没坏性命，这可心定了，好叫我欢喜。"

秦源听毕，知道姬云儿已不在这里了，目前不知漂流何处，更不知何时才得见面。一片盼望今夜可以见面的滚热心肠顿时掉在冰窖里，气惨神凄，泪如雨下。史晋等都劝慰他别悲伤，只要人没被那贼害死，总没个寻问不着的，何必急在一时咧？可是劝者自劝，急者自急。秦源虽被众人劝得不好意思，满面惶急，泪痕纵横，强自忍耐，默然闷坐。瞧他那不自然的脸儿，似乎笼罩着一层苦雾，料他那心里不知难过到怎样情形。白壮在旁见了，按捺不住，一手掀髯，一手拊着桌角，向秦源道："您这事不是尽哭着就能了事的呀！您是个好汉子，为什么和娘儿们一般，只会着急，我……"

话未毕，忽听到门外有人高声答话道："娘儿们怎样？娘儿们不是人吗？您瞧娘儿们干的事可比您强！"白壮哈哈大笑道："想不到这又犯了咱们大娘子的忌讳了！马上就御口亲题来抓破我的面子，要我的好看，这屋子里可真难说话！"一面说笑，一面引他妻室闯天雁奚定和众人见礼。奚定这时已含笑进房来，招呼："众位伯叔！我在厨下督着小子拾掇，也没来得及敬众位伯叔一盅儿！"白壮又笑道："好！咱们大娘子今儿也会说两句客气话了！大概我白壮该走运啦！"奚定瞪他一眼道："您少扯淡！光这般闹着玩儿，可知道人家是干什么来的？"白壮呵呵一笑道："您说人家是干什么来的？依您说，该怎么办？"奚定一面让众人坐下，自己靠着史晋坐下首，一面答道："人家拿您当个人儿看待，才到您这下四路的镖局子来呀。您自己就应该知道，四尺高的大猴子，得像个人样才成呀！干吗婆婆妈妈似的，光是劝劝人家别着急，就算是您的能耐吗？您能对得起人家上您门来瞧您这番抬举您的情分吗？您不是娘儿们，是汉子。就早该拎把刀、拔条枪去干一场呀，怎么老是憋在屋子里编派娘儿呢？"白壮掀髯张口仰身大笑道："得啦！得啦！我说了那么一句，就惹上您小嘴儿炒栗子似的噼里啪啦来了这么一大车子话。我只顺嘴带着句娘儿们三个字，您却当面骂我婆婆妈妈，咱们评评，谁放肆？"奚定将脑袋一撤，淡淡地道："我没那么大工夫和您斗贫嘴，也不像你们男子汉只会拿寡嘴白劝人，得留着神思给人干事去。"转向于谦、秦源道："这位浪里花，我知道点儿音信儿，要寻着她大概不十分难，不过得稍许费点儿劲儿才成。"秦源听了，精神一振，也顾不得客套，急进问道："在哪儿呀？可能马上去寻找？"奚定笑答道："您众位别急，且坐着，待会儿，待我慢慢地告诉您！"

浪里花姬云儿到底在哪里，请读下文便知。

第三十八章

困苦艰难心坚金石
深沉缜密计捣窠巢

话说奚定喝了一盅酒，伸了伸脖子，颊上露着酒窝儿，一双眼睛光华四射，瞅着座上诸人说道："你们众位要问浪里花的下落，我可以说一句让你们众位放心的话，浪里花确实没死。她不是绰号浪里花吗？您想这朵花能得着浪里的名头儿，怎能被水淹死咧？她跳下汉邸水池里时，那池渠刚刚凿成一个通外面的水道，正敞开着，放水进来，还没造水闸。她一跳下去，当时没被捞着。她就在水里咬断缚手绳，余水逃命。到了外边，起初她也当是穿云鹤被害。后来到桥边跳水时，瞅明白灯烛火把光下照着的尸身，是什么河豚李七，心中一定，触起由新开水道逃生的心事，就此走脱了，朱高煦那厮还当她真淹死了哪。"

秦源道："嫂嫂怎知这般仔细？"奚定将脑袋一偏，嘴唇儿向史晋一努道："她也知道呀。我原本不认识这位浪里花，却是常听得铁爪鹰说起的。浪里花逃出汉邸，可怜隐身在乡镇古庙里做些针黹度日，想忍苦报仇。不知她怎么知道铁爪鹰离了汉王邸，暗地四下里寻访。那时铁爪鹰乘汉邸庆寿时逃走出来，因为和我是自幼儿要好的姊妹，便悄地来我家，时常对我说起浪里花的本领品性。我心里非常佩服，很想见她一面。也是合该凑巧，那天，我到一家亲戚家里去走动，离这儿一站半路，半路上瞅见一条疯水牛迎面飞奔过来。离我不到十丈地方，有个小孩儿正在当路低头刈草，眼瞧着要被疯牛踹得粉身碎骨。我正待带缰避道，一面高喊那孩子快让开，突见右边路旁麦田里闯出个大姑娘来，当路挺立，两臂一张，喝一声'孽畜'，那牛奔近她身时，她啪地一掌打去，那伸长脖子不转弯的疯牛，竟被她这一下，打得怪吼一声，别转头来，氽入左边水塘里去，救了那孩子的性命。那女子也吼一声，就那么凭空一跳，蹿起六七尺高，随后落向水中，就只见稀里哗啦，一塘水搅得混乱，浪头乱涌，水沫四溅，人和牛在水里一隐一现，闹了半晌，水声陡歇，牛已翻身躺在水面，那女子托地跳上岸来。我心想：这左近地方素来没个这般臂力本领的女子，瞧那般水性，莫不就是铁爪鹰时常没口子称赞的浪里花吧？便下马近前一问，她起初还装呆不认，后来我说起根由，提到铁爪鹰现在在我家里，她才凝神一想，拧了拧身上湿衣，拉着我到麦田深处，细说苦楚。我苦邀她到我家来住，她决计不肯。所以铁爪鹰虽能知道她没死，那时却不曾和她见着面。"

秦源凝神静气听了许久，满望知道姬云儿现在哪里，马上就去找她。不料听完时，只是听了一篇故事，仍然得不着姬云儿的确实下落，心里急得如猫爪抓挠一般，更顾不得什么难为情，觑定奚定脱口说道："好嫂子！她如今到底在哪里？"奚定笑道："哪个她？"秦源央告道："好嫂子，别再怄我了，就是刚才您说的那浪里花呀。"奚定道："您早说浪里花不是早明白了吗？她呀，谁闹得清楚她是谁呀？"说罢，只是微笑，抬手搔着鬓发，瞅着秦源一言不发。众人见秦源急得可怜，都帮着他央说："白大嫂子，您说了吧，穿云鹤急得够受的了。"

奚定道："谁说不是哪，秦大哥太性急了，问得我答话还来不及，怎有工夫细说呢？那浪里花从此常和我见面，却是不肯到这儿来。老是我和铁爪鹰约她到我娘家见面。因为我娘家没男子，她才肯去。不料她去赴约，行到中途，露了面，给汉邸金刀班教头赛咬金黄裳瞥见了，暗地跟踪。浪里花觉着后面有人，回头见是黄裳，便掏镖反打。不曾打着黄裳，反被他扎了一把蜈蚣针。浪里花中了几针，挣扎着落荒逃走。黄裳追赶了二十多里，直追到白龙潭边，浪里花才氽水走脱。

"我那天在娘家等了她一整天，不曾见她来到，十分着急。次日四处打听，也打听不出来。她不曾露过真面目，左近地方都不知道她这个人。直到前天松筠庵尼僧非台来我家，说是有位姓姬的大姐，在路上被歹人伤了，投托在庵里，说是娘子的妹子，叫老尼来讨伤药。恰巧那天铁爪鹰独自出去探询去了，我只得独个儿和老尼去瞧她，才问得仔细，给她上了金创药，陪了她一天才回来。

　　"铁爪鹰听得信儿，马上黄夜赶到松筠庵去。到得那里，正遇着汉邸派金枪班教头盖关西石亨和金刀班教头赛咬金黄裳，带领兵丁，围住松筠庵拿人，铁爪鹰便突围进去救应。好容易杀到庵后，正要跳墙进庵，忽见浪里花背上背着个尼僧，肋下又夹着一个，打墙垛上蜻蜓掠水般蹿向荒山去了。铁爪鹰放喉喊叫，那时人喊马嘶，掩住了声音，她不曾听得，径自去了。汉邸兵丁见了铁爪鹰，只当就是他们要拿的人，拼命围住。石亨、黄裳见着，便叫：'快撺住呀！这也是一个逃犯，解回去，也好销差。'铁爪鹰就被他这一阵喊叫，整忙了一夜，直缠杀到天明，才翻山走脱。汉邸人马都是铠甲，爬不得山，铁爪鹰才没被追着。如今浪里花不知藏在哪里，却是曾托人捎信来给咱俩，约时同去捣汉邸。秦大哥要见着她时，须待那时才成，可是难保不另生枝节，耽搁时日，错过约期，等待不等待，还在秦大哥自己定夺，我可不敢保不误事。"

　　秦源方待答话，忽见白壮将长髯向右一拂，身子向前一探，两只铜铃眼精光逼射，觑定奚定道："好呀！您干这些事，竟瞒得纹丝儿不露，连我也蒙在鼓里。好吧！咱们就这么办，往后我有事也不和您说，您瞧谁瞒得厉害？"奚定笑道："您别着急呀，我有个道理的。这事不是我爱瞒您。一来是浪里花千万叮咛任谁也不能给知道她在此地，和我设过誓才告诉我实话的；二来您老是说约朋友捣汉邸，却不拿我当个人，一直没拿我算在里面，我早想独自去捣一回，给您瞧瞧，难得遇着史家姐姐和浪里花，咱们就商量着要干一回使你们爷们儿吓一跳的事儿，所以一径没对您说，好让您将来吃一惊，不敢再说什么谋及妇人的话。今天要不是瞧着秦大哥到了这儿，急得这般模样，众位伯叔大家根问，我还得让您在鼓里憋一晌哪。"说得众人都笑了。白壮呵呵大笑道："不道您对我还要使这般小心眼儿！"

　　秦源道："白大嫂子，你们的约期是哪一天呀？"奚定道："您放心吃喝吧，反正吃喝完了，就快到了。"秦源瞠目不解，于谦道："您别急昏了，白大嫂不是说就是今夜吗？"秦源这才回想过来，自己也觉好笑，当下心里一宽，胃口大开，吃喝了个饱。

于谦便和白壮商量怎样去探汉邸，并说明在城里所见的事，想要设法弄翻那些鞑子。白壮道："汉邸防备极严，如各府中分作金枪、金刀、金斧、金锤四班。每班有一个教头，就是刚才说的石亨、黄裳、丁威、陈刚四人。内里还有带刀侍卫侯海等一班二十余人，和百来个材官、猛士。外面有石彪带的几千御林军、百多员将官，防备得铁桶相似。我几番想去除却这一大害，无奈这事不是几个人干得来的，非兴师动众不可。朱高煦住的地方没一定，今日这儿，明夜那儿，又不大出外，就是想刺他，也办不到。如今咱们要去灭他是万万不能的，一时间哪能搽翻这许多人呢？只不过想着有机会时，捣他一捣，给他个当头棒吃，使他知道天下英雄好汉都不答应他，好敛迹些，老百姓或许少受些苦恼。"

奚定鼻孔里哼了一声道："您知道得太多了。如今他正禁着许多好汉在里面，您可知道？"白壮笑道："我不知道，单是您知道。汉邸里哪天不搽人去监禁？却是不曾听说都是英雄好汉。"奚定笑道："说您不知，您真不知，还要混充明白哪！您问问铁爪鹰看：汉邸里监禁的，可有许多好汉在内？"史晋道："姐姐别尽恂白大哥了。汉邸里监禁的，确是有几位好汉在内，我知道的，有大刀金纯的侄儿，会使峨眉刺的满天飞金亮。因为石亨拿师兄弟的情谊骗他来，他死也不顺，禁了半年了。还有北平的教头闯三关覃拯，和秦大哥同门的盖湖广成抚，都是被搽住了禁住勒降，不允，关在铁墙里的。"

秦源急问道："成抚怎么也被禁呢？他不是帮着朱高煦的吗？"史晋道："他和李七两个听得朱高煦逼勒浪里花，就知道那厮不是个好东西，绝不是个能成正果的，便决计舍身来救浪里花。到了汉邸，朱高煦还不曾知道他俩已变了心，置酒相待。李七就席上拔刀刺朱高煦，无奈敌不过朱高煦那厮天生臂力，一腿便把李七踢到苑里。众人乱刀齐下，剁成了几段。盖湖广还没动手，就被石亨搽住了两手，捆了起来。朱高煦说，'瞧他师父面上，禁起来，待他师父来时，交给他师父发落'，因此留得性命，这就是浪里花跳水逃生那一夜的事。"

众人听了，便都主张要去救出这几个人来。白壮道："里面禁住的人很多。听说在汉邸中间，有一道小渠，有一处潴成一方几亩大小的水塘。那塘中间，孤岛似的一块地，上面盖了几间屋子。四面墙壁都是糯米和石灰捣筑成的，墙里墙外两面都用铁汁灌浇成八寸多厚的铁壁。邸中人都叫那屋子作铁墙。屋顶上也是铁瓦，浇没了缝的。露空处布着三四层铁网。真果是铜墙铁屋，天罗地网，不容易攻得进去。那些掳住的人都禁在里面，要想到里面救人出来，可真不容易。"于谦道："如果他露果真是铁网，就有办法。只不知那塘的四周离那铁屋子有多宽？屋外墙根可有站脚的地方？"白壮道："我也曾打听过，那铁屋子迎面有一张门，门外有一丈来余地，是平常泊小船的所在，和对岸相距有四十多丈。余外四周都是墙根接水，没处托足。您说露空处果真是铁网就有办法，这话怎讲？"于谦道："我这柄蛟龙剑，能斩铁截钢，几层铁网，还不难破。只是就只这一柄剑，怕不够用，进里面去，须防有不曾探得、意想不到的防备，如果有两处须用斩铁兵刃时，就要误事了。"白壮道："这话不错。单说那里面，有两只小船都用大铁链、铁锁缆在这岸，咱们要过那四十来丈的塘面，就不能不先取那小船，要取那小船，不斩铁链铁锁怎行？再说，咱们要去总得分两路，才有个救应，若是一路被缠住了，那一路没这种利器，就有机会，也破不了铁网。还得另外设法，计出万全，才能去干，别打草惊蛇，人没救得，颠倒使他加紧防备，或竟害死铁墙里面的人，却反为不美。"

奚定拦住他，戾言道："您就只会长篇大论地讲道理，该记得的事，都忘记完了。苹果树下的尤六爷不是有一柄利剑吗？怎不去找他来帮忙呢？"白壮忽然记起，哦了一声道："这只由得您说嘴，我真忘了。"说着，便叫镖局伙计："快去苹果树下，请尤六爷带了他那柄吴钩剑来。"伙计应声去了。众人问："尤六爷是甚等样人？"白壮道："这人是本地一个穷秀才，排行第六，名叫尤弼。祖上是军功出身，家传刀马武艺。还有一柄吴钩剑、一副叠金丝甲，是传家之宝。几代以来，干了不少的惊人事业，山东、河北很有声名。他自幼投拜先父门下习武，功夫益发深湛，比他祖上强多了。可是家中没钱，不能图补卫缺。便下文场，考煞只考得个秀才。却是心胸不同凡俗，好侠仗义，知道他的人，都叫他作铲不平尤六。常对我说：'要是朝廷讨伐朱高煦，当兵也干。'我曾邀他合谋除害，如今正好找他帮助。"

众人听了，知道尤弼也是一条好汉，都觉得今日得识几个男女英雄，痛快已极。白壮夫妇更是高兴异常，和众人畅饮一番。众人因为就要有事，先时听说话不曾吃喝多少，乘这等待尤六的工夫，各自放怀吃喝一饱，方才大家散坐闲话。

不多时，见那去请尤六的伙计领着个紫黑脸膛、高颧深目的长瘦汉子，方巾青衫，腰悬长剑，大踏步直进书房。白壮忙给众人引见。

众人究竟去汉邸否，下文交代。

第三十九章

觅利剑诚心邀勇士
夺画舫无意遇奇人

话说铲不平尤弼和众人相见毕，大家坐定，向白壮道："您差人来唤我，我问来人，说有许多客人待着，料想一定是有什么大事。又听说要我带吴钩剑来，更知不是等闲小举。大哥，我这猜测可对？"白壮巴掌一拍道："您真聪明，一猜就着。"便将方才议的话一一对尤弼说了。尤弼喜道："我多久就想干一干，却是想着独自揍不翻他。要邀约旁人，又没几个能干得来的。难得大家齐心合力，咱们马上就去。能够揍翻那厮，一举成功，再好也没有了。就是一下打他不倒，也探熟了路径，为再举之备，还得救出几位被困英雄，才不空过咱们这番相逢携手的机遇。事不宜迟，天已不早，要做就得动手了。"

众人齐都道是，各自起身整装。白壮夫妇和史晋都去里面换衣，拾掇兵刃。尤弼将剑解下，脱下青衫，摘了方巾，里面却是全身扎靠。打腰间掏出包巾来，扎在头上。顺手取剑，向背上一挽，就胸前扣了个斜十字结。又将方巾夹在青衫里面，一同叠作一长条，拿来缠裹在腰间，一来随身便带，二来当作护腰。拾掇好了，便和众人坐待。

没多时，白壮、奚定、史晋三人都换了夜行衣裤，带着刀剑暗器出来。秦源心里挂着姬云儿，着实搁放不下，只得老着脸问奚定道："大嫂子，您和浪里花约在哪里相见呀？"奚定道："别忙，一会儿到路上终见得着的。"秦源不好再问，只得闷在肚里，急着就要动身。

白壮向于谦道："咱们怎么走法呢？是一齐走到那里，再分冲锋、合后呀，还是先就分作两路呢？"于谦道："还是先分着走，路上倘或有事时，也有个援应断后的。"众人都道有理。白壮便问于谦："该怎样分派？"于谦道："咱们不必分彼此，此去要夺船过水，两路都得有一位会水的做先锋才好。"奚定道："浪里花是会水的，这去就会得着。"于谦道："那么咱们便照主客分成两路：我和种金戈、千里驹、黑飞虎、一朵云、穿云鹤、小游龙作一路，白赤虹和闯天雁、铁爪鹰、铲不平会着浪里花作一路。咱们这一路，有小游龙会水；白赤虹一路，有浪里花会水，便不愁不得到地头了。"

商议已定，分途动身。这时正是上弦将尽，夜半时，明月当空。于谦领着武全、范广等一班人，问明了路径，先出镖局，直向汉邸走来。离汉邸约有半里多路，于谦与何雄二人当先，寻个僻静地方，托地蹿上民房。纵目一望，见汉邸门前的两支旗斗高高挺竖，直指云霄。便望着那旗斗，伏身行去。将到汉邸墙外，忽听得耳边嗖的一声，于谦连忙闪身扬手一掞，没掞着。却见何雄向前轻起飞步，蹿到汉邸墙垛下，两臂横张，向前一扑，一把搂住一个人。于谦赶近瞅时，却是个夜行人，便低问："你是干什么的？"那人不答。何雄左手揪住那人，腾出右手，反手拔出长剑，向那人颈上一搁，轻喝一声："说！"那人吓得脑袋向下一缩，说道："俺是带剑巡查，在这儿上值的。"何雄问道："方才冷箭可是你放的？"那人不答。何雄胳膊一伸，那人脑袋掉在地下，腔子里冒血。何雄松手扔下尸身，搜得腰牌，和于谦一同纵上墙头，招呼后面范广等随后上墙。于谦向下一望，见下面一队人都执着长柄瓜瓣金锤，举着灯笼，向南巡查，便和何雄等转身向北，越过一所花苑，见下面一片平阳，便跳下地来。四下搜寻，想得个出路。忽听得范广咦了一声，于谦忙赶近他身边问甚事，范广指着那墙根下道："您瞧！"于谦低头纵目瞅时，却是个腰斩的死尸，大金刀扔在一旁，尸身分作两截，血肉模糊，肝肠涂地，十分难看，心下一惊，暗想：今夜来迟了，一定有人在咱们前头先进来了。武全等都过来瞧看，秦源道："这一定是浪里花干的。"于谦点头道："也许是的。只是闯天雁不说是在路上可以见着浪里花吗？怎么她不守约等待闯天雁，却独自先进来咧？"种元道："且不管他，咱们只寻向铁墙去。"于谦点头，便仔细向那死人左右细寻，想着：这人守在这里，一定这里是个门户。寻了两遍，不见一点儿痕迹，便伸腰环顾，忽见背后有一座花台，喜道："原来在这里。"蹿到台边，抚着台上那棵虬松，似乎是活动的，便摇了两摇，不见动静。再向上一提，只见台根边墙上霍地露出一个方洞来。秦源抢先闯进去，果然是水漫漫的一方大塘。心中一喜，忙转身向洞那边招手唤众人过来。于谦极目一瞅，却不见水中央有铁屋，摇头道："走错了。"

才待转身，忽见北头有人招手。秦源急奔去，却是尤弼，忙问："你们人可曾齐？"尤弼道："他们都到那边去了，要我来招呼你们。"秦源又问道："你们一共几人进来的？"尤弼道："原是咱们四个。进来后，白大哥遇着一位同道。"秦源急问："姓什么？"尤弼道："听说姓干。"秦源心中顿时如掉在冰里一般。

于谦见秦源不回头，便率领一干人都过这边来。尤弼说明来意，便引众人向西走去。秦源垂头丧气，握着刀，随着众人一径绕过这水塘，打假山石洞里穿过去，才见一丛竹林。林外隐约映着一片白光，又是一口大水塘。

尤弼引众人到竹林里，见白壮、史晋二人挂刀立在竹丛中。另外有个满面笑容的矮肥汉子反手向后，将一支短铁戟挂在腰间，站在白壮身旁。于谦等近前，白壮指着那肥汉道："这位是凤阳教头铁戟干戬，原和我是要好的朋友，这趟被乐安州聘来护院，今日才到，会我没会着，先来这里探探内情，刚才遇着。"于谦道："那边有个腰斩的金刀兵尸，可是干大哥斩的？"干戬摇头道："我没到那边去，也没带刀剑。"

白壮问明于谦等来的情形，并说："浪里花先在墙外等候，会着我们，一同进来的。方才同我家的一道出林去探看有没有船在这里，还没回来。"秦源听得，放下心头一块大石，恨不得立时奔出林去寻着姬云儿，细说苦情，只碍着于谦没开口，不敢擅走，强自捺住那怦怦跳的心，闷声不语。

猛然一阵呐喊，人声如潮激山崩，只听得一片大叫声："擂住！擂住！别让他逃走了。"白壮倾耳一听，叫声不好道："于大哥，您是有功名的人，和他们明干时，须不妥当。您在这待着，我们去冲一阵去。"说罢，也不待于谦回答，右手仗着三棱铜，左手一挥道："走！随我来！"身子一扑，奔出竹林。于谦便依他言语，待在林中暗处，预备有急难时做个救应。

白壮等一干人奔出林来，只见塘边灯球火把，照耀如同白昼。奚定、姬云儿两个女英雄和另外一筹壮汉如疯虎一般，当先拼斗，指东打西，左冲右突。金亮、成抚、覃拯三条好汉，随后都是赤膊，各舞一条断铁链，向两旁乱夺刀枪。霎时间，一片静荡荡的塘基成为闹哄哄的战场。

原来奚定和姬云儿二人出竹林来探看船只，只有一只布篷画舫，泊在相离十几丈的岸边，便悄地过去，想要夺来载众人渡河。刚到画舫泊处，跳上舫头，正要进舱，忽听得一声水响，那画舫欸地离开岸边。二人大惊，各握兵刃，闯入舱里。那舱里的人正觉得舫头向下一沉，料是有人上来，急忙抛桨，转身出来探看。不先不后，恰恰在舱口和姬云儿撞了个满怀。姬云儿顺手一把没揪得住，那人连忙向后缩闪，定睛一瞅，见是两个女子，心中大定，问道："你们是哪里来的？"姬云儿唰地一刀砍去道："特来揍你的。"那人将手中剑横扫一架道："我瞧你不是这里人，快说是哪里来的？须知我不是害你们的人。"奚定道："你姓什么？叫什么？"那人道："我姓关，名澄，绰号火流星，山东济宁人氏。你们可是外面来的？"姬云儿道："外面来便怎样？"关澄道："我是舍身投入虎穴，茹苦含辛，特来救人的。到这里面日子也不少了，却没见过你俩，故猜你俩不是这里面的人。如果你俩也是来救人的，咱们不妨并力行事；要不然，咱们先拼了再说。"奚定便说了姓名、来意，要关澄将船靠岸，接众人过来。关澄道："不能再耽延时刻了。此地是每刻一班巡哨，再一来回就前功尽弃，后举无期了。"奚定怀着和白壮争胜之心，巴不得自己去救了一干人出来，好称强炫胜。姬云儿却因为盖湖广成抚是为来救她才陷身受苦的，心急如火，急于要救成抚出来，便道："那么咱们就快过去吧。"说着，抢起舫头描金画杆烂银篙，向水中猛然一刺。这时画舫已自荡开二丈来远，关澄忙拾起桨来，哗啦几摇。二人齐着力，没几下便到了对岸。

画舫才傍那边岸，姬云儿扔篙，伸手挽着奚定，托地齐跳上岸，挽住画舫。关澄就后艄耸身二跳，也上了岸。姬云儿虽知这地方，却没来过，不知打哪里动手。奚定更加摸不着头脑，关澄道："我都探明白了，您俩且随我来。"姬、奚二人便跟定关澄，转到左墙根转弯处。奚定方要告诉关澄，忘了借利剑来破铁网，却见关澄并不登高，反而弯腰向地下，拔出剑来。但见那剑才一出鞘，光芒四射，耀得人眼花。奚定这才知道，他是准备齐全了才来的。

关澄使剑向墙根一个铁环上欻地一削，将铁环削落。原来那一尺大小茶盅样粗细的铁环，却是一把大锁。关澄削去了锁，便推那墙根铁板，瞅去没些子缝，却是一推，就露出一方四尺多高二尺来宽的方洞来。姬云儿大喜，便要抢先进去。关澄将手臂一伸，说声："且慢！"拦在前面，将剑尖向那方洞中当地点了一点，只听得嗖的一声，方洞两边壁里各冲出两支雪亮的铁刺来，上下对扎着。同时，上面落下两个铜圈，掉在地下，却会自紧一紧。要是人冲进去，可就得被那铜圈箍住，活活地扎进四支铁刺去，闩在方洞里。姬云儿见了，摇摇脑袋，伸伸舌头，才不敢再抢先了。

关澄使剑两挥，将四支铁刺齐根削去，方才大踏步先进方洞去，向后招呼姬、奚二人道："快来！时候快到了！"二人连忙进去。关澄一连又开了两道门，破了消息，才到了铁监牢里面。姬云儿、奚定抬头观看，却是鸽笼一般，一方一方，铁栅门闭着，上面露气处，果是重重布满着一指来粗的铁索，密如蛛网。关澄道："这网上都安着消息，打上面下来，非丢命不可。"二人暗自庆幸得着关澄。

关澄向二人道："您俩要救谁呀？"姬云儿道："全救出去吧，反正这里面没有不冤枉的。"奚定笑道："不成。怎保得许多人出去呢？"关澄急道："快说吧，再挨一刻，巡查的要来了。"奚定忙道："金亮、成抚、覃拯。"关澄听了，现着诧异神情，却没暇细问情由。便向东首去，一连削开两扇铁栅门，便见覃拯先出来，金亮、成抚同走一个门里出来。关澄连忙削去三人身上镣铐锁链，便叫快走。原来金、成二人同禁一处，覃拯禁处也是两人，早上才杀了一个，因此只剩得他一个。

关澄救了三人，急忙领着他们打原路奔出。覃拯等三人一时找不着兵刃，便各提一段铁链，暂且防身。姬云儿、奚定抢先出外，解了画舫，六人齐跳上舫去，依旧是姬云儿、关澄二人划过对岸来。不料才划了六七丈水面，猛见一丛灯火，如飞而来。关澄叫一声："准备着！"加劲儿摇，姬云儿也尽生平气力，撑了几篙。离岸约还有二丈来宽，那丛灯火已吹起觱角来。姬云儿喊一声："杀这班猴儿崽子！"欻地蹿起，腾空飞跃到岸上来。关澄连忙撑住画舫，叫道："快上岸呀！"噗、噗、噗，奚定和金亮、成抚等一齐蹿上塘基。关澄才将画舫猛然一摆，横将过来，就势飞过水面。脚才沾地，那丛灯火已到跟前，果然是金斧班当值查夜的军卒。那些军卒暴雷也似的呐一声喊，展成雁翅般向塘基边围裹拢来。

姬云儿憋了一肚皮的闷气苦情，这时火冒脑门，勇气百倍，一摆手中鬼头刀，低偏脑袋疯狮子般，闯扑向人丛中，挥刀乱剁。奚定恐她有失，急忙耍开一对护手钩，跟着冲突。关澄招呼覃拯，领着金亮、成抚向前夺路。

说时迟，那时快，姬云儿等救出三人，仗着关澄熟习内情，手脚迅速，没费多大工夫，便过水到塘基上杀将起来。这时，正是白壮领着众好汉从竹林听得喊声，冲出救应之时。白壮见人已救出，姬云儿等左冲右突，不得脱身走路，便齐声大喝："贼子休要讨死，快让路！"秦源更是奋不顾身，咬牙切齿，连人带剑，当先滚入战场。众好汉各自争先，兵刃乱舞，人如奔马，直卷入军卒丛中。众军卒正在拼命围裹四男二女，已死伤不少，怎当得加上这十只猛虎般的英雄狠杀？当着的不死便伤。但见人仰头滚，刀飞枪折，顿时乍开一路人巷来。白壮大叫："快随我夺路快走！"领着众人沿着竹林，才向南头飞走。

刚转过弯来，迎面遇着赛霸王汉王朱高煦，亲率五六十个材官猛士和侯海、陈刚、王玉、黄裳、石亨、石彪一班大将，领着三百多名御林军，当头拦住去路。朱高煦独自当先，一见众好汉来到，怒吼一声，如同晴空霹雳，大喝："反叛逆贼，往哪里去！"两臂一振，耍开一对钩镰，飒、飒、飒，如银龙斗空，盘旋乱舞。众人都知朱高煦是当朝唯一武艺高强、臂力特大、没人胜得过的大将，各自留心防战。朱高煦本领着实高强，众人个个尽力招架，只觉他有无数钩镰，各人面前都不断地刺来。要架开去，非得尽力硬抬不可。好容易才抬开一镰，那一镰却又来到，只杀得众人神摇气喘。侯海等见了，齐喊一声："快拿人呀！"一齐簇拥上来。

众好汉能否脱身，有无死伤，下章叙明。

第四十章

断铁镰利兵退劲敌
飞白羽黑夜惩奸王

话说汉邸诸将见主人抖擞威风，战得强敌披靡，精神陡振，一声大喊，蹿攒蚁聚，齐围上来。这边赤虹白壮顿喉大叫："众兄弟，着力呀！别放走奸王呀！"耍开三棱锏，竭力拦住朱高煦。干戬见众人混战，恐怕要中汉将的暗算，便高声大叫："众位赶快分头迎敌，各寻对手，别都向着奸王，谨防中贼人的暗算！"众人听了，都幡然醒悟，各自回身，见汉将已围裹近身，便各掣兵刃，跳出圈子，转身迎着近前的汉将厮杀。

朱高煦陡然间少了许多敌将。将手中双镰左右分张，两臂一弯，呼地掉转镰头，蟹钳一般，直向干戬前脚交叉猛刺。干戬知道力猛镰沉，招架不得，急忙双腿一挺，就地甩起个大盘旋筋斗，身子突悬起，平在空中，鱼儿转身一般，磨了大半个圆圈，欻地向旁边落下。朱高煦双镰刺落了空，见干戬这般矫健迅捷，心中十分爱他，想要生擒他过来，劝他降顺。便掣回双镰，想觑个破绽，夹住干戬的短戟，绞了下来，就如笼中捉鸟了。恰巧干戬双脚沾地，见朱高煦双镰刺向前去是个破绽，急忙将身子一侧，就着一脚点地的势子，单臂挺戟，向朱高煦后腰，尽平生气力刺去。朱高煦闪避不及，只得左臂一拧，使着大劲，舞动钩镰，反向后去，耍了个圆周，护住后身，将干戬的戟托地刷开。干戬知道朱高煦力猛，尽力握戟展施家传戟法，欻地将戟望怀里一收，只听得唉一声，戟尖被镰打得摔向一边去了。朱高煦乘此破绽，猛刺一镰，直向干戬前心扎进。干戬掣身急让，朱高煦手腕一拧，便想使镰钩儿钩翻干戬。干戬见了，急忙向左一跳，让过镰钩，便将铁戟耍开，展施四十八路秘诀，一支铁戟耍得如一轮明月，团圆光闪，将个人全身罩住。朱高煦没经过这一种战争，不知如何应付是好，只仗着自己神勇，将双镰分开钩来刺去。干戢见他镰法不整，越加将戟使得呼呼风响，左右盘旋，向着朱高煦滚来滚去。朱高煦见了，益加爱他本领高强。不料战了约莫一盏茶时，干戢毫无懈招。朱高煦擒他不得，想杀他又不能。杀得火起，大吼一声，将两条钩镰迎面交叉飞舞，护住前面，和身向干戢冲去。哪知干家戟法，正是要惹你发火才好下手。干戢见朱高煦吼叫狂奔，心中大喜，急将戟向右一摆，露出身躯，迎着朱高煦站定。朱高煦一声狂笑，双手挺镰，尽力对干戢冲来，恨不得这一下，将干戢杀透个大窟窿。干戢却绝不惊惶，扬戟高叫："来，来，来，咱们斗三百合！"朱高煦猛然扑到，干戢待他将近时，忽地身躯向左一转，突纵一步闪到朱高煦身后，就势突挺一戟，向朱高煦后心猛刺，朱高煦不料他有这一回头招儿，更不料他这般快捷，能够霎时易位，说时迟，那时快，朱高煦挺镰前扑方才落空时。干戢的铁戟已离他后心不到两尺。朱高煦大叫一声"不好"，慌忙低头屈身向前一冲，想躲过铁戟，不料那戟奇快如风，恰巧刺到。噗的一声，朱高煦头上蟠龙金冠已被刺落地下。

汉邸众将见了大惊，各自丢了对敌，跳出圈子，奔来救护。白壮也连忙招呼众好汉，一齐转身来援干戢。朱高煦乘众将挡住干戢时，立定了脚，回身咬牙切齿来战干戢。尤弼恐干戢有失，斜刺里截过来，拦住朱高煦厮杀。朱高煦大怒，挥动双镰，大战尤弼。

白壮见时候太久，恐怕外面埋伏，不得脱身，大叫："众位兄弟别恋战，咱们得胜了，走吧！"众好汉听得，齐声答应，各自丢开敌对的汉将，掣身飞走，朱高煦见来人一个不曾死伤，更不曾生擒得半个，气得哇哇怪叫，率领一干人紧紧追赶。尤弼见了，停步回身，站定大叫："朱高煦，休得猖獗，尤爷在此！"声未毕，挥长剑向着朱高煦挺出的铁镰反削上去。只听得咔嚓、当啷一连两声响亮，朱高煦手中铁镰已折了一支。朱高煦大惊，连忙右手一掣，掣回那支没折的镰，向右旁挥起，想要横扫众好汉。不料镰才挥起，当的一响，虎口一震，镰尖落地。朱高煦大惊，只得舞着没尖镰，向众好汉刷扫。说时迟，那时快，镰杆才横过来的一刹那间，尤

272

弱的剑尖已离朱高煦咽喉不到一尺。朱高煦急耸身踊跃，跳向一旁，突见左侧一道白光，欻地飞驰过来，要让已来不及，直射入朱高煦左臂。朱高煦痛得浑身肉紧，急泪纷流。汉邸众将见主人受伤，不敢逐敌，且顾救主，一齐上前，挡的挡住前面，搀的搀住朱高煦，一阵大乱，众人已不知去向。

众将搀了朱高煦回到寝宫门前，便有内侍彩娥抬了进去。朱高煦叫请石亨、黄裳进来相见，一面叫内侍取出金创药来。自己躺在炕上，咬牙忍痛，拔出臂上所中的钢镖，就灯下抹去血渍，仔细观看，镖尖上刻镌着个"益"字，凝神一想，不知是谁有这等大臂力，打镖打得如此迅速，叫人没处闪格？转又想到左手中镰是对面那汉削断的，右手中镰是谁削断的呢？仔细一想：当时好像有一匹黑布似的在脑袋右旁向后面欻地飘过，难道竟有这般迅捷的人吗？我朱高煦的武艺也不在人下，夜眼也不弱似旁人，怎么会瞅不清楚呢？看来这人的本领远在我之上了，倒不可不刻刻提防着。又想着这一对铁镰是百炼纯钢打成，除了我，只石亨勉强能使得动，要削断它岂是容易的事？这伙人中，竟有两个人同时削我的兵刃，好险呀！真是来者不善，善者不来！不对，这不单是人的气力，还得有那真是削铁如泥的刀剑，才能断这碗来粗的镰呀！他们怎得许多宝贝兵刃呢？可恨我竟觅不着一件！

想到这里，心中恼恨，不觉咬牙发狠，嘿了一声，忽听得有人低声说道："主公龙体安康吗？"神思陡定，忙抬头仰望，却是石亨、黄裳进来多时，见朱高煦背卧不动，不敢声响，并立炕前，直待朱高煦出声，方敢开口。朱高煦不肯倒威，答道："我没什么，只是想着这班强盗可恨！"石亨道："主公保重龙体要紧！微臣不才，誓必拿住那厮，替主公出气。"

朱高煦道："你们去仔细查查，可曾失落东西，伤损将士？"石亨方要答说没有失损，好安朱高煦的心，免他着急伤创，不料黄裳嘴快，逞口而出，说道："那塞外来的几位上宾，都被那厮们刺杀了！"朱高煦大惊，急问道："你说什么？"黄裳重说了一遍，朱高煦大叫两声："完了！完了！"顿时觉得一腔心血尽付东流，急得血朝上涌，两眼珠儿一翻，昏了过去。

石亨大惊，一面急叫："主公！主公！"一面埋怨黄裳不该性急直说。

273

黄裳吓得面容灰白，帮着叫唤。众内侍都帮着唤救，石亨叫："着人传太医去！"内侍谢福兴听了，急急奔去传话。石亨等仍是傻叫着，不敢动手捏掐。直待汉王妃出来，石亨、黄裳回避出外，王妃才给朱高煦掐人中，提总筋，忙着急救。

石亨、黄裳不敢回房，只站在檐下，面面相觑，提心吊胆，侧耳听信。黄裳更是分外着急，想着方才回话冒昧，直急得抓耳挠腮，咬唇擦掌。正没做理会处，忽见谢福兴喘着大气，奔到宫门前，才放轻脚步，迈着大步，悄地急走，黄裳忙迎拦着问道："太医咧？怎不见呀？"谢福兴一面呼着气，一面说道："钱长史回来了，他说有药，叫咱先通报娘娘回避。"黄裳急道："还等什么通报，您径叫他到这里来等着，不是省得许多时候吗？"石亨抢说道："您别再多说了，让他快通报去，越说越耽搁时候。"黄裳只得不言语，竖着耳朵听信。

谢福兴才进去，便听得里面传话："快传钱长史进寝宫！"接着便见谢福兴出宫门，一直奔了出去。一霎时，钱巽随着谢福兴进来，瞅见石亨、黄裳，只略一招呼，来不及问好叙话，便一直进寝宫去了。石、黄二人仍鹄立在窗下静听消息，并候传唤。

钱巽进内，王妃已退入内屏背后。钱巽隔屏行礼，恭请懿安。然后到蟠龙炕前，凝神瞧了一会儿，低声道："不打紧，我带有回生丹，快取开水来。"内侍连忙将开水取到，钱巽掏出一只小瓷瓶来，拔去塞子，倾出些黄药面儿，弯腰近炕，轻轻地抹开朱高煦的嘴唇，见牙关没紧，便将药面儿倾入他口中，再缓缓地灌了些开水，又回头叫内侍，将主公衣服解开。钱巽帮着将袍袖卸到肘弯下，露出镖伤创口。钱巽先取绫巾，揩了伤口污血，向身旁掏出一只小药瓶，倒向创口，使指头轻轻敲着，便见黄药面儿渐渐地撒入创口中。钱巽待药面儿撒满时，才拾掇了两只药瓶，叫内侍取干净布来，给朱高煦缚扎了伤口。

钱巽退到当地，屏息静待了一会儿，才见朱高煦两腿缓缓地屈伸了两下，接着，"啊呀"一声。钱巽连忙走近炕边，低叫一声"主公"，朱高煦微睁铃眼，见是钱巽，一骨碌爬起，忽地叫声"哎哟"，向后一倒，躺着喘气。钱巽连忙侧身伸右手衬着朱高煦的脑袋，一面伸左手向朱高煦胸膛一把一把向下抚摩着，给他顺气，一面说道："主公且保养龙体，微臣已将诸事预备妥帖了。"

朱高煦点了点头，闭目歇了一会儿，挣扎着坐起来，向钱巽道："您给信荐来的几个外国人，全被那班武当强盗杀了，我真恨啊！"钱巽道："主公且别着急，这事不打紧，微臣自有调处之法。"朱高煦道："您去后，我就只接着那丁威从北平带来的一封信，再就是那几个外国人带来的荐信了。青草山是不必说了，您这趟辛苦，可曾给我结纳得英雄好汉？如今万事俱备，只是将才缺乏。您足智多谋，谅必早想到了，这回可曾邀什么人同来？"

钱巽答道："有几位同来的好汉，现在外面招英馆里歇着，待主公龙体痊康时，再领他们陛见。"接着，便将动身后遇着薛六，招致不成，反被人下毒，险些烧死，细说一番，"后来那王大户当微臣是那薛六的党羽，把微臣扛到他家里，微臣便宣扬主公的威德。初时那王大户还当微臣是说假话，图脱身。后来他抄得主公给云漫天的书子，见封筒上有主公御钤才真正相信，立时释缚，将微臣当上宾看待，十分恭敬。微臣便招致他为暗应，允许在主公跟前力保举他，不失富贵。那王大户大喜，立时修表托微臣赍陈。微臣恐耽搁时日，当即辞他起程。他送给微臣盘川、行李、马匹等项，又设筵饯行。微臣当即留下暗号，叫他随时投效。后来微臣到北平，遇着丁威，才托他带表陈闻之后，便一直出塞。不料才到居庸关，那新升总镇正是主公栽培的北平都指挥司莽将军虎坤。微臣去见他，才知青草山已被卧牛贼党攻破，损兵折将，毁寨为墟。微臣只得查明卧牛情形，便赶急到塞外去，和番部通问。那些事，都已拜表报信，交番使带回，主公想必已看过了。

"微臣因想收买豪杰，归途取道大同，拜访当地英雄戳破天漆璜。他听说微臣是主公亲信，竭诚相待，并邀集左近好汉黄面大虫王天忠、三条腿司空福寿、打虎将吴秉衡、闹海龙匡国和微臣相见。凭微臣三寸不烂之舌，说得他们五体投地，都愿执鞭随镫，效忠于主公。微臣住了两日，暗察他们都已死心塌地，不致变卦了，微臣才与他们约定日期，到乐安相会。告辞动身，他们托微臣带海东青裘一件、蛟皮战靴一双进贡。微臣离了大同，仍转山东。便道去访系马屯的快刀余弘和狐狸庄的活蟹蔡圭紫，邀余弘降顷，向蔡圭紫商量讨取红珠。他感激主公几年来天恩高厚，除却制贡红珠一大瓶外，并将伤药、金创药、各种迷药和解毒散、回生丹等，各献四瓶。微臣方才和主公医伤解闷，就是蔡圭紫进贡的。

"不料卧牛山一班党羽进关到武当山去，也打狐狸庄路过，和当地盛昌庄土棍袁琪等勾连，与余、蔡两家作对。这时恰巧中山王的雪里拖枪神驹被人盗出，辗转落在那里，给那厮们知道了，更加斗得厉害。微臣刚刚待得药物制好，预备次日启程。那两天就有许多人破系马屯，砸狐狸庄。徐弘栽了筋斗，蔡圭紫察觉了，率众迎敌。不料那厮们人多手众，蔡家人抵敌不住，被那伙人砸了巢子，连蔡家夫妇二人的性命都没保得。微臣幸托主公洪福，悄地打地道逃出，躲在石崖洞中。后来见那班人毁了狐狸庄，结伴逃走，打山下过时，其中有两个是微臣认得的：一个是那曾经哄骗主公，来此卧底的恶贼，自然头陀的弟子黑飞虎范广；一个是白云和尚的弟子穿云鹤秦源。大约他在青草山失事时，昧良背师投了降了。还有几个也有些面熟，虽指不出姓名，却能认识都是武当山的党羽。"

朱高煦拦问道："那匹马呢？可是那厮劫去了？"钱巽续说道："好叫主公得知，那牲口并不曾落在那厮们手里。微臣躲在山崖洞里，向外瞅得很明白，外面行走的人可不留心洞中有人，且也瞧不见洞里。因此微臣藏了许久，直待红日西沉，天快黑了，才离那山洞。在洞里，恰瞧见那盗得雪里拖枪的另是一路，大概是个极有能耐的盗马贼，他骑着那牲口，单身独马，绝尘而去。隔了许久，才见武当党羽成群结队地走过，显见得不是一路。只是那盗马贼能骑住那从来没人能骑的牲口，谅来不是弱的。却是瞧那模样儿只不过是盗马图利，似这般本领的马贼谅没多人，终不难查访。访得时，便可买收那牲口来，给主公做坐骑。"

朱高煦点了点头道："您就叫人访查吧，访得时，我有重赏。您说有人和您同来，住在招英馆是些什么人？"

要知钱巽招些何等样人来助朱高煦，请接阅下文。

第四十一章

暗下毒丸猿儿弑父
急遣猛将狼弟截兄

话说钱巽从靴鞡中抽出几个手本来，双手呈给朱高煦道："随微臣来的几位好汉都有恭请圣安的手本在此。"朱高煦接过来一瞧，见是王杰、李仁雄、林太平、陈攀桂、徐盛智、陶又明、汤新等，一共七人。其中，林、陈二人，是徐鸿儒荐在朱高煦名下挂名的绿林响马；王、李二人，朱高煦知道是大宁军中的教头；汤新是山西绛州人，绰号镇南天，曾充御林军教头，名震长江，朱高煦久慕他名望，想要招致他；只陶、徐二人不曾知道，便指着二人手本，问钱巽："这两个是甚等样人？"钱巽答道："陶又明是贩私盐的头脑，河东一带几千走私的都在他手下。徐盛智是天津卫唱戏的，却有真实本领。有一次，戏场闹事，他赤手空拳，从几百兵勇刀枪下闯出来，空手揪死一个千户，死伤了二十多个兵勇，逃走在江湖上，独个儿做些无本营生，从来没栽过筋斗，本领着实过得去。这两人都是伶俐乖觉人，主公一见，一定赏识的。"

说话间，朱高煦觉着饿了，便叫内侍拿点心来，和钱巽坐在炕上对吃，一面谈着钱巽沿路所见的民景风俗，窗棂上渐渐露出鱼肚色来，炕上的蜡烛光焰转黄，已是天明了。朱高煦伤处已全然不痛，便叫内侍传话，请林太平等到外书房相见。

又叫钱巽将红珠取出来观看。钱巽将身边藏着的一瓶取出来，递给朱高煦。朱高煦瞧那红珠，真果如一颗玛瑙珠儿一般，红艳可爱，要不是预先知道，再也瞧不出这东西是毒药。只是凝神望着，莫名其妙。钱巽知道朱高煦有些不相信这药有传说的那般灵验，便道："这丸儿委实奇怪，既没什么滋味，又没什么气息，人吃下去，立时起病，三个时辰准死。死后，不怕蒸骨拆尸，再也验不出一点儿痕迹，屡试屡验，百发百中。"朱高煦笑道："您怎知道这般详细？还说没味没气，难道您尝过吗？"钱巽笑答道："微臣虽未亲尝过，却是曾经亲见过。这药儿在狐狸庄也不知显灵几多回了，从来没有错过分毫。"

朱高煦只是沉吟着。钱巽道："主公若还不信，不妨提个犯人来试试，便知分晓。"朱高煦道："这一定是毒药，能治死人，是不消说得的，只是人死后毫无痕迹，我却不敢相信。"钱巽道："那么就请主公随便提个犯人来试一回吧。"朱高煦点头道好，心里想了一想，昨日那个花儿匠的小郎不识抬举，竟敢不服我临幸，十分可恶，就拿他来试药吧。想着，便叫内侍去传花儿匠的小郎马上就来。

内侍去了一会儿，便见六七个小太监簇拥着个唇红齿白的少年儿郎，进宫门来。朱高煦一眼瞧见那孩子满面泪痕，楚楚可怜，顿时觉得有些舍不得就叫他死。那孩子走近朱高煦眼前，怒目而视。朱高煦陡然想起他昨日那种别扭顶撞情形，怒气横生，喝道："你这厮犯了违旨之罪，本当把你枭首示众，姑念你老子在府里辛苦几年，恩赐你个全尸！这里有毒药三丸，你就在此服下吧！"那些小太监不容那孩子开口，便硬推他跪倒谢恩。又拖他头发，昂起头来，内侍拿红珠硬向他嘴里乱塞。那孩子两眼一瞪，牙龈一紧，只恨声说得个好字，便张开嘴来，接着药丸，和着腮边口角的热泪咽下了肚。朱高煦便叫内侍扶他到当地躺下。

钱巽便请朱高煦去延见众好汉，回头再瞅究竟。朱高煦点头起身，钱巽随着到书房来。林太平、汤新等一众七人已在书房中候了许久了，一见朱高煦进来，连忙立起躬身迎接。朱高煦也不谦逊，便向上面坐下。林太平暗使眼色，关照众人行礼参见。其中，汤新见朱高煦这般大模大样，全没些待士之礼，心中好生不快。却是既已来了，没法，只得随着众人一齐打参。

内侍们照例传唤一声免，众人站定了，朱高煦便叫赐座。钱巽便将几个没见过朱高煦的，汤新、王杰等五人角色报明。朱高煦听了道："本藩为大行皇帝复仇，天下好汉群起相助。你们几位到此，将来从龙有功，不失裂土分茅之赏！"众人起身应谢。朱高煦便命通明殿赐宴。

又传旨："派林太平、陈攀桂为神武军统将；汤新、王杰、陶又明、徐盛智为猛士；李仁雄为亲军校尉。起义之日，另有升赏！"钱巽叫众人谢恩。朱高煦起身入内，众人依着钱巽指示，鞠躬送过。当下便有王府都尉马良来招接众人，每人给二百两衣帽银子和盔甲鞍马等物，才分送到各处安置。

朱高煦和钱巽回到里面，见那花儿匠的儿郎躺在地下，闷沉沉，如同死了过去一般。便叫将他抬到内侍班房里，派人看守着，若有响动，便来报信。内侍们依言抬了开去。朱高煦和钱巽且自酌酒叙谈，商量怎样进药，毒杀当今，好谋夺大位。钱巽道："当今现在正在亲征瓦剌部，主公只须办些贡品食物，差人贡献，当今一定不会疑心主公有这般手段的。"朱高煦点头道："乘现在当今正因迁都北平，又亲自征伐，劳顿感冒，圣躬有恙，咱们做这一招，再没人疑心的。"

正说着，内侍来报说："那儿郎咽了气了。"朱高煦连忙和钱巽起身到内侍班房里亲自细瞅。钱巽叫人传太医进来验视。这时那花儿匠的儿子已是手足冰冷，全身僵直。太医进来，仔细察视一遍，说是急病身死。朱高煦又叫太医细验全身，当将那死尸衣履剥去，周身上下，四周细细检视，连眼眶牙缝都扳视到了，也不曾见有一点儿痕迹。太医回禀道："委实没有一点儿伤毒。"朱高煦故意厉声喝道："这人身死不明，你不要含糊，须得仔细才好！"太医吓得低头发抖，却仍颤声回道："微臣启奏主公，这人委实是急症身亡，浑身内外委实没一丝一毫伤损，更没服毒中毒的痕迹，求千岁殿下明鉴！"朱高煦听了，目视钱巽，抿唇微笑。钱巽也目注朱高煦，点头不语。太医见没话吩咐，便告辞出宫。朱高煦才叫内侍把死尸拖出去扔了，和钱巽回到书房来。

钱巽进了书房，向朱高煦道："事不宜迟，缓则生变。如今赶急动手，事前事后都没人知道。若闹久了，那些武当党羽已知道微臣曾到过蔡活蟹家里，难免不根探得讯息，那就不好办了。"朱高煦道："昨日《邸报》说是圣躬违和，已下诏班师。咱们这里即刻差人进药问安，迎头赶去。大概不到京城就可赶到，一着手，事发在半路上，我立刻亲自带领重兵直入北京，只说是奔丧入临，拱卫畿甸，谁敢拦阻？待到了京城里，哪个是我的对手？还不是任我施为吗？只是这进药问安的使者，却不易得这人才。我想最好是你再辛苦一趟，事成之后，准以王位相配。"钱巽听了，连忙磕头谢恩道："微臣敢不效死，以报我主天高地厚之恩！"

商议方定，朱高煦便和钱巽二人亲自动手准备。正在拾掇，忽见亲近内侍马洪进来报道："天津卫指挥麻元吉、大同镇总兵田书林，都有密书到来。"朱高煦大喜，向钱巽道："这样算起来，天下卫所三分已有二分是孤家的了，还怕事不得成吗？"钱巽躬身道："主公圣德巍巍，远迈汤武。万众归心，兆民瞻望。普天之下，莫非王土，又岂仅三分之二？"朱高煦高兴极了，大呼快哉！

钱巽暂辞朱高煦出去，会过大同、天津两处来人，都是探得班师信息，急足来报，请朱高煦火速图谋，勿失机会。钱巽一面叫文书房代朱高煦拟稿回信，一面自己亲笔写了两个帖儿：一个给田书林，说自己就要到来，觑便行事，叫他先做准备；一个给麻元吉，叫他暗地调兵，备会攻北京。又叫内侍传话备宴，着大将白云、王玉代陪来使，自己便去复命。又和朱高煦商量了一整夜。

过了两天，朱高煦的本章也修好了，物件也备齐全了，朱高煦便催钱巽起程。钱巽收拾了行李和应用的东西，带了王玉、虎坤二人随行保镖。且因二人臂力过人，武艺出众，是朱高煦门下数一数二的人才，如今同去，也好见机行事。

朱高煦待钱巽起程后，即亲自下校场点军，所有南京随来的将校，以及陆续招致的江湖好汉、白莲教徒、各处投奔来的绿林，一齐点起，共有大小将校一十八员：夜狐狸侯海、双鞭韦弘、双铜韦兴、白额大虫陈刚、闹海龙匡国、三条腿司空福寿、打虎将吴秉衡、黄面大虫王天忠、夜游神林太平、野兔子陈攀桂、戳破天漆璜、追风马邓天梁、黑皮黄振武、冲天炮丁威、赛咬金黄裳、镇南天汤新、盖关西石亨、蛮牛石彪。共分作三路，每路六员大将，率铁甲三千名，衔枚疾走，直趋北京。朱高煦自率亲军统将大将军胡远、郑天龙、李仁雄、王杰、徐盛智、陶又明、马洪等，带轻骑武士二千名，径向塞外迎去，并截断北京通塞外的大路。调派妥帖，即日起兵。乐安城中，只留下张鹤观等一班白莲教徒把守。

钱巽带着问安本章和红珠，直向出塞大路进发。行了多日，来到榆木川，永乐帝朱棣早已亲统六师来到。钱巽便向侍卫大臣递过职名，里面传话说："圣躬欠安，概不召见，贡品留下。"钱巽便将带来的几样贡品夹着红珠，进呈上去。钱巽又献了一注银子给侍卫大臣和内侍太监等，只推说是求他们代汉王多说好话，却于言语中，将红珠说得如何灵验，如何能够起死回生。那些内侍们懂得什么？就是侍卫大臣也都是些书呆子、武傻子，糊涂了半辈子的，听得钱巽说得天花乱坠，便也照样去向朱棣说。再说他们也万想不到灭伦叛逆的老子，竟会养出这个灭伦忤逆的儿子，朱高煦竟会成《春秋》中人物，弑父，弑君，所以坦然呈进，还替他加了许多好话。

朱棣回师动身时，本来就不得起床，不能动弹，只是硬撑着，不肯倒威，传旨：破站急走。那一天到了榆木川，心想着病体太重，恐怕谣言乱传，一则恐怕军心动摇，生出大变故来；二来恐怕几个儿子互相残杀，急于要图病愈。恰巧内侍进呈红珠，便吞了下去。没多时，肚腹作痛，头脑如击。不到一刻工夫，吼了一声，两眼上翻，双脚一挺，鸣呼死了。都督张轨等当时传令秘丧，不许传出。一面密差飞骑八百里昼夜不停，报请太子朱高炽奔丧，一面不动声色地卷旗急走。

钱巽伏在营中等信，暗地随军进止。那天在榆木川住宿，忽听得半夜里画角传声，拔寨都起，便料知一定是驾崩了，御前大臣秘丧回京，免生变故。心中大喜，急忙悄地起身，整备鞍马，随军走了许多时辰，带转马头，抄小路如飞趱赶，超越军营，急忙忙，昼夜不息直奔骆驼桥。寻着邯郸人大老虎车宜、白脸儿周模二人，叫他们赶快送密信到乐安。

那大老虎车宜原是邯郸人。邯郸人原有一种奇怪本领，自幼就习走路，最快的一天走得七八百里。北方素有"八百里邯郸，两头见日光"的话，就是说邯郸快腿一天走八百里，还得两头儿见太阳。所以驿站上走信，都是邯郸人。在洪武年间，邯郸出了一位有名善走的名叫王春正，真的三天走二千里路，就是邯郸人也没一个赶得上他的。他一生只传了三个徒弟：一个就是万里虹黄礼。可是黄礼投师时已经成人长大，不能练得十分到家。而且没多几年，黄礼就另外投师学艺去了。虽是他比平常的快腿快许多，却是不曾传得王春正的衣钵。第二个便是白脸儿周模。那年王春正长行出塞，落在周复兴店里，瞅见周模虽只是个十来岁的小孩儿，却是一双劲腿，大可练走，便和周模的父亲说了，自愿传授他儿子健步法。这法儿，可不是梁山泊上戴节级扎甲马画符念咒的神行法，只是苦练成功。自幼就带沙袋，绕屋练走，越走越远，越走越急，越走沙袋也越重，到后来放了沙袋，再负铁块石子。练到负一百五十斤，脚下不缓，人不觉着吃力时，才算成功，从此终身不能间断，自然不会慢缓的。其中还有一样难处，就是在练走时和走路后十日之内，不能和娘儿们来那一手。就禁不住，本领就得打折头。体气差的，也许就此送命。周模习了八年，王春正每回走过，必到周复兴店里住上两天，指点诀窍。待到周模二十岁时，本领就练成了。第三个徒弟，就是王春正的外甥大老虎车宜。这一个可是自从会走路就跟着王春正，一直苦练，无间寒暑，这才是王春正的嫡传弟子。王春正一辈子不曾娶媳妇儿。车宜的父母在车宜周岁时，就双双染疫而亡，全靠母舅王春正养大他的。所以，他们名为甥舅，实和父子一般。王春正活到七十岁死了，一生替人家走急信，送银物，积下一点儿产业，便都给了车宜。周模和车宜十分要好，便将妹子嫁给车宜。郎舅二人又同投名师学枪棒，时常相处在一处。

近两年，车宜不善持家，又寻不着生理，渐渐入不敷出。心中着急，总想寻个赚钱的事儿做做。恰巧有人荐他到汉王府走信，每月工食银子四两。车宜欢喜得了不得，便将周模也拉去。周模家里正开着店，很过得去，不在乎赚钱。却是听说是汉王藩邸，便想到：师父曾说过汉邸定要造反，百姓一定要受他的害，叫咱们格外留意，能破他一分就破一分，使他不得动手，免得生灵涂炭。如今何不将计就计，投身进去，探他些消息也好。主意打定，便依了车宜的主见，做汉王藩邸信差。

他二人充当了这份差事，汉邸原有的一班马步信差没一个赶得上的。不到几个月，汉邸一切紧要文书无不交车宜、周模投递。他二人虽然抱着一样的心肠，无奈这些文书都是封着口子的，白跑了许久，打听不着一点儿消息。车宜纳闷起来，要发狠不干了。周模反而劝他不要性急，终有得着机会之时，只要舍得工夫挨，没个不如愿的。似这般又混了大半年。

有一次，车宜奉了朱高煦之命，向塞外投递文书，一来是给瓦剌部通问，二来是查问钱巽下落。路过骆驼桥就在周复兴店里住下来，和周模谈心。周模听得又送信往瓦剌，心中十分纳罕：为什么近来和瓦剌部这般亲密？猛然想起：弓家两位公子如今正从塞外进关省亲，他父子都是和汉王作对的，这事何妨和他俩谈谈，便向车宜说了，请镇黄山弓诚、镇庐山弓敬二人相见。

车宜和弓氏弟兄相见毕，周模道："咱们不必客套，这事非同小可。那汉王小子又不知存些什么心事，时常和番部通信，却终是叫咱俩送到阴山，交给番鬼探子接去，三五天就有回音。咱俩去过好几趟了，也不知那厮们的文书里面说些什么。如今他又要大老虎送信出塞，咱俩犯疑，特和两位公子商量，可有甚法子，能知道他们文书里事？"弓诚道："那有什么难，咱们把他这文书留下，拆开来一瞧，不就明白了吗？"弓敬笑拦道："您又动蛮劲了。他两位难道连这个也不懂吗？只不过是为这般一来，他两位就再不能到那厮藩邸里去了。设或这文书不是要紧的东西，岂不可惜一番辛苦，失却后来的机会。"周模不待弓敬说下去，羼拦道："着呀！可不就是为的这个吗？咱俩终想探得一件紧要信息去告诉官家，就了了心愿，遵了师父嘱咐了。只是这文书都是封得十分严密的，怎得设个法儿弄它开来瞧瞧才好！"弓敬道："这有办法。我们有位世交，从前是游幕的，惯会偷拆文书，只要找了他来，就容易办了。"车宜忙问："您这位世交住在哪里？"弓敬道："就住在交河县。"周模道："这就容易了，咱俩拼着半夜工夫，抬一乘山轿去，就接来了。"弓敬道："何必如此费事，咱们大伙儿奔一趟交河，岂不更省事？"车宜道："只怕二位脚力不济。"弓诚道："我俩骑的牲口，也能跑个五六百里一天，您二位略缓些儿不就行了吗？"大众都说好。

当下弓诚、弓敬各骑自己牲口，车宜、周模步下跟随，带着文书，露夜赶往交河县。二百多里路程，天不明就赶到了。乘天明开城时进城，直到衙前街，叩李宗涛的大门。弓氏弟兄待开门，先进去，将来意向李宗涛说了。李宗涛满口答应，随即请了车宜、周模二人进去。相见礼毕，李宗涛引四人到后面密室里。车宜将文书取出交给李宗涛，李宗涛接过，向里间去了。一会儿，掀帘出来，手中已拿着取出的文书，封套叠在下面。四人一齐起身，弓诚先接过来，那文书沾在手上，觉得有些潮湿，展开给众人看，却是一封答书，说是"……收到来信，本应照行，奈大宁一役，折损甚巨。冬间发动时，再遵约办理。"其余只是些应酬言语，弓诚、周模等知道朱高煦约瓦剌部夹攻征番兵，并且另订有密约，大概是割地输金等约。当下仍将文书封好。弓氏弟兄谢过李宗涛，嘱咐车、周二人留心冬间的事，并约定有信时即速到卧牛山来。

这回钱巽谋逆，动身时就叫车宜、周模二人在骆驼桥等候，好往来通信。车、周二人不知何事，心想大概是和瓦剌部约好要动手了。只等得到文书，就奔卧牛山去。却不料钱巽亲自赶到骆驼桥叫他二人送密信到乐安。在钱巽只当二人是粗人，只要多给钱没个买不服的。万不料这两人会和擎天寨通气。当下将信写好，递给车、周二人，又各给二百两银子做路费，叮嘱道："这是我的私信，千万代我谨慎勿泄露，赶快送到。"

车宜、周模在汉王藩邸当了许久的差，从来不曾得过整百的银子。这回见钱巽一出手就是整数四百两，知道这里头必有缘故，决计出塞向卧牛山走一趟。当下接过信来，收拾了衣履干粮，出门朝南，走了一程。二人各说心事，竟是一般无二，便掉转头来，望东抄小路，绕向北行，一口气，直出奔塞外，径往卧牛山。

到了离卧牛山十多里地，恰巧遇着万里虹巡哨。师兄弟相见，分外亲热。叙谈了一会儿，车宜、周模将来意说明，黄礼连忙领二人上山。过了山前滦水，直上棨门岭。车、周二人见这般嵯峨雄峻的山头，旌旗耀目，戈戟如林；人马幢幢，往来不绝，个个英挺精练，十分威风，不觉暗自吃惊，忖着：不料关外有般大基业，不要说是对待汉王，就是夺朱家天下也不是难事呀！

黄礼领着二人一直过了四关，沿途有人询问，都由黄礼对答。直到辕门，早有守护辕门军将小大虫皮友儿、摸云王森二人上前向黄礼问明事由，进内禀报。一霎时，双锤李青、梅花鹿李隆，随同皮友儿、王森二人出来，领黄礼和车宜、周模二人进去，到内厅站定。厅前护校毛头星梅瑜、过天星梅亮二人见了，便转身到堂里禀报，只见屏门呀地敞开，千年松伍柱、牛儿丑赫二人出来到厅前，和车宜、周模拱手相见。黄礼上前叙说二人来意，伍柱让座，一齐坐下，内厅健卒献过茶。便向车、周二人道谢盛意。

原来这时丈身和尚和闻友鹿、张三丰等几位前辈大师都已下山料理事体去了。擎天寨里由千年松伍柱治内，牛儿丑赫统军，虎头孔纯助伍柱，豹子程豪助丑赫。所以车宜、周模二人来到，伍、丑二人一同出迎。

当下，车宜、周模将前后情形一一叙说明白，又将钱巽的密书取出。伍柱接过，瞧了一遍，便和丑赫商量。丑赫听得，急传令击鼓传声，召各军首将到大同堂聚集，商议大事。一声令下，大厅上鼓声咚咚急响，接着便听得四方，都有渊渊的鼓声接响，不消片刻，已传遍全山。

没多时，便听得銮铃声碎，报声不绝，各军首将纷纷赶到。除了守把要隘的几员当值的以外，俱已到齐。伍柱便起身言道："昨日得到密报，说是御营到榆木川时，刚才扎营，又都拔寨齐起。又有霹雳杨洪差人报信，也是一般说法，都猜是当今有了不测。方才关内有两位同道好汉：白脸儿周模、大老虎车宜到此，交到钱巽托寄给朱高煦那厮的密信。拆开来瞅时，果然不错。当今永乐爷已被朱高煦下毒谋弑了，钱巽正向朱高煦报功，并要朱高煦轻骑绕道，截击太子高炽。咱们既得了这紧要讯息，诸位宗师都不在寨里，只得先遣雄兵猛将，绕进关内，向乐安出塞的捷径小路沿途截去：一面赶快差人进京给于御史送信，好让太子防备，免中奸计。这事非同小可，依我之见，咱们既为关塞所阻，不能多调兵卒进关，只好多调得力的将官入塞。众位弟兄，各自预备，听候令调，除派定守寨防番的首将以外，各军统将尽今夜都要启程，不得违误！再者，这时事势已迫，挑选勇猛健卒已来不及，就由各军首将先把平日自己所知道有本领、有胆量的勇卒，各调二十名或是三十名，听候改装进关。即时就去预备，休要延宕片刻！"话毕，厅上众好汉一齐应了个是，各自散走。

伍柱留车宜、周模二人吃过饭，便先调许逵、杜洁、皮友儿、聊昂、薛禄、钱迈、茅能、刘勃八员有快马的首将，即时改装杨洪部下押粮军校

285

模样，随同丑赫启程进关，给于谦送信，并随同于谦，护送太子，帮助战斗截拦的汉邸兵将。于佐、黄礼都是善走的，随同车宜、周模即刻进京报信。这马步二路，不分昼夜，以先赶到为首功。此外，全寨统将一齐下山，山上只留沈刚率同徐建、欧弘、李青、李隆把守。下山的统将分成三路：一路向榆木川左近横截番兵；一路入塞截击汉兵；一路迎向京城来兵路上，接应于御史，帮同助战。三路兵由伍柱、程豪、孔纯分统疾走。分派定了，便传令全山，令各军首将各率本部挑选的勇卒，分途启程，不必再到厅上报行。又命第一批下山的马将顺路通知杨洪，借用衣甲牌令。并请杨洪带同防截番兵的一路将卒，会合一处，同力合战，免被番人所乘，且期力足以敌住番部，使番人不能踏着中华一寸土。

当下各路纷纷拾掇下山。伍柱等各率一路，打扮齐整，露夜起程。沈刚接统兵马，分派四将守护四方；多遣探子，四下探询，传进消息。首将虽然都已下山，好在兵卒大部在山，四方筑有险隘，山寨依旧铁桶相似，外来人马，急切里别想攻打得进。

牛儿丑赫和镇华山钱迈、金刀茅能、铁枪刘勃、小铁汉聊昂、莽男儿薛禄、镇嵩山杜洁、镇衡山许逴、小大虫皮友儿一行九人，各自准备停当，约会齐了，离了擎天寨，到卧牛镇霹雳杨洪营里。杨洪早已得到讯息，九人一到，杨洪便将刚才预备妥帖的文书牌札交丑赫收下，知道事情紧急，不敢留丑赫等吃饭耽搁，只亲自送出营外。丑赫将文书转递给钱迈收着，一齐别了杨洪，扳鞍上马。九头牲口都是一等一的脚力，只听得鸾铃乱响，三十六只铁盏般的小蹄儿乱翻，沙尘荡卷。眨眼间，已只剩九点黑影在那黄昏日影下天尽头处蠕动，震耳杂碎的兜铃声响由细而没。

丑赫、茅能等都是走惯的熟路，马上商量，抄近图快，直奔独石口，小路进关。当时，乘黄昏走了三十里，寻着个有水草处，歇了歇蹄，上马又走。天气虽已早寒，幸喜霜夜月光分外清朗。九人便在那一望无垠的荒原中，乘月色急奔。足赶了二百七十里，到石堆儿店，才停辔歇下。已是天明时候，便向野店里讨取些水，各自掬些干粮咀嚼；放了牲口肚带，遛了一会儿，买些豆料，上槽喂了，又牵到水槽头，给喝了个足。茅能第一个性急，口里还嚼着窝窝儿，就嚷着嗓子催快走。

众人都起身，紧了紧身上衣带，勒了勒头上包巾；各自带上牲口，扣紧肚带。托地跳上鞍鞒，丝鞭乱扬，破风急趱。行了大半天，远远瞅见几缕黑烟映在黄沙影里，众人都知道离独石口近了。一会儿，马踏山坡低头奋上。钱迈一抖丝缰，两踝夹敲，那马直奔向前，越过几匹牲口，当先来到关前。守关儿郎照例将手中刀斧一横，喝叫："站着！"钱迈不慌不忙，向袋里掏出牌札，给验看过，道了声"辛苦"，儿郎们回了声"彼此"，杜洁恐他们留难，假作带了私货，递了一包银子给右边打头一个儿郎道："承关照！哥们大伙儿喝一盅。"儿郎们只当这伙人带了些关外皮货药材，笑答道："恭喜各位顺利发财！"杜洁也答了声："彼此！"儿郎们侧身一让，九骑牲口贯穿儿，进了口。

才过口卡，忽见迎面一个胖大和尚昂然而来。茅能眼尖，早瞅出是丈身和尚，忙催马迎上前去。待近时才见丈身和尚身后还有个小孩儿，约莫十三四岁，绾着两抓髻，桃儿脸，叶儿眉，长得一团和气。丈身和尚见众人马来，早已认清，让向道旁一家客店檐下。茅能等一齐扣住丝缰滚鞍下马，向前问安。丈身和尚道："此地不好说话，咱们就这店里坐一会儿可好？"众人都道好，随着丈身和尚到店里内堂坐下。

店伙计来张罗了一番，钱迈叫他取些熟菜，烫几壶白酒。大家团坐谈着。丈身和尚道："瞧你们这些人进口，这般急忙形状，大概是已经得着讯息了。"丑赫点头道："全都知道了。"丈身和尚笑道："不见得全知道吧？永乐爷被他儿子送大行了，这也是他骨肉相残的结果。只是这般枭獍儿子，万不能容他在世横行！只是太子懦弱，绝不是那厮的对手。于廷益位卑权小，做不来主，我料着他这趟灭不了那厮。你们既已挺身出来，要干一番伸正气、除暴逆的事业，须防糟蹋百姓。若是能够放手做去，绝根断株，自然是好。倘或不能，就去掉那厮几员上将，剪去他的羽翼，也是好的。千万不要太性急，总以顾全大体，听凭于廷益调度，不可逞性，要紧！要紧！如今你们是怎样准备的呢？"丑赫便将分头下山的事说了，丈身和尚点头道："分派却是不错。我和友鹿道人会着铁冠子，也告诉了我俩，要我赶到卧牛山帮同守山。并且说赛霸王那厮新收得个江东大盗，名叫三条腿司空福寿，还有个镇南天汤新。听说那三条腿善于夜行，真果是踏雪无痕，踏鼓无声，你们都及他不来。他还会一种刀弩，放出来都是小刀儿，任什么兵刃挡不住。那镇南天天生铜筋铁骨，又加上练就铁布衫，刀斧不入。这两个，恐怕不是你们敌得住的，我们又不便出面来管官家事体。好得当下这孩子……"说着，便叫那身后的绯红脸孩子过来，和众位师兄相见，"……正跟着他师父友鹿道人同在铁冠子那里。他名叫镇巫山韩欣，是友鹿门人。自幼入山苦练，你们同门都不曾见过。夜行功夫练得很好，且是吸乳时就锻炼起金钟罩。铁冠子传了他空手夺刃和破铁布衫的法儿，叫他跟我来，辅助于廷益。我想着你们没这般快得信，便带他来关外，先会了你们。我代你们守山，再叫他和你们同去干事。"

钱迈、杜洁都曾听得师父说有个小徒弟，却不曾见过。许逵和沈石跟师学艺时，却知道师父在西川见有个遗腹孤儿，母亲产后身亡，族人不理，便带了回山，拿羊乳和丹药养活着。后来许逵出来闯世，这孩才三岁，一径不曾再见着，因此师兄弟彼此不认识。

当下镇巫山韩欣和钱迈等三人相见过，又和丑赫等一一行礼。丈身和尚拦他道："这时且不必闹这些酸文腐礼，你们向行的日子长哪，还怕来不及磕头吗？如今时候要紧，且说正经。"说着，便问了擎天寨的布置情形，又将友鹿道人、飞霞道人等的地址告诉了众人。便道："时候已不早了，咱们各奔前程吧。"钱迈等听了，一齐起身，给了酒钱，齐出店门，各向丈身和尚告别。

丈身和尚一瞧韩欣没牲口，便道："欣儿你没脚力，怎么办咧？"韩欣道："不打紧，我能跑。"皮友儿笑道："兄弟，咱们这几头牲口，都是挑选了来的。就让您陆地飞行法功夫深，道儿长哪，别逞强累到地头儿，干不来事反是不好！兄弟！您来，咱俩共骑一程，再作道理。"韩欣兀自摇头不肯。丈身和尚道："就这么办吧，别再耽搁了。"吃这一催，韩欣才和皮友儿一前一后，共骑一头牲口，别过丈身和尚跟着众人启程。好在他俩都是孩子家，身躯不重，牲口并不吃压，依旧一般快走。

众人在路上一会儿谈谈笑笑，一会儿跃马争先，颇不寂寞。当天赶过了四个城市，依茅能、薛禄都还要趱行，钱迈恐防马力乏了，夜里失事，到了望儿屯，便落马住店。次日天还没亮，丑赫、薛禄都醒了，一阵闹，把众人都闹醒了，拾掇了随身东西，脸也没洗，就被几个性急的催着，扔下一块碎银子做店钱，跳上牲口就走。这一天马不停蹄，一直赶到北京。

进了城，直到虎坊桥于谦寓处。刚一下马，便见黄礼、车宜、周模、于佐四人一路说笑，并肩而行，直出门来。丑赫等九人都大吃一惊，黄礼先笑道："你们才到哪，我四个也不过早得两个时辰。于御史正待进大内去，你们先去见见吧。"正说着，范广、种元迎了出来，彼此相见，十分欢欣，连忙通报进去。

一霎时，于谦亲自迎了出来，和众人一一相见，极口道谢众兄弟为国辛劳。众人恐怕耽搁于谦进宫的时候，都道："咱们回头再细谈吧。这时且请大哥治公要紧。"于谦道："如此我就暂时失陪。此地还有好几位新交朋友，大家且先见见。"接着，便和众人拱手而别，上车进宫。这里范广等陪着丑赫、韩欣进内，和姬云儿、尤弼等一班人相见。自有一番叙话，不必细说。

于谦上车直到紫禁城边，下车步行，到外侍卫班房说明有机密大事，要朝见太子殿下。宫门侍卫见于谦是御史服色，才慢吞吞抬身接过职衔，一言不发。于谦知道他们是要陋规的，偏不理他们，只作不懂，大声道："我是有机密大事，关乎国家大计，特来叩环朝见。你们如不传进去，就难逃误国之罪。"侍卫们鼻孔里哼了一声，翻两只白眼向于谦望了一望。那旁边坐着的宫门监嘴角一撇，脑袋一摆，慢声说道："好大来头！不知脱了草鞋才有几天，也到这儿来骇唬人。就算三王爷来了，瞧爷们可怕？"于谦扬眉大喝道："你们把持宫门，只好欺负没骨气的！"说着，转身直向宫门奔去，便要举笏叩阍。吓得那些侍卫连忙起身，急赶过来，拦着，笑靥相迎，和声说道："于爷，咱们闹着玩儿的，您怎么就当真哪。咱们素来要好，哪值得动这大气呢？"于谦扬笏正色道："国家大事，谁和你玩儿，给我快快传进，饶你这次！"侍卫们连忙躬身嗌声答应，立刻传点，交宫门监传进。

太子朱高炽素来尊重于谦为人，见传进职名，是于谦告密，即刻召见。内侍传出，引于谦进大内，到上书房，见了太子。于谦如仪行礼毕，见太子暇豫无事，知道还不曾得着皇帝大行的信，便奏道："臣适才得着个讯息，恐殿下要出京一趟。"朱高炽大惊道："孤什么事要出京？任凭有甚大变，孤也不能轻离京庙社稷。"

话未毕，外面云点九响，朱高炽才知道是报丧讯，顿时神魂不定，不知怎样是好。霎时间传进遗诏，太子大哭。于谦连忙奏道："望殿下暂节悲哀，还有大事待决。"朱高炽哭道："大行皇帝疾，孤不能侍汤药，大行皇帝薨，孤不能哭临视殓；孤之罪大矣，还有何事可决？"于谦奏道："殿下代大行皇帝留守社稷，忠孝自不能两全。今日之事，当先求所以安先帝之灵。臣闻有谋逆者，将劫梓宫而图大位，且密遣兵将，谋邀截殿下。臣愚以为殿下为大行皇帝为社稷，俱应暂节悲哀，勉定大事。"朱高炽急拦问道："你说谁呀？"于谦正色高声道："谋篡逆者，汉王高煦也。"朱高炽急问："你怎么知道？"于谦道："得密报。"朱高炽便叫传点鸣鞭，集朝赴太庙哭临。

霎时间，通城皆知，文武百官齐赴午门，候车驾随班到太庙哭临毕。太子朱高炽宣谕："孤即日奔丧。该管衙门，善守城防，请赵王保守社稷。"一面传谕："汉王高煦及诸王均毋庸奔赴，依太祖高皇帝先例，各在本藩设位率属遥奠，遣子入京哭灵。"当下枢辅大臣，闻谕一齐谏阻说："汉王之心不可测，殿下应居京为大行皇帝守社稷，不宜矜小节，离都涉险。"朱高炽怒道："岂有父死不奔丧的？先皇帝以孝治天下，孤何敢惜此身？诸位将使孤为不孝之人吗？倘不奔赴，将何以治天下？"众臣闻旨，面面相觑，作声不得。独有于谦出班俯伏奏道："殿下孝思不匮，臣愿保驾奔丧。"都督张轨奏道："殿下仁孝迈古，敢请轻骑简从，趋捷径以赴，免为奸人所乘。望殿下以社稷为重。"朱高炽道："孤赴大行皇帝之丧，固以早到为是。却是大礼所关，岂能轻骑行小道？众卿不必多言，孤意已决！"于谦顿首奏道："臣愿保驾。"朱高炽见于谦独排众议，忠勇奋发，心中十分赞赏，便降谕："孤即日奔大行皇帝之丧，着御史于谦节制御林军随扈！"当即退朝。

于谦也不回私第，立时命从人请丑赫等到校场相会，一面遣飞骑调御林军到校场听点，自身随即来到校场。御林军得信早已预备。于谦到校场下马登坛，将官打参已毕，立时点起前、左、右三军，其余三军留守，克时出城，扎营候车驾。丑赫等都给予校尉牌札，随营护卫。

真是皇帝有倒山之力。一夜工夫，城外早扎起千百帐篷的御营，随驾文武官员都到营报到。天明时，车驾出城。于谦率全军随护，百官跪迎跪送。朱高炽才入御营，便传谕起行！号炮三声，鼓角齐鸣，浩浩荡荡，直向出塞大道行来。

行了一程，天黑平安扎营，自有前站传知地方文武官迎候，不必细说。于谦待扎营已毕，随侍哭临礼完，回到营中，见伍柱率领一班擎天好汉，随丑赫、范广等进见，心中一爽。当即和伍柱商定，一面派人前后左右哨探，一面将营中已到的好汉分作两班，护持前后，以免车驾受惊。于谦自领一班居前，伍柱代领一班居后。只算是衙史衙校尉，却实在任护驾重任。那些武官和御林军只好摆看，中不来实用的。那两班英雄是：前班：于谦、范广、黄礼、种元、秦源、武全、岳文、于佐、韩欣、车宜、关澄、干戢、成抚、尤弼、覃拯、金亮、白壮、何雄、常洪、承秉、余鲁、聊昂、薛禄。后班：伍柱、丑赫、钱迈、杜洁、许逵、沈石、茅能、刘勃、皮友儿、庹忠、柳溥、周模、王通、孙安、骆朴、庹健、凌翔、凤舞、龙飞、归瑞、文义、邓华。左翼哨探：章怡、姬云儿、奚定、凌波。右翼哨探：丽菁、华菱儿、史晋、李松。前站哨探：魏光、徐奎、徐斗。断后哨探：彭燕、吉喆、弓诚、弓敬。除于谦外，共是六十员猛将，四面拱护了个周密。却是太子朱高炽并不曾知道，只当是御林军护驾有余。

行了两天，幸得无事，于谦更加谨慎提防，暗地叮咛众好汉："分外留心，不可稍懈！"第四天，拔营起行，将近关塞，万山层叠，四无人烟。于谦摌甲持镇，眼观四处，耳听八方。遣飞骑传令：各营伍小心提防。令方下，忽听得破空一声，霹雳般响亮，好似天崩地陷一般。三军顿时失色，侍卫们仓皇失措。

要知是什么声响，请连阅下文。

291

第四十二章

破重围急先锋斩将
冲坚阵莽将军振威

话说御林军正向前行，忽听得震天价一声响亮，一班侍卫和将卒都相顾失色。这些人自来不曾见过阵仗，吃惯了太平粮的，猛然间听得这种惊人的声响，那无数的腿顿时分成两个样：一样是两条腿直抖擞，再也拔不动两条腿；一样是两条腿异样活泼，立刻向后面一拧，提起就跑。

于谦一马当先，听得声响，便勒住牲口，猛见将卒那般形状，振奋神威，大喝一声，将鞭梢向两边一摆。说也奇怪，那些将卒好像立时加了许多胆汁一般，提不动的也提得动了，想跑的也不敢跑了，都顺着鞭梢两下里乍开，排成一字儿，扎住阵脚，岿然不动。

阵才摆开，忽见铁狮子魏光挽刀纵马而来，迎头高声叫道："前面有变，请火速遣将应战！"于谦昂然不动，依旧镇静着。魏光奔近跟前，勒马报道："前站方才走进叠翠山谷时，左右哨探，毫无动静，后面随同跟进。不料前队才到山腰，山崖里猛然炸出个大炮，打伤将卒很多。徐奎、徐斗因引导在前，俱已受伤。诸将回马搜寻，忽遇一彪人马，约有十员大将、千多兵卒，冒打着擎天寨旗号，冲杀出来。前队成抚、尤弼、白壮、常洪正在应敌，望后队火速救应。"于谦便命魏光率岳文、范广、薛禄、秦源、何雄、聊昂六人，火速前往接战。再遣韩欣、关澄前往救护受伤将卒。一面遣人奏闻太子，一面命左右后各方妥慎防备，不得疏忽；自己挥动大军，径向前行。

范广、薛禄两骑马当先，顺大路直骋。转过山坡，陡见前面尘沙荡起，只听得一片喊杀之声。范广扬起双踝，使劲向马腰夹敲。那牲口箭一般，直射过去。薛禄急叫："范大哥！慢点儿，待俺……"话未了，陡然又听得震天价一声响，成抚、常洪都中炮落马。薛禄连忙打马，和范广两个不顾生死，急冲过去，就炮烟里滚鞍下马，一人抱起一个，翻身重跳上马，抢出战圈，回马急奔。

那边阵上邓天梁督兵，原约好了，挥鞭向后，诸将一退，山上就发炮；待炮打过后，急挥众将奔冲向前时，地下只有些死伤兵卒，韩欣、关澄正在抢救，受伤的将官，一个不见。邓天梁大叫："快抢杀过去，擒住那雏儿。"司空福寿、王天忠、汤新三骑马应声冲杀。魏光恰巧赶到，将手中青龙偃月刀一横，迎头挡住，司空福寿挥戈便刺；王天忠舞动一对宝塔鞭，斜刺里夹攻；汤新挺丈八峨眉刺绕向魏光背后杀来。魏光耍开大刀，横空一卷，将戈鞭扫开，顺手挥刀向后横砍。汤新急忙闪缩，刀光早向汤新腰间刷过，银甲划开一条大口子，汤新却不曾受伤。魏光暗吃一惊，暗想，闻说逆王收得个练就铁布衫的镇南天，难道就是他吗？"一面想着，一面格外留心，奋起神威，和三员汉将鏖战。

这时汉将陈刚、韦兴双战岳文，吴秉衡拼住秦源，陈攀桂敌住何雄，韦弘战住尤弼，漆璜、邓天梁双斗住白壮、聊昂，杀得云腾雾起，风号地动。正斗得难分胜负，薛禄、范广已将伤人送往后军，飞马而来。高声大叫："众位兄弟加劲杀呀！"他二人嗓子分外粗响，众人都在闷斗之时，陡然从那兵刃声中听得这一声暴喝，自然精神振涨。一班汉将却是知道对手又有救应来到，未免有些着急。

魏光就这时司空福寿正因闻声手缓，急钩开汤新的长刺，顺势扫开双鞭，就这一刹那间，手腕一翻，大刀直向司空福寿颈上劈来。司空福寿不慌不忙，呵呵一笑，将戈勾架住刀镡，就势向旁一甩，魏光没提防这一下，大刀几乎脱手，急忙紧握刀柄，缩身向后，两腿一拧，约马退后，才定住身子，忽见马股正接着王天忠的马头，心中大喜，便不收回那撇出的大刀，只扭转身腰，大喝一声，着力向后斜劈过去。王天忠原是见魏光身子摇晃，急赶上前举起双鞭想从魏光背后打他个措手不及，不料鞭才举起，大刀刀叶儿已由肋下斜砍进来，咔嚓一声，肋骨尽断，鲜血乱溅，仰身落马，眼见是不活了。

擎天诸将见了，一齐一声大喊，魏光威风百倍，舞刀直奔汤新。却不料司空福寿异常镇定，眼见王天忠被斩，不但是不慌张，反乘这空儿，向背拔一支小戈，抖手放出直扎魏光肚腹。魏光见金光亮闪，急横刀挡格。不道这是司空福寿独步一时的本领，那射出的暗器，也不知有多少分量，再也别想挡得住。只听得铮地射在刀刃上，接着嗤啦一声，那尺多长的小戈竟由刀刃上滑向魏光胸膛扎去。幸得刀刃撑着些力量，劲儿到底小了些，只扎透了护心镜，刺进肉里不到半寸，魏光咬牙忍痛，依旧抡刀跃马向前。

薛禄这时正助秦源夹攻吴秉衡，离魏光很近，见魏光受伤，连忙抛却，倒转铁槊，扭过马头，横拦在魏光前面，大叫："魏大哥且歇着，俺来挡一阵。"说话间，已挥槊架住刺，拦开戈，大战起来。魏光便乘此勒马退出，挂下青龙刀，拔出腰间长剑，割下一幅战袍，牙龈一紧，左手握着胸前扎进的小戈柄，狠一声，拔将出来，插入箭囊里，硬挺着痛，解开甲来，使割下的锦，当胸裹住。再瞧那小戈时，却是纯钢炼成，锋利无比，便一手挺长剑，一手持小戈，又向阵中杀来。恰遇范广接战陈攀桂，替下何雄。魏光骤马向前，正和何雄迎面相遇。何雄见他腹甲和战裙上鲜血淋漓，胸前扎裹，知他已受重伤，忙将腿一抬，钩住马缰，再伸手挽住嚼环道："铁狮子，保重要紧。"说着，不由魏光分说，便带着马，并辔送他向后。魏光强不过何雄，又不好和他硬争，只得任他。却是心中终不甘休，撇转脑袋一瞧，敌将吴秉衡离得最近，便拔出那支小戈，咬牙尽劲，向吴秉衡扔去。

吴秉衡正和秦源扭作一团，绝不提防旁边有暗器射来。只听得哎哟一声，吴秉衡膀窝冒血，钺法大乱。秦源一铲去，铲下个斗来大的脑袋来，尸身落马。秦源下马拾起首级，复跃上马，将人头挂在鞍旁，便助薛禄混战司空福寿和汤新二人。

那边岳文和韦兴、陈刚斗了百多个回合，不曾得着便宜。岳文使大钺左劈右砍，韦兴、陈刚不曾见过这兵刃，不懂得他的解数，只得用心招架，因此二人尽力鏖战，也不曾胜得岳文。战了多时，那边尤弼和韦弘恶斗一阵。韦弘渐渐抵敌不住，只将双鞭直上直下，尽力拦挡。尤弼瞧去韦弘本领不济，手中铲越加使得骤雨一般，一铲紧似一铲。韦弘竭尽生平能耐，一连架开七八铲，已经是满身淌汗，绝无还手的余暇。尤弼更是精神百倍，将铲上下一绞，甩开韦弘的双鞭，两肘一缩，猛地平托大铲，复向前尽力突铲。韦弘双鞭已被拦向一旁，急切里，没法招架，大叫一声："不好！"慌忙将身一矬，脑袋一低，用力夹马，转身便逃。不料尤弼力猛铲沉，直冲过去，直向韦弘头顶铲过，将韦弘头盔连鬏髻儿一齐铲落。韦弘连头也不敢回，夹马落荒急走。尤弼也不追赶，勒马向左，来助岳文。

陈刚见来了帮手，便扬鞭接住厮杀。尤弼大喝一声："着！"就手一铲，向陈刚拦腰铲去。陈刚右手扬鞭，向铲柄一击，击开大铲，同时，左手弯向肋下拔出长剑，身躯向前一探，向尤弼头上横劈过来。尤弼不提防陈刚这般矫捷，陡然间两手齐用，连忙镫里藏身，才让过长剑，陈刚又掣回钢鞭，斜照定尤弼肩头斜打下来。尤弼大怒，骤马向前，闯身避过，迅即款扭狼腰，回头一铲，直铲陈刚后腰。陈刚正待回身招架，忽听得弓弦响处，尤弼应声落马。陈刚大喜，急要下马擒捉尤弼，不料聊昂、薛禄望见，各抛对手飞奔来救，两马齐到，刀槊并举，挡住陈刚。尤弼连忙乘空爬起，且不顾肩际箭伤，拔出长剑，照定陈刚坐骑前蹄猛剁。那马腿早断，撑立不住，就地便倒，将陈刚甩在一丈开外。聊昂、薛禄争先挺槊突刺，陈刚仗太行剑士功夫，身才沾地，就势甩了个鲤鱼打挺，头脚一使劲，悬空跳起个空心筋斗，摔起丈来高。待聊、薛二人两条槊刺到时，陈刚已落下三丈多远。聊昂转身护持尤弼上马，送他向后。

薛禄两手挺槊，双踝催马，跟定陈刚紧追不舍。陈刚施展陆地飞行法，落荒逃奔。薛禄坐下名驹小蹄儿翻盏似的，驮着薛禄，腾云一般，破风而来。陈刚拼命跑了一程，回头已不见自家人马，心中更慌。暗想：这蛮生不知追到几时是了，不如打发他回去吧！想着，便向镖囊里掏镖。薛禄在后望见陈刚曲臂向腰囊里掏摸，知他是取暗器，猛然触机，心里一机灵，暗想：师父常说俺和茅金刀是一样的粗坯，俺这回且干点儿细事儿给他们瞧瞧！正想着耳边听得陈刚大声喝"着"，便见一道白光迎面飞来，薛禄急迎着白光，大叫一声"哎哟"，仰身便倒。那镖就在他这一仰身时，平飞向后去。陈刚闻见大喜，绝不疑这莽汉会使诈，连忙转身回来取首级，奔到薛禄躺处，忽然瞅见薛禄周身没些血迹，心中大疑，两只脚趑趄不前。薛禄正微开着一线眼皮，偷瞧着，待陈刚近前时，好下他的手；忽见陈刚刹住脚立着狐疑，早耐不住了，挺身跳起来大叫道："好猴儿崽子，敢在太岁头上动土，对你爷使暗器，胆真不小！别跑，挨两下揍再去！"一面骂着，一面已直扑到陈刚跟前。陈刚没料他会这般跳扑过来，猛可里，吃了一吓，刚要扭转身躯，薛禄已经扑到，双臂一张，向陈刚抱来。陈刚急了，知道来不及逃，便反迎上去，一头向薛禄怀里一触。薛禄不曾留意，反被他触了个跟跄。陈刚大喜，伸手来撊薛禄的勒甲带，想摔翻薛禄。薛禄大怒，就势攥住陈刚手腕。陈刚急忙挣扎，薛禄一拧，陈刚虽是剑士，深有功夫，但是薛禄天生蛮力，任你铜筋铁骨也赇受不起，直痛得热泪乱淌。急忙下死劲，向怀里猛带，想挣扎脱，却不道薛禄反向前送。陈刚一下使空了劲，跟跄跌倒。薛禄不肯放手，也就被他牵倒。两人就此在地下滚起来，薛禄力大，陈刚身巧，各不相让，都想扼压敌手，便扭在地下，混打一阵。就那么闷声不响，滚来滚去，把一地的枯叶败草都滚成粉碎，两人兀自拗扭着不肯放手。

这时，那阵上，韦兴已被岳文战败，带马奔逃。岳文乘势突阵，那汉兵押阵大将黄裳、石亨见了，挥动大旗，阵脚乍开。岳文也不管有没诡诈，只将手中铖耍开如一轮明月一般，直冲入阵里。黄裳见了大喜，连忙将手中令旗一卷。兵卒们两边向中一裹，便将岳文裹入阵中。岳文虽知道身后已被包截，心中毫不着慌，仗着全身本领，将铖摆开，直搠横砍，杀得儿郎们人仰马翻。霎时间，周围倒的都是死尸。石亨在门旗影里瞅见岳文越杀越勇，伤人不少，心中火发。手中原握着弓箭，刚才放了一支，射倒尤弼，还没收弓，便再搭上一支雀嘴钢镞飞羽箭，觑定岳文，曳满牛角金胎宝雕弓，嗡的一声，箭离弦，直奔岳文后脑。岳文正杀得起劲，忽听得脑后弓弦响，便扫开当前敌将的军器，反手舞铖，向后啪地一搪，正搪着那支钢箭，嚓的一声，将那支箭激回头来，反向着黄裳倒射转来。石亨、黄裳见岳文头也不回就将一支箭反激了回来，似这般矫捷，这般神力，却是不由人不惊服。

汉军阵上，正在惊诧之时，忽听得外面阵前喊声起处，漆璜被白壮使铲柄打下马来，同时何雄、聊昂将受伤的人交给后面护送将官，回马杀到，一声呐喊，高叫："冲阵呀！"只听得马蹄乱响，各人都抛却敌将，直向汉阵上冲来。汤新、邓天梁、司空福寿等一齐回马，帮着石亨、黄裳拼命拦挡。这时，赤虹白壮挥铲当先，银须乱舞，红眼圆睁，领着秦源、范广、聊昂、何雄等一群饿虎似的，各扬兵刃，跃兵突入阵中。石亨、黄裳约束将卒，死命抵挡。

阵内岳文正在四面突杀，忽听得喊声大震，军器叮当乱响，知道外面有人救应，精神陡振，勇气百倍。认定方向，向阵后直闯。但见铖起处，人头跃滚，杀得汉兵纷纷避让。加之石亨、黄裳正在照顾前面，无暇再来督率阵内兵卒围捉岳文，众兵事因无主将更加混乱。岳文夹马闯杀，直透阵背。向前一望，只见匝地旌旗，无数人马，密密层层，也不知有多少。

恰巧这时白壮等也冲进汉阵，众好汉四面一分，各处赶杀。石亨等抵挡不住，顿时全阵散乱，大溃败退。岳文见后面忽然有许多兵卒散奔过来，连忙带转马头，舞铖堵截。恰遇着邓天梁散披着头发，甲胄不整，慌慌张张，逃奔过来。岳文便骤马横截过去，照着邓天梁头顶晃地一铖剁下。邓天梁大惊，急切里不曾提防阵后还有人截杀，两马已近，没法躲避，心中大急，忙中无计，只得舍身朝后一仰，倒下马去。只听得嚓的一声，那马已被岳文连鞍劈断。邓天梁吓得魂飞魄散，爬起就跑，岳文也不赶杀，转身去会合白壮等，想合力冲打前面的营盘。

石亨、黄裳两骑马从阵中飞到阵后，已无法约束溃卒，只得反在擎天众好汉之后，跃马急赶。没跑多远，便见汉营骁将黄振武、匡国率领一彪人马前来救应。迎面遇着白壮，便约住阵脚，一字儿排开，当头拦住。

白壮正杀得唾沫四溅，见前面又有一彪人马，大喝一声："全来吧！爷送你们回去！"一骑马，一柄铲，滚成一团白雾，直向匡国阵里扑去。说时迟，那时快，白壮人猛马快，眨眼间，已扑到阵前，手起处，只见白光一闪，就白壮呵呵一笑声中，黄振武那颗斗来大的脑袋，早离了他的脖子，冲起空中丈来高，吧嗒一声，掉向枯草里去了。那马上的没头尸身，顺马腰溜下，倒在当地。匡国在旁吓得一呆，急骤马来救时，白壮已闯入阵里去了。擎天众好汉也不和匡国拼斗，各挥军器，雁翅般先后突进兵丛里，喊声大震。直杀得烟沙滚滚，但见漫空白光，尽是军器飞舞。

这时，于谦在后督同前班众好汉，接住受伤的徐奎、徐斗、成抚、常洪送到后面，请随驾太医调治。不多时，又见援伤的护着魏光、尤弼先后来到，见连伤六人，知道这场战阵非同小可。便督率前班众将，亲自向前助战。转过山坡，见许多被冲散的溃卒在那旷野无垠的荒草中乱逃，于谦便派覃拯、金亮，四下收抚，仍督众人，向那远地里一丛蠕动的兵丛中攻来。

行不多远，武全忽见草地里两骑战马在那里闲跳着。细瞅时，却有一匹是薛禄的坐骑，不觉大惊，心想：难道莽男儿失事了吗？怎只见空牲口呢？连忙使叉叉住缰绳，带过来，回马来报于谦。于谦听得，连忙叫众人四下里寻找。种元、车宜、干戬、承秉等闻得，撒米般散开，仔细找了好一会儿。车宜忽瞅见那边小土山坡下好似有一堆衣服在那里。急打马过去一瞧，正是莽男儿薛禄，窝作一堆，好似睡着一般。车宜连忙下马，伸手向他口鼻边试探一下，却有鼻息，再摸他头脸，竟火一般烫手。便连忙转过背来，反手拉着薛禄两只手，身躯一弯，两臂一拧，便把薛禄负在自己背上，也顾不得再骑马，就那么驮着薛禄，逞快腿奔到于谦跟前来。于谦瞅他这模样，知道是被人点了穴，便叫黄礼给薛禄拿骨舒筋。车宜才将薛禄放下，自去带回牲口。

黄礼正下马给薛禄抖拿着，不料薛禄大吼一声，猛挥一拳，向黄礼面庞突地打来，嘴里大骂："好小子！爷和你拼到死也不饶你！"黄礼不曾想到他才要醒时，有这一下，被他一拳打得痛不可当，两脚站立不住，一个趔趄，一连退了几步，晃了几晃，几乎栽倒。薛禄还向前扑赶，于佐急忙使斧柄横挡住薛禄，顿喉大叫："薛禄哥！不要乱打！都是俺们在这儿。"

薛禄被这一声喊惊醒了，睁开大眼，也不记得曾打黄礼，愣了一愣，想了一想，掣转身来，一眼瞅见自己的牲口在旁边，便过去，翻身爬上雕鞍，双脚一踩，便向敌阵奔去。众人齐声喊他，于谦止住，不要喊叫，接着将手中鞭一挥，率领众好汉，一团风齐奔过来。薛禄当先冲到汉军阵前，才想起手中没有长军器。他也顾不得许多，就手拔出腰间利剑，觑定一个执槊的兵卒，一剑砍下他一条右臂，顺手夺过一条铁槊，便一手仗剑，一手抢槊，直陷入阵里。

这时，汉阵上全军俱出，朱高煦和钱巽站在高土坡上，挥旗指麾。于谦见了，抢钺跃马，跳过小涧，杀散卫卒，连劈几员猛士、材官，直奔土坡上来。朱高煦一眼瞅见，眼中冒火，心头出烟，舞动手中一对钩镰，便要下坡接战。钱巽连忙拦阻，已是不及。但见对面密层层的尽是骁骑战将，料知朱高煦一人虽勇，也寡不敌众，便大叫："主公快回，统军要紧！"

声未了，左右树丛中，各转出四个轻骑窄袖的乘马女子。一见朱高煦，一声招呼，箭弹镖石暗器乱飞。朱高煦耍开双镰，一连打落几件暗器，无奈那两旁人多手杂，络绎不绝，防不胜防，格不胜格，霎时间嘴上中了个石子，右臂连中两箭。朱高煦气得哇哇怪叫。

正在这时，于谦座下的雪里拖枪风雷闪电驹，十分迅捷，已飞到朱高煦身边，大喝一声："奉旨讨叛！"手中钺随声而下，向朱高煦当顶劈下。不料邓天梁正上坡来报信，见于谦马快钺重，走马扬钺要砍朱高煦，连忙横身闯出，拦在前面，叫声"逆臣敢伤……"话未说出，大钺早泰山般直盖下来，邓天梁双手横托大刀向上一迎，想要招架，哪敌得于谦力大钺沉，咔嚓一声，刀柄两断，邓天梁仓皇而逃。

朱高煦见邓天梁逃走，不觉心中凛然生寒，勒住善马，转向坡左。章怡、凌波、姬云儿、奚定、丽菁、李松、华菱儿、史晋八员女将，一齐向山坡上冲赶过来。朱高煦见许多女子来追，心中大慌，想着：一个于谦，已难对付；加上这许多会打暗器的娘儿们，怎敌得住？便带马落荒而走。

忽听得后面有人大叫："主公别走，一走大事全休，赶快叫带刀铁骑冲这厮们，还怕踏那厮们不死吗？"朱高煦恍然大悟，急勒马回头，见是钱巽领兵赶来，便叫："快吹角！"钱巽身边兵卒便呜呜嘟嘟吹起画角来。

于谦刚和八员女将会着，问她们："怎的一齐来到？"章怡道："是千年松得信，特地叫俺们包抄过来，夹攻那厮的。"正说着，听得一阵画角声，接着好似无数铁环蟋蟀叮咣响个不停。于谦连忙飞马到坡巅，纵眼一瞧，叫声"不好"，八员女将刚到坡上听得，齐问甚事，于谦将鞭一指道：

"瞧，这逆王竟有这般苦心，练成这东西！"众女将齐顺着那鞭梢望去，只见满地遍野，尽是铁甲兵，骑着铁甲马。那马四蹄和两颊都装着明晃晃的利刃，一层层铁壁一般匝地盖来。瞧那声势，别想挡得住，且是刀剑不入，没法伤它。

于谦忙叫八员女将："快快杀入阵中，招呼陷阵诸将火速杀出，望后退走。"八人应声，飞马而去。于谦自己策着快驹一口气奔回来。转过两个山坡，远瞧见伍柱督着二十几员骁将一字儿摆开，扼着路口，便高声大叫道："逆王用带刀铁骑来冲，快叫御林军伐树枝备用！"伍柱连忙叫文义等督人砍树剁枝。于谦马已赶到，便急忙遣王通、龙飞、孙安、凤舞、骆朴、凌翔、庾健、归瑞八将快去护住太子，约退十里。自己和伍柱指挥，催促众好汉和御林兵将架柴拦路，只剩一条小口，真是人多好做活，霎时间，一人一枝，已将一条车马大路横七竖八，堆架了十来丈宽鹿角般的柴杈。

正在忙乱，只见前班众将范广等和八员女将丽菁等，一窝蜂跑来。伍柱连忙喊叫："别忙，须得鱼贯而进，要一挤，路就塞住了。"众将果然一马连一马，抛梭般穿过柴杈。于谦待最后一匹马进了口，急叫众军快塞断路口，众军一声喊，各将手中柴枝扔去，眨眼间路口已堆起一座比人高约一倍的丫杈山来。

刚才布置停当，蹄声如雹，喊声如雷，汉军铁骑已经冲到树枝铺堆之外。人马虽然都是贯甲带刀，无奈这树枝既爬不得，又跳不过，且是一时没法得过。铁骑督将赛黄忠胡远见了大怒，想着：苦练数年，花费无量心血、无数钱财，才得练成的带刀铁骑，今日初次致用，竟不能伤着一人，有甚脸面？心头一急，便传令放火箭烧柴堆。

于谦正督着众将伏在两旁路边，忽见汉军带刀铁骑乱放火箭，不觉大喜。便叫军将快砍树枝，顺道铺去。汉军放了许多火箭，才把这刚砍下的生柴燃着。这时野草已枯，经这大火一引，匝地腾焰，顿时烧成一片火海，寸土尽赤。这一来，不好了！汉军人马虽都是铁裹着，不怕刀枪，却是经不住这大火熏逼，被烧得直往后退。胡远自己也受不住了，怎能约束兵将？不须御林军出一兵，放一矢；五千铁骑，被火烧得退后，一齐退回。只听得火堆后齐唱凯歌，胡远大怒，几乎气得喷血。两次勒马转头，想再进攻，都因望见那大火炎炎，无法可设，倒抽一口气，仍旧转身，率兵空回。

胡远回到汉营，没敢说自己放火箭，只推说："擎天寨早知我们有铁骑，将树枝拦了半里路，放火焚烧，不得过去，故此空回。"朱高煦原以为铁骑出战，没有不一战成功的。听了胡远报说，顿时冷了半截。千辛万苦练成、倚作长城之靠的铁骑，被人家轻轻一场火，就烧得空手而回，真是无限懊恼。幸得这时天色已黑，敌兵不来追赶，便悄悄收兵。

回到营里，查点伤亡将士，计被杀阵亡的有吴秉衡、王天忠、黄振武等将；受伤救回的有匡国、漆璜、陈刚、韦弘等将。兵卒伤三百余人，死四百余人。钱巽便请朱高煦亲自抚慰受伤将卒，激励军心。朱高煦依言，偕钱巽向各营挨次抚问，奖赏调伤银两，顿时欢声雷动。

一连问过几座营盘，来到陈刚营寨前。陈刚扶伤出营接驾，瞅见朱高煦，便要下跪。钱巽目视朱高煦，朱高煦会意，连忙抢上前，伸手搀住陈刚道："贤卿太辛苦了！孤知道贤卿受了伤，很不放心，特来瞧探，怎忍再劳动贤卿。我们患难君臣，不必多礼了。"陈刚俯首道："微臣沐我主天高地厚之恩，犬马微劳，怎敢劳我主驾临存问？微臣罪该万死！容臣崩角泥首，请罪谢恩。"朱高煦哪肯让他跪下？两手托住陈刚的胳膊，便携手向营里走，一面嘴里还说："不必！……不必！"一面又问："伤了哪里？可曾调治过？孤带了顶好的伤药，贤卿搽上些，一宿就能好了。孤还有许多事仗卿哪，务必自己保重要紧！"说话时，已到营中，陈刚躬身，待朱高煦说完坐下，方答道："微臣身受隆恩，万死不足以报我主！方才因和逆将肉搏，不料逆将蛮力特大，其劲如牛，臣被压打受伤。幸喜臣自幼学剑，筋骨曾经苦练，没被拧折。才觑空使点穴法，点昏逆将。刚要起身枭取首级，却因内伤，站立不稳，重复跌倒，晕了过去，恰遇逆兵大至，几乎遭了毒手！亏得侯将军舍命拦杀，才救得微臣回营。托我主洪福，伤势还不重；不过不是外伤，须得多服药调养，才能复原。"朱高煦叫内侍召侍医，按日给陈刚调治。陈刚感激涕零，翻身扑地谢恩。朱高煦没来得及拦阻，只得起身搀他起来。

陈刚待朱高煦复坐，仍侍立在侧。朱高煦一定要他和钱巽坐下。陈刚告过罪，方和钱巽在下面，分左右斜签着坐下。朱高煦道："瞧今日出阵的那些逆将，都勇不可当，所以咱们伤了不少将士。如今几员统兵上将都已受伤，或是疲乏极了，明日怎能取得那小子性命？孤想今夜乘那厮们也战乏了，孤亲自率领铁骑前去劫营，除此没法可以取胜。"陈刚愤然站起道："我主岂可以万金之躯和逆贼相拼？要臣等做甚！臣虽受伤，还可以出阵！请我主准拨轻骑三千，臣愿去劫贼营，捉拿太子来见！"朱高煦忙按捺陈刚坐下道："卿不要着急。这事孤想了多时了。孤自己不去，那伙武当凶棍是不易制服的。"

钱巽接言道："这事还是智取为上。若以力取，依旧难操必胜。臣揣测那边营里都是些不知兵的老臣，就算于谦能干，然而未见得他能懂军旅之事。一班武当门人，也都是一勇之夫，若施巧计，必然能够一网打尽，不比硬拼强多了吗？"朱高煦道："长史有什么妙计呢？"钱巽道："妙计却有一条，只是今日损将太多，不敷调遣。"陈刚耐不住，抢说道："长史只管说出来，我们金枪、金刀、金斧、金锤四班统将都能出战，难道还不够吗？"钱巽道："四位虽都是万夫莫当的上将，却是这条计须多人才行。要是人少了，就难于对付那班武当凶棍了。"朱高煦道："要人多吗？这却不难。叫人到河间去，催他们快来就是了。"陈刚道："太行剑士，臣的同门，多在边塞走镖，臣可以去邀几员力敌万人的好汉来帮助主公。"钱巽道："那就好极了！"陈刚抢问道："不知怎样行计？"钱巽起身向帐外左右瞅了一周，见没人，才回身来，向朱高煦、陈刚低声说了那计策。二人听了大喜，陈刚便要动身到塞口去寻请同门。朱高煦便叫内侍传一乘暖轿车，选四名快足牲口，换档拉车，载陈刚前去。一面遣急足去催河间的人快依约前来会战。商量定了，朱高煦和钱巽起身，别了陈刚，又着实拿言语奖励他一番，才起身回大营。陈刚谢恩恭送毕，带着伤，勉强挣扎，乘车动身。

这一夜，朱高煦终忍耐不住，一定要去劫营。钱巽拦阻不住，仔细思量才道："那厮们都是吃太平粮的。一班文官，全靠几句不着实的酸文来骗俸禄，断没识得兵法的。武官更是只会站班接差，摆队充仪仗，量他不知道什么叫兵法，这都不消虑得。只是那班武当门下却着实有些真懂得行兵布阵的，实不可不防。主公既一定要去，须分作三队，倘若那厮们有防备埋伏，前后可以救应，便可保无虞了。"朱高煦便道："那么，就请你快调兵吧。"钱巽答应一声领旨，便提笔发令：调黄裳、丁威为前锋，人衔枚，叩刀，马摘铃，包蹄；即时出队，直冲御营。石亨、石彪为二队，接应前队，探索两翼有无敌兵埋伏，通报前后。发了两道符令，才向朱高煦说："请主公带领侯海、匡国、漆璜、汤新、司空福寿、林太平、王玉、王杰、虎坤、陶又明、徐盛智和内侍近卫骁将马洪、带刀铁骑骁将胡远十三员大将；统领五千带刀铁骑和近卫内监做本军，前去劫寨。"朱高煦点头，仍叫钱巽发令，悄地传齐诸将，即时出队。只留陈攀桂和韦兴、韦弘等及一班受伤将官带领材官、猛士守营。钱巽不放心，亲随朱高煦一同出战。

当下第一路前锋，黄裳、丁威统率金刀、金斧两班久练之士，悄地出兵，真果是草木不惊，鸦雀无声。急走了五里多路，遥见前面半空里显出碗来大一碗白灯，知道这是御营桅灯，因为戴孝，没用红色，便朝着那碗白灯急进。又行了一程，路上仍不曾见个人影，黄裳心中诧异，暗想：难道这班文武大员真是这般没用，大敌当前，连个哨探也不知道派遣吗？那可真是送死，合该我主要做皇帝！

想着，终不放心，又命轻骑向左右山林里仔细搜寻。这时石亨、石彪叔侄两个，已领着本部人马和原属陈刚部下的金锤班，黑丛丛，静荡荡，在后面急急趱赶，相望已离不远。加之丁威报仇心急，连连催军快进。黄裳等不到哨探回报，便挥军径向前行。

又行了三里来路，已到御营前面山下，丁威一马当先，横着大刃金雀斧，骤马转过山脚，便想突进御营冲杀。哪知在山嘴那边时，山坡遮拦住，不曾瞧见；马头才转过山坡，陡然瞅见对面一字儿排木似的，尽是兵将，屹立如铜墙铁壁，正如排成一字长蛇阵对阵交锋的情形一般无二。丁威大惊，知道有了准备，本是用计劫营，反而中计陷营，连忙挥军后退。

汉军正在回身，只听得鸣的一声画角，御林军齐呐一声喊，执刀枪的，抖得镖镖乱响；执灯火的，各向套筒中拔出火把、亮子，迎风扬起，顿时照耀如同白昼。汉军个个吓得魂飞魄散，掉转头来，没命飞逃。丁威、黄裳约束不住，只得各自拨转马头，飞马望回路跑。御林军也不追赶，只一味高喊："杀呀！冲呀！"声震天地。

这时，石亨、石彪已领队进到山后，猛听得山那边兵器乱响，喊杀不绝。再抬头一瞅，满天红亮，只当是丁、黄二人已经得手，连忙下令："快跑！快冲！"众兵卒一声答应，挺枪扬锤，放纵烈马，一丛雀似的，急急冲过山坡。哪知恰遇金刀、金斧两班将卒回马奔逃，彼此对闯，撞个满怀。顿时撞碰得人仰马翻，践伤踏死，呼喊喝叫，闹得一塌糊涂。将官无法管制，彼此进退不得，就这般大急憋逼在那山窝里，自相残斗，两军都不得解脱。

朱高煦督领大军随后来到，黑夜里见前面许多兵将正在冲争，只当是两军相战，急挥大军向前，命带刀铁骑冲上救应。奔腾了一阵，已将逼近，钱巽仔细一瞅，大叫："且慢进兵，快刹住阵脚！"朱高煦忙止住兵将，且停步止马，回问钱巽："为甚止兵不进？"钱巽扬鞭指道："主公且瞧，那前面两军相冲，怎的两面使的军器，全是咱们金字四班的家伙？再细瞧，竟是金刀、金斧从对面冲来，和金枪、金锤撞碰践踏，并不是两军鏖战，显见得是前面有了意外。前锋尽乱，咱们再要冲上前去，更加搅扰不清，分解不开了。"朱高煦听了，仔细睁眼定睛一瞧，果然不错，只急得在马上顿足咬牙，皱眉咧嘴，不知怎样是好。钱巽道："主公且别着急，待臣先去将两军分解开来再说。"说着，将马缰一抖，也不待朱高煦回答，骤马来到山窝前面，高声大叫："殿下有旨，所有金字四班将士，一齐转面向北，退到旷地听令，违旨者斩！"丁、黄、二石等四将和众兵卒听了。都依令一齐向北，才得分开，都到旷地。这才清了这场纠结。四班兵将彼此抱怨，都说他人粗鲁。

钱巽问明了黄裳，知道御营已有准备，不能劫杀取胜，连忙奏明朱高煦，全军退回。喜得御林军和武当门下没出一将一卒跟追，也无一石一矢击射，朱高煦才得率领铁骑和四班疲敝残军，急急回头收军。仍依来时路，向自己扎营处匆匆奔回。

汉军经了这一场惊吓纷乱，军无斗志，急想归营，全军兵卒，个个拼命争先夺路，好似火窟水涛中逃生一般，不顾性命闯挤。不料乱奔了一阵，忽然天崩地陷，哭喊连天。钱巽连忙查问，马洪亲自飞马冲向人丛中，昂头企颈，细瞅时，但见人头乱涌，旌旗零落，人声和军器相碰时，夹着哭喊声，还有不知哪里来的嘭嗵、咕咚一片大响声，喧闹得听不分明，却不曾见半个敌兵敌将。马洪四下查问，还是力大身壮的兵卒尽力挤出，回到马洪身边，才答说："不知怎样，刚才来时是好好的路，如今却是遍地裂坑：踏到左，左边是土陷；踏到右，右边地裂；没一处不陷下人去。加上后面推前面。在前的站不住脚，在后的又瞧不见，络绎不绝，也不知挤掉下多少，死伤更是不计其数。"马洪连忙回马来报，朱高煦听了大叫一声："气死我了！"两眼发直，面皮变色，呼地喷出一大口鲜血，溅满战袍。钱巽忙劝："主公不必着急，胜败无常，急他则甚？如今快图挽救要紧。"便连忙转令叫在后的兵将快从没路处找路。千万别再打大路上走。众兵将听得，恍然大悟，个个掉转头来，向山林里荒草中乱跑。钱巽和胡远等十数员大将，保着朱高煦，提心吊胆，向林子里飞跑。幸而绕过陷坑，遥望前面有一丛大黑影，似是一座大树林，知道离自己扎营处不远。大家才放了心，各自长嘘了一口闷气，都道："这可没事了。"各人放缓马缰，整顿衣甲，任马前行。

朱高煦也觉心定了些，才要和钱巽说话，忽听得砰然一声，立时耀眼生光，漫林匝地，全是火光，那些草木都如点烛一般，扎刺刺遍地火流，不知怎么，烧得那般迅速。眨眼间，跟前尽是火焰，烧成一片火海。只听得汉军一片哭声。朱高煦急得瞪眼发呆，搓手蹬足，不得主意。钱巽见前面横拦一片大火，无路可通，心中也着慌起来。沉思了一刻，急忙过来挽住朱高煦道："主公莫慌！臣有法脱难。"说着，忙转头向汤新道："汤将军，请您火速传令：人马快转向东头沙地里逃走。这火里面有东西，绝不是仅仅放的火，再迟就要卷入火窟，没处逃生了。"说话间，火已扑烧近前。钱巽急忙和众将夹着朱高煦转向东南，飞马奔逃。那火就是万道火龙火蛇沿地爬窜一般，夭矫迅速，随后烧来。朱高煦等没命地打马，连跳带蹦，好容易逃脱到沙地里，才仰天叹了口气，定了定神。四下一望，四班壮士，五千铁骑，共总剩不下三百个好人，焦头烂额的不计其数。将官中，只石亨、石彪、司空福寿、汤新、王玉和马洪、钱巽几个本领高强牲口快速的，不曾受伤，其余都是残败不堪，大小受有火灼碰损。

众人略略歇了一刻，便觅路回营。不料走到东，听得喊声震地，大叫："不要放走了叛藩呀！"走到西，也听得喧声刺耳高喝："擒拿逆藩呀！"也不知有多少埋伏。弄得这伙残兵溃将只在沙地里团团打转，觅不着出路。朱高煦直气得摇头捶胸，作声不得，钱巽也无法安慰，只好督率众人拼命觅路。

这伙败兵在沙中转了两个多时辰，也不曾寻得条通行的路。看看东方发白，天色已明。众人乘着曙色晓光，四下瞧望，只见漫山遍野尽是旌旗戈戟。草地里的火越烧越大，热气逼人。汉军兵将一个个垂头丧气，唉声叹气，面面相觑，没做理会处。朱高煦恨声道："闹了一夜，也不曾遇着个敌兵，就把几年辛苦练成的雄兵劲旅断送干净！孤鏖战一生，从来不曾受过这般羞辱，如今竟败在一班无名小卒手里，还有甚面目做人？"说着，便要拔佩剑，钱巽连忙抢着按住朱高煦的剑柄道："主公怎这般短见？这算什么？汉高祖七十二战，不能胜楚，后来只一战得胜，使成功定鼎，开几百年基业。主公这小小失意，何足介意！"话未了，猛见一彪人马涌杀过来，全军齐叫："这番真是死了！"

要知朱高煦能否逃生，请阅下章。

第四十三章

竟夜奔波全军覆没
荒野驰骋举局皆输

　　话说朱高煦抱恨想要自尽，钱巽夺剑护住。正忙着，忽见一彪人马匝地卷来，汉军兵将一齐大惊，顿时忙乱起来。就是久经战阵的朱高煦、黄裳等也都大惊失色。兵卒们乱叫："不得了！""可是死了！"钱巽急叫："各路将卒不得乱动，须知我们已无路可走，与其束手就死，何如舍命冲杀！要逃命地并力向前，若一慌逃，可真没法得生了！"

　　正闹着，忽见对面那彪人马已渐渐近前。当先马上一员铁甲金戈的大将，高声大叫："主公！微臣救驾来迟，罪该万死！"朱高煦听得，急忙定睛细瞅，才认清来将是胡远，率领未曾出战的兵将，闻得败讯，急急前来相救。朱高煦大喜，汉军残兵败将顿时精神百倍，绝处逢生，齐都抖擞振作，聚成一处。钱巽便要朱高煦下谕命胡远率领救兵，掉转头向后开道，自率残兵随后继进。

　　行了一程，只听得四面山谷中有人高喊："逆藩听着：太子仰体大行皇帝之遗意，姑且放尔逃生，着即火速归藩候旨。若再违延，定予削爵严惩！众兵将准其悔过投诚，如仍执迷，格杀勿论！"朱高煦听得，字字刺心，咬牙切齿，摩拳擦掌，没处出气，只气得恨声不绝。却是喊声起后，果然一路上没人拦阻，朱高煦等一行人马，竟得安然回到豹子岭后，依旧扎营。查点伤亡，整顿残余，预备再战。

　　那边御林军天明收兵，于谦待众将都来报过，查点已毕，死葬伤医，补失整损，诸事妥帖，便换了袍带，亲自到御营请安。一班随扈文武见于谦来到，犹如拾得宝贝一般，团团围住，七张八嘴地乱问。于谦约略应答了几句，帐内传谕宣召，于谦入帐朝参礼毕，将夜来之事详细奏闻。太子朱高炽道："孤只要奉迎大行皇帝梓宫回京，奉安陵寝，大位尽可让与汉王。如今汉王率军拦路，不知所为何事，可曾闻问过？"于谦奏道："臣闻汉藩率其陪臣，与豢聚之绿林，意图劫驾，竟不奔赴哭临。伏维我太祖高皇帝暨大行皇帝，以孝治天下，遗训昭垂，载在典册。今汉藩如此行为，实已自绝于祖宗，为不孝之叛逆。望殿下仰体列祖列宗、大行皇帝之圣意，降谕征讨逆藩，为不子不臣者戒！"

朱高炽道："卿且去和汉王说，孤特来迎大行皇帝梓宫，大位仍恳母后懿旨定夺，叫他休再拦阻孤奔丧途径。"于谦挺然复奏道："大行皇帝以天下之重付殿下，殿下正位东宫已久。今日之事，殿下只宜体大行皇帝付托之重，征诛不孝逆藩，岂能擅以大行皇帝所付托者轻让他人？臣不敢奉诏！臣今日唯有矢死以事大行皇帝者事殿下，为殿下讨伐逆藩，他非臣所敢知，望殿下明鉴！"言毕，朱高炽和两旁侍臣一齐改容。于谦还想伸张正义再剀切奏闻，朱高炽已降谕道："着御史于谦统率御林军开道。敢有阻挠车驾者，准其便宜行事！"于谦俯伏称："臣谨奉诏！"接着谢恩起身，出了御营。

于谦回到自己营帐，正换铠甲，要升帐遣将，忽听得报说："右翼哨探李松请见。"接着李松已到帐房外面，于谦问："有甚急事？"李松报道："适才打探得确实讯息，汉藩已经派遣数十员猛将和白莲教徒，领铁骑急奔榆木川，劫取梓宫去了。"于谦道："我早料他有这一招！击鼓升帐！"

顿时间帐前鼓声渊渊，众将闻得，都来聚会，于谦甲胄升座，众将打参已毕，分列两旁站立。于谦发令道："本御史奉嗣皇帝谕旨，扫荡拦道叛逆。所有御林军将各统所部兵卒，听候另遣战将率军进战。"御林军将一齐躬身，答应得令！

于谦便颁令：命伍柱率丑赫、文义、凌翔、王通、凤舞、孙安、归瑞、骆朴、龙飞、庚健十人，带兵二千，当先冲阵，如一战得胜，不许穷追。见着了逆藩，即往后急退。伍柱领令率丑赫等十人出帐。又命钱迈率茅能、刘勃、皮友儿、许逵、邓华、吉喆、周模带兵三千，从东抄北，绕向逆藩阵后，听炮响急进攻。钱迈领令，率茅能等七人出帐。又命杜洁率彭燕、沈石、弓诚、弓敬、庚忠、金亮、于佐带兵三千，从西抄北，绕向逆藩扎营的豹子岭后，听炮声进攻。杜洁领令，率彭燕等七人出帐。又命章怡、丽菁、凌波儿、李松、姬云儿、华菱儿、史晋、奚定分八路往来哨探报信。八位女英雄得令自去。于谦亲督大军，兼程突进。一班受伤的好汉也都扎裹创伤，抖擞精神，随同主将出战。

伍柱率同十员上将，统带二千御林军，人如貔虎，马若游龙，旌旗耀目，戈戟连云，浩浩荡荡，直奔豹子岭。丑赫、文义二人一般打扮，都是镶铁抹额，纯钢铠甲，龙腰带，虎头靴；悬弓，插箭，佩剑挂锤，各横一柄丈六来长的、金杆银锷、三尖两刃、四窍八环刀；各跨一骑八尺来高的、螳颈盏蹄、长鬣细腰、千里乌骓马，当先开路。只听得銮铃乱鸣，夹着蹄踏枯草，窸窣叱咤，响成一片。

正行处，忽见前面草丛中隐约有人出没。文义一抬腿，取弓在手，拔出三支狼牙箭，指夹二支，扣一支在弦上，跃马飞奔向前。丑赫见了，忙插手向腰囊里掏出几支燕尾镖，托在手中，随后趱来。赶不到两箭路远近，两骑马并辔昂头，迎风竞骋，看看已到先前凝望处。

二人定睛细瞅时，却见草丛中有一块大木板，盛着个似乎受了重伤的军汉，有四个兵卒抬扛着，方才歇下。后面跟着一员武将，头上铁幞，身上银锁甲，手持丈八刺，跨下黄骠马，紧紧押定，迎面立马，屹然不动。

文义见对面那将生得马脸狮鼻，虎口象牙，倒眉毛，吊眼角，骑在马上的半段身材还有四尺来长，形状十分难看，却是有些面善。正待喝问，哪知丑赫瞧也没瞧明白，便抖手一镖，向那将胸膛打去。那将见金光射来，也不使刺挡驾，挺身迎着，动也不动。那支镖当啷一声，正打在护心镜上，嗞地滑落，那将竟如不曾觉着一般，丝毫不曾动弹。文义见了陡然想起，汉军中有个练就铁布衫的名叫镇南天汤新，大约就是这人，昨日曾和他见过阵来。想着，便要拍马向前拼斗。

那丑赫见一镖不曾打伤那将，脑门顶上冒烟。两腿一揉，早纵马舞刀，直取那将。哪知那将并不迎敌，却带马让过，高声说道："二位将爷别错会了意思。俺汤新是来投降的。俺有个师兄弟满天飞金亮现在贵营中，相烦二位将爷引见，俺有机密禀报太子。"丑赫忙收手中刀，两骑马已打了个冲叉。

文义忙向前，格在中间，问道："你因甚来投降？快快说明白！须知爷们是不受诈骗的！"汤新道："相烦引见贵主将，俺自有话告禀。"文义在马上挺身昂头，四面细瞅了一匝，料他几个人做不出什么来，便要丑赫亲去报与伍柱知道。自己却勒马横刀，监着汤新等一行人。

丑赫回马，去不多时，已听得人马奔驰之声。伍柱统率八员飞将和二千马卒，云腾雾压一齐来到，文义回马迎着。伍柱传令："队伍摆开！"兵将两旁一分，顿时摆成一座眉月抱星阵，弯弯前裹。伍柱立马阵中门旗之下，丑赫、文义分护左右。阵前左翼王通、孙安、骆朴、庹健；右翼凌翔、凤舞、归瑞、龙飞八员将，雁翅般摆开，一声喊扎住阵脚。

伍柱喝问："来人从哪里来，那躺着的是谁？"汤新早翻身下马立在一旁，听得问话，便放下手中丈八刺，躬身打参道："末将早是汉王驾前指挥，名唤汤新，曾在山东一带走镖，人称镇南天。自幼随济南武师金大刀学艺，因此和盖关西石亨是同门弟兄。去年由他拉扯，投奔汉王驾下。闲时见汉王做事不对，久想脱身，昨日在乱军中瞥见我师父的亲侄满天飞金亮在御林军里，就想弃暗投明，却为混战喊杀，没能说得心腹话。今日汉王无端迁怒，昨夜劫营兵败，怪末将的哥哥汤铭不曾赶去救应，要斩首殉军。亏得众将保救，免了死罪，却还要重打八十脊杖。这躺着的便是末将的哥哥，末将实在气不过，邀了这几个心腹军校，悄地抬着兄长前来投奔师兄金亮。这便是末将前来投降的实情，求宪台鉴纳！"

伍柱听了他这番言语，向他仔细地瞅察。虽然雄赳赳、气昂昂，显得是一条好汉，却是脸上一无愤色，二无戚容，只露着惊疑不定的神情，暗想道：这人闻得是个练得一身铁布衫的好汉，既是金纯的弟子，本领终不错。只是据他所说，哥哥受了这种冤屈，像他这般粗汉，怎脸上没一点儿愤恨不平的气象呢？再说：瞅他哥哥这情景，眼见不能活命了，怎么他毫没着急悲痛的颜色呢？虽然神情惊疑不定，是乍投降的人所不能免的。却是瞅他这般个汉子，有那样的能耐，也不至于就慌张忧虑到这般田地呀！这里面恐防有诈，不可托大。想罢，便向身旁百宝囊中抽出炭笔桑纸，将自己的意思写得详详细细，交给文义。便传令命文义率领一百名兵卒，解同汤新等一行人，回大营请示，一面命众兵将摆队起行。

汤新投降结果怎样，待下章交代。

第四十四章

识诈降巧计成虚话
破敌阵鸿谋建大勋

文义领着一百名御林军校，拥着汤新。随那汤新来的汉兵，依旧扛抬着那打伤了的汉子，裹在御林军校当中。文义留心押定这一行人，回头向来时原路迎上去。急急趱了一程，已见对面旌旗招展，大营人马如潮而来。文义便约住兵卒，押着汤新等，立马等候，待大营人马相近时，将手中刀一举。

那大营前行将范广遥见文义立马举刀，连忙约住兵马，摆开阵势，一面遣人向后报知于御史。文义见对面人马已扎住，使骤马向前，和范广相见，将汤新投降的事约略说了一遍。范广听得，心中大喜，暗想：汤新是汉府上将，他投降了，汉王终算该败。想着，连忙再差人往后面，飞报汤新投降的详细情形。

于谦接着第一道报，便急急催兵向前。第二道报到时，大营人马已在列阵。文义、范广两马向前，将情形说了一遍，便命兵卒押定汤新等到于谦马前。于谦待汤新参见毕，向他们一伙人细瞅一番，微笑道："你是来投降的吗？"汤新躬身应道："末将诚心归顺，伏求收录。"于谦点头微笑道："好！"便命武全、韩欣、种元、关澄四人押汤新等到后面同行，文义自赶往前军，范广仍当先起行。于谦暗嘱白壮悄地去和金亮说话，一面挥军前进。

行了一程，天色将晚。遥望前面隐约有旌旗影晃，破空冲起一缕一缕的炊烟。哨探报说："汉藩在前面扎营。"前锋伍柱正要请示进止，忽见岳文飞马前来传令道："御史有令：前锋离豹子岭三里下寨，谨慎防守，不得失误！"伍柱应声"得令！"便令扎住军营。真是军令如山，令才下不到一刻，雁翅般扎成十一座大营。

岳文回报，于谦一面奏报御营，一面命全军扎定。营帐立定，于谦升帐，传命叫韩欣、关澄等先将汤新押上来。一霎时武全、种元左右夹持着汤新，韩欣紧紧随在后面，关澄在前，上帐打参报道："投诚逆将汤新带到。"韩欣押汤新到当地，喝令："跪下！"汤新听了，眉头睁张，胸膛一挺，昂然转身向着韩欣，想要发话。忽然像是触想起一桩什么事一般，急掣身还向帐上，脑袋一低神气尽敛，服服帖帖，倒身跪在案下，俯首无语。

于谦向汤新仔细打量，微微点头，拈须微笑，问道："你是翻悟来归的汉藩部将汤新吗？"汤新答道："是。"于谦问道："你曾替汉藩出力打仗，为什么忽然归降咧？"汤新答道："末将先前受钱巽愚弄，不明大义，误做叛逆。不料钱巽寡恩忘义。末将的哥哥汤铭原在钱巽跟前当护卫。钱巽自不小心，将要紧物件遗失了，竟怪汤铭不好，把汤铭送到汉王帐前，硬栽个罪名，要斩首示众。亏得众将苦求，才饶了死罪，毒打一顿。末将见这情形，知道这伙人这般行为，断不能和他们共事，所以决计来投帐下。"于谦又问道："你在汉王帐下多少日子了？"汤新道："末将是同门石亨招来，还没多年月。"于谦道："难道汉王就只冤枉过你哥哥一个人吗？你一直到你哥哥受屈，才知道他们不好吗？"汤新应声："是的！"

于谦叫："将汤铭抬上来！"一霎时间，帐前校尉将那汤铭抬上帐来。于谦瞅了一眼，便命验伤。军校遵令验得过，报说："验得汤铭背脊肉落骨折，确系棒伤，伤势很重。"于谦瞧那汤铭，面白如纸，两睛呆滞，口张胸凹，已不能言语，便问验伤的军校道："你们验得这汤铭的确是棒伤吗？"军校应声："回爷的话，这人的确是受的棒伤。"于谦正色道："没服毒吗？"声未毕，军校一齐失色。汤新伏在地下，也吃一惊。

于谦拍案，厉声喝问汤新道："你实说这诈降计是谁主使的？这人究竟是不是你哥哥？"汤新大惊失色，心头怔忡不止，幸是伏跪在地，还易遮掩，麻着胆，故作镇静回答道："末将不敢诈降。"

于谦哈哈一笑，正色道："汤新，你抬起头来。你们这般伎俩，怎瞒得过本御史！哪有个棒伤不能出声的？不下毒药，怎是这般形象！明摆着中毒，你偏说是棒伤，这不是诈是什么？再说：这人既是你的哥哥，你现在战阵之中，岂有身上不带伤药的？你能因为哥哥受屈棒来投降，难道就不知道给哥哥敷上伤药？有亲情的人是这般的吗？哼！你竟敢到本御史跟前来诳张为幻，胆真不小！你来诈降，预备怎样？还是行刺，还是内应？说！"

汤新不知怎样，浑身上下零碎动起来。于谦说毕，惊堂木一拍，吧嗒一声，震得汤新陡然一惊，却是无言可答，急得浑身冷汗淋漓，心中好像有万苦千辛没法诉说。正着急万分，忽见满天飞金亮和一员老将一同上帐参见，几乎要脱口叫出"师兄救俺"的话来。

只见金亮躬身禀道："末将告禀宪台：这汤新原是先伯的得意门人，自来性直，不肯诡诈。末将方才闻得他来投降，正要进帐禀告他的为人和性情、本领，才到帐外，得闻宪台已经察出汤新诈降，雷霆震怒，末将敢斗胆保这事绝不是汤新心愿这般的，这里面一定有逆藩诡谋，逼令汤新照行。求宪台恩准，恕汤新死罪，末将特邀请老伯生前挚友白老武师一同上帐求恩。许将汤新暂时交给末将和白老武师，剀切开导他诚心归服，将逆谋陈献。"

于谦停了一停，才向金亮道："你能保他吗？"金亮道："末将和他是世兄弟，深知他为人，敢保他不致执迷不悟。"于谦点头道："好，汤新且交给你俩带去。限今夜亥末仍带汤新进帐回话。"金亮、白壮一齐答应，躬身拜谢。于谦传令退班。

金亮、白壮领着汤新，叫人抬着那汤铭一同回到金亮营盘里来。金亮让汤新到里面内帐房，和白壮陪他坐下。叫随身健卒将携带的牛肉、羊肉、熟鸡、腊鸭和刚才做好的下酒菜，和烫热的酒一齐掇来摆好，便邀汤新入席喝酒压惊。

白壮向金亮笑道："满天飞，这酒菜原是预备你受职道贺的，如今且和他压惊，也算你没白费心思。"金亮笑道："咱们自家兄弟真不容易会着。俺自从送伯父上山，一直没和弟兄们畅叙过一趟，今日天缘凑巧，得和汤大哥杯酒谈心，也算俺得遂心愿了。"白壮笑道："这般说，我今日得和你们两位畅饮畅谈，真算我的福分不浅！来，来，来，且痛饮三杯。"谈着，掇起酒杯儿一仰脖子，咕咚喝下，照杯告干。汤新虽是心神不定，也只得喝了。金亮自己喝过，连忙给二人斟酒，自己陪着斟上。白壮真果一连劝喝了三杯。

汤新心中有事，闷酒到愁肠肚里，不似平常那般服帖。三杯急酒灌下去，心儿有些荡漾起来，瞅定金亮、白壮，不知要说些什么才好。白壮、金亮一味劝酒劝菜，汤新只得胡乱吃喝了些酒菜，却终抓不着要说的言语，闷酒喝下，更不受用。

喝了些时，金亮向汤新道："大哥，俺瞧您闷得很，您别急呀，有兄弟俺在这里，保管大哥没事体。"汤新叹道："唉，师弟你哪里知道，俺真有说不出的苦，叫俺不想活着了！"金亮道："俺很知道大哥的难处。大哥放心，俺决不劝大哥投降。咱们弟兄不容易见面，且偷工夫痛喝一场，旁的事且扔过一边，回头再说。"汤新道："师弟，你这般待俺，俺真是惭愧万分！俺心中不定，不知有多少话要和你说，仔细一想却又没话说，不知是甚缘故。"白壮羼言道："既是这般，常言道得好：好友相见，畅叙离情。汤大哥何妨和满天飞谈谈别后的情形，不就有了谈心的言语了吗？"

汤新双手一拍道："好吧！咱们就谈这个，俺一肚皮的闷气也可以借此吐吐。俺自从那年和师父在定安镖局子里分手，瞒着师父去考他妈的什么武试。一回到俺那蓬莱县，就憋了一肚的鸟气。要投县考先要取保结、报履历，麻烦了一大阵子，烦得俺不得了，自愿不考了。却是俺族里人说胀气话，说俺在外面几年不是学武艺，是流了几年，当混混。所以满嘴说要投考，压根儿就不敢进场。俺气极了，找了他们，当众说明白：要是有廪保俺不去考，俺就算浑蛋！当下就有个姓王的廪生答应具保，俺就去考。县考倒没甚紧要，考得个第四。过了府考，榜上也占着个名儿，一到道考，可没把俺恼死了！考了武场，弓马刀石那些玩意儿全拿不倒俺。到了默写《武经》，可就糟了。俺素来不爱呆对着那书本儿，这时要俺写出来，可不是比那搬五百斤大石头还要费大劲儿吗？俺只拣那师父硬叫俺记着的，写了那么一篇子。完了场，就有学院的书办来和俺说：'《武经》写得太不成话了。却是弓石刀马都是一等一。要是肯花两文，可以设法子，做手脚，保管中得高高的。'俺一来没钱，二来要俺拿钱求人，死也不干。被俺跳骂了一阵子，那书办抹了一鼻子灰走了。俺也就此白考一场。俺憋了这口怨气，也不再回蓬莱县，垂着脑袋，想着：怨不得江湖的朋友宁肯流荡，不愿投考，镖局里拿考武当作做贼一般看待。实在这事儿不是人干的！文武场都是一样，隶卒搜身，书办喝名；还说朝廷以礼待士哪，得啦！这一想，就永远断了这条什么正途出身的念头，决然凭本领闯世，留个姓名在世上，也不枉俺这条汉子。

"闯了几年，也没闯出个什么来。反正不过走镖当奴才，和毛贼作对。所以师父归山时，俺虽赶来磕了个头，痛快哭了一场，却没脸说出自己所经历的事来。石亨师兄投了汉藩十多年了。寻了俺好几次，寻不着，恰巧俺便道回乡，就被他寻着了，拉俺进汉邸。俺听说永乐爷的天下都是汉王当先锋，出生入死打得来的，如今却立了个不曾有一点儿功勋的太子，这就是个不平。俺是个见了不平就要打的，便立志帮扶汉王，打这个抱不平。这便是俺在汉邸的缘故，您俩说俺可错？"

白壮接声屦言道："汤大哥，你这是只想着一面的失招儿，这个不平是决不能打的。"汤新瞪眼道："这话怎说？难道这还不是不平吗？"白壮正色道："汤大哥，你仔细想想！依我说：如果汉王和太子是百姓人家的弟兄，为争家当，父亲溺爱不明，硬把老二拼命赚来的钱财产业全给了心爱的老大，那么，算得是不平。但是若是懂理的，自己既有本领赚来，就不妨遵父命，让给老大，一来是顺父意，二来是友爱手足，三来博得个礼让的好名儿。再不然就和父亲说明白，甚至打官司。这个骨肉相残，只有争产的不平，已不是江湖上光明正大的侠义好汉乐于管账的了。却是勉强作为抱不平来打，也还将就说得过去。只是太子和汉王这件事，是帝王家传位继统的大事，非寻常百姓家弟兄争产可比。永乐爷原是为汉王刚愎凶顽，不能付以大任，才立今太子。在长幼上固然应该如此，就是说为天下百姓着想，照汉王从前在南京所作所为和现在在乐安的行为瞧起来，要是他做了天子，百姓吃的苦楚还得了吗？今太子仁慈夙著，当国数次，上下交誉。若正位为天子，天下苍生尽蒙其福是不消说得的。咱们江湖好汉行

315

侠仗义，无非是为救百姓，哪有帮着毒害百姓的人来夺天下的道理呢？再说，以弟篡兄也是顺逆上说不过去的呀！令师在日正道义声播于海内，你想必饱受义训，怎么会被石亨迷惑到如此呢？"

汤新听了，心中油然生出一番酸辣苦滞交集的滋味，不知怎样的难过。瞪眼凝神仔细想了一会儿，忽地攥着个大毛拳头，嘣地一拳擂得木案儿山响，大声哀叹道："嘻！俺该死！怎么会糊涂到这样？只听了他们几句话，就当他是金科玉律，再没想到这一面，俺怎对得起死去的师父？嘻！真该死！……"

白壮见汤新悔悟到这般，便目视金亮不作声。金亮便立起身来，向汤新道："汤大哥，您何必自恨咧？大丈夫悬崖勒马，回头是岸，一时错误有什么紧要？圣人还有过必改，何况咱们这样的粗汉呢？"

汤新皱眉大声发恨道："唉，贤弟你不曾知道，俺上的当还不只这一点儿哪！你可知道俺这趟为什么来的？俺真是个大呆子！俺告诉你：俺这趟来投降，的确是假的，俺上了石亨的大当了！"

金亮乘势逼近一句道："到底是怎么一回事哪？"汤新竖眼立眉，挺胸说道："俺原不想来的，石亨对俺说：'大功告成，只差这么一点儿了，你这抱不平就打到底吧。'俺就被他这一句话怂动了，任他们摆布。那打伤了的，哪是俺的哥哥。俺们哥哥汤铭不是老早就出塞了吗？你是知道的。这个人原是朱高煦那厮身边人，不知什么事得罪了他们了，给他一包哑药，毒哑了，才使棒打伤，说是苦肉计。要俺认他做哥哥，领着朱高煦几个侍卫扮作随身兵卒，来这里投降。听说这都是那长史小宋濂钱巽使的毒计。要俺们投降后，暗地伺机，出其不意，刺杀于御史，掳擒太子，朱高煦便入北京做皇帝了。"

白壮道："他们为什么一定要差你来咧？"汤新道："他们因俺有铁布衫，动手时，不怕旁人对俺，可以一心行事，所以派了俺来。俺真佩服于御史，他竟能一眼瞧透，赛过亲见钱巽设谋一般，这样的人真是天神！您二位有福，得跟着这般主将，俺真是不值得……"说着几乎要向帐柱上碰头。

白壮、金亮连忙按捺他坐下，白壮道："这有甚紧要。老实告诉你：

于御史极爱你是个汉子，特地要咱俩提醒你，劝你弃邪归正，去逆效顺。还要借重你，付重任给你啦！"汤新大喜道："真的吗？"

话没说出，忽听得帐外有许多人马的声息，接着便又听得有人高声喝叫："开寨！"陡见小军进帐报道："御史亲到查营！"白壮连忙挽着汤新胳膊，和金亮一同出到帐外迎接。

遥见兵将簇拥着于谦全身甲胄，乘着风雷闪电驹，已近寨前。白壮、金亮连忙拱立等候。于谦到了寨前下马，一眼瞅见汤新，迈前两步，执着汤新左手道："汤将军，受委屈了！我深知汤将军被奸徒蒙骗，受尽委屈，特地请白老武师和令同门两位剀切安慰，想必汤将军都已明白了。"

汤新连忙倒身下拜，流泪道："末将该死！如今只求宪台收录！末将有死无二！那逆藩毒谋，末将全都知道，容末将细禀宪台。"于谦含笑挽起他来道："你的心我全知道。就是逆藩暗劫梓宫，毒谋行刺，我也全都知道了。"汤新陈道："宪台真是天神，所有奸谋不待探访都已察破，只不知宪台何以详悉如此？"

于谦含笑回头向校尉道："请季侍卫上前来。"校尉应声，向兵将丛集的后面闯去。转眼间，带领一个抗肩阔膀的黄脸汉子近前。汤新一眼瞥见，大惊暗道："这人不是和俺同来的汉邸侍卫山字儿季寿吗？怎么呀？难道他倒先归顺了吗？"

于谦叫季寿近前，向汤新道："这位季侍卫真和你是同心合意、深明大义的好朋友！刚才他独自叩帐告密，逆藩的事，他已全都说出了。你二位一般心事，真可算是两难！季侍卫且把方才的事和汤将军说明白，免得彼此错会意思。"

季寿向汤新道："汤都爷，咱在那边时，久想劝您投降，却见您绝没破绽，不敢开口。今日这趟事，咱随您来到，咱们被分开了，有话没处说。咱只得和看守咱的那位车将军说明白，独自是真诚投降，和汤都爷的为人都说了，车将军领咱上帐，咱见了御史爷，才知汤爷已有人劝降了。咱喜之不尽，便将那边的事全都说了。如今彼此同心归顺，真是一桩大美事。"汤新听了，也觉欢喜，也将自己投顺的事约略告诉了季寿。

于谦便领汤、季二人回大帐来，直入内帐，令诸将坐下，向汤新道：

"汉藩枭獍行为，竟敢劫取梓宫，为不忠不孝之大逆。咱们奉天行讨，必须速急迎回梓宫，速平乱事，免得天下臣民无主，奸徒窃起，生灵涂炭。如今便请汤将军假作暗中行刺已成，领着假扮的将士，向汉营奔去，只作事成后逃回。我再遣人假作追赶。汤将军可直冲汉阵，杀他个措手不及，莫名其妙，汤将军也好出一口怨气。"汤新一口答应。

于谦又向汤新道："我再引个朋友和你相见。"汤新暗想：必定又是同俺来的那几个侍卫都投降了。正想着，忽见校尉领着一员裹着伤痕的将官进帐，仔细瞅去，却是师弟追风鸟承秉，大为诧异。承秉瞧见汤新也觉奇怪。于谦便叫二人相见。

汤新起身迎着承秉拉手问好，并说："俺万想不到你也在此地！"承秉也问："您怎也到这里来了？"金亮将汤新以假作真的事说了，承秉道："好叫师兄得知！您还不知道石亨那贼是咱们不共戴天的大仇人哪！"汤新大惊道："师弟这话怎讲？"承秉便将师父大刀金纯被陷身死的话细说一遍，汤新听了大叫："恶贼！俺不杀你，誓不为人！兄弟！你们怎不早给俺个信儿，也免得俺身为不孝不义之人，得罪师父，死有余辜！"承秉道："这也难怪俺等。一来没处寄信，二来这事只俺详细知道，连满天飞还不大明白啦！"说着，他们师兄弟愤愤不已。

于谦便命将汤新随人衣服剥来，派承秉、金亮、白壮、季寿等四人都装成和汤新随来的人模样，随着汤新一同出营，各自上马，假作行刺已成，飞马而逃。五人方才上马，御林营中，顿时喊声、叫声鼎沸起来，接着便有范广等二十来骑马大喊大叫随后紧赶。一时间，静荡荡的野外，斗成一片。

汉军扎营只差三里多路，一阵震天声喧，汉营中果有探马飞报。钱巽向朱高煦道："这大概是汤新性急已干出来了，须得快去救应。"朱高煦忙传旨："全军都起！"霎时间鼓角齐鸣，浩荡荡全军出阵。

朱高煦和钱巽亲自并马出营，只见前面五骑马飞奔而来，遥望确是汤新和同去的几个侍卫，连忙上前接应。不料汤新随着一个大汉，转身向东北角，直踹汉营。众人大叫，汤新理也不理，一马进阵，带刺便扎。汉军急切里不知何故，被汤新等五只猛虎，一连踹散几座大营。

接着便见御林军随后追到，却并不向汤新进营处赶杀，竟一声喊，分散四方，乱蹿进汉营来。朱高煦见这般情形，却莫名其妙，立马发呆。钱巽见了，忙叫："主公，不好了！汤新真投降了！大事坏了！"一语出口，连朱高煦也慌乱起来，钱巽急叫："主公休慌，快传旨命诸将分途迎敌。"顿时乱作一团。

霎时，于谦领兵来到，一直冲杀闯进汉营，朱高煦连忙挡杀。无奈大军如潮，猛将如云，抵挡不住。一座大营，霎时间搅成一团糟。

朱高煦这时无名火高起万丈，挺着两条钩镰枪，四处寻人厮杀。却是遍地都是自己的汉军兵卒，四处乱跑，眼前并没一个敌兵。朱高煦闷着一口气，便向前阵冲杀。也不管挡住马道的是自己的兵，还是御林军，只一马猛突，也不知冲倒踏伤多少，才从人山人涛里挣挤到前阵来。

到了阵前，便见骆朴、庹健各舞军器，缠住丁威，拼命厮杀。丁威本领虽然很高，却是难敌这两员上将，瞅过去，手中斧已是散乱无章。朱高煦找着了敌将，恶狠狠挺镰飞马，直取骆、庹二人。人强马快，一朵黄云一般，欻地滚到。手中双镰左右一分，两只胳膊同时一缩，再尽劲向前一伸，恨不得将一整夜又大半日找不着敌将的闷气，一齐出在骆、庹二人身上。

骆朴立马的地方离朱高煦来路较近。朱高煦双镰刺到时，便甩动手中镰挥空一甩，甩成个大圆圈。朱高煦刺出去的两条镰，却被他这一条镰钩卷住，三镰并头。骆朴乘势向右拨甩，朱高煦的两条镰被卷砸开来，刷在一旁。朱高煦大喝一声，便尽平生气力，掣回双镰，两手一并，便向骆朴肚腹上扎来。骆朴虽然知道朱高煦艺高力大，却不料他有这般快迅的手法，刚刷开双镰，还没来得及掣回自己手中镰时，双镰又直指肚腹，将要刺进。骆朴大吃一惊，暗叫不好，连忙双脚使劲一蹬，两腿重重地乱揉，想使牲口负痛，偏向一旁去，好避开双镰的锋头。却是朱高煦手法十分迅捷，万不容骆朴有闪躲的分儿，且是瞧那双镰的来势并力分扎，断不是一时都拨架得开去的，不由得心慌意乱。

正在这万分危急呼吸之间，朱高煦马后忽地奔来一人，身子如飞燕一般，轻轻一飘，已绕飘到朱高煦的马侧，同时口中大叫道："恶贼！你战不过人家，怎拿自己人来出气？我决不饶你这厮！"嚷声未绝，手中双刀一挥，分头架住朱高煦的双镰向上一格，接着两刀同时顺杆而下，直削朱高煦两手。朱高煦无端被这人横拦，已是一惊，再被他这一架一削，顿时慌了手脚，急忙夹马掉头，好得这匹善马原是神驹，异常灵活。朱高煦的两腿才使劲，善马已经甩头转腰，换了方向。那人的双刀便打镰杆上滑了下去。

骆朴得了这意外援救，欣喜自不待言。急闪眼瞅那人时，形象活似一只螃蟹，却不认识。再细瞅去，那人身上穿的是汉军衣甲，打着周身丝结扣，似是汉军的兵卒。方要招呼他过来，朱高煦大叫："反贼休走！"唰地一镰，向那人额上刺去。那人高声答道："走的就不来，你要走留下脑袋去！"说着，左手挥刀向外撇扫，当啷一声，扫开那支镰。同时这只手挺刀翻刺，直奔朱高煦咽喉，其快如风，白光一闪，已经扎到。朱高煦先时轻视他不过一个小卒，却不料他如此力大手快，大吃一惊。急忙脑袋一偏，颈皮已被划开一线。朱高煦又急又气，舞镰乱刺。骆朴连忙挥镰向前助杀，朱高煦脖子流血，怒不可遏，恨不得一口将那小卒和骆朴一齐吞下肚去。却是那小卒十分猛勇，两臂气力竟比朱高煦高强。虽然使的是薄薄的两口单刀，却如有千万斤重，砍将下来，别想轻易拨得动它。

朱高煦左被那小卒刀刹，右被骆朴镰搠，委实难于应敌。只得奋起威风，尽生平神力，扫开两般兵器，回马就走。骆朴挺镰跟着搠刺。那小卒却立定脚不追杀，喝一声："逆贼！哪里走！"手向袋中一插，接着伸臂一扬手，欻地飞去一道白光，直射朱高煦后脑。朱高煦马快，那小卒打去时，没估量得这善马不是常驹。待白光射到时，朱高煦已离开许远了。只听得当啷一声，朱高煦突然露出发髻，头上金盔飞到前面二丈多远草地里去了。

朱高煦大吃一惊，几乎要叫出声来。连忙揿马急逃，不料旁边兵马丛中冲出伍柱率领九员战将丑赫等，各抽雕弓，抽羽箭，骤雨般射来。朱高煦甩动两条镰，拨挡来箭，不料这几员上将，都是弓硬力大，目利手活，十人齐动，乱箭连射，无法挡驾。霎时间，朱高煦中了五箭。幸而都不是致命处所，便强自忍痛，尽力奋勇，拨转马头，冲向东去，伍柱等一齐飞马跟赶。

骆朴一面拦住那小卒，问道："好汉，您且别忙，快通个姓名，我引您去见过于御史再来。要不然您穿着汉军衣服，小心咱们这边人不知时，误伤了您。"那小卒听了，略想一想才答道："俺姓钟，名强，因为爱打白铁弹，人都称俺一颗珠。俺早想揍那浑小子，可惜得不着机缘，俺却不是为做官。"骆朴答道："咱知道您的意思，咱们在这里打仗的全不是为官，只不过为除暴逆，安良民，才跟着于御史做一番惊天动地的事业。您见过于御史和众兄弟，准能明白大伙儿和您是一样的心事。"钟强听了，大喜道："那么，您姓什么？叫什么？可能领俺去呀？"骆朴通了姓名，便邀他同走。

钟强见旁边有汉军铁骑散卒奔过，便飞步过去，随手摛住一个道："兄弟，且借来骑一骑。"说着便一挺胳膊，那人早倒撞下马去。钟强拉着马就跑。没得几步，身子轻轻一飘，已骑在马上，笑向骆朴道："脚力有了，走呀！"骆朴瞅着也笑了，点头道："朝这儿走吧，没多远哪。"钟强便跟着骆朴打马飞跑。

二人穿过两丛散落空营盘，已到了一丛大林子下面。钟强抬头一望，当面见一个大汉捧着一支大旗杆，上面悬着一方大白旗，这才想到方才骆朴说"没多远"，原是瞧见这旗儿，心中暗服于御史调度，不像朱高煦一打起仗来，便寻不着主将。

钟强正想着，已到林子跟前。只见于谦金盔玉带，蓝袍红甲，左手捧符节，右手仗大钺，巍然立马于大旗之下，不觉肃然起敬，连忙滚鞍下马，随着骆朴上前，俯身下拜。骆朴参见过，便将钟强的事报说了。于谦连忙俯身，亲自搀起钟强道："大丈夫明顺逆，辨是非，这才无愧于天地之间。你这般衣装，是不能和御林军合力鏖战的。我知你这时除叛心急，不能等待到大营换了衣甲再回头来的。"说着，便将自己的头盔卸下，交给钟强。钟强一时尚不知就里，只接过来拿着。直到于谦将铠甲全副卸下给他，才明白是给他更换的。要想推辞，于谦早说道："你不必推辞，杀贼要紧。"钟强只得拜受。起身着了盔甲。果然是"水要堤，人要衣"。钟强顶盔贯甲，披下蓝袍，衬着他魁梧身材，紫胖头面，赫然一员上将，和从前竟换了一个人。

骆朴待钟强弄妥帖了，请示要带领钟强同去突阵，助战。钟强道："禀告御史得知：逆王劫得梓宫，藏在山后一个僻静处所，没人得知。末将因为巡更，曾经到过。如今末将愿领军马前去，杀散守兵，奉迎来此。"于谦大喜道："你得做到这事，其功非小，快随骆朴领一千兵同去，调取文义等一班战将，火速前去恭迎大行皇帝梓宫，我亲自给你们做接应。"

钟强得令，领着一千军马，和骆朴上马先行。走不多远，见庹忠和文义等都因赶失了朱高煦，挑起朱高煦的金盔，正在赶杀汉将。骆朴连忙招呼，告知详细，文义等大喜，一齐跃马抄路前去。绕了好几个弯，才望见有一座破窑。外面有不少的兵将护守。钟强当先一声喊，突杀过去。那些兵强已闻败讯，都无斗志，霎时间被这一群猛虎冲得七零八落。钟强连忙大声招降。众军听得，见钟强果然是做了大将，便纷纷丢军器，跪下求降。当下文义等都允许收录，选御林军奉迎梓宫，护送回来。

朱高煦受了伤，痛不可当，气齐咽喉。直到营后，预备捧着要紧东西奔逃。不料才出营盘，忽见对面钟强、文义、丑赫、王通、孙安、归瑞、凌翔、骆朴、庹健、龙飞、庹忠、凤舞十二员大将，迎护着大行皇帝梓宫，高唱凯歌，按辔行来。朱高煦气得大叫一声："天亡我也。"

以后如何平靖逆藩，如何皇帝被番邦掳去，于公如何平胡迎帝，都在下集《碧血丹心平藩传》详叙。

图书在版编目（CIP）数据

碧血丹心·于公传／文公直著. — 北京：中国文
史出版社，2020.3

（民国武侠小说典藏文库·文公直卷）

ISBN 978 – 7 – 5205 – 1413 – 2

Ⅰ. ①碧… Ⅱ. ①文… Ⅲ. ①侠义小说 – 小说集 – 中
国 – 现代 Ⅳ. ①I246.5

中国版本图书馆 CIP 数据核字（2019）第 245055 号

责任编辑：卢祥秋

出版发行：**中国文史出版社**

社　　址：北京市海淀区西八里庄 69 号院　邮编：100142

电　　话：010 – 81136606　81136602　81136603（发行部）

传　　真：010 – 81136655

印　　装：北京东君印刷有限公司

经　　销：全国新华书店

开　　本：720 × 1020　1/16

印　　张：21.25　　字数：302 千字

版　　次：2020 年 3 月第 1 版

印　　次：2020 年 3 月第 1 次印刷

定　　价：66.00 元